Claudia Pietschmann

Leben
rückwärts
lieben

Weitere Bücher von Claudia Pietschmann im Arena Verlag:
GoodDreams. Wir kaufen deine Träume
Cloud

Claudia Pietschmann,
1969 in der Mark Brandenburg geboren, verbrachte ihre Kindheit und Jugend inmitten zahlloser Bücher. Sie studierte in Berlin Betriebswirtschaftslehre und arbeitete anschließend als Marketingberaterin und Werbetexterin. Dies ist ihr dritter Jugendroman.

Claudia Pietschmann

Leben rückwärts lieben

Arena

FSC
www.fsc.org
MIX
Papier aus verantwortungsvollen Quellen
FSC® C110508

1. Auflage 2018

Dieses Werk wurde vermittelt durch die AVA international GmbH Autoren- und Verlagsagentur, München – www.ava-international.de
Covergestaltung: Alexander Kopainski, unter Verwendung von Bildern von shutterstock.com:
© tomertu; © Augustino;
© Roman Sigaev; © Elena Terletskaya
Gesamtherstellung: Westermann Druck Zwickau GmbH
ISBN 978-3-401-60386-5

Kapitel 1

Zu viel Platz für neue Gedanken

Meine Hände zittern, als wollten sie ein Bild in die Luft malen. Ein Bild aus Vergangenheit und Zukunft und ich frage mich, ob das alles nicht nur ein total mieser Traum ist. Der Fußboden ist kalt unter meinen nackten Füßen, er flüstert von Vergessen. Ich bin eine Fremde in einem fremden Leben.

Wenn alles, was ich vergessen habe, Platz für Neues schafft, dann habe ich jetzt sechs Monate zusätzlich. Normalerweise kein Grund zum Jubeln, wenn man erst siebzehn ist. Man kann nicht ermessen, wie wertvoll Erinnerungen an ein halbes Jahr irgendwann sein werden. Ich allerdings weiß es genau. Wenn ich könnte, würde ich die Zeit zurückdrehen und einfach nicht von der Felswand in die Tiefe stürzen. Dann wären auch meine letzten sechs Monate vor dem Unfall nicht futsch und ich müsste nicht vor dem Spind stehen und sehnsüchtig zu dem schmalen Klinikbett schauen. Es sind nur fünfzehn Schritte bis dorthin, aber ich bin nicht sicher, ob ich sie schaffe. Obwohl ich mit den Krücken mittlerweile ganz gut zurechtkomme, fehlt mir manchmal noch die Kraft. Mein Pyjama hängt wie ein Sack um meinen Körper und ich bin so dünn geworden, wie ich es früher immer gern sein wollte. Fünf Wochen Klinik sind eine fantastische Diät. Auf jeden Fall dann, wenn man vier davon im Koma liegt.

Mit einem leisen Geräusch geht die Tür auf und Laura betritt den Raum. Sie mag ich von allen Krankenschwestern am liebsten, weil ihre Arme von oben bis unten tätowiert sind und das überhaupt nicht zu ihrem Job passt. Wie üblich grinst sie mich an und wirft mir einen Blick zu, der alles Mögliche heißen könnte. Vielleicht möchte sie wissen, ob ich Hilfe brauche. Ich zucke so lässig wie möglich mit den Schultern und schaue ihr dabei zu, wie sie mit großer Geste einen winzigen Plastikbecher auf dem Nachttisch platziert.

»Deine Drogen, Nina. Sieh zu, dass du sie nicht wieder vergisst oder in den Papierkorb leerst oder ins Klo kippst. Du weißt, dass du das Zeug brauchst. In Ordnung?«

»Ja, Ma'am, obwohl mir lieber wäre, wenn endlich irgendwer meinen Akku aufladen könnte«, sage ich und versuche zu salutieren, was gründlich danebengeht. Mit einem Ruck fährt meine Hand zur Schranktür und ich kann mich in letzter Sekunde daran abstützen. Nicht auszudenken, wenn ich vor Lauras Augen das Gleichgewicht verlieren und hilflos auf dem blank polierten Boden liegen bleiben müsste, bis sie mir wieder hochhilft. Drei Mal reicht mir dieses Vergnügen. Ich habe keine Lust, mich wieder der Abordnung der Ärzte zu stellen, die mich zweifellos mit endlosen Fragen bombardieren würden. »Nein, das war kein Kreislaufabfall«, »Nein, mir ist nicht schwarz vor Augen geworden und ich hatte auch nicht das Gefühl, dass die Welt um mich herum ihre Konturen verliert«, »Ja, mir geht's wieder gut. Ich hatte nur kurz vergessen, dass meine Beine zwei Zicken sind. Was aber auch kein Wunder ist, wenn man die Zahl meiner Knochenbrüche bedenkt.«

Was mir genau passiert ist, weiß ich nicht, aber ich träume jede Nacht davon, dass ich an einer Felswand hänge und meine Beine zu zittern beginnen. Mit letzter Kraft gelingt es mir, mich über die Felskante zu schwingen. Und dann stürze ich ab und ... Üblicherweise sind das die Momente, in denen ich nass geschwitzt erwache und froh bin, dass es nur ein Traum war. Meine Eltern weigern sich bis heute, mir zu erzählen, was genau passiert ist. Sie sagen, es sei besser für meine Heilung. Und dass sie mich schonen und auf gar keinen Fall aufwühlen wollen. Aber die Ungewissheit ist viel schlimmer als alles, was mir vor fünf Wochen passiert sein kann. Klar habe ich überlebt, aber was ist das wert, wenn ich nicht weiß, was mir passiert ist?

Ein paar Sekunden lang atme ich ganz bewusst tief ein und aus, dann habe ich mich wieder so weit im Griff, dass ich mich zu Laura umdrehen kann. Sie überzieht mein Bett gerade mit frischer weißer Bettwäsche und mustert mich skeptisch. Aber ich kann ihr ansehen, dass sie mich versteht. Auch ihr liegt vermutlich nicht viel daran, während ihrer Schicht die gesamte Belegschaft der Neurochirurgie, der Orthopädie und der Inneren Medizin in Alarmbereitschaft zu versetzen und auf die Station zu rufen. Denn das würde definitiv passieren, wenn ich zusammenbreche.

»Alles gut, wenn ihr mich unbedingt vollpumpen müsst mit euren Drogen. Ist bloß nervig, das Zeug vier Mal am Tag zu schlucken.« Ich grinse und beobachte ihre Reaktion auf meine Worte genau, weil es gut sein könnte, dass ich Blödsinn rede. Keine Ahnung, ob ich die Medikamente drei- oder viermal schlucken muss. Die Angst, bei Dingen zu versagen, die früher normal und einfach für mich waren, ist manchmal so greifbar, dass sie mir ohne Vorwarnung den Hals zuschnürt. Dann kann ich nicht atmen, fühle mich wie gefangen in meinem Körper und schon rollt sie auch auf mich zu: eine waschechte Panikattacke. Ich wische mir den Schweiß von der Stirn und schiebe schnell jeden Gedanken daran fort, wie es mir in diesen Momenten geht. Vielleicht werde ich irgendwann lernen, meine Angst besser zu verarbeiten, jetzt aber kann ich sie nur verdrängen. Gut möglich, dass das falsch ist, aber meine seelische Muskulatur hat momentan keine Lust auf einen Marathon. Also schone ich sie und lasse sie gemächlich spazieren gehen.

Laura schaut mich aufmerksam an, nickt aber verständnisvoll und schüttelt das Kopfkissen auf. »Klar, kann ich gut nachvollziehen. Aber irgendwann kommst du hier raus und dann wird alles gut.«

Sie wirft mir eine Kusshand zu und schließt die Tür hinter sich. Draußen auf dem Gang höre ich sie mit der Frau reden, die uns das Essen bringt. Ich habe keinen Appetit.

Obwohl mich das lange Stehen Kraft kostet, schaue ich wieder in den Schrank und kann mich immer noch nicht entscheiden, welche der Jogginghosen ich anziehe.

Dabei habe ich mich früher nie für Klamotten interessiert oder dafür, was ich anziehe. Mathematik und Algorithmen waren schon eher mein Ding.

Nach einer gefühlten Ewigkeit stakse ich zum Bett zurück, lasse mich langsam darauf sinken und schaue auf meine Beute. Slip, BH, Jogginghose, Hoody, Socken und ein weißes Shirt. Ich glaube, Jogginghosen hätte ich früher nie getragen. Aber vielleicht irre ich mich auch. Jedenfalls kann ich mich nicht daran erinnern, weil gerade gewisse Teile meines Gehirns Urlaub machen und ich bisher vergeblich versuche, sie dazu zu überreden, wieder zurückzukommen. Ich werde nicht aufgeben. Ich habe das Gefühl, jemand wie ich gibt nicht so einfach auf. Auch dann nicht, wenn alles, was in den sechs Monaten vor meinem Unfall passiert ist, einfach aus meinem Kopf gelöscht ist. Ich weiß praktisch nichts mehr. Nothing, nada – und das fühlt sich ziemlich bescheuert an.

Dieser Sturz hat mein Leben in zwei ungleiche Teile geteilt. Im Vorher war alles in Ordnung. Im Nachher bin ich nicht ich selbst, ich fahre auf Autopilot und sollte wahrscheinlich dankbar dafür sein, dass wenigstens der funktioniert.

Zehn Minuten später bin ich endlich fertig und seufze erleichtert. Dennoch fühle ich mich, als wäre ich auf Werkseinstellung zurückgesetzt.

Als Herr Schlader, mein Ergotherapeut, den Raum betritt, ist er offenbar zufrieden, dass ich schon fertig angezogen dasitze und auf ihn warte. Wie immer ist alles an ihm dunkelbraun. Die Aktentasche, die er unter den linken Arm geklemmt hat, die Anzughose und das Oberhemd, dessen Knopfleiste über seinem Bauchansatz leicht offen steht, sodass ich ein weißes Feinrippunterhemd erkennen kann. Selbst die Altersflecken auf seiner Halbglatze sind braun.

»Hast du das alleine gemacht, Nina?«, fragt er, während er aus seiner Aktentasche ein paar Kopien zieht. Eine nach der anderen, schön langsam, wie es zu ihm passt.

»Ja klar«, gebe ich zurück, auch wenn das gar nicht so klar ist. Ich merke, dass ich auf meiner Unterlippe herumbeiße. Dumme Angewohnheiten verliert man offenbar selbst durch Unfälle nicht, die einen fast das Leben kosten.

»Das ist gut.« Schlader rückt seine Brille zurecht, schiebt

mir ein Blatt zu und ich würde ihm am liebsten sagen, dass ich noch immer Konzentrationsprobleme habe. Einerseits. Andererseits will ich so schnell wie möglich nach Hause. Und wahrscheinlich schmeißen sie mich früher raus, wenn ich gut zurechtkomme.

Schladers Blick bohrt sich in mich, während ich angestrengt auf das Blatt starre. Im Zimmer herrscht Totenstille und ich muss mich zwingen, die Aufgabe zu lesen.

»Hast du Schwierigkeiten, sie zu verstehen?«

Ich zucke mit den Schultern und beginne zu schwitzen.

»Dann lies sie am besten laut vor. Das hilft manchmal.«

Ich räuspere mich. »Die Mutter des Mannes ist die Schwiegermutter meiner Mutter. Wer ist der Mann?«

Angestrengt versuche ich nachzudenken, aber mein Kopf füllt sich mit rosa Wattebällchen. Sie sind weich und riechen nach Waschmittel. Vielleicht auch ein wenig süß. Ja, das ist besser. Es sind gar keine Wattebäusche. Es sind Marshmallows. Wenn ich in eines reinbeißen könnte, würde es langsam auf meiner Zunge schmelzen und süß schmecken. Es muss an meinem vierzehnten Geburtstag gewesen sein, da haben wir die Dinger über dem Feuer gegrillt. Meine Mutter hat sich geweigert, auch nur davon zu kosten. Papa jedoch ... Mein Kopf zuckt hoch.

»Der Mann ist der Vater«, sage ich schnell und hoffe, dass ich richtigliege.

Schlader zieht die Augenbrauen hoch und schreibt irgendetwas in ein braunes Notizbuch. »Das ist gut, das ging ziemlich schnell. Sehr schnell sogar.« Er schaut mich prüfend an. »Du hast doch nicht geraten, oder?«

Ich schüttle den Kopf und fühle mich erbärmlich. »Nein, natürlich nicht, wo denken Sie hin? Es ist doch ganz einfach.« Fieberhaft nachdenkend lege ich mir die Worte zurecht, dann rede ich weiter: »Ich habe einfach überlegt, wer die Schwiegermutter meiner Mutter ist. Das ist zweifellos die Mutter meines Vaters. Also ist der gesuchte Mann der Vater.« Nachdem ich geendet habe, atme ich hörbar aus.

Schlader macht eine weitere Notiz. »Du machst großartige Fortschritte, Nina. Ziehst dich allein an, löst Logikaufgaben in Windeseile. Das freut mich. Ich glaube, ich kann die Empfehlung geben, dich bald zu entlassen.«

Nervös rutsche ich vor bis auf die Stuhlkante. Ich weiß nicht so richtig, ob ich mich über seine Worte freuen soll. Klar möchte ich nach Hause, aber ich komme mir vor wie eine Hochstaplerin.

Alles ist so kompliziert geworden. Jede Entscheidung, die ich treffen soll. Jeder noch so simple Handgriff, jede Aktion. Wenn ich müde bin, fühlt sich sogar meine Zunge schwer an.

Offensichtlich hat Herr Schlader mitbekommen, dass ich gerade nicht so gut drauf bin, denn er greift über den Tisch nach meiner Hand und tätschelt sie väterlich.

»Möchtest du mir sagen, was dir Sorgen bereitet?«

Möchte ich das? Ich weiß es nicht. Schon wieder muss ich mich entscheiden und schon wieder bereitet mir das Kopfschmerzen.

Langsam taste ich nach den richtigen Worten. »Ich fühle mich seltsam, irgendwie orientierungslos, weil ich mich an so viele Dinge nicht erinnern kann. Alles kommt mir fremd vor, als würde es gar nicht mich betreffen ... So als wäre mein Kopf noch immer nicht richtig gebootet«, füge ich noch hinzu und spüre, dass das genau das richtige Bild ist, um meinen Kopfzustand zu beschreiben. Das

Boot-Menü meiner Festplatte braucht dringend eine neue Einstellung.

Zwar nickt er mir zu, aber trotzdem fühle ich mich unwohl und komme mir vor, als hätte ich mein tiefstes Inneres vor ihm ausgebreitet. Mein tiefstes Inneres, das ich ja selbst nicht mal richtig kenne.

»Ich habe dir schon gesagt, das ist vollkommen normal. Du bist erst vor einer Woche aufgewacht, und das nach knapp einem Monat Koma. Ich habe keine Ahnung, wie viele Knochen du dir genau gebrochen hast, aber man sagte mir, es wären eine ganze Menge gewesen.«

Unbewusst schaue ich runter auf meine Beine, die wegen der beiden Orthesen so aussehen, als würden sie in dick gepolsterten schwarzen Stiefeln stecken.

»Siehst du? Bei deinen Beinen akzeptierst du es einfach. Sie sind gebrochen, man hat sie genagelt, geschient, geschraubt oder was auch immer die Chirurgen damit getan haben. Sie brauchen Zeit zum Heilen, dann kannst du mit Sicherheit wieder ohne diese Dinger und ohne Krücken laufen. Mit deinem Kopf solltest du nicht strenger sein als mit ihnen. Der Sturz hat dein Gehirn ordentlich durcheinandergeschüttelt und du kannst froh sein, dass es keine ernsteren Verletzungen davongetragen hat.«

Ich würde gern wissen, ob er nähere Infos über meinen Unfall hat. Schon gestern habe ich ihn danach gefragt, aber angeblich hat er keine Ahnung. Daher zucke ich nur mit den Schultern.

»Das hätte auch richtig schiefgehen können«, fährt er fort, »du musst Geduld haben. Auch wenn du das Wort vermutlich schon nicht mehr hören kannst.« Er schmunzelt. »Alles wird gut, aber es braucht Zeit. Ich bin sicher, dass du es schaffen wirst. Wir alle glauben an dich. Die Schwestern, die Ärzte und natürlich deine Eltern.«

Ganz automatisch balle ich die Fäuste, weil ich es blöd finde, dass anscheinend alle *über* mich reden statt mit mir.

»Vielen Dank, es ist gut zu wissen, dass *alle an mich glauben«,* sage ich mit zusammengebissenen Zähnen. »Wissen Sie, wie ich auf die Idee komme, daran zu zweifeln? Vielleicht liegt es daran, dass ...« Ich lege eine dramatische Pause ein, ziehe die Stirn in Falten und tue so, als würde ich angestrengt nachdenken. »... ich seit einer Woche *ständig* untersucht werde und immer noch keiner der Ärzte weiß, woher meine Amnesie kommt. Sie haben mich von oben bis unten durchleuchtet, mich auf den Kopf gestellt und wieder zurück. Aber meine Symptome wollen einfach nicht ins Bild passen. Es ist, als würden Anfänger nach einem Trojaner suchen, der mir eingepflanzt wurde.« Ich weiß, wie ätzend und undankbar ich klingen muss, aber ich habe diese Ungewissheit und die blöden Floskeln einfach satt. *Alles wird gut. Wir glauben an dich. Gib deinem Köper Zeit zu heilen. Du wirst es schaffen.*

Ich hätte zu gern gesehen, wie er auf meine Provokation reagiert, aber dummerweise klopft es gerade jetzt an der Tür und bevor ich »Herein« sagen kann, wird sie auch schon aufgeschoben.

Ich muss mich nicht umdrehen, ich kann meine Eltern riechen. Es ist der Geruch, der sie umgibt, seit ich denken kann: die Ölfarben, die mein Vater benutzt, und das Fixativ, das meine Mutter über ihre Pastellmalerei sprüht, um die Bilder haltbar zu machen.

Schlader steht auf und ich sehe ihm an, dass ihm die Störung nicht gefällt. Aber da meine Eltern in dieser Privatklinik quasi direkt seine Rechnungen bezahlen (auch wenn ich keine Ahnung habe, wie sie das hinkriegen), muss er die Unterbrechung wohl hinnehmen.

»Frau Wagner, Herr Wagner, wir sind fast fertig. Nina geht es gut, ihre Kombinationsfähigkeit macht große Fortschritte.«

Während er mich mit seinen Lobgesängen preist, schiebe ich den Stuhl zurück, halte mich an der Tischkante fest und stehe langsam auf.

»Oh, das sind so gute Nachrichten, Nina. Du kannst dir nicht vorstellen, wie stolz ich auf dich bin!«, ruft Mama, kommt auf mich zu und reißt mich so abrupt an ihre Brust, dass ich ins Wanken komme. Ich küsse sie auf die Wange und inhaliere den Nitrogeruch, der mich an zu Hause erinnert, dann wische ich über ihr Kinn. Es ist spitz geworden, früher war sie nicht so dünn. Diese Koma-Diät scheint auch bei den nächsten Angehörigen zu funktionieren, schießt es mir durch den Kopf und ich schäme mich für den Gedanken.

»Heute war wohl Grün dran? Lass mich raten? Eine Wiese? Ein Wald – oder was hast du gerade auf der Staffelei?«

Als sie lacht, bilden sich winzige Fältchen in ihren Augenwinkeln. »Tut mir leid, ich hätte wohl mal in den Spiegel schauen sollen, aber wir wollten so schnell wie möglich zu dir.«

Ich drehe mich ein wenig zur Seite, damit ich Herrn Schlader zuwinken kann, der bereits an der Tür steht. Jetzt, wo meine Eltern hier sind, wirkt er wie ein Fremdkörper in diesem Zimmer, das durch meine Eltern auf einmal bunt geworden ist. Papa hat sich auf mein Bett gesetzt und zwinkert mir fröhlich zu. Auch er scheint Pinsel und Palette einfach fallen lassen zu haben, denn er trägt noch immer seinen üblichen blauen Overall, der von bunten Farbflecken übersät ist. Das Grau seiner Haare ist mit winzigen gelben Punkten gesprenkelt. Im Gegensatz zu meiner Mutter hat er sich jedoch offenbar die Zeit genommen, noch kurz das Gesicht zu waschen. Oder vielmehr zu schrubben, wie mir seine geröteten Wangen verraten.

»Geht es dir wirklich besser, meine Süße?«

Ich nicke und angle nach meinen Krücken. Mama springt dazu, reicht sie mir und hilft mir, zum Bett zu gehen.

Ich sehe, dass Papa mich genau beobachtet, und hoffe, dass er mir nicht ansieht, welche Schwierigkeiten ich dabei noch immer habe.

»Toll machst du das schon. Aber ich habe auch nie daran gezweifelt, weil ich immer wusste, dass du es bald wieder hinbekommst.«

Mama öffnet ihren Rucksack, zieht eine Plastiktüte hervor und räumt die Mitbringsel aus.

»Wer soll das denn alles essen?«, frage ich, nachdem sie den kleinen Tisch mit Lebensmitteln vollgeladen hat.

»Ach, so viel ist das nicht. Du bist dünn geworden, du brauchst dringend was Nahrhaftes. Und da waren wir schnell noch einkaufen.«

Die nächste halbe Stunde verbringen wir mit dem, was wir täglich tun, seit ich erwacht bin und sich herausgestellt hat, dass ein Teil meiner Erinnerungen verschwunden ist: Sie erzählen mir Dinge, die ich früher in der Schule erlebt habe, reden über meine Lehrer, über ihre Arbeit, über die Leute, die in unserer Straße wohnen. Meine Mutter sagt, dass Selma angerufen und sich erkundigt hat, wann sie mich mal besuchen kann. Und dass es sich wohl dringend angehört hat. Dringend? Was hat sie mir denn so Wichtiges zu erzählen? Und wann erlauben die Ärzte mir endlich mehr Besuch? Ich habe das Gefühl, hier drin jeden Tag auf neue Dinge zu warten. Als wären meine Wünsche von gestern nicht genug. Als würde irgendeine unbekannte Macht dafür sorgen, dass ich nie zufrieden bin.

Worüber meine Eltern nicht mit mir reden, ist die Tatsache, dass an meinem Computer eine ganze Festplatte einfach zu fehlen scheint. Meine Eltern haben von solchen Dingen natürlich keine Ahnung und tun einfach so, als würde es reichen, wenn sie die Gedächtnislücken mit ihren Erinnerungen füllen. Aber ich sehne mich nach meinen eigenen, weil ich endlich wieder ohne doppelten Boden und ohne Hilfestellung denken will. So wie es jetzt ist, fühlt sich mein Leben an, als wäre es aus zweiter Hand.

Bei diesem Gedanken platzen meine angesammelte Ungeduld und mein Frust der letzten Woche aus mir heraus. »Können wir jetzt aber bitte endlich über meine Amnesie reden? Nicht zu wissen, wie genau dieser Unfall passiert ist, macht mich total fertig.« Ich schaue auf und sehe in zwei starre Gesichter. »Versteht ihr das denn nicht?«, schiebe ich zaghaft hinterher.

Mein Vater verschränkt die Arme vor der Brust, Mama greift nach meiner Hand und drückt sie fest. »Mein Liebling. Das alles ist Vergangenheit. Wir finden: Du hast überlebt und musst nach vorne schauen. Nur darauf kommt es an. Jetzt im Moment zumindest. Deine Erinnerung wird ganz sicher zurückkommen, wenn die Zeit dafür reif ist. Konzentrier dich darauf, dass du ganz schnell wieder gesund wirst.« Sie schlägt diesen künstlich geduldigen Tonfall an, mit dem man kleinen Kindern zum tausendsten Mal die Welt erklärt.

Wäre ich dazu in der Lage, würde ich aufspringen und mit den Füßen aufstampfen. Wenn ich schon wie ein kleines Kind behandelt werde, habe ich das gute Recht, mich auch so zu verhalten.

So aber bleibe ich auf dem Bett sitzen und schaue abwechselnd von einem zum anderen. Die Tatsache, dass meine Mutter erbleicht ist, macht mir weniger Sorgen als das Aussehen meines Vaters. Er sitzt nur da, hat die Lippen zu einem dünnen Strich zusammengepresst und versucht, das Zittern seiner Hände zu verbergen.

Was. Bitte. Ist. Hier. Los? Ich weiß, dass hier irgendwo ein riesengroßer Bug ist, aber ich kriege den Hotfix nicht installiert.

»Es ist nicht gut für dich, wenn du dir immer das zurückwünschst, was du im Moment nicht haben kannst«, bringt er mit gepresster Stimme heraus. »Du weißt, dass du dann …«

Ich schlage mit der Hand auf das Laken und bedauere, dass es nicht einmal ein bisschen knallt. »Ich nehme meine Tabletten. Alle, die sie mir hinstellen. Auch die Beruhigungsmittel. Ich mache die Ergotherapie, die Physiotherapie, lasse die normale Visite, die Chefarztvisite, die EEGs, die EKGs, die CTs, die MRTs und all die anderen Untersuchungen der inneren, neurologischen und orthopädischen Stationsärzte über mich ergehen, ohne mich auch nur ein einziges Mal zu beschweren! Aber das, was mich wirklich verrückt macht, ist diese Ungewissheit. Was soll ich denn tun, wenn ich morgen aufwache und nicht einmal mehr weiß, wer ich bin? Könnte doch passieren, wenn keiner auch nur die geringste Ahnung hat, worunter ich leide. Alle sagen, der Unfall sei schuld, aber niemand findet heraus, was genau mit meinem Kopf nicht stimmt!«

Die Mundwinkel meiner Mutter sinken nach unten, dann ringt sie die Hände und sieht meinen Vater flehend an. Ich ahne, dass er am liebsten in sein Atelier fliehen würde, weil er so immer aussieht, kurz bevor er einfach den Raum verlässt, um sich aus einer Situation zu retten. Ich schlucke, ich möchte ihm keinen Druck machen – und gleichzeitig habe ich das Gefühl, dass ich in der nächsten Minute platzen werde, wenn er mir keine Antwort gibt. Nun nickt er und beginnt, mir mit gleichförmigen Bewegungen über den Rücken zu streichen.

»Du musst Vertrauen haben, Nina. Bitte. Dein ganzes Leben liegt noch vor dir und es ist allein von dir abhängig, was du daraus machst.«

Seine Worte klingen wie eine einstudierte Rede und ich rücke ein Stück von ihm ab, weil ich seine Berührung gerade nicht ertragen kann.

»Ihr könnt euch überhaupt nicht vorstellen, wie es ist, mit dieser Angst zu leben. Das war früher nicht so, das muss irgendwas mit dem Unfall zu tun haben. Ihr wisst nicht, wie das ist, wenn einen von einem Augenblick auf den anderen Panik überkommt! Ich stehe vor dem Spiegel, schaue mein Gesicht an und habe das Gefühl, mich selbst nicht zu kennen.« Sie sehen mich mit leeren Blicken an, als würden sie meinen Zustand immer noch nicht begreifen. Also lege ich nach. »Immer wenn ich mich anschaue, beginnt das Blut in meinen Ohren zu rauschen und die Welt schrumpft auf dieses eine Geräusch zusammen. Es ist, als gäbe es nichts weiter als mich und das Rauschen. Als säße ich in einer Blase. Dann bricht mir der Schweiß aus, mir wird schwindelig und ich weiß, wenn ich jetzt umkippe, werde ich in die Unendlichkeit fallen. Ins Nichts.« Jetzt habe ich all das gesagt, was ich seit Tagen empfinde, ohne es jemandem anvertraut zu haben. Und augenblicklich tut es mir leid, denn ich sehe ihnen an, wie sehr mein Zustand sie schmerzt.

Mama greift nach meiner Hand und Papa atmet hörbar ein. »Nina, es ist für uns auch schwer. Du bist abgestürzt von diesem Felsen und wir konnten nichts tun. In dem einen Augenblick hast du noch oben auf der Klippe gestanden und eine Sekunde später warst du einfach verschwunden.«

Für einen Moment bin ich wie versteinert. »Ihr wart dabei? Aber in meinen Träumen ... Warum habt ihr mir das nicht erzählt?« Ich hasse das Gefühl, nichts zu verstehen, und ich hasse mein Gehirn, in dem alles durcheinanderzugehen scheint. Ich habe so gehofft, dass sie mir irgendwas sagen könnten, das mich beruhigt, aber nun schlage ich die Hände vors Gesicht und kann das Zittern, das meinen Körper durchschüttelt, nicht unterdrücken.

Mama schnellt hoch und geht rüber zum Waschbecken.

»Was erzählt?«, fragt mein Vater.

»Dass ihr auch dort wart, ich dachte ...« Ich schlucke trocken.

»Natürlich waren wir da. Wo sollten wir denn sonst gewesen sein?«, ruft Mama vom Waschbecken.

Ich schließe die Augen und höre, wie sie den Hahn aufdreht. Nur wenig später tippt sie an meine Schulter. »Bitte trink einen Schluck und beruhige dich.« Sie hält mir ein Glas hin und ich greife zu.

Das Wasser rinnt wohltuend kühl durch meine Kehle und ich merke erst jetzt, wie durstig ich war. Leise seufze ich und lasse mich gegen Papas Hand sinken.

»Leg dich hin. Das scheint alles etwas viel für dich zu sein. Du bist noch nicht wieder vollständig gesund, Liebling. Wir werden am Nachmittag wiederkommen. Einverstanden?«

Seine Worte schmerzen, weil sie mich wieder auf ein Später vertrösten, aber ich bin so erschöpft, dass ich nur nicke. Als er die Hand wegzieht, sinke ich nach hinten auf das Kopfkissen. Mama breitet die Decke über mich und klemmt sie unter mir fest, so wie ich es mag.

Ich bemerke noch, wie sie sich Blicke zuwerfen, die ich nicht deuten kann. Die Müdigkeit zerrt an mir wie ein Gewicht und ich falle in den Schlaf.

Kapitel 2

Für den Rest meines Lebens

Die Sonne blendet mich, aber ich genieße die Wärme auf meiner Haut. Endlich spüre ich, dass der Frühling da ist. Über mir rauscht es in den Wipfeln der Bäume, Vögel zwitschern, die Szenerie ist fast zu schön, um wirklich wahr zu sein. So muss sich Glück anfühlen, denke ich und schiebe die rechte Hand ein wenig höher, bis meine Finger die raue Felskante umfassen. Ein wenig bröckelig ist das Gestein an dieser Stelle, aber ich bin sicher, dass es mich halten wird. Schließlich bin ich nicht die Erste, die diesen Weg nimmt. Ich recke das Kinn noch ein wenig weiter vor und blinzle gegen die Strahlen an, die dunkle Punkte auf meine Netzhaut brennen. Ich wünschte, ich könnte ewig so verharren und die frische Bergluft atmen. Als meine Oberschenkel zu zittern beginnen, spüre ich, dass meine Kraftreserven schwinden.

»Nina, willst du dort unten Ferien machen? Soll ich dir vielleicht Kaffee und ein Stück Kuchen besorgen oder kommst du endlich?«

Nur mit Mühe kann ich ein Grinsen unterdrücken. *Tu viens enfin,* hat er gesagt. Mit zusammengekniffenen Lidern schaue ich auf und erkenne nur eine Silhouette, die sich über mir aus dem Gegenlicht schält. Ich würde ihm gern zurufen, dass ich gleich so weit bin, irgendeinen coolen Spruch bringen, aber das Brennen in meinen Muskeln warnt mich davor, noch länger zu warten. Ich atme einmal tief durch, reiße mich zusammen und trete mit dem linken Fuß gegen die Felswand. Dabei schiebe ich meinen Körper langsam Stück für Stück höher, bis ich mir zutraue, die zweite Hand auf die Kante zu legen. Für einen Moment baumeln meine Beine frei in der Luft, während mein Gewicht ausschließlich an den Armen hängt. Meine Finger sind über der Kante gekrümmt, meine Füße suchen unter mir nach Halt. Aber da ist nichts. Ich presse mich flach gegen die Wand und versuche, die aufsteigende Panik wegzuatmen. *Du kannst es,* rede ich mir ein, aber meine Finger sprechen eine andere Sprache. Ich bin zu schwer, habe zu wenig Kraft, um mein eigenes Gewicht zu halten. Verdammt, was soll ich tun?

»Attention!« Seine Stimme klingt hektisch.

»Ich kann nicht mehr!«, will ich brüllen, aber aus meinem Mund kommt nur ein gepresstes Stöhnen.

Das Verlangen, nach unten zu schauen, um die Höhe abzuschätzen, wird fast übermächtig. Aber ich weiß, dass ich das nicht tun darf. Fast komme ich mir vor wie ein Gecko, der platt an einer Wand klebt. Allerdings fehlen mir die Haftfüße des kleinen Kriechtiers. Und jetzt bräuchte ich sie dringender als je zuvor, denn ich merke, wie sich ohne mein Zutun die Finger meiner linken Hand öffnen. Ganz langsam, fast wie in Zeitlupe lösen sie die Umklammerung der Felskante. Ich kann nichts dagegen tun.

»Bitte, lieber Gott. Bitte hilf mir.« Etwas Heißes, Feuchtes läuft über meine Wangen.

Es duftet nach Frühling, nach dem Regen der letzten Nacht und ... nach meinem Schweiß. Er bricht mir aus allen Poren, macht meine Hände rutschig. Nein!

Noch einmal mobilisiere ich sämtliche Energie, suche mit

den Füßen nach einem Tritt. Ich brauche nichts weiter als ein paar Minuten, um Kraft zu schöpfen. Dann werde ich die Angst schon wieder los und kann endlich diesen dämlichen Klimmzug über die Kante machen.

Meine linke Fußspitze ertastet etwas, einen Vorsprung, schmal nur, aber er müsste genügen, um einen Moment lang auszuruhen. Ich drehe den Schuh hinein und presse mich noch enger an den Felsen. Der kühle Stein lindert die Hitze in mir etwas. Es fühlt sich gut an, so sicher auf einmal. Ich atme durch, drehe mich ein wenig ein, um das Gewicht zu verlagern, und schwinge meinen rechten Fuß nach oben. Riskant. Aber manchmal muss man im Leben etwas wagen. Manchmal kann man sich nicht nur auf die Dinge verlassen, die man praktisch im Schlaf beherrscht. Manchmal ... Ein schwarzer Schatten rast auf mich zu. Er füllt mein gesamtes Blickfeld aus. Dann falle ich.

Ich erwache von meinem eigenen Schrei.

Die Angst pulsiert in meinem Körper, treibt das Adrenalin durch meine Adern wie Öl, das aus einem Bohrturm ins Freie schießt. Dann wird mir klar, dass es ein Traum war. Einer dieser entsetzlichen Albträume, die mich jede Nacht hochschrecken lassen. Es ist immer das Gleiche. Erst dieses schöne Gefühl, draußen zu sein, in den Bergen. Da ist dieser Junge, der zu mir herunterruft. Ich glaube, dass ich ihn kenne, gut kenne. Seine Stimme, sein Tonfall kommen mir vertraut vor, obwohl alles andere wie weggewischt ist. Und dann der Fall. Dieser endlose Fall in die Dunkelheit, der meinen Magen in einen harten Ball verwandelt.

Ruhig atme ich in meinen Bauch, wie es der Therapeut mir beigebracht hat. »Gib deiner Panik einen Namen«, sagte er. Aber das ist lächerlich. Soll ich sie etwa Hildegard nennen oder Jochen? Vielleicht funktioniert diese Methode bei Leuten, die Angst vor Spinnen haben oder vor dem Fliegen oder was weiß ich. Mich aber überkommt die Panik tagsüber einfach so, aus dem Nichts. Keine Ahnung, was sie auslöst. Nur nachts ist es immer derselbe Traum.

Nachts?

Verwirrt öffne ich die Augen. Im Zimmer ist es taghell. Die Sonne wirft weiße Lichtfenster auf das Parkett, die Vorhänge wehen im Wind. Vor meinem Fenster zittern die sattgrünen Baumkronen der Linden. Es ist warm und der Sommer sollte mich eigentlich fröhlich machen und in eine gute Stimmung versetzen. Aber das Gegenteil passiert. Denn dies war keiner meiner üblichen nächtlichen Angstträume. Wird das meine Zukunft sein? Werde ich für den Rest meines Lebens den Unfall immer wieder erleben, sobald ich auch nur die Augen schließe?

Mein Kopf beginnt zu dröhnen, jemand ruft nach mir. Mühsam stemme ich mich im Bett nach oben und versuche, mich zu orientieren. Ich bin so verwirrt, so aufgelöst und verzweifelt, dass ich ein paar Augenblicke brauche, um zu registrieren, dass sich draußen auf dem Flur Leute zu streiten scheinen. Wieder ruft jemand meinen Namen. Ich zucke noch ein Stück nach oben – diese Stimme, ich kenne sie. Aus meinem Traum. Das ist doch ... Ein anderer Mann antwortet, aber ich kann durch die geschlossene Tür nicht verstehen, was er sagt. Sein Tonfall ist erst harsch, dann eindringlich.

»Merde!«, brüllt die Stimme aus meinem Traum, dann knallt etwas gegen die Tür, sodass sie erzittert.

Was ist da los?

In mir formt sich ein Gedanke ... und plötzlich prallt er wie eine zentnerschwere Betonplatte auf meinen Brustkorb. Meine Rippen ächzen unter dem Gewicht, meine Lunge hat kaum noch Platz, ich bekomme keine Luft. Auch wenn es fast unmöglich ist, versuche ich, ruhig zu bleiben. *Es ist nichts, Nina,* rede ich mir ein. *Alles ist gut. Ein Panikanfall, der vorbeigeht. Nichts weiter.*

Ich schließe die Augen in der Hoffnung, dass es besser wird. Aber im Gegenteil. Hitze schießt in meinen Kopf, das Rauschen des Windes in den Bäumen dringt wie durch eine dickflüssige Masse zu mir. Von einem Moment auf den anderen habe ich das Gefühl zu schweben. Alles ist auf einmal leicht. Ich muss mich nicht quälen, muss dieses verdammte Leben nicht führen. Ich muss nur loslassen, nur geschehen lassen, was geschehen soll.

Dann fange ich an zu weinen. Die Schluchzer schütteln meinen Körper, zerren an meinen Rippen. So sehr, dass ich das Gefühl habe auseinanderzubrechen.

Etwas Schweres legt sich auf meine Schulter, drückt sie fest. Den Kopf zu wenden, kostet mich mehr Kraft, als ich vermutet habe.

Doktor Kühnbach sitzt auf dem Stuhl neben meinem Bett. Er ist mein Lieblingsarzt auf dieser Station, weil er viel jünger ist als die anderen Ärzte hier, immer bunte Halstücher über seinem Kittel trägt und total locker ist. Obwohl ich sein Gesicht nur verschwommen wahrnehme, erkenne ich das Paisleymuster seines Halstuches. Blau ist es heute. Die Farbe erinnert mich an den Himmel aus meinem Traum. Ich höre mich keuchen, meine Beine beginnen, unkontrolliert zu zittern. *Hört auf damit!,* befehle ich ihnen, aber sie gehorchen mir nicht.

»Nina, das ist eine Panikattacke. Du musst dich beruhigen. Hier bist du in Sicherheit.« Er nimmt meine Hand und drückt sie fest.

Seine Stimme verliert gegen das Rauschen des Blutes in meinen Ohren. Die Welt dreht sich um mich, beschleunigt, will abheben und mich mitreißen. Ich bäume mich auf, bis etwas in meinem Brustkorb knackt. Die Wände rücken immer näher, so nah, dass ich die Struktur des Putzes in allen Einzelheiten erkennen kann. Da ist nur noch Schmerz in mir. Alles tut so weh, als würde jemand versuchen, meinen Körper in eine viel zu kleine Kugel zu pressen. Ich will schreien, aber ich kann nicht. Mit letzter Kraft richte ich den Blick auf Kühnbach, der auf einmal am Ende eines langen dunklen Tunnels steht.

»Nina, beruhige dich, atme tief ein und aus.« Seine Worte dringen aus weiter Ferne zu mir. Auf ihrem langen Weg verlieren sie die Bedeutung.

Mein Herz rast. Schnell. Schneller. Zu schnell. Ich bin sicher, dass es jeden Augenblick aussetzen wird. Mein Körper gehört nicht mehr mir, er zuckt unter den Händen des Arztes. Mir bleibt nur, dabei zuzuschauen.

»Nina, wenn du dich nicht beruhigen kannst, muss ich dir etwas spritzen. Das Risiko ist zu groß, dass du bleibende Schäden zurückbehältst. Da sind Dinge in deinem Kopf ... Verletzungen ... Kannst du mir sagen, was dir solche Angst macht?«

Ich will nicken. Natürlich kann ich das! Mein Gehirn formt Worte, will sie an meinen Mund weiterreichen, aber die Zunge ... Meine Zunge fühlt sich an wie ein schwerer Klumpen. »Gestoßen«, presse ich schließlich heraus.

»Meinst du deinen Unfall?«

Ich versuche zu antworten, bin aber nicht sicher, ob es mir gelingt. Am liebsten würde ich weglaufen. Aus diesem Zimmer, aus der Klinik. Irgendwohin, wo keine Menschen sind, die mir die Luft zum Atmen nehmen.

»Niemand hat dich gestoßen, Nina! Du bist gefallen, deine Eltern waren dort. Sie haben gesehen, dass du das Gleichgewicht verloren hast.«

Ich reiße die Augen auf. Will ihm sagen, dass das nicht stimmt. Da war dieser Junge in meinem Traum. Den ich kenne, dem ich vertraut habe.

Wie ein Axtschlag spaltet ein heftiger Schmerz meinen Schädel. Dann fühle ich ein Stechen in meiner Armbeuge. Kalte Flüssigkeit rinnt in mich und ich spüre, wie sie sich ihren Weg durch meinen Körper bahnt. Jeder Zentimeter, den die Droge zurücklegt, erleichtert mich. Ich lasse mich fallen, schäle die Angst von mir, bis endlich auch der Schmerz nachlässt. Die Dunkelheit umfängt mich wie eine weiche Decke. Sie duftet nach Blumen und nach Gras. Sie ist die Luft, die ich so dringend gebraucht habe. Sie ist meine Rettung.

Kapitel 3

Flüchtende Gedanken

Meine Finger umfassen die raue Felskante – Sonnenstrahlen. Schwarze Punkte auf meiner Netzhaut, für immer eingebrannt. Ferien machen, Kaffee, Kuchen. Kühnbach mit seinem bunten Tuch, eine Spritze in der Hand. Zitternde Oberschenkel in kühler Bergluft, die nach Frühling riecht und nach Regen. Schwarze Schatten mit zuckenden Armen, die auf mich zurasen. Unter mir die Unendlichkeit, die auf mich wartet. Ein Schrei!

Als ich erwache, ist Kühnbach noch immer da. Er steht am Tisch und blättert in meiner Akte. Ich weiß nicht, wie viel Zeit vergangen ist, auf jeden Fall aber genug, dass er sich umgezogen hat.

Noch immer zeichnen Sonnenstrahlen Muster auf den Boden, aber sie haben sich verändert. Genau wie der Geruch im Raum und auch die Luft fühlt sich anders an. Ruhiger. Ich bin ruhiger. Ich strecke meinen Arm aus und angle nach dem Handy auf meinem Nachttisch, doch ich rutsche ab und es fällt mit einem leisen Scheppern runter. Mist.

Kühnbach schnellt herum. Dann lächelt er und sieht mich dabei nachdenklich an.

»Hallo Herr Doktor, was für ein Hammerzeug haben Sie mir gespritzt?« Ich spüre, wie ein Grinsen meine Mundwinkel auseinanderzieht. Schon lange habe ich mich nicht mehr so erholt und beschwingt gefühlt. Stünden die beiden Krücken nicht genau in meinem Blickfeld, würde ich vermutlich aufspringen, auf den Flur hinauslaufen und die Welt umarmen.

»Nina, du bist wach.« Er schaut zur Tür. »Wie geht es dir?«, fragt er, als er sich neben mich setzt, meine Hand nimmt und den Puls fühlt.

»Sehr gut«, sagt er schließlich zufrieden und steht auf. »Kaum zu glauben, aber dein Puls hat sich komplett normalisiert. Wenn es dir gut genug geht, könntest du ein wenig aufstehen. Was meinst du? Soll ich dir Schwester Laura schicken?«

Als ich nicke, seufzt er erleichtert.

»Nehmen Sie es mir nicht übel, aber das blaue Tuch hat mir besser gefallen.« Er schaut mich verständnislos an, dann hebe ich die Hand – die sich schwer und leicht zugleich anfühlt – und deute auf das grün gemusterte Tuch, das er umgebunden hat.

Mit einem Ruck fährt seine Hand hoch und er löst den Knoten. »Was meinst du?«

»Nichts weiter, nur, dass das grüne Tuch Ihnen nicht so gut steht. Vorhin trugen Sie das blaue. Das passt besser zu Ihren Augen.«

Hastig stopft er das Tuch in die Kitteltasche und stürmt ohne ein weiteres Wort aus dem Zimmer. Ehe ich mich wundern kann, warum es Kühnbach so verunsichert, dass ich was über seine Kleidung gesagt habe, kommt Laura rein. Ihr Lächeln ist strahlend wie immer und gibt mir sofort neue Energie.

»Super siehst du aus. Ich habe gehört, du bist in unseren Zaubertrank gefallen!«

»Keine Ahnung, was der Doc mir gegeben hat, aber das war der beste Trip ever. Hätte nichts dagegen, wenn Sie mich ab sofort täglich so wegbeamen würden.« Laura weiß, dass das nur ein Spruch von mir ist, trotzdem zieht sie einen imaginären Stift hinterm Ohr hervor und schreibt sich eine Notiz auf den ebenfalls unsichtbaren Zettel in ihrer Handfläche.

Dann fällt mir alles wieder ein. Die Ursache der Panikattacke ... wie ein dumpfer Schlag in die Magengrube ist die Beklemmung für einen kurzen Moment wieder da. Ich stöhne auf und schiebe das Gefühl zur Seite. Langsam strecke ich die Beine aus, drehe mich zur Seite und lasse sie über die Bettkante hängen.

Laura greift unter meine Achsel und stützt meinen Rücken. »Bleib erst mal einen Augenblick so sitzen, bis sich dein Kreislauf stabilisiert hat, sonst wird dir noch schwindelig. Hast ja lange genug gelegen.«

So lange war es ja gar nicht, will ich erwidern, als mir tatsächlich kurz schwarz vor den Augen wird. Ich presse die Finger gegen meine Schläfen und zwinge mich, ruhig zu atmen.

»Kann es weitergehen?«

»Ja.«

Mit ihrer Hilfe schaffe ich es, so weit vor zur Bettkante zu rutschen, dass meine Zehen den Boden berühren. Eilig schiebt Laura mir meine Crocs zu und ich schlüpfe hinein. Dann werfe ich einen Blick auf die Krücken und sie versteht sofort, denn nur einen Augenblick später hat sie sie schon geholt und hält sie mir hin, sodass ich sie nur noch nehmen und mich darauf stützen muss.

»Willst du dich für ein paar Minuten an den Tisch setzen?«, fragt Laura und schaut auf die Uhr. «Bald müsste der Nachmittagskaffee serviert werden.«

Ich schüttle den Kopf. »Ich möchte nur kurz aus dem Fenster schauen.« Meine Stimmung ist gerade so gut und ich habe Sehnsucht danach, draußen zu sein, mein Gesicht in die Sonne zu halten und ihre Wärme zu spüren.

Nur wenig später stehen wir nebeneinander am Fenster. Laura öffnet es weit und ich bin verblüfft. Der laue Wind, der nun meine Nase umspielt, trägt den Duft einer Blumenwiese mit sich. Ich sehe Tulpen, Gänseblümchen und Löwenzahn, die Linde trägt winzige Knospen. Blätter, die gerade beginnen auszutreiben. Die Baumkrone ist nicht mal ansatzweise grün. Aber das ist unmöglich.

Offenbar hat Laura meine Verwirrung bemerkt, denn sie greift nach meinem Oberarm. »Ist dir nicht gut? Alles in Ordnung?«

Ich spüre eine Gänsehaut am ganzen Körper und ahne, dass sie nicht allein vom Wind kommt. »Ich weiß nicht, es ist seltsam. Aber die Luft, die Sonne, die Knospen an den Bäumen ... Das alles erinnert mich an den Frühling.«

Ihr Lachen klingt hell. »Scharf kombiniert! Das liegt wahrscheinlich daran, dass April ist. Aber heute haben wir wirklich Glück mit dem Wetter. Noch gestern war es unfassbar hässlich und regnerisch draußen.«

April? Wie kann das sein? Ich schwanke, aber sie stützt mich sofort.

»Willst du lieber wieder ins Bett? Ist vielleicht doch ein wenig viel für dich?«

Obwohl mir klar ist, dass ich meine Entlassung damit nicht unbedingt beschleunige, nicke ich. Auf einmal scheint mich alle Energie verlassen zu haben. Mühsam schleppe ich mich zum Bett und lasse mich schwer daraufsinken. Laura hilft mir, mich richtig hinzulegen, dann setzt sie sich auf den Stuhl, der neben dem Kopfende steht.

»Was ist los? Eben noch warst du gut drauf und auf einmal bist du wieder blass und wirkst unendlich müde.«

»Ach. Ich weiß nicht, wie ich es sagen soll, ohne dass es total bescheuert klingt.«

Sie zuckt aufmunternd mit den Schultern. »Versuch es einfach.«

»Ich bin irgendwie verwirrt. Vorhin ... da hatte ich doch einen Panikanfall. Dann bin ich aufgewacht und Doktor Kühnbach saß am Bett.«

Ihre Augen verengen sich und sie zuckt wieder mit den Schultern. »Ist alles so weit normal. Kein Grund, verwirrt zu sein.«

Keine Ahnung, warum ich auf einmal das Bedürfnis habe, ihr alles zu erzählen. Kurz schaue ich auf die geschlossene Tür und hoffe, dass meine Eltern nicht gerade jetzt hereinplatzen werden. Dann hole ich Luft. »Mein Kopf.«

Laura mustert mich prüfend. »Das ist normal. Du hattest diesen Unfall. Ein paar deiner Knochen waren gebrochen, dein Kopf hat auch ziemlich was abbekommen. Aber glaub mir, das wird wieder heilen. Du brauchst ein wenig Zeit, aber dann wirst du vollständig wieder gesund werden.«

Mein Zeigefinger fährt die Falten in der Bettdecke entlang. »Das sagen alle. Immer wieder. Ich würde es gern glauben, aber es wird jeden Tag schlimmer.«

Mit einem Stirnrunzeln schaut sie mir in die Augen. »Wie meinst du das?«

Kraftlos lasse ich den Kopf sinken. »Ich kann mich an meine letzte Panikattacke erinnern. Und daran, dass um mich herum alles schwarz wurde. Aber ich erinnere mich auch, dass ich vorher aus dem Fenster schaute und die Luft nach Sommer roch, irgendwie wärmer, sonniger.« Ich höre mich selbst und weiß, wie bescheuert und esoterisch das klingt. Aber es ist die Wahrheit.

»Sommer?« Ihr Gesicht ist ernst geworden.

»Ja Sommer. Außerdem trug Doktor Kühnbach vorhin ein blaues Halstuch und jetzt ein grünes«, sage ich lauter, damit sie endlich versteht, warum ich gerade fast durchdrehe.

Laura seufzt. »Mach dir keine Gedanken. In deinem Gehirn gehen die Dinge etwas durcheinander. Stell dir vor, dein Kopf wäre ein Mixbecher. Alle wichtigen Dinge sind drin, aber sie wurden ein wenig durchgeschüttelt und müssen erst wieder sortiert werden.«

Ich kann ein Stöhnen nicht unterdrücken. »Aber ich kann mich an so viele Dinge überhaupt nicht erinnern. Ich versuche es ständig, aber da ist *nichts*. Egal, wie sehr ich mich konzentriere, es ist einfach verschwunden. Mein Cache scheint komplett gelöscht zu sein.«

»Aber ...«

Ich rede weiter, plötzlich sprudeln die Worte nur so aus mir heraus. »Ich träume immer wieder davon, dass ich abgestürzt bin. Dass ich klettern war, mit einem Jungen. Dieser Traum fühlt sich echt an ... so richtig *echt*, als würde ich mich daran erinnern. Und dieser Junge ...« Es ist das erste Mal, dass ich es jemandem erzähle. Klingt es genauso verrückt wie in meinem Kopf, wenn ich es laut ausspreche? Zögernd schaue ich Laura an, die mich ausdruckslos mustert – nicht entsetzt, nicht ungläubig, nicht bemitleidend. Ich gebe mir einen Ruck und spreche weiter: »... er ist so vertraut, wir gehen miteinander um, als würden wir uns schon ewig kennen. Meine Eltern behaupten aber, ich sei mit ihnen zusammen gewesen, als der Unfall passierte.« Ich seufze. »Das passt alles nicht.«

Laura lächelt mich breit an. »Oh, ich wusste gar nicht, dass du einen Freund hast. Ich kann mich nicht daran erinnern, dass er dich hier schon einmal besucht hat.«

Besucht hat – Lauras Worte klingen in meinen Ohren nach und auf einmal hämmert wieder dieser Schmerz in meinen Schläfen. Wie soll ich ihr erklären, dass ich glaube, dass er da gewesen ist? Aber war er das wirklich? Was, wenn ich mich irre? Wenn ich mir das alles nur einbilde? Ich weiß ja noch nicht einmal, wie er heißt oder wie er aussieht. Aber es gibt ihn, da bin ich mir ganz sicher.

Tief hole ich Luft. »Ich habe vergessen, wie er aussieht. Wenn ich die Augen schließe und ihn mir versuche vorzustellen, dann ist da nichts. Gar nichts. Verstehen Sie jetzt, warum ich mich so entsetzlich fühle? Ich muss doch wissen, ob ich einen Freund habe oder nicht! So etwas vergisst man doch nicht! Stattdessen besteht mein Leben nur noch aus Fragen, auf die ich keine Antworten habe.«

Schwester Laura steht auf, geht rüber zu dem kleinen Pult und blättert in meiner Akte, wie es vorhin Kühnbach auch getan hat. »Hier stehen keine Einzelheiten zu deinem Unfall. Frag am besten deine Eltern, was passiert ist, vielleicht kommen dann deine Erinnerungen zurück.«

Aber das habe ich schon. Was ist, wenn stimmt, was sie sagen? Dann stand ich auf einer Klippe und habe auf einmal das Gleichgewicht verloren. In meinem Traum bin ich aber gefallen, noch bevor ich oben auf der Klippe angekommen war. Auch das passt nicht zusammen. Die Gedanken beginnen, in meinem Kopf umherzuwirbeln wie Schneeflocken im Sturm.

Ich schließe die Augen und schlucke trocken. »Wie soll ich es jemals schaffen, mir über das, was passiert ist, klar zu werden, wenn ich nicht einmal in der Lage bin, die Informationen zu ordnen, die ich habe?«

Laura zieht die Stirn in Falten und tippt mit dem Finger auf ihre Nasenspitze. »Ich bin kein Therapeut ...«

»Die können mir auch nicht helfen«, unterbreche ich sie.

Laura redet weiter: »... vielleicht ist es nicht das Richtige, aber ich bilde mich gerade weiter und muss ständig für irgendwelche Prüfungen lernen. Das fiel mir schon als Kind in der Schule total schwer, weil ich nicht in der Lage bin, Infos zu strukturieren. Aber weißt du, was mir dabei hilft?«

Ich zucke mit den Schultern.

Sie dreht eine Strähne ihres dunklen glatten Haares um den rechten Zeigefinger, beugt sich vor und sagt: »Die Methode nennt sich Gedächtnispalast.«

Lauras Stimme ist so nah bei meinem Ohr, dass ich zusammenzucke. »Gedächtnispalast? Was ist das?«

Laura legt den Kopf schief. Sie sieht aus, als würde sie angestrengt nachdenken. »Ich arbeite zwar schon seit einiger Zeit damit, aber ich weiß nicht genau, wie ich es am besten erklären soll«, sagt sie schließlich. »Damit kann man das Gedächtnis trainieren. Ich habe es aus dem Internet gelernt. Vielleicht kannst du selbst mal schauen, ob ...«

Nein, nein, nein! Sie kann mich doch jetzt nicht am langen Arm verhungern lassen. »Ich habe keinen Computer hier und auch kein Internet.«

Sie spreizt die Finger und presst die Spitzen vor ihrer Brust zusammen. Die Gelenke knacken ein wenig. »Okay, dann im Schnellkurs.« Sie zwinkert mir zu. »Das System beruht auf der Loci-Methode. Sagt dir das was?«

Ich schüttle den Kopf. »Nie davon gehört.«

»Macht nichts. Auf jeden Fall geht es um das Faktenwissen, um Verknüpfen von Informationen und um die Verbesserung der Gedächtnisleistung.«

»Wow, das klingt genau nach dem, was ich gerade dringend brauche«, sage ich und setze mich bequemer hin.

»Jeder baut sich seinen eigenen Palast und legt die Dinge, die er bereits weiß, in den einzelnen Räumen ab.«

Ich hebe die Hand. »Stopp. Ich soll einen Palast bauen? Wie soll das gehen?«

Sie lacht, dabei blitzt eine Reihe weißer Zähne zwischen ihren Lippen auf. »Der Palast, den du errichten sollst, existiert nur in deinem Kopf. Ein versteckter Ort für all deine dunklen Geheimnisse. Verstehst du?«

Okay, ein Palast in meinem Kopf. Das klingt machbar ... wie so ein Luftschloss, ein Fantasiegebilde. »Und dann?«

Sie hebt die Arme und gestikuliert in der Luft, als würde sie Wände hochziehen und ein Dach errichten. »Wie gesagt. Du entscheidest, wie der Palast aussieht, wie er aufgebaut ist, wie viele Räume er hat, welche Möbel drinstehen und das ganze Drumherum. Alles deine Entscheidung.«

»Es gibt also keine Vorgaben?«

»Eigentlich nicht. Du musst nur beachten, dass du vorher planst, wie viele Räume du brauchst. Wenn dein Palast erst mal steht, ist es schwierig, ihn um weitere Zimmer zu ergänzen. Klar, oder?«

Ich nicke. »Ist ja im echten Leben nicht anders.«

»Genau. So musst du dir das vorstellen. Der erste Schritt

ist, den Palast zu entwerfen und die Räume zu planen. Wenn du das hast, geht es weiter. Dann legst du das, was du schon weißt, in den einzelnen Räumen ab. Damit organisierst du praktisch dein Wissen. Kannst du mir folgen?«

In meinem Kopf entwickle ich gerade das Bild einer Burg, die ziemlich düster und wehrhaft aussieht. Ein paar Türme aus grauen Steinen, ein tiefer Graben, der sie vor Feinden schützt, ein Verlies für die Menschen, die meine Welt unsicher machen.

»Der Palast sollte unbedingt so sein, dass du dich in ihm wohlfühlst. Er sollte Geborgenheit ausstrahlen, dir Wärme und Sicherheit geben.«

Ich wische mein Gedankenbild fort. Da werde ich mir wohl etwas anderes einfallen lassen müssen. »Muss ich erst mal drüber nachdenken.«

»Kein Problem, mach das ganz in Ruhe. Ich erkläre dir nur das Prinzip, soweit ich es kann. In Ordnung?«

Ich nicke und warte ungeduldig darauf, dass sie fortfährt.

»Wenn du die einzelnen Räume hast, gibst du jedem eine Funktion. Das ist ja in normalen Häusern auch so. Die haben einen Flur, eine Eingangshalle, ein Wohnzimmer, mehrere Schlafzimmer, die Bibliothek, ein …«

»Echt?«, falle ich ihr ins Wort und muss grinsen. »Sie haben eine Bibliothek zu Hause?«

Sie lächelt zurück und winkt ab. »Nee, aber meine Eltern früher. Da standen Bücherregale, ein bequemer Sessel zum Lesen und der alte Schreibtisch meines Vaters mit einer Stiftablage aus Jade. Die hat er mal auf dem Flohmarkt gekauft.«

Jade – das klingt so nach China und irgendwie auch

mystisch. Laura ist noch nicht so alt, aber es fällt mir trotzdem schwer, sie mir als Kind vorzustellen. »Bei uns zu Hause gibt es nicht so viele Bücher, jedenfalls keine Romane. Meine Mutter sammelt Kunstbände.«

»Ja, ich habe schon gehört, dass sie beide malen. Ich beneide dich darum.« Vermutlich sieht sie mir meine Verblüffung an, denn sie sagt: »Ich wäre gern in einem kreativen Zuhause aufgewachsen.«

So habe ich das noch nie gesehen. Vielleicht sollte ich sie mal einladen, wenn ich irgendwann hier raus bin. Dann kann sie sich unser heruntergekommenes Haus anschauen und sehen, dass wir nicht einmal eine Mikrowelle haben und auch keinen Geschirrspüler. Plötzlich klopft mein Herz schneller, weil ich mich an ziemlich viele Einzelheiten erinnern kann. Vielleicht bessert sich mein Zustand ja wirklich! Auf jeden Fall hat die Sache mit der Mikrowelle meine Mutter zu verantworten. Sie hält diese Wellen für eine schädliche Strahlung, die uns in irgendeiner Art und Weise manipulieren und schädigen könnte.

»So romantisch ist das echt nicht. Wenn Sie wollen – können Sie gern mal auf einen Getreidekaffee vorbeikommen.«

Sie zieht die Augenbrauen hoch und wir grinsen uns an. Ja, in einem kreativen Haushalt ist auch die Auswahl an Heißgetränken eher »kreativ«. »Lass uns weitermachen, ich muss gleich zu dem Patienten auf Zimmer 17. Du legst im Palast die Informationen nach einem System in den Räumen ab, das dir sinnvoll erscheint. Dann merkst du dir den Weg dorthin.«

Kurz schließe ich die Augen und versuche zu verinnerlichen, was sie mir gesagt hat. Ein metallischer Geschmack breitet sich in meinem Mund aus. Vor lauter Konzentration habe ich meine Lippe blutig gebissen.

»Soll ich dir ein Beispiel nennen, damit du es richtig verstehst?«

»Ja bitte.« Ich rutsche auf meinem Kissen noch ein paar Zentimeter höher.

»Okay, nehmen wir mal an, du suchst nach einem Kuchenrezept.«

Laura hat eine angenehme Stimme, und da sie über ein Thema redet, das mich retten könnte, sauge ich jedes ihrer Worte in mich auf.

»Nina?«

Ich schrecke hoch. »Tut mir leid, ich war wohl in Gedanken.«

»Ich hatte dich gefragt, welchen Kuchen du am liebsten magst.«

Kuchen? Habe ich mir abgewöhnt. Meine Mutter hat das letzte Mal Kuchen gebacken, als ich neun war. Und auch dieser Versuch endete in einem Desaster. Sie hat ihn aus dem Backofen gezogen und umgehend in den Müll geworfen. Die Katze hat ihn dann aus der Mülltonne gefressen und sich sofort übergeben. Seitdem gibt es bei uns zu Hause nur noch Backwaren aus dem Supermarkt. Und auch das nur, wenn mein Vater eines seiner Bilder verkaufen konnte.

»Crumble«, sage ich spontan und ergänze: »Blaubeercrumble.«

Laura nickt zufrieden. »Nehmen wir also an, du suchst das passende Rezept. Du weißt, dass du es irgendwo hast, kannst dich aber nicht mehr daran erinnern. Was tust du?«

Ich zucke mit den Schultern. »Ich schaue im Backbuch nach oder suche was Entsprechendes im Internet?«

»Nina!« Ihre Stimme klingt streng. »Wir reden hier gerade über deine *Gedächtnisleistung*. Also was tust du?«

»Vermutlich gehe ich in den Palast ...?«, sage ich langsam.

»Genau. Denn natürlich hast du das Kuchenrezept in der Küche abgelegt.« Mit hochgezogenen Brauen sieht sie mich an.

»Klar, wo sonst?« Ich erspare es mir, ihr zu sagen, dass in einem *kreativen* Haus wie dem unseren das Rezept praktisch überall und nirgends sein könnte. Weil ja sowieso niemand backt und es daher auch nie gebraucht wird.

»Du gehst in die Küche und schaust zum Beispiel auf die Magnetleiste über dem Herd. Daran sind einige Zettel mit Rezepten angebracht. Einer davon ist das Rezept für den Crumble.«

Gerade stelle ich mir vor, wie der Geschmack der süßen Streusel auf meiner Zunge mit den herben Beeren verschmilzt. Vielleicht kann ich meine Mutter bitten, doch wieder etwas für mich zu backen. Sie würde mir garantiert bergeweise Crumble ins Krankenhaus mitbringen. Dann erinnere ich mich an die Katze und die Mülltonne und mache in Gedanken eine schnelle Risikoabwägung.

»Nina?«

Ich schrecke zusammen. »Sorry, Laura. Was haben Sie gesagt?«

»Ob du dir jetzt vorstellen kannst, wie es funktioniert?«

»Klar, ist sehr einleuchtend. Ein paar mehr Infos wären zwar ganz nett, aber ich denke, ich werde es auf jeden Fall mal ausprobieren.«

Nun steht sie auf und drückt mit einer Hand meine Schulter. »Ich schaue es mir zu Hause selbst noch einmal im Internet an. Aber du solltest auf jeden Fall überlegen, wie du deinen Palast gestalten willst. Wenn ich das nächste Mal wieder hier bin, reden wir weiter. In Ordnung?«

Ich finde es total nett, dass sie jedes Mal fragt, ob in Ordnung ist, was sie tut. »Danke, das mache ich und bin mir sicher, dass es helfen wird. War schön, mit Ihnen zu reden.«

Laura geht, aber ich höre, wie sie sich draußen im Gang mit jemandem unterhält. Die Stimme gehört unzweifelhaft meiner Mutter.

Auch wenn ich im Moment lieber meine Ruhe hätte, denn ich bin plötzlich irre müde, freue ich mich, dass sie mich besuchen kommt. Ich weiß, wie ungern sie sich von ihrer Arbeit losreißt und dass sie Unterbrechungen hasst, wenn sie gerade dabei ist, eines ihrer Gemälde fertigzustellen. Obwohl sie weitaus weniger Geld für ihre Bilder bekommt als mein Vater, wenn sie überhaupt mal eines verkaufen kann, halte ich sie für eine begnadete Künstlerin. Eigentlich finde ich sie sogar talentierter als Papa, aber das würde ich ihm niemals sagen. Auch er ist gut, sehr gut sogar. Jedoch habe ich ihn manchmal in Verdacht, dass er sich zu sehr darum bemüht zu gefallen. Einmal, ich muss ungefähr zehn oder elf gewesen sein, hat er mir erlaubt, seine Bilder von früher zu betrachten. Ich kann mich noch genau an die Wirkung erinnern, die sie auf mich hatten. Bei ihrem Anblick ist mir quasi die Luft weggeblieben. Seine Farben, seine Motive übten einen so starken Sog auf mich aus, dass ich mich noch kleiner fühlte, als ich damals ohnehin war. Solche Bilder malt er schon seit Jahren nicht mehr. Was Papa jetzt macht, ist gefälliger, beliebiger geworden.

Aber auch verkäuflicher ... und ganz bestimmt ist er es, der dafür sorgt, dass ich hier in dieser Privatklinik die Betreuung bekomme, die ich brauche. Sicher sind die Rechnungen trotzdem viel zu hoch für das Budget meiner Familie.

Ich muss seufzen, als ich daran denke, dass sich meine Eltern meinetwegen übernehmen könnten ... da öffnet sich die Tür und Mama tritt ein. Sie sieht mich, erstarrt für einen Augenblick, weil sie mich wohl gehört hat, und seufzt dann auch. Ich sehe ihr an, dass sie am Limit ist. Sie wirkt so zerbrechlich und ihre Haut ist blass, fast durchscheinend. Lange wird sie mit der Situation nicht mehr umgehen können.

»Mama!«, rufe ich gespielt fröhlich und breite meine Arme aus. Das scheint zu funktionieren, denn die Traurigkeit in ihrem Blick ist auf einmal wie ausgelöscht.

Mit schnellen Schritten eilt sie zum Bett und zieht mich fest in die Arme. Dann schiebt sich mich von sich und nimmt meine Hand. »Mein Liebling, ich bin so froh, dass es dir besser geht.« Ihre Finger zittern, das merke ich genau, sage aber nichts dazu. Mit Schwester Laura werde ich wohl mal reden müssen. Ich möchte nicht, dass sie ihr so viele Einzelheiten erzählt. Klar, sie ist meine Mutter und es geht sie natürlich etwas an, aber sie soll sich keine Sorgen machen.

»Mach dir keine Gedanken um mich. Ich hatte vorhin nur einen kleinen Panikanfall und sie mussten mich sedieren. Aber der Arzt war da, als ich aufwachte, und jetzt ist alles wieder in Ordnung.«

Sie mustert mich prüfend. »Bist du sicher?«

Ich nicke heftig, um sie zu beruhigen. »Ganz sicher.«

Meine Mutter fährt sich mit gespreizten Fingern durch die Haare, sammelt ein paar lose Strähnen zusammen und steckt sie mit einer der vielen Haarklemmen fest, mit denen sie ihre Haare zu bändigen versucht. Oft vergeblich.

»Ich habe eben deine Krankenschwester vor der Tür getroffen. Sie hat mir erzählt, dass ihr gemeinsam eine Möglichkeit gefunden habt, dein Gedächtnis zu trainieren. Ich finde das großartig.« Sie klatscht in die Hände wie ein Kind und ein Lächeln zieht ihre Mundwinkel auseinander, aber das Strahlen erreicht ihre Augen nicht. Warum tut sie so fröhlich?

Ich würde sie gern darauf ansprechen, sage dann aber nur: »Ja, ich hoffe, dass es damit klappt.«

»Du musst es unbedingt sofort ausprobieren.«

Jetzt grinse ich, weil ich meine Ungeduld ganz sicher von ihr geerbt habe. »Das braucht Zeit, ich muss es ganz in Ruhe machen und fange aber damit an, sobald du gegangen bist. Schließlich geht es um eine Sicherheitskopie meiner Festplatte und nicht um eine Kleinigkeit.«

Ich erkläre ihr kurz, was mir Laura über den Gedächtnispalast erzählt hat.

»Es wäre toll, wenn das klappt. Ich wünsche es mir so sehr für dich. Ich weiß, wie du leidest, aber du kannst dir nicht vorstellen ...«

Sanft verschließe ich ihre Lippen mit meinem Zeigefinger. »Alles ist gut, so wie es ist. Ich bin hier wirklich in den besten Händen, obwohl ich mich manchmal frage ... na ja, wie ihr das finanziell überhaupt hinkriegt. Das muss doch schweineteuer sein.«

»Mach dir keine Sorgen, meine Süße. Dein Vater verkauft ein paar seiner Bilder, dann geht das schon. Und du solltest dir sowieso nur Gedanken darüber machen, dass du schnell wieder gesund wirst.«

Kapitel 4

Mein Luftschloss

Ich erwache, weil jemand die Tür öffnet. Ein heller Lichtstrahl fällt auf mein Gesicht und zwingt mich, die Augen einen Spalt weit zu öffnen. Auf dem Nachttisch liegt mein Handy, aber ich traue mich nicht, den Arm danach auszustrecken. So verschlafen, wie ich noch bin, fällt es mir womöglich wieder runter.

»Wie spät ist es?«, frage ich in Richtung der hellblauen Silhouette, die sich im Türrahmen abzeichnet.

»Erst fünf, tut mir leid, ich habe versucht, leise zu sein.« Schwester Melanie klingt ehrlich zerknirscht. Dummerweise werde ich mit jedem Augenblick, der vergeht, wacher. Ich stemme mich auf die Unterarme und schiebe meinen Körper langsam höher, um besser sehen zu können.

Melanie hat die Tür jetzt so weit aufgeschoben, wie es geht, und hantiert draußen auf dem Gang herum. Die Putzkolonne scheint schon bei der Arbeit zu sein, denn ich höre das Klappern von Wischeimern. Mühsam stopfe ich das Kopfkissen zwischen meine Schultern und mache es mir bequem. Wenn ich jetzt noch Popcorn hätte, würde ich mich fast wie im Kino fühlen, weil mir klar ist, dass gleich etwas Außergewöhnliches passieren wird. Normalerweise weckt mich niemand vor sieben, denn ich bin hier schon so lange zu Gast, dass praktisch jeder auf mich Rücksicht nimmt. Diesmal aber ist das anders. Gebannt starre ich auf die Tür und halte für einen Moment die Luft an, als Melanie wiederkommt.

»Sorry, geht nicht anders, wir müssen sie jetzt reinschieben, nachher sind wir zu beschäftigt, um das Zimmer herzurichten.« Sie zwinkert mir kurz zu, dann geht sie rüber zu der Sitzecke und beginnt, den schweren Tisch und die beiden Sessel von links nach rechts zu rücken. Wäre ich nicht im Krankenhaus, würde ich sie wahrscheinlich fragen, ob sie Hilfe braucht, weil sie noch ein ganzes Stück kleiner ist als ich. Und das will was heißen. Kräftemäßig bin ich ihr im Moment allerdings unterlegen, also lasse ich sie stöhnen und fluchen. Erst als sie fertig ist und mit zufriedenem Blick ihre Hände am hellblauen Kittel abwischt, fällt mir wieder ein, was sie gesagt hat.

»Wieso reinschieben? Was ist los?«

»Du bekommst eine Zimmerkollegin. Freust du dich?«

Eine Zimmerkollegin? Jetzt?

»Ich dachte, meine Eltern würden extra mehr Geld bezahlen, damit ich ein Einzelzimmer habe.« Kaum sind die Worte aus meinem Mund, möchte ich sie am liebsten wieder zurücknehmen. Ich liege hier seit so vielen Wochen, da ist es eigentlich sogar schön, etwas Gesellschaft zu bekommen. Und abgesehen davon, ist es gut möglich, dass meine Eltern die Zusatzkosten einfach nicht mehr aufbringen können. Wahrscheinlich ist es viel schwieriger, die Klinikrechnung zu bezahlen, als Mama immer tut. Wenn Papa auf einmal so viele Bilder verkaufen würde, wie sie in letzter Zeit behauptet, dann hätte er das doch schon seit Jahren getan.

Melanie zieht einen Zettel aus der Tasche, auf den irgendwelche Zahlen gedruckt sind. Mehr kann ich nicht erkennen.

»Ja, aber wir haben leider keine Kapazitäten mehr. Dein Zimmer war das letzte Einzelzimmer auf der Station.« Sie schaut mich an und lächelt. »Und so krank bist du ja auch nicht mehr. Wahrscheinlich wird dir ziemlich bald auch ganz schön langweilig werden. Da ist es gut, wenn du nicht immer so allein bist. Ist doch schön, jemanden zum Reden zu haben. Meinst du nicht?«

Ein paar Minuten später steht an der rechten Wand ein zweites Bett mit einem Mädchen, von dem ich nicht viel mehr sehe als ein blasses Gesicht und schwarze Haare, die wie Pech über das Kissen fließen.

Melanie steht neben dem Kopfende meines Betts und flüstert: »Wäre gut, wenn du noch eine Weile ein wenig leise sein könntest. Sie wurde gerade operiert und hat wahrscheinlich die Narkose noch nicht ganz ausgeschlafen.«

»Müsste sie dann nicht eigentlich im Aufwachraum sein oder auf der Intensivstation oder irgendwo, wo man sie überwacht? Ich meine, was soll ich tun, wenn …?«

»Sie war schon einmal wach und hat sich die Seele aus dem Leib gekotzt. Das Übliche eben, du weißt schon. Aber unten haben sie keinen Platz mehr für sie. Wenn was ist, klingelst du bitte, wir sind dann ganz schnell da.« Sie weist auf den kleinen Drücker, der neben mir am Kabel um das Bettgestell gewickelt ist. Dann tätschelt sie behutsam meine Schulter. »Frühstück gibt es wie immer um acht. Bis dahin bleibst du am besten noch im Bett. In Ordnung?« Sie wartet meine Antwort nicht ab, sondern wendet sich zum Gehen. Ihre Gummischuhe quietschen auf dem Holzboden.

Als sie schon fast wieder bei der Tür ist, fällt mir etwas ein und ich rufe: »Warten Sie!«

Melanie schnellt herum, sieht mich strafend an, dann huscht ihr Blick zu dem Mädchen. »Hatte ich dich nicht gerade gebeten, leise zu ...«

Ich verdrehe die Augen. »Tut mir leid«, flüstere ich. »Aber wie heißt sie eigentlich?«

Ein Lächeln wandert über Melanies Lippen. »Oh, das habe ich ganz vergessen, dir zu sagen. Das ist Marie, sie ist vierzehn Jahre alt und hatte einen Verkehrsunfall. Die Ärzte sagen, sie hatte eine Menge Glück. Es wäre nett, wenn du sie unter deine Fittiche nehmen könntest. Ich glaube, sie nimmt das, was ihr passiert ist, ziemlich schwer.«

Als die Schwester gegangen ist, schaue ich eine Weile rüber auf die schmale Gestalt des Mädchens, die sich unter der Decke abzeichnet. Auf eigenartige Weise fühle ich mich mit ihr verbunden. Dann setze ich mich auf und lasse die Beine über die Bettkante hängen. Mein Blick fällt auf die Krücken, die neben mir an der Wand lehnen. Wenn alles so funktioniert, wie die Ärzte sich das vorstellen, werde ich hoffentlich bald ohne sie laufen können.

Eine Stunde später schläft Marie noch immer und ich entschließe mich, mit dem Bau meines Gedächtnispalasts zu beginnen. Wie Schwester Laura es mir erklärt hat, mache ich mir erst mal Gedanken um das Äußere. Ziemlich schnell wird klar, dass bei mir vermutlich eine sehr kleine Hütte reichen würde, um meine aktuellen Informationen über die letzten sechs Monate zu sortieren. Ich atme tief durch, straffe die Schultern und wische die Verzweiflung weg, bevor sie meinen Kopf im Sturm übernehmen kann. *Genau das will ich ja damit ändern,* rede ich mir gut zu. Es ist einen Versuch wert, außerdem habe ich mir vorgenommen, auch alle anderen Erinnerungen dort abzulegen. Da das nicht wenige sind, wartet eine Menge Arbeit auf mich, um ein umfangreiches Backup zu erstellen. Also schließe ich die Augen und warte darauf, dass das Bild meines Wunschhauses in mir entsteht.

Zunächst ist da ein Gebäude aus grauen Steinen mit einigen Türmchen. Auf dem Dach weht eine britische Flagge. Sieht ein wenig so aus wie der Palast der Queen in London. Ich frage mich, was das über mich aussagt. Bin ich noch immer so drauf wie eine Zehnjährige, die Prinzessin sein will? Ich schüttle den Kopf. Nein, das ist nicht das Richtige. Etwas wie Hogwarts wäre viel besser, denn ich könnte einen Zauberspruch gut gebrauchen, um damit die Zeit zurückzudrehen. Als mir bewusst wird, dass ich auch dafür zu alt bin, verliere ich kurz die Lust. Wie soll das funktionieren, wenn ich schon am ersten Schritt scheitere?

Die Vorhänge an den geöffneten Fenstern wehen im Wind, die Sonne steht bereits ziemlich hoch. Vermutlich ist es bald Zeit für das Frühstück. Ich lasse erneut Bilder in mir aufsteigen. Es vergehen lediglich wenige Augenblicke, dann sehe ich ein dreistöckiges Haus vor mir, dessen Vorderseite nahezu komplett verglast ist. Es wirkt, als könnte man von außen in sämtliche Zimmer schauen. Ob es mir gefallen würde, in einem derartigen Gebäude zu wohnen, weiß ich nicht, aber irgendetwas daran zieht mich magisch an. Je mehr ich mich darauf konzentriere, umso größer wird das Haus. Fast als hätte ich ein Zoom-Objektiv und würde es näher zu mir heranholen. In der unteren Etage gehen die Fenster tatsächlich von der Decke bis zum Boden, aber weiter oben sind sie etwas kleiner. Zartgelbe Vorhänge wehen im Wind und ich kann den lauen Lufthauch, der sie hin und her bewegt, fast körperlich spüren. Ich glaube, ich habe meinen Palast gefunden. Er ist zwar nicht besonders imposant. Aber es fühlt sich so an, als wäre er bereits seit vielen Jahren mein Haus, und deshalb kann ich gar nicht anders, als mich dafür zu entscheiden.

Ohne die Augen zu öffnen, trete ich in Gedanken bis vor die Schwelle und wie von Zauberhand schwingt die Tür auf. Ein Gefühl der Freude steigt in mir auf und ein wenig aufgeregt bin ich auch. All das fühlt sich so echt an und es kommt mir so vor, als würde ich nach langer Zeit der Abwesenheit nach Hause zurückkehren.

Als ich über die Schwelle trete, dringt der bekannte Geruch von Ölfarben, Pinselreiniger und alten Leinwänden in meine Nase. Sofort fällt alle Anspannung von mir ab. Es war mir gar nicht bewusst, wie sehr mir dieser Duft gefehlt hat, wie sehr ich ihn brauche, um mich geborgen zu fühlen.

Im Gegensatz zu meinem echten Zuhause, das von oben bis unten vollgestopft mit Dingen ist, die entweder meinen Eltern oder mir wichtig sind, ist der weitläufige Raum, in dem ich stehe, nur spärlich möbliert. Eine weiße Couch, davor zwei riesige Sessel mit roten Samtbezügen, in die man sich wahrscheinlich prächtig hineinkuscheln kann, um zu lesen oder einfach nur nachzudenken, stehen gegenüber der Tür. An der Seite gibt es einen Kamin, in dem im Augenblick kein Feuer flackert. Daneben ist eine Tür, die offen steht und in eine riesige Küche führt. Ich glaube, es wird mir Spaß machen, sämtliche Räume nach meinem Geschmack einzurichten, ihnen ihre Funktionen zuzuweisen und meine Zeit hier zu verbringen.

Für den Moment begnüge ich mich damit, aus meiner Erinnerung ein paar Bilder meiner Eltern an die Wand zu denken. Obwohl Laura empfohlen hatte, nicht sofort den ganzen Gedächtnispalast einzurichten, sondern eine Etage nach der anderen fertigzustellen, gebe ich dem Drang, nach oben zu gehen und mich dort wenigstens kurz umzuschauen, nach. Ich wende mich um, verlasse das Wohnzimmer und steige die geschwungene Treppe empor, die viel zu breit für das Haus wirkt.

In der ersten Etage wartet ein langer Flur auf mich, der vom Treppenaufgang nach links und rechts abgeht. Auf beiden Seiten befinden sich Türen. Ich gehe langsam erst in die eine Richtung, dann in die andere und zähle insgesamt zwanzig Räume. Wow, das erinnert mich jetzt tatsächlich ein wenig an die Hütte aus dem Märchen, die von außen ganz unscheinbar und klein wirkt, innen aber unzählige Zimmer birgt.

Als ich die erste Tür öffne, sehe ich in einen Raum, der komplett leer ist. Heller Dielenboden, die Wände zartgelb gestrichen, aber von Möbeln fehlt jede Spur. Vorsichtig trete ich ein und gehe ans Fenster, das mir einen Blick auf einen kleinen Park oder Wald erlaubt. Ich kann mich nicht erinnern, diese Vorstellung aus meiner Erinnerung geholt zu haben. Falls doch, habe ich wohl vergessen, dass ich je an einem Ort war, an dem es so aussah wie hier.

Okay, das ist das erste Zimmer, das ich betreten habe. Ich werde es zum Arbeitszimmer machen und mein Wissen hier abspeichern. Das funktioniert für mich seit Jahren am besten, wenn ich die Informationen in Ordner packe. Ich stelle mir vor, dass drei Wände komplett voll sind mit Bücherregalen, dazu wähle ich Eichenholz, weil ich das in alten Bibliotheken immer so schön finde. Frei bleibt nur die schmale Wand, in der sich die Tür befindet. Was ich davon abgesehen in das Zimmer hineinstellen werde, weiß ich noch nicht, aber die breiten Regale bieten auf jeden Fall genug Platz, um alles abzulegen, was ich über mich weiß. Ich zaubere ganz schnell noch fünf Ordner auf einen der Regalböden und überlege gerade, wie ich sie beschriften soll, als mich ein lautes Husten aus meinen Gedanken reißt.

Es dauert ein paar Sekunden, bis es mir gelingt, wieder in die Realität zurückzufinden, dann sehe ich Marie, deren Körper von einem Hustenreiz geschüttelt wird. In ihren weit aufgerissenen Augen schimmern Tränen, sie hält die rechte Hand vor den Mund gepresst und sieht sich hektisch um.

»Warte, ich hole dir was zu trinken«, rufe ich ihr zu, stehe vorsichtig auf und strecke die Hände nach meinen Krücken aus.

Im Bad lasse ich ein Zahnputzglas voll Wasser laufen, gehe wieder ins Zimmer und schaue ihr zu, wie sie das Glas mit zitternden Händen an den Mund führt und sich die Schweißtropfen vom Gesicht wischt.

»Alles in Ordnung?« Gespannt beobachte ich, wie sie nickt und mich ansieht.

»Alles gut, hab mich nur verschluckt.«

Ihre Augen glänzen noch ein wenig von der Anstrengung, und obwohl ich am liebsten sofort in meinen Palast zurückkehren würde, setze ich mich zu ihr auf die Bettkante. »Ich finde es schön, jetzt endlich nicht mehr allein hier im Zimmer zu liegen.«

»Ich freue mich auch, bei dir zu sein. Sie hatten eigentlich vor, mich in ein Dreibettzimmer mit lauter alten Frauen zu legen. Aber dann bin ich hier gelandet. Wie heißt du eigentlich?« Sie streicht sich die dunklen Haare aus der Stirn und wirkt dabei so verloren, dass ich sie am liebsten in den Arm nehmen und trösten würde. Aber ich bin nicht gut in diesen Dingen, obwohl ich weiß, dass ich mehr socializen sollte. Also hole ich nur tief Luft.

»Nina.« Ich überlege kurz, was ich ihr noch erzählen könnte, damit ich nicht so kurz angebunden wirke, aber sie grinst mich an und fragt: »Bist du schon lange hier?«

Ich zucke mit den Schultern. »Insgesamt seit mehr als fünf Wochen.«

Marie zieht scharf die Luft ein und stemmt ihren schmalen Oberkörper ein Stück hoch. Erst schaut sie auf die Krücken und dann auf meine Orthesen. »Im Ernst? Alles nur wegen deiner Beine? Was ist passiert?«

Ich zögere einen Moment, weil ich das Gefühl habe, nur noch aus der Antwort auf diese eine Frage zu bestehen: *Was ist passiert?*, aber vermutlich ist es das, was man in Krankenhäusern tut – seine Krankengeschichte zum Besten geben. Also rede ich über meine Verletzungen und sogar von meiner Gedächtnislücke. Marie wirkt so nett und hört so aufmerksam zu, dass es mir nicht einmal unangenehm ist.

Als ich fertig bin, sagt sie: »Oh. Du kannst dich an gar nichts erinnern?« Sie nippt an dem Glas und schaut mich über den Rand hinweg an.

»Doch, schon. Ich weiß halt alles, was in meiner Kindheit war, und alles, was letztes Jahr passiert ist. Aber aus irgendeinem Grund scheinen mir die letzten paar Monate vor meinem Unfall zu fehlen. Da ist irgendein Bug in meinem System, aber die Ärzte können ihn einfach nicht finden.«

Darauf sagt sie nichts, sondern sieht mich nur stirnrunzelnd an. »Ein *Bug?* Was ist das?«

Ich runzle die Stirn. »Ach so, tut mir leid, das ist Computersprache für einen Programmfehler. Bevor das alles passiert ist«, ich mache eine vage Handbewegung, die unser ganzes Zimmer einschließt, »habe ich mich ziemlich viel mit Computern beschäftigt. All das hier fühlt sich so an wie ein mieser Fehler hier oben.« Ich tippe mir an die Schläfe. »Was machst du in deiner Freizeit?«

Auf einmal scheint sie in sich zusammenzufallen und noch kleiner und schmaler zu werden, als sie sowieso schon ist. Ihre Augen schimmern. »Ich habe getanzt.«

»Was genau? Ballett?« Als die Worte aus meinem Mund sind, ärgere ich mich darüber, dass ich die Frage gestellt habe. Sie nickt traurig und in ihren Augenwinkeln schimmern Tränen. Warum muss ich nur immer so direkt sein?

Sanft sage ich: »Du hattest einen Verkehrsunfall, hat die Schwester gemeint. Wie schlimm ist es? Ich meine, wirst du wieder ...«

Sie zuckt mit den Schultern und kratzt sich an der Wange. Über ihren Handrücken zieht sich eine lange dunkle Schürfwunde und ich frage mich, wie mitgenommen wohl der Rest ihres Körpers aussieht.

»Dafür, dass der Arsch mich frontal erwischt hat und ich voll über sein Auto gesegelt bin, geht es mir wohl ganz gut.« Sie hebt ihre Bettdecke ein wenig hoch und ich sehe, dass beide Beine bis zu den Oberschenkeln eingegipst sind.

»Oh.«

Wir sehen uns an und müssen plötzlich beide lachen.

Sie lässt sich ins Kissen zurücksinken. »Lass mich raten: Sie sagen, du hättest Glück gehabt und dass du wahrscheinlich wieder ganz normal wirst gehen können, wenn alles verheilt ist. Dass du nur Geduld haben musst.«

Ich seufze laut auf. »Du hast ja keine Ahnung, wie oft sie das zu mir sagen! Aber mal im Ernst ...« Ich schaue sie an und mir vergeht das Lachen. »... wenn du normal gehen kannst, okay, aber tanzen auch?« Als ich merke, wie vorsichtig meine Stimme klingt, ziehe ich die Schultern nach oben und werfe ihr zur Sicherheit noch einen entschuldigenden Blick zu.

»Keine Sorge, vermutlich auch tanzen. Aber ob alles wieder so wird wie zuvor? Keine Ahnung.«

Wieder so wie zuvor. Ich wünsche ihr, dass alles wieder so wird. Für mich selbst bin ich mir da nicht so sicher.

»Hey Nina. Wo bist du gerade mit deinen Gedanken?«

Ich zucke zusammen. »Tut mir leid, war wohl für eine Minute auf Standby.« Dann füge ich hinzu: »Ich habe darüber nachgedacht, ob ich mir wünsche, dass alles so wie vorher wird. Im Hinblick auf meinen Kopf natürlich schon, aber der Rest ... Da bin ich mir nicht so ganz sicher.«

»Klingt nicht gut. Hattest du Ärger?«

Ich stöhne. »Ärger ist zu viel gesagt, aber ich habe eine Computer-App programmiert, die alle gut fanden.« Für einen Moment halte ich inne und beobachte Maries Reaktion. Aber sie schaut mich einfach nur neugierig an. Also mache ich weiter und verstelle die Stimme, um affektiert zu klingen. Sie soll auf gar keinen Fall denken, ich würde damit angeben. *»Innovativ, nützlich, effizient und noch nie da gewesen.«* Dann spreche ich normal weiter: »Für die App habe ich einen Preis gewonnen. Meine Welt waren HTML, Ruby, Python und CSS. Zuletzt habe ich angefangen, mich mit Swift zu beschäftigen, und das werde ich auch wieder machen, sobald ich endlich hier raus bin.« Ich mache eine Pause, weil ich sowieso schon viel zu viel geredet habe. Wahrscheinlich langweile ich sie mit meinem Nerdkram. »Ich spreche nicht gern darüber, weil ich nicht möchte, dass du ...«

Sie winkt ab. »Was ist die jüngste Erinnerung, die du hast?«

Wow. Ich starre sie an. Es ist seltsam, aber mich haben Therapeuten, Psychiater, Neurologen und noch andere Leute zu meiner Amnesie befragt. Diese Frage jedoch hat mir so knapp noch niemand gestellt. Ich grabe in meinem Gedächtnis, sortiere die Fakten, an die ich mich aus der elften Klasse erinnere. Da war die Klassenfahrt, wir waren in Dresden und haben eine Aufführung in der Semperoper besucht. Das Sportfest, bei dem ich am Rand der Weitsprunggrube ausgerutscht bin und Selma mir hochgeholfen hat, bevor wir beide einen Lachanfall hatten, kam auf jeden Fall noch danach. Ein metallischer Geschmack breitet sich in meinem Mund aus und ich merke, dass ich meine Lippe blutig gebissen habe. Marie harrt schweigend aus, bis ich mit einem Ruck den Kopf hebe.

»Na ja, diese Preisverleihung beim Bundeswettbewerb scheint meine letzte Erinnerung zu sein.«

»Abgefahren, du siehst gar nicht so aus wie jemand, der so was kann.« Als sie sich vorlehnt, um mich zu mustern, fallen die Haare wie ein Schleier über ihr Gesicht.

Jetzt muss ich lachen. »Das nehme ich mal als Kompliment.«

Sie lacht auch. »Und danach? Was haben die Leute in deiner Klasse dazu gesagt? Du warst bestimmt der Held der Schule.«

»Nee, eben nicht, denn damit hatte sich anscheinend vieles geändert. Auf einmal war ich etwas Besonders. Die Medien interessierten sich für mich. Ich wurde für Zeitungen interviewt, für Blogs und ein paar YouTube-Channels.«

Marie prustet los.

»Ja, ich weiß, blöd, oder? Und dann kam der Unfall und deswegen ist davon momentan nicht mehr viel übrig – von mir, von dem Nerd, von CSS und Swift.« Ich blicke auf. »Und du? Bist du mit deinem Tanzen schon einmal aufgetreten?«

»Also kannst du dich ja doch an mehr erinnern – daran, wie es kurz vor deinem Unfall war. Was kam danach?« Sie hat meine Frage einfach ignoriert und mit einer Gegenfrage gekontert. Vielleicht sollte sie später mal Psychologin werden, machen die das nicht so? Obwohl ich Marie nicht kenne, habe ich das Gefühl, dass das das Richtige für sie wäre.

»Das mit den Interviews ... das sind nicht meine eigenen Erinnerungen. Ich weiß noch, dass da diese Preisverleihung war. Den Rest haben mir meine Eltern erzählt.«

»Nur deine Eltern? Hast du keine Freunde, die dich besuchen kommen?«

Die Schonungslosigkeit, die in ihrer Stimme mitschwingt, macht mich für eine Sekunde sprachlos. Okay, Marie ist anscheinend genauso direkt wie ich. Ich schlucke trocken. Dann fange ich mich wieder. »So in etwa.«

»Mist, das tut mir leid.«

Eine Weile sagt keine von uns etwas. Um das Schweigen zu durchbrechen und vielleicht auch, um mir selbst etwas vorzumachen, öffne ich mich weiter, als ich es vorhatte.

»Ich denke schon, dass ich bald auch Besuch bekommen

werde. Aber so richtig enge Freunde ...« Für einen Moment schließe ich die Augen und denke nach. »Ich war nie der Best-friends-forever-Typ. Zu wenig Zeit, wahrscheinlich auch zu wenig Interesse daran. Das Übliche eben bei einem Nerd wie mir.« Ich winke ab. »Immerhin weiß ich noch, dass ich keine richtigen Freunde hatte ... Blöder ist für mich, dass ich mich an den Unfall selbst überhaupt nicht mehr erinnern kann.«

»Du weißt gar nicht, was passiert ist?«

Die Worte purzeln jetzt nur so aus mir heraus. »Nein, und das macht mich vollkommen irre.« Dann erzähle ich ihr von meinen Albträumen. Von den Klippen und von den Händen, die langsam auf mich zukommen, die mich stoßen. Und davon, wie ich endlos falle. So endlos lange, dass ich nicht spüre, wie ich auf dem Boden aufkomme.

»Das hört sich furchtbar an.« Sie greift nach meiner Hand und drückt sie fest. »Aber du musst dir immer wieder sagen, dass das nur ein Traum ist. Das tue ich auch, wenn ich jede Nacht das Auto sehe, das auf mich zugerast kommt.«

Ich ziehe scharf die Luft ein. Dann geht es Marie also auch so? Dann ist das wirklich normal? Ich nehme ihre Hand und drücke sie, als könnten wir etwas dagegen tun, wenn wir uns nur zusammenschließen. »Und es fühlt sich so real an, oder? Für mich jedenfalls. Es ist, als würde ich mich daran *erinnern,* nicht nur davon träumen. Aber eigentlich kann das nicht sein, denn meine Eltern waren dabei, als ich abgestürzt bin. Verstehst du? Sie sagen, dass sie dabei gewesen sind, als es passierte, obwohl es in meinem Traum ganz anders abläuft. Da sind nur dieser Junge und ich. Das bedeutet, dass mein Traum keine Erinnerung sein kann. Das verwirrt mich und ich kriege deswegen regelmäßig Panikattacken.«

Während ich das sage, wird mir klar, dass mich die Panik seit einer ganzen Weile nicht mehr überfallen hat. Ich war so beschäftigt mit meinem Training für die Beine und jetzt auch mit dem Gedächtnispalast, dass es mir gar nicht aufgefallen ist.

Marie zieht die Stirn in Falten und scheint angestrengt nachzudenken. »Du denkst also, dass dich jemand gestoßen hat, aber deine Eltern sagen, dass das so nicht stimmt. Richtig?«

»So ungefähr. Ich glaube, dass ich den Jungen sehr gut kenne, mit dem ich da am Berg gewesen bin. Ich kann mich zwar weder an seinen Namen erinnern noch an sein Gesicht, aber alles an ihm kommt mir vertraut vor.« Mein Herz klopft bis zum Hals, als ich die Worte laut ausspreche ... und nun, da sie zwischen uns im Raum schweben, fühlen sich mein Traum und all die Bilder in meinem Kopf noch realer an.

Ich zucke mit den Schultern und fühle mich plötzlich unendlich müde. »Wie gesagt. Vielleicht ist das wirklich nur ein Traum. Vielleicht spinne ich mir auch was zusammen. Gut möglich, dass mein Gehirn mehr Schaden genommen hat, als die Ärzte denken.« Als ich höre, wie traurig und resigniert meine Stimme klingt, bekomme ich einen Schreck. Was hat dieser Unfall bloß aus mir gemacht? »Du hast doch bestimmt auch Angst. Ich meine, wie gehst du damit um, dass dich einfach so jemand über den Haufen gefahren hat?« Erschrocken schlage ich die Hände vor meinen Mund, aber Marie scheint meine Wortwahl nicht zu stören.

»Ich finde es gut, dass du es so frei heraussagst. Die anderen fassen mich immer mit Samthandschuhen an und ich merke, dass sie bei jedem Wort überlegen, ob sie das sagen dürfen. Bevor ich zu dir ins Zimmer kam, lag ich auf der Intensivstation. Meine Mutter saß stundenlang an meinem Bett und hat geweint. Immer wieder hat sie gefragt, warum das gerade mir passieren musste. Hilft halt so überhaupt nicht.«

»Fragst du dich das denn nicht?«

»Natürlich nicht. Warum sollte ich? Man kann die Frage doch genauso gut auch umdrehen. Warum sollte es gerade mir nicht passieren? Was ist bei mir anders? Bin ich etwa mehr wert? Habe ich das etwa weniger verdient als jemand anderes?«

Der Kloß in meiner Kehle wird immer dicker, weil dieses vierzehnjährige Mädchen das hat, was mir fehlt. Sie nimmt die Dinge einfach so hin, arrangiert sich mit ihnen und fragt nicht nach dem Warum. Ich wünschte, ich könnte nur ein wenig mehr so sein wie sie.

Kapitel 5

Sichtbar, was sonst nie wahrgenommen worden wäre

Es macht Spaß, in den Nächten und in jeder freien Minute des Tages die Räume im Palast nach meinen Wünschen einzurichten, auch wenn manche Dinge nicht ganz zueinanderpassen. In der Küche sorge ich für Plätzchenteig, der auf dem Tisch ausgerollt ist. Das Nudelholz liegt daneben, im Ofen ist schon ein Blech mit Vanillekipferln fast fertig. Wie in meiner Kindheit, als meine Großmutter noch bei uns lebte, duftet es warm und weich und erinnert mich an Weihnachten. Während in der Küche winterliche Stimmung herrscht, steht nebenan hinter dem riesigen Wohnzimmerfenster die Sonne hoch am Himmel. Es ist warm und vor dem Fenster fliegen Möwen, auch wenn ich nicht sicher bin, ob mein Palast am Meer steht. Ich kann mich nicht recht entscheiden und habe daher dafür gesorgt, dass ich nur Klippen und Wald sehe, wenn ich vor die Tür trete. Die Luft ist klar und schmeckt ein wenig salzig.

In der ersten Etage ist genug Platz für alle Informationen, sodass ich das Dachgeschoss bisher gar nicht angeschaut habe. Aber es gibt mir ein gutes Gefühl zu wissen, dass da noch Raum ist, falls ich ihn brauche.

Nun lege ich alles, was mir meine Eltern erzählt haben oder woran ich mich sowieso erinnere, in meinem Arbeitszimmer ab. Es ist schön zu sehen, wie sich die Regale immer mehr mit Fotoalben und Aktenordnern füllen. Die schönsten Familienbilder habe ich im Großformat gerahmt und an die Wände gehängt, Briefe aus meiner Kindheit stapeln sich auf dem Schreibtisch. Ein Schlafzimmer habe ich mir auch schon eingerichtet, es ist gleich nebenan und durch eine Tür mit dem Arbeitszimmer verbunden. Dadurch fehlt ein bisschen Stellfläche, aber ich brauche nicht viel, um mich wohlzufühlen. Hier stehen meine alten Kuscheltiere, meine Puppen, die Mama schon vor Jahren einem Kindergarten gestiftet hat, und die Bilderbücher, mit denen ich früher stundenlang auf dem Boden saß und die ich immer wieder durchgeblättert habe. Ich glaube, in der Realität sind sie in irgendeiner Kiste im Keller verstaut. Aber hier möchte ich sie bei mir haben.

Über dem breiten Bett habe ich einen Himmel aus dünner weißer Seide geschaffen. Gegenüber befindet sich ein Sideboard, in dem der Fernseher und eine ganze Reihe DVDs stehen. Das sind alle Filme, von denen ich mich erinnern kann, sie gesehen zu haben.

Ich fühle mich geborgen in meinem Erinnerungspalast und verbringe ganze Nächte damit, Schränke, Regale, Schubladen und Kisten zu füllen. Unfassbar, ich bin erst siebzehn, aber es gibt bereits jetzt so viele Dinge, an die ich mich erinnere – viel mehr, als ich dachte. Gute und schlechte. Lustige Begebenheiten und traurige.

Meine Tage sind noch immer vollgepackt mit Therapien für meine Beine und meinen Kopf, aber die Untersuchungen bei den Ärzten werden langsam weniger. Wenn wir zufällig gleichzeitig wach sind, unterhalte ich mich mit Marie, weil Mama jetzt nur noch jeden zweiten Tag kommen kann. Sie wirkt ziemlich gestresst und ich glaube, es fällt ihr schwer, mich und die Ausstellung, die sie gerade plant, unter einen Hut zu bringen. Dabei sollte sie einfach nur glücklich sein, dass es endlich geklappt hat. Seit ich denken kann, hat sie sich eine Ausstellung ihrer Werke gewünscht und nun darf sie sie bald in einer kleinen Galerie in Dahlem zeigen.

Als mich mein Physiotherapeut Pedro wieder zurück ins Zimmer bringt, bin ich so erschöpft, dass ich am liebsten sofort ins Bett fallen würde. Marie schläft zum Glück schon, immerhin ist es bereits nach neun und sie hatte heute auch einen schweren Tag. Auf dem Tisch haben die Schwestern mir das Abendbrot hingestellt, aber ich habe keinen Hunger und gehe ins Bad. Lustlos putze ich meine Zähne und versuche erst gar nicht, den Pyjama anzuziehen, sondern streife lediglich die Jogginghose ab und lasse sie auf den Boden fallen. Auf meinem Telefon sehe ich drei Nachrichten von Selma. Schon zuckt mein Finger über dem Display, um sie zu öffnen, aber die Müdigkeit schwappt wie eine Welle über mir zusammen. Ich kämpfe mich mit den Krücken zum Bett, ziehe die Decke bis zum Kinn und nehme mir vor, heute Nacht wirklich mal zu schlafen und nicht im Palast Erinnerungen abzulegen. Das Haus in meinem Kopf ist ein Zufluchtsort für mich geworden, denn allein der Gedanke an Schlafen und meinen unvermeidlichen Albtraum jagt mir eine Gänsehaut über die Arme.

Kaum schließe ich kurz darauf die Lider, verselbstständigen sich meine Gedanken und fliegen zum Palast. Der köstliche Plätzchengeruch, der mich schon in der Diele empfängt, lässt mir das Wasser im Mund zusammenlaufen und ich bin nicht sicher, ob das nur in meiner Gedankenwelt passiert oder auch in der Realität. Seit ich mich im Palast häuslich einrichte und so viel Zeit hier verbringe, fühlt es sich manchmal so an, als könnte ich meine Welten nicht mehr genau auseinanderhalten. Verträumt war ich schon immer, aber jetzt ist der Palast eine wirklich willkommene Flucht aus dem eintönigen Klinikalltag.

Oben im Arbeitszimmer liegt das dicke, in Leder gebundene Fotoalbum dort, wo ich es am Vormittag zurückgelassen habe. Es war anstrengend, mich an Bilder zu erinnern, die von mir existieren. Kindergeburtstage, Kostümfeste im Kindergarten und in der Grundschule, meine Einschulungsfeier, die wenigen Urlaube im Schwarzwald mit meinen Eltern. Italien und Portugal, ein paar Fotos von meinen Großeltern, von mir als Baby, von meinen Geburtstagspartys, aus der Schule und von Selma fehlen noch, obwohl es jetzt schon fast komplett voll ist; ich werde wohl noch ein paar mehr Fotobücher anlegen müssen. Obwohl es nur einen Bruchteil der Zeit in Anspruch nimmt, alles in die Alben zu kleben, als das in der wirklichen Welt der Fall wäre, kann ich einen Seufzer nicht unterdrücken. Dabei habe ich alle Zeit der Welt und außerdem muss es nicht perfekt sein. Dieser Platz gehört mir allein, niemand wird ihn je betreten, ich bin niemandem Rechenschaft schuldig. Wenn es nicht darum ginge, meine Erinnerungen zu strukturieren, um sie in meinem Kopf leichter wiederfinden zu können, müsste ich nicht einmal aufräumen.

Auf jeden Fall werde ich noch eine Menge weiterer Alben benötigen und deshalb auch mehr Platz. Außerdem glaube ich, dass sie nicht wirklich was mit einem Arbeitszimmer zu tun haben. Also greife ich mir das dicke Buch und verlasse den Raum. Da ich hier in der ersten Etage freie Auswahl habe und lange Wege vermeiden will, öffne ich die Tür, die gleich neben dem Schlafzimmer liegt.

In dem Raum ist es dunkel, deshalb erschaffe ich schnell eine altmodische Lampe an der Decke und einen Lichtschalter direkt neben mir an der Wand. Als ich ihn betätige, stockt mir der Atem.

Der Raum ist nicht leer.

Obwohl ich sicher bin, dass er es neulich noch war. Ich weiß genau, dass ich alle Türen geöffnet habe, um nachzuschauen, welches Zimmer sich zum Schlafen eignet. Mein Bett darin sollte mindestens doppelt so breit sein wie das in meinem echten Zuhause. Es ist absolut unmöglich, dass ich dieses Zimmer selbst eingerichtet habe. Ich kenne die Möbel nicht einmal, die hier stehen. Niemals hätte ich die bunten, karierten Vorhänge ausgesucht, die mich an Küchenhandtücher erinnern.

Für einen Moment schießt der irre Gedanke durch mein Hirn, dass jemand hier gewesen sein muss. Irgendwer hat sich in diesem Raum zu schaffen gemacht.

War er auch in den anderen Zimmern? Hat er in meinen intimsten Erinnerungen gekramt?

Mit einem Ruck richte ich mich im Krankenhausbett auf. Mein Mund ist ganz trocken und meine Zunge fühlt sich pelzig an. Ich gehe ins Bad und lasse Wasser in den Zahnputzbecher laufen, trinke es mit einem Zug aus und lehne mich gegen die kühlen Fliesen. Mein Blick fällt auf die Dusche und in diesem Moment bemerke ich den dünnen Schweißfilm, der meinen Körper überzieht. Aber Duschen fällt aus, das schaffe ich ohne Hilfe nicht. Ich könnte Marie wecken, damit sie aufpasst und die Schwester ruft, wenn ich zusammenbreche. Aber ich lasse es und gehe zurück ins Zimmer.

Der schwache Schein des Nachtlichts fällt auf den Tisch. Ich setze mich, bestreiche mechanisch eine Scheibe Brot mit Butter und beiße ab. Als sich mein Herzschlag wieder beruhigt hat, gelingt es mir endlich, ein paar klare Gedanken zu fassen.

Niemand kann in meinem Palast gewesen sein.

Er existiert nur in meiner Vorstellung.

Auf wackeligen Beinen, aber ein wenig gefasster gehe ich wieder ins Bett. An Schlaf ist jetzt sowieso nicht zu denken, obwohl die Leuchtanzeige des Weckers mittlerweile fast Mitternacht zeigt. Morgen früh werde ich mich wieder wie gerädert fühlen, aber es hilft nichts, ich muss zurück und nachschauen. Vielleicht habe ich mir ja alles nur eingebildet und das Zimmer ist wieder leer, wenn ich die Tür öffne.

Nur wenige Augenblicke später fällt diese Hoffnung in sich zusammen. Noch immer brennt das Licht und wirft einen heimeligen Schein auf den flauschigen grauen Teppich, der vor einer hölzernen Kommode liegt. Ich trete näher und meine Finger zittern ein wenig, als ich über das polierte Holz streiche. Dieses Möbelstück scheint alt zu sein, jedenfalls hat es ein paar Wurmlöcher, obwohl es gepflegt wirkt. Dass es jemand sehr mag, ist ganz offensichtlich. Ich beuge den Kopf und inhaliere einen undefinierbaren Geruch nach Bienenwachs, Seife und Lavendel. Ist das Möbelpolitur?

Oben auf der Platte steht eine Reihe von fünf unterschiedlich großen Elefanten. Sie scheinen jeder aus einem anderen Material zu sein. Holz, Metall, Keramik und Stein. Am besten gefällt mir der kleinste. Er ist vermutlich aus

Jade und erinnert mich an die Kette aus ungeschliffenen Jadesteinen, die meine Mutter besitzt.

An der gegenüberliegenden Wand ist eine dünne Schnur zwischen zwei Haken gespannt, daran sind mit hölzernen Wäscheklammern einige Fotos befestigt. Sie bringen etwas in mir zum Schwingen, obwohl ich nicht erkennen kann, was darauf zu sehen ist. Irgendwie sind sie unscharf und das ändert sich auch nicht, als ich die Augen zusammenkneife und wieder öffne. Auf manchen sind nur bunte Farbflecken, als hätte jemand das Bild überbelichtet oder direkt in die Sonne fotografiert. Andere wirken wie ausgeblichen, zeigen aber wenigstens ein paar verwaschene Silhouetten. Ich gehe so dicht heran wie möglich und versuche, mehr Einzelheiten zu erkennen. Ich glaube, auf einem Bild ist ein dunkelhaariger Junge, der ein blondes Mädchen im Arm hält. Sie ist mindestens einen Kopf kleiner und schmiegt sich an ihn. Obwohl ich nicht die geringste Ahnung habe, wem dieses Zimmer gehört und wer auf den Fotos ist, kribbelt es in meinem Bauch. Ich habe das Gefühl, dass dies alles irgendetwas mit mir zu tun haben muss. Fieberhaft krame ich in meinem Kopf nach Erinnerungen, aber immer, wenn ich denke, dass da ein Bild, ein Gedanke in mir auftaucht, entwischt er mir, bevor ich ihn zu fassen kriege. Ich starre auf die Leine, auf die Klammern und auf die feinen Risse in der Wand dahinter. Das ganze Zimmer ist auf einmal erfüllt von unterschiedlichen Empfindungen, von denen ich nicht weiß, ob es meine eigenen sind. Da sind Wärme und Geborgenheit, Küsse und Mut, aber auch Angst und Felsen. Wilde zerklüftete Felswände, von denen ich ahne, dass sie Unglück bringen.

Kapitel 6

Zu viele Menschen

Am nächsten Morgen, als ich nach dem Frühstück gerade wieder im Bett liege und froh bin, mich vor meinem Therapietermin etwas ausruhen zu können, wird die Tür aufgeschoben und ein Junge in meinem Alter tritt ein. An der Hand hält er ein Mädchen. Selma. Sie ist genauso hübsch, wie ich sie in Erinnerung habe, und trägt hohe Schuhe, in denen ich nie laufen könnte.

Einen Augenblick starre ich Selma an und will am liebsten aufspringen, um sie zu umarmen. Sie hat Patrick mitgebracht, und das hält mich zurück. Ich bemerke die betretenen Blicke der beiden und in meinem Magen bildet sich ein Klumpen, der von Minute zu Minute größer wird.

Mama tritt nach ihnen ein, kommt auf mich zu und nimmt mich in den Arm. »Sie wollten dich unbedingt besuchen, aber ich weiß nicht, ob das nicht zu anstrengend für dich ist.« Ihr Atem kitzelt an meinem Ohr und ich muss mich anstrengen, sie zu verstehen, weil sie so leise redet.

Ich habe keine Ahnung, wo ich hinschauen soll. Auf einmal wirkt das Zimmer so klein wegen der vielen Menschen hier. Wenigstens ist Marie im Augenblick unten in der Ambulanz. Wenn sie Glück hat, bekommt sie heute am rechten Bein einen Gehgips.

Ich merke, dass meine Gedanken schon wieder in die Ferne schweifen, löse ich mich aus der Umarmung und schiebe

Mama sanft von mir. Lächelnd sehe ich Selma und Patrick an, die noch immer wie festgewurzelt auf der Türschwelle stehen. Warum kreuzt Selma erst jetzt hier auf? Haben die Ärzte ihr bisher nicht erlaubt, mich zu besuchen? Und weshalb kommt sie zusammen mit Patrick? Ich schiebe all meine Fragen beiseite, denn ich freue mich.

»Hallo, alle zusammen. Schön, dass ihr mich besuchen kommt. Was gibt es Neues in der Schule?« Da ist so viel, was ich nicht weiß, weil ich einfach nicht auf dem neuesten Stand bin, aber ... »Wie laufen die Klausuren?«, füge ich schnell hinzu und bin erleichtert, dass mir das noch eingefallen ist. Hätte ich diesen Unfall nicht gehabt, würde ich jetzt selbst vermutlich gerade ziemlich im Lernstress sein.

Patrick winkt ab. »Geht gerade so, aber manchmal denke ich ...«

Jetzt zuckt meine Mutter hoch und ihre Augen weiten sich. »Um Himmels willen, Patrick. Sei still.« Sie wendet sich zu mir und schüttelt den Kopf. Auf ihrer Stirn haben sich feine Schweißtropfen gebildet, ihr Brustkorb hebt und senkt sich, als hätte sie Probleme, die Fassung zu bewahren. Ich begreife diese ganze Situation nicht, verstehe nicht, was hier passiert. Auch wenn ich mich freue, dass mich endlich Leute aus der Schule besuchen, bin ich überfordert. Ich drehe mich ein wenig zur Seite, damit sie meine Verunsicherung nicht sehen können, und hole tief Luft.

Da löst sich Selma aus Patricks Umklammerung, schiebt die Ärmel ihres roten Lieblingspullovers nach oben und tritt ans Bett. Er kommt ebenfalls etwas näher. Noch immer ist seine Stirn übersät mit kleinen Pickeln, wie seit Jahren schon, und ich frage mich, warum es mir gerade in diesem Moment auffällt. Die Hauptsache ist doch, dass es Selma nicht stört, denn jetzt sehe ich es: Die beiden halten Händchen. Sie sind ein Paar. Wann ist das denn passiert?

Mama zupft an meiner Bettdecke und reißt mich aus den Gedanken. »Nimm es bitte nicht so schwer. Wenn du ein Beruhigungsmittel brauchst, rufe ich einen Arzt.«

Beruhigungsmittel? Es dauert eine ganze Weile, bis ich begreife, was Mama damit meinen könnte. Warum sollte ich es schwer nehmen, dass Selma und Patrick mich besuchen?

»Ihr seid jetzt zusammen?«, frage ich.

Selma nickt fast unmerklich und spielt mit dem Kranich, der an einem dünnen Goldkettchen an ihrem Hals hängt. Aber meine Mutter schaut sie sofort warnend an. Selma senkt darauf den Blick, als ob es ihr peinlich wäre.

Ich schlage mir demonstrativ gegen die Stirn. »Also ihr seid jetzt zusammen, aber meine Mutter hat Angst, dass es mir nicht guttut, euch zusammen zu sehen.«

Nun studieren alle betreten den Fußboden, nur ich habe den Kopf erhoben und bin nicht ganz sicher, ob ich lachen oder heulen soll. Wobei – so ganz abwegig ist der Gedanke nicht, dass es mich schocken könnte, die beiden zu sehen. Auch wenn ich mich bis vor zehn Sekunden nicht daran erinnern konnte, fällt mir gerade ein, dass Patricks Lippen nach Lakritz geschmeckt haben.

»Dänische Salzlakritze, extrascharf«, flüstere ich und würde schon im nächsten Moment die Worte am liebsten wieder zurücknehmen.

Aber Mama hat sie gehört und starrt mich an. »Was sagst du da?«

Ich mache eine wegwerfende Handbewegung. »Nichts, gar nichts«, sage ich. Dann recke ich den Hals, um Selma besser sehen zu können. »Sorry, tut mir leid. Das muss schon ewig her sein.«

»Ja, das war lange vor deinem Unfall. Ich weiß doch Bescheid. Dass ihr kurz zusammen wart.« Selma wirft mir einen scheuen Blick zu. »Ich hoffe, es ist okay und nicht irgendwie komisch für dich ...?«

Ich zucke mit den Schultern. »Quatsch. Ist doch alles gut. Ihr könnt eure Trauermienen wieder einpacken.« Weil meine Mutter noch immer stocksteif neben mir sitzt und so wirkt, als würde gleich eine Bombe hochgehen, streiche ich über ihre Schultern. Diese ganze Situation ist total bizarr. »Hast du mir was zum Essen mitgebracht?«

Ich glaube, Mama ist froh, dass sie endlich aufstehen kann, und wirkt plötzlich ganz geschäftig. Sie nimmt ihre Tasche und zieht eine Bäckertüte raus. »Ich bin extra noch mal los, um dir einen von den Lachsbagels zu holen, die du so gerne isst. Wenn du magst, gehe ich in die Küche und besorge dir einen Teller. Dann kannst du ihn gleich ...«

Ich winke ab. »Lass mal. Den esse ich nachher ganz in Ruhe, wenn ihr alle wieder weg seid.«

Ein paar Minuten später hat Patrick noch zwei Stühle aus einem der Nachbarzimmer besorgt und wir sitzen um den kleinen quadratischen Tisch verteilt. Ein wenig unwohl fühle ich mich schon, immerhin trage ich nur Bademantel und Pyjama. Meine Füße sind nackt und stecken in Crocs. Die würde ich natürlich sonst niemals in der Öffentlichkeit tragen. Außerdem weiß ich, dass meine Haare furchtbar aussehen, und geschminkt bin ich auch nicht. Aber Patrick und Selma haben sowieso nur Augen füreinander und meine Mutter wirkt einfach erleichtert, dass ich die Sache mit den beiden so gelassen aufnehme.

Wir unterhalten uns, Patrick erzählt irgendwelche Sachen von Lehrern und Mitschülern, die ich alle seit Ewigkeiten nicht mehr gesehen habe. Selma rückt ihren Stuhl irgendwann näher zu mir heran und nimmt meine Hand in ihre. Sie ist seltsam still, aber das bin ich auch. Ich drücke dankbar ihre Finger, es ist schön, dass sie hier ist. Angestrengt versuche ich, dem Gespräch zu folgen, nicke immer mal und streue auch hier und da ein paar Fragen ein, aber es ermüdet mich. Ich bin es einfach nicht mehr gewohnt, so viele Menschen gleichzeitig um mich herumzuhaben, und kann das gerade überhaupt nicht gut multiplexen. Am liebsten würde ich für ein paar Minuten die Augen schließen und in den Ruhemodus gehen.

Zum Glück merkt meine Mutter, was mit mir los ist, schiebt ihren Stuhl mit einem lauten Quietschen zurück und erhebt sich. »Ich denke, wir waren jetzt lange genug hier. Du hast doch gleich Physio. Stimmt's?«

Sofort fühle ich mich nicht mehr so hilflos und setze ein Lächeln auf. »Ja richtig. Ich habe mich so gefreut, euch alle hier bei mir zu haben, dass mir gar nicht auffiel, wie schnell die Zeit vergangen ist.«

Patrick ist schnell bei der Tür. Selma folgt ihm, bleibt dann aber zögernd stehen und kommt wieder zurück. Als sie mich in ihre Arme zieht, will ich sie ebenfalls drücken, aber mir fehlt die Kraft. Ich lasse mich gegen ihre schmale Brust fallen und atme den Duft nach Vanille ein, der mich an bessere Zeiten erinnert. Dann trete ich einen wackeligen Schritt zurück.

»Bald sehen wir uns ja auch wieder in der Schule.«

»Und du bist wirklich nicht böse, wegen Patrick und mir?«, fragt sie zögerlich.

Ich schüttle den Kopf und sehe, dass sie gerade ansetzen will, noch etwas zu sagen, da fasst meine Mutter an ihre Schultern und schiebt sie in Richtung Tür.

»Nina geht es noch nicht ganz so gut, wir sollten ihr jetzt eine Pause gönnen, nicht wahr, meine Süße?« Sie reckt den Hals in meine Richtung.

Ich will den Kopf schütteln, aber er gehorcht mir nicht. Mich hätte schon interessiert, was Selma noch sagen wollte, doch sie hat das Zimmer bereits verlassen.

»Du siehst müde aus, leg dich ein wenig hin und vergiss deinen Bagel nicht.« Mama gibt mir einen Kuss auf die Stirn, dann geht auch sie.

Ich bleibe mitten im Zimmer stehen und fühle mich vollkommen orientierungslos. Das ist alles so unwirklich, ich komme mir vor, als würde ich die Hauptrolle in einem Film spielen und mir selbst zuschauen, wie ich die Szene vermassle.

Als ich im Bett liege und beobachte, wie die Infusion Tropfen für Tropfen in meinen Körper läuft, kann ich mich nicht erinnern, wie ich dahin gekommen bin. Eben noch war es, als wäre jede Energie aus mir abgeflossen, aber jetzt geht es mir schon wieder besser, als ob Stunden vergangen wären und ich neue Kraft getankt hätte. Ich weiß, dass Selma da war. Mit Patrick. Und meine Mutter. Die beiden sind jetzt zusammen und Mama hat sich Sorgen gemacht. Völlig überflüssige Sorgen. Gut möglich, dass ich irgendwann mal heftig verliebt in Patrick gewesen bin. Er vielleicht auch in mich. Als er aber heute hier in der Tür stand, sind keine Schmetterlinge in meinem Bauch geflattert. Und dass er jetzt mit Selma zusammen ist, hat mich auch überhaupt nicht schockiert. Im Gegenteil, ich freue mich für die beiden und ärgere mich, weil ich ihnen das nicht gesagt habe. Zum Glück habe ich ja den Krankenbonus, außerdem sieht man mir wohl auch ziemlich deutlich an, dass ich neben der Spur bin.

Eines jedenfalls ist klar: Patrick ist nicht der Junge, der in meinem Traum bei mir war, als der Unfall passierte. Auch wenn dieser Traum jedes Mal böse endet, so ist er anfangs immer so schön, dass ich gar nicht mehr aufhören möchte zu träumen. Der Junge, der oben auf dem Gipfel steht – er ist der, in den ich verliebt bin. Er ist der, dem ich mehr als jedem anderen auf der Welt vertraue. Er ist der, bei dem ich zum ersten Mal gemerkt habe, wie es sich anfühlt, wenn man wirklich etwas für jemanden empfindet. Genau deshalb ist es ja so furchtbar, dass es auch seine Hände sind, die sich nach mir ausstrecken und die mich ...

Auf einmal ist da ein Brennen in meiner Brust und der Schmerz wird immer heftiger. Ich presse meine Fäuste auf das Brustbein und versuche erst, dagegenzuatmen. Aber ich weiß, dass das nicht helfen wird. Weil es nie hilft, weil man sich darauf einlassen muss, sich hineinfallen lassen muss, um den Schmerz annehmen zu können.

Mir ist etwas eingefallen, und wenn ich dieser Erinnerung nicht sofort nachgehe, wird es nur noch mehr wehtun.

Ich steige im Palast die Treppe in den ersten Stock hinauf und gehe an der Tür zu dem Raum vorbei, den ich Elefantenzimmer getauft habe. Irgendetwas hält mich davon ab, ihn zu betreten, obwohl ich es bis vor wenigen Augenblicken kaum erwarten konnte. Jetzt jedoch habe ich Angst. Hinter dieser Tür befindet sich etwas, das mich auf der einen Seite magisch anzieht, auf der anderen jedoch auch Alarmglocken in mir klingeln lässt.

Ich eile zum Arbeitszimmer und mache mich daran, all die Informationen einzuordnen, die ich aus dem Gespräch mit Mama, Selma und Patrick noch frisch im Gedächtnis habe. Alles, was die Schüler und die Lehrer betrifft, stopfe ich ungeordnet in einen der Hefter und schiebe ihn dann zurück ins Regal. Als ich damit fertig bin, setze ich mich auf den weichen Teppich und starre vor mich hin. Schwere überkommt mich und eine angenehme Müdigkeit. Aber ich habe keine Zeit zu vergeuden. Irgendwann wird die Wahrheit mich einholen, und wenn das passiert, bin ich lieber vorbereitet. Zu gut habe ich die letzte Panikattacke noch in Erinnerung, außerdem will ich endlich raus aus dieser Klinik und wieder zu Hause bei meinen Eltern in meinem eigenen Bett schlafen. Ich rapple mich auf, gehe den Gang entlang, bis ich vor dem Elefantenzimmer stehe.

Es ist nur ein Raum und er existiert nicht einmal wirklich, rede ich mir ein. Alles, was hier im Palast ist, habe ich selbst erschaffen. Nein falsch. Denn genau für dieses Zimmer trifft das nicht zu.

Ich straffe die Schultern, lege meine Hand auf den Türknauf und schicke einen Wunsch an das Universum, dass das Zimmer jetzt nicht leer sein soll. Dann trete ich ein und es ist, als würden sich Fäden um mich legen und mich weiter hineinziehen.

Diesmal lasse ich die Kommode mit den Elefanten links liegen und stelle mich sofort vor die Fotokette. Bilde ich es mir nur ein oder sind die Kontraste auf den Bildern diesmal stärker? Noch immer kann ich das Gesicht des Mädchens nicht erkennen, aber der Junge ... Ich sehe, dass seine Haare ein wenig zu lang sind und strubbelig, als hätte er gerade Sport gemacht. Seine Züge auf dem Bild sind verwaschen, aber die Augen leuchten mich an. Ich blinzle zweimal, in der Hoffnung, dann mehr erkennen zu können, aber es funktioniert nicht. Doch obwohl ich so wenig erkenne, kann ich mich nicht von dem Foto lösen.

»Art.«

Ich erschrecke, als meine Stimme die Stille durchbricht. Art? Ich kenne niemanden mit diesem Namen. Etwas in mir weiß jedoch, dass das nicht stimmt. Hier im Haus meiner Erinnerungen bringt mir dieses kleine, verblasste Foto etwas zurück, von dem ich nicht einmal wusste, dass ich es verloren hatte. Art, so habe ich ihn genannt, obwohl er eigentlich Arthur heißt.

»Arthur.« Ich sage laut seinen Namen, aber es fühlt sich nicht richtig an. Habe ich ihn je so genannt? Ich habe keine Geduld, länger darüber nachzudenken, sondern wiederhole immer wieder seinen Namen und starre dabei auf das Bild an der Schnur, als könnte ich den Jungen mit der Kraft meiner Gedanken zu einer Reaktion zwingen.

Natürlich passiert das nicht. Es ist nur ein Bild, nur eine Erinnerung, die ich vielleicht irgendwo tief in mir abgespeichert habe. Nun ist sie wieder da und auf einmal stürzen auch andere auf mich ein. Alle haben mit diesem Jungen zu tun. Ich denke an Sonne, einen warmen Tag im Park und daran, wie komisch dieses kleine Auto gerochen hat, als wir mit regennassen Klamotten einstiegen und die Heizung voll aufdrehten. Und dann ist da noch eine blaue Ente. Sie schwimmt zwischen Bergen von Schaum in einer Badewanne.

Aber nein, das ist falsch. Es ist keine Gummiente. Es ist

ein Auto. Eine Ente. Und wir. Lachend hören wir Musik, die aus dem Radio kommt. Dann ein Knirschen und irgendwelcher Rauch. Wir sind an den Rand einer Landstraße gefahren und haben Rast gemacht. Und auch meine Gedanken befinden sich in diesem Moment im Wartungsmodus. Ich fühle mich, als müsste ich ausharren, warten und hoffen. Als müsste ich die Lösung meines Problems jemand anderem überlassen. Jemandem, der sich damit auskennt. Art.

Kapitel 7

Etwas zum ersten Mal wirklich sehen

»Und du kannst dich tatsächlich nicht erinnern?«, wiederhole ich jetzt schon zum dritten Mal und kann den genervten Ton nicht aus meiner Stimme halten. Es ist später Nachmittag und meine Mutter ist noch einmal vorbeigekommen, um mir ein Stück Pizza zu bringen, die Papa gebacken hat. Ich sollte dankbar sein, aber der Junge aus dem Palast geht mir nicht aus dem Kopf.

»Nein, ganz sicher hast du niemals jemanden namens Art erwähnt.« Mama sitzt neben mir auf dem Bett, hat die Schuhe abgestreift und massiert ihre Füße. Dabei stöhnt sie ein wenig und ich frage mich, ob sie Schmerzen hat oder auch genervt ist.

»Und auch keinen Arthur?«

»Nein, das wüsste ich!«

Wenn meine Mutter das sagt, stimmt das. Als sich zwischen Patrick und mir etwas anbahnte, wollte sie alles wissen, was mit ihm zu tun hatte. Jedes Detail interessierte sie. Was er gesagt hatte, wie er dabei schaute, ob ich aufgeregt war. Einfach alles. Natürlich habe ich nur einen Bruchteil erzählt, aber als wir zum ersten Mal gemeinsam ins Kino wollten, nahm sie mich vorher zur Seite und begann, mir irgendwelche Verhaltensregeln einzuschärfen. Selbst meine megakreative und supergelassene Hippiemutter mutiert manchmal zu einer ganz normalen Spießerin – wenn es um mich und Jungs geht. Wenn sie also sagt, ich hätte Art nie erwähnt, dann habe ich das wohl tatsächlich nicht getan. Aber warum nicht? War er mein Geheimnis?

»Nina? Alles in Ordnung?«

Nein, nichts ist in Ordnung. Denn diese ganzen seltsamen Dinge, die ich wissen sollte, aber nicht weiß, jagen mir eine Höllenangst ein. »Klar, warum fragst du?«

»Du klangst auf einmal so seltsam und hast schwer geatmet. Ist was passiert? Muss ich mir Sorgen machen?«

»Nein Quatsch.« Ich winke ab und versuche mich an einem Lächeln. »Ich dachte nur, ich hätte mich an etwas erinnert. Aber da habe ich mich wohl geirrt. Außerdem tun mir meine Beine heute ziemlich weh«, lüge ich.

Sofort lässt sie ihre eigenen Füße los und nimmt mich in den Arm. »Das tut mir leid, aber das ist bestimmt normal. Du konntest sie so lange nicht benutzen, da ist das Training jetzt bestimmt sehr anstrengend. Wenn du möchtest, versuche ich aber, einen Arzt zu finden, und frage ihn.«

Natürlich schluckt Mama meine Lüge anstandslos. Sie stürzt sich geradezu darauf. Vermutlich ist für sie die Hilflosigkeit das Allerschlimmste.

Ich presse die Hände gegen die Schläfen und nicke. Ich muss diesen Arthur suchen, er ist der Schlüssel zu all den Rätseln in meinem Kopf und ich werde ihn nur an einem Ort finden. Kaum ist meine Mutter aus dem Zimmer, schließe ich die Augen und lasse mich wieder in den Palast gleiten.

Dieses Mal gehe ich sofort die Treppe hoch, reiße die Tür zum Elefantenzimmer auf und stürme hinein. Als ich vor der Bilderkette stehe, ist es, wie nach Hause zu kommen.

Wenn mir noch Gewissheit gefehlt hat, so habe ich sie jetzt. Und es ist ein seltsames Gefühl, etwas zu sehen, das ich mir vorgestellt habe – und gewünscht natürlich. Fast wie Weihnachten früher, wenn das sehnsüchtig erwartete Geschenk tatsächlich vor mir lag.

Das auf dem Bild sind Art und ich. Und nun erkenne ich auch seine Gesichtszüge genau. Obwohl er auf dem Foto ernst guckt, weiß ich sicher, dass sich in seinen Wangen Grübchen bilden, wenn er lächelt. Es ist seltsam, aber dieses kleine Foto scheint seine Persönlichkeit perfekt eingefangen zu haben. Seine braunen Augen schauen mich mit einem Blick an, der sanft ist und auch so stolz, dass es mir den Atem nimmt. In diesem Moment wird mir klar, dass er mich immer so behandelt hat, als wäre ich ein Geschenk. Jedes Mal, wenn wir zusammen waren, gab er mir das Gefühl, wertvoll zu sein. Jeder einzelne Augenblick mit ihm war kostbar. Das, was ich hier sehe, sind Erinnerungen, auch wenn ich sie im Augenblick noch nicht festhalten kann. Sie flattern durch meinen leer gefegten Kopf wie ein Schwarm Kolibris. Aber sie sind da.

Mit dem guten Gefühl der Gewissheit, dass ich mich nicht irre, schlage ich die Augen auf. Warum meine Mutter Art nicht kennt, bleibt mir ein Rätsel, doch ich bin sicher, dass das Elefantenzimmer hoffentlich auch dieses Geheimnis lüften wird. Mama sitzt wieder an meinem Bett.

Ich streichle sanft über ihre Hand. »Schön, dass du noch da bist, aber musst du dich nicht um deine Ausstellung kümmern?«

Langsam zieht sie die Schultern nach oben. »Du warst vorhin so seltsam, hast irgendwie gehetzt gewirkt und mir sonderbare Fragen gestellt. Da habe ich mir Sorgen gemacht.«

Ich will gerade abwinken, da betritt eine mollige Schwester das Zimmer. Ich kenne sie nicht, sie muss neu sein. Prüfend schaut sie auf die Infusion am Ständer, dann nickt sie mir zu. »Dann werde ich dich mal wieder davon befreien, hast ja jetzt lange genug am Schlauch gehangen.« Sie greift nach meinem linken Handgelenk und löst die Infusion.

Ihre routinierten Bewegungen nehme ich wie durch einen Schleier wahr. Wie ist es möglich, dass heute schon der dritte Tropf durchgelaufen ist? Das dauert normalerweise immer etwa zwei Stunden. Zwei Stunden, in denen es schwierig ist, auch nur auf die Toilette zu gehen, weil ich den Infusionsständer überall mit hinnehmen muss. Ich schaue nach oben, aber der Beutel ist tatsächlich leer. War ich so lange im Palast – ist Mama schon fast zwei Stunden da?

Ein Brennen an meiner Hand reißt mich aus den Gedanken.

»Wir müssen einen neuen Zugang legen, dieser ist entzündet. Hast du keine Schmerzen gehabt? Zeig mal deinen anderen Arm.«

Ich strecke ihn aus. Sie tastet die Ader an meinem Handgelenk und dann in der Armbeuge ab.

»Wird Zeit, dass du gesund wirst, bist ja schon ganz zerstochen. Ich schicke gleich einen Arzt, der das macht.«

Als die Schwester gegangen ist, sieht Mama auf die Uhr und steht dann hastig auf. »Tut mir leid, Nina. Ich muss auch los. Heute werden in der Galerie die Bilder aufgehängt und ich möchte unbedingt dabei sein, damit sie nichts falsch machen. Morgen komme ich auf jeden Fall wieder und dann bringe ich dir noch mal was zu essen mit.«

Bei diesen Worten weicht sie meinem Blick aus und ich habe sofort das ungute Gefühl, dass sie mir nicht die Wahrheit sagt. Irgendetwas ist anders, nicht greifbar für mich, seit Tagen schon, und ich komme einfach nicht drauf, was das sein könnte. Jedes Mal, wenn ich versuche, intensiv darüber nachzudenken, warum sich alles so komisch anfühlt, schlafe ich ein. Überhaupt: Ich schlafe viel mehr als noch zu der Zeit, als ich gerade aus dem Koma erwacht war.

Mama beugt sich zu mir herunter und gibt mir einen Kuss auf die Stirn. »Mach's gut, bis morgen, meine Kleine.« Sie eilt so schnell zu Tür, als könnte sie es nicht erwarten, hier endlich rauszukommen.

»Hast du mit den Ärzten darüber gesprochen, wie es weitergeht? Wann werden sie mich entlassen?«, rufe ich, als sie schon den Türknauf in der Hand hat.

Sie wendet sich wieder zu mir und zieht die Stirn kraus. »Bald, soviel ich weiß. Aber einen genauen Termin haben sie nicht genannt.«

Erst jetzt fällt mir auf, dass Marie noch immer nicht zurück ist. Ihr Bett sieht unbenutzt aus, als hätte es jemand frisch bezogen.

Ich deute mit dem Daumen hinüber. »Weißt du, wo Marie ist?«

Mama zuckt mit den Schultern. »Du hast doch erzählt, dass sie einen Termin zur Physiotherapie hat. Hast du das schon vergessen?«

Sie klingt angespannt und ich weiß genau, dass sie sich schon wieder Sorgen macht. Daher sage ich ihr auch nicht, dass ein Termin beim Physiotherapeuten nur maximal sechzig Minuten dauert. Marie war schon weg, als Patrick und Selma kamen. Dann sind alle gegangen, danach habe ich mit meiner Mutter geredet und irgendwann zwischendurch müssen sie mir den dritten Tropf angehängt haben. Und obwohl ich mich daran gar nicht erinnere, dürfte das auf jeden Fall zwei Stunden her sein, denn er war ja schon durchgelaufen und ...

Diese ganze Nachdenkerei macht mir Kopfschmerzen und führt zu nichts. Ganz sicher ist nur: Mit meinem Kopf muss wesentlich mehr nicht in Ordnung sein, als alle hier glauben. Mama will ich damit nicht belasten. Sie hat schon genug um die Ohren und außerdem möchte ich so bald wie möglich entlassen werden. Sie schaut auf die Uhr, offenbar wartet sie auf meine Antwort.

»Nö, habe ich nicht vergessen, kommt mir diesmal nur viel länger als sonst vor. Außerdem ...« Ich beiße mir im letzten Moment auf die Lippe, aber meine Mutter hat es bemerkt.

»Außerdem was?«

Ich würde es ihr gern sagen, aber ich will auf gar keinen Fall, dass jemand weiß, wie durcheinander ich wirklich bin. Meine Mutter wartet in der Tür und wird jeden Moment gehen. In ihr echtes Leben, in die echte Welt, in der es nicht nach Desinfektionsmitteln riecht und in der keine weißen Kittel das Bild beherrschen.

Ich seufze. »Ich will einfach nur hier raus. Und ich habe Angst, dass das noch eine ganze Weile dauert. Und irgendwie auch davor, dass dann immer noch nicht alles so ist wie vor dem Unfall. Meinst du, ich werde je wieder klettern können?«

Einen Moment lang schaut sie mich nur fragend an und

lässt den Türknauf los. »Klettern? Was meinst du damit? Das hast du doch noch nie gemocht. Jedes Mal, wenn wir in den Bergen Urlaub gemacht haben, mussten wir dich mit Süßigkeiten bestechen, weil du sonst nirgendwo raufgestiegen wärst. Erinnerst du dich nicht daran?«

Das kann nicht stimmen. Sie lügt. Doch warum? »Aber du hast doch selbst erzählt, dass ich von einem Felsen abgestürzt bin. Beim Klettern. Daher muss ich da ja doch freiwillig hochgestiegen sein?«

»Nina«, sagt sie und macht einen Schritt auf mich zu. Sie sieht mich irritiert an und ihr Tonfall ist gereizt. »Wir waren zu dritt auf Rügen, haben dort ein Wochenende verbracht oder wollten das jedenfalls. Wir sind den Weg zu den Kreidefelsen hochgelaufen. Als Klettern kann man das wohl kaum bezeichnen.«

Finger, die eine Felskante umfassen. Der Duft nach Regen und Frühling. Brennende Muskeln, Zittern, Angst. Schwarze Schatten, Tentakelfinger kommen auf mich zu. Schrei, Tiefe.

Mein Herz hämmert gegen die Rippen. Das glaube ich nicht. Rügen? Ich kann mich nicht erinnern, auf Rügen gewesen zu sein. Im nächsten Augenblick wird mir erneut bewusst, dass ich mich offenbar auf meine eigenen Erinnerungen nicht verlassen kann. Ich bin auf das angewiesen, was mir andere erzählen. Ich dachte, ich wäre schon vorher verwirrt gewesen, als mir ein Teil meiner Erinnerungen bloß gefehlt hat. Aber nun, da sich deutliche Bilder in meinen Kopf schieben, die sich richtig anfühlen, aber anscheinend falsch sind, weiß ich, dass das noch gar nichts war.

»Rügen?«, frage ich tonlos und knete meine schweißnassen Hände.

Langsam nähert sie sich meinem Bett, schaut mich besorgt an und legt ihre kühle Hand auf meine Stirn. »Ja. Du warst auf Rügen und bist beim Fotografieren zu nahe an die Kante getreten. Von der Klippe bist du fünf Meter tief gefallen, bis zum Glück ein Gebüsch auf einem Felsvorsprung den Sturz abgebremst hat.«

»Ein Gebüsch?« Ich wiederhole ihre Worte, die so lächerlich und falsch klingen, und eine Million Fragen rasen durch meinen Kopf.

»Das hat dir vermutlich das Leben gerettet. Nicht auszumalen, was alles hätte passieren können.«

»Aber an den Kreidefelsen kann man doch gar nicht hochklettern.«

Meine Mutter setzt einen triumphierenden Blick auf. »Genau das versuche ich dir ja zu erklären. Wir standen oben, haben die Aussicht genossen, obwohl ziemlich schlechtes Wetter war. Ich habe gefroren und wollte so schnell wie möglich wieder zurück ins Hotel, weil ich nur eine dünne Strickjacke trug. Aber du hast darauf bestanden, noch ein Foto von der aufgewühlten See zu schießen. Immer näher bist du an den Abhang getreten. Dein Vater hat dich gerufen, aber du hast ihn nicht gehört. Auf einmal kam eine Bö und ich habe gar nicht gesehen, wie es passiert ist, aber plötzlich ...« Ihre Stimme bricht ab und sie kneift die Augen zusammen. »... plötzlich hat Papa geschrien und du warst verschwunden. Einfach weg.«

Ich sinke zurück auf mein Kissen, greife nach Mamas Hand und drücke sie fest. Es tut mir leid, dass sie das Ganze so aufwühlt, und ihre Worte schnüren mir den Hals zu. Was ich gerade gehört habe, kann ich nicht begreifen. Dann ist mein Traum tatsächlich keine wirkliche Erinnerung! Aber wie passt dieser dunkelhaarige Junge ins Bild, von dem ich sicher bin, dass er Art heißt?

Zögerlich frage ich: »Und es ist unmöglich, dass du dich irrst?«

Nun schaut mich meine Mutter direkt an. »Nina, wir wollten dir all diese Details ersparen, weil wir geahnt haben, wie sehr dich das aufregt. Aber als sie dich da unten fanden, lag auch dein Fotoapparat neben dir. Das Ding ist natürlich Schrott, das Gehäuse komplett zertrümmert. Aber dein Vater konnte den Chip rausnehmen. Die Fotos, die du geschossen hast – wenn du möchtest, kann ich sie dir mitbringen.«

Einige Zeit später geht die Tür schon wieder auf und ich hoffe, dass Marie endlich zurückkommt. Aber es ist Doktor Kühnbach und bei dem Anblick seines sonnengebräunten Gesichts muss ich tief durchatmen.

»Na super. Während ich hier in diesem Bett vor mich hin modere, verbringen Sie Ihre Zeit ganz offensichtlich in der Sonne. War der Urlaub wenigstens schön?« Ich würde gern grinsen und so tun, als wäre alles in Ordnung, aber ich merke selbst, dass ich verbittert klinge. Damit er nicht fragt, was mit mir los ist, halte ich ihm beide Handgelenke hin, damit er sich eins für den Zugang aussuchen kann.

Er lächelt mich an und schaut demonstrativ zerknirscht. »Ach was, natürlich war es nicht schön. Ich habe dich und deine Sprüche vermisst. Aber weißt du, was das Gute ist?« Beim Reden zieht er eine Spritze auf und klopft ein wenig auf meine Armvene, bevor er die Kanüle hineinsticht.

»Nein, bitte verraten Sie es mir.«

»Dass ich mich fest darauf verlassen konnte, dass du immer noch hier sein wirst, wenn ich aus Spanien zurückkomme.«

Ich versuche, einen strengen Blick aufzusetzen, weil das wirklich nicht nett ist, was er sagt, aber er grinst nur.

»Ich habe draußen deine Mutter getroffen. Sie hat mich gebeten, dich noch einmal komplett durchchecken zu lassen. Aber ich glaube, das ist nicht nötig. Sämtliche Untersuchungen wurden mehrfach durchgeführt. Organisch ist bei dir alles in Ordnung. EEG, MRT und CT sind absolut unauffällig. Sie sagte aber, dass deine Erinnerungen immer noch nicht zurückkehren. Und darüber wärt ihr beide besorgt. Was genau macht dir Angst?« Seine Stimme klingt vertrauenerweckend und fürsorglich.

»Alles scheint verschoben zu sein.«

»Was meinst du damit?«

»Na ja, zum Beispiel vergeht die Zeit anders«, erkläre ich. »Marie ist schon ewig unten bei der Physiotherapie. Oder ich denke einen Moment lang konzentriert nach und im nächsten ist der Tropf schon durchgelaufen, obwohl ich schwören könnte, dass ihn mir gerade erst jemand angeschlossen hat.« Ich ziehe die Schultern hoch und lasse die Hände neben mir auf die Bettdecke fallen. »Solche Dinge eben. Das verwirrt mich.«

Der Arzt schaut erst mich an und dann eine ganze Weile auf den Tropf neben meinem Bett, bevor er antwortet. »Hört sich wirklich seltsam an, aber diese verschobene Wahrnehmung, wie du sie nennst, passt absolut zu deiner schweren Kopfverletzung. Und Marie ...« Er bricht ab und starrt auf das leere Bett. »Man hat sie auf eine andere Station verlegt. Das ist alles.«

Mit einem Ruck schnelle ich hoch. »Man hat sie verlegt?

Aber ihre ganzen Sachen sind doch noch da. Und sie hätte sich doch von mir verabschiedet!«

Kühnbach steht auf, geht rüber in die andere Zimmerecke und öffnet die Schranktür. Maries Hälfte ist leer.

Ich stöhne auf und presse meine Finger an die Schläfen. Wann haben sie Marie verlegt? Wieso erinnere ich mich nicht?

»Da siehst du es. Und ich bin sicher, sie war auch hier und wollte dir Tschüss sagen. Vermutlich hast du geschlafen. Alles ganz normal.« Er wirft mir einen beruhigenden Blick zu und ich weiß, dass er mir nur helfen will, aber ich habe mich noch nie so verloren gefühlt.

Das macht mir Angst, das macht mir richtig Angst. An diesem Abend denke ich lange darüber nach, warum mir alle einreden wollen, dass alles in Ordnung ist. »Normal« ist auf jeden Fall nicht das Wort, das ich wählen würde, um meinen Zustand zu beschreiben. Und dass Marie einfach gegangen ist, ohne sich von mir zu verabschieden, das glaube ich einfach nicht.

Kapitel 8

Zeichne ein Bild mit Licht und Schatten

Am nächsten Vormittag habe ich mich bei Pedro eingehakt und wir laufen immer wieder den Flur der Station hoch und runter. Er ist der jüngste unter den Physios hier. Vielleicht Anfang zwanzig und ich mag ihn, weil er so eine Ruhe ausstrahlt, die mir guttut.

»He, scheint, als würde es heute besser funktionieren. Wenn du so weitermachst, dann läufst du bald einen Marathon.«

Ich schwanke ein wenig, weil ich kurz meinen Arm unter seinem weggezogen habe, um ihn skeptisch von der Seite anzuschauen. »Ich bin noch nie Marathon gelaufen. Ich hasse Joggen.«

»Okay, dann eben einen Drei-Kilometer-Hütchenlauf. Oder welchen Sport magst du?« Sein Gesicht ist so dunkel, dass das Weiß seiner Augen fast bläulich wirkt.

Ich zucke mit den Schultern und setze wieder einen Fuß vor den anderen, um Zeit zu gewinnen. Ich bin nicht sicher, wie viel Pedro von meinen Gedächtnislücken weiß, und es fühlt sich einfach mies an, allen immer wieder erzählen zu müssen, dass ich solche grundlegenden Dinge über mich nicht weiß. Sport? Spontan hätte ich Klettern gesagt, aber meine Mutter behauptet das Gegenteil. Ich blicke auf meine Fingerkuppen. Müssten die vom Klettern nicht voller Hornhaut sein? Sie sehen ganz normal aus und fühlen sich weich an – aber ich war ja auch mehrere Wochen nicht mehr draußen.

Ich zucke mit den Schultern. »Ich weiß nicht, so das Übliche halt. Ein wenig Yoga vielleicht und laut meinen Eltern habe ich Bergsteigen und Wandern gehasst. Denn eigentlich bin ich eher ein Stubenhocker und sitze lieber vor dem Computer, als draußen zu sein.«

Pedro stoppt abrupt und blickt mich von der Seite an. »Das ist nicht gut. Das musst du unbedingt ändern, wenn du entlassen wirst. Du solltest so oft wie möglich deine Beine bewegen, zum Beispiel in den Wald gehen und die Natur genießen.«

Ich verziehe spöttisch meinen Mund und lache. »Wie alt bist du noch mal? So ungefähr sechzig?«

Er lacht und seine Zähne blitzen auf.

»Ich verspreche es: Später, wenn ich mal *uralt* bin, werde ich lange Waldspaziergänge machen. Aber jetzt habe ich echt noch anderes mit meinem Leben vor.« Ich gehe einen Schritt nach vorn, verschätze mich aber und merke sofort, dass ich viel zu stark aufgetreten bin. Der Schmerz zuckt wie ein Blitz durch mein Bein und für einen Moment sehe ich Sterne vor den Augen. Ich keuche und sauge scharf die Luft ein.

Pedro hält meinen Arm fest und stützt mich. »Alles gut, Nina. Du wirst bald raushaben, wann du noch vorsichtig sein musst. Übrigens, wusstest du, dass in Japan Ärzte sogar Waldbäder verordnen? Bäume tun deiner Seele gut. Der Mensch braucht sie zum Überleben. Denk mal drüber nach.«

In diesem Moment gibt mein Telefon einen hellen Signalton von sich. Ich fische in meiner Hosentasche nach dem Handy. Meine Mutter hat eine Nachricht geschrieben und ich kann kaum glauben, was drinsteht. Ich drehe den Kopf zu Pedro um.

»Tust du mir einen Gefallen und bringst mich runter in die Cafeteria? Keine Ahnung, was meine Mutter vorhat, aber sie wartet dort auf mich.«

Pedro begleitet mich bis zum Eingang der Cafeteria im Erdgeschoss, besteht dann aber darauf, dass ich die Schritte bis zu dem Tisch allein und ohne Krücken gehe.

Mama springt sofort auf, als sie mich auf sich zuwackeln sieht, kommt mir jedoch nicht zu Hilfe, obwohl ich das Gefühl habe, nur Zentimeter für Zentimeter voranzukommen.

Ich fühle mich richtig gut, als ich es endlich geschafft habe und in Mamas Arme sinke.

»Warum bist du nicht einfach hochgekommen wie sonst immer?« Ich keuche vor Anstrengung und der strafende Blick, den ich ihr zuwerfen will, misslingt gründlich. Schwer lasse ich mich auf den Stuhl sinken, den meine Mutter vorsorglich zurechtgerückt hat.

»Ich habe es nicht geschafft, was zu essen für dich einzukaufen. Da dachte ich, ich lade dich hier auf einen Teller Nudeln ein, damit du zu Kräften kommst. Was hältst du davon?«

Die Aussicht auf Pasta stimmt mich milde und ich nicke heftig. Mama stellt sich an und dreht sich immer wieder zu mir um.

Mein linkes Bein schmerzt und ich angle nach einem weiteren Stuhl, um es darauf abzulegen. Als ich ihn mit dem Fuß fast zu mir herangezogen habe, rutsche ich ab und stoße mir den Zeh. Der Schmerz trifft mich so unerwartet, dass ich fast laut aufgebrüllt hätte.

»War vielleicht doch keine so gute Idee, dich hierherzubitten.«

Ich schaue meine Mutter an und frage mich, wie sie so schnell zurückkehren konnte. Sie stellt zwei Teller mit Spaghetti bolognese auf den Tisch, legt ihre Hand auf meinen Oberschenkel und drückt sanft zu.

»Nein, alles gut, ich freue mich, mal rauszukommen.«

Schweigend sitzen wir einander gegenüber und essen. Meine Mutter wickelt mit verbissener Entschlossenheit die Nudeln mit ihrer Gabel auf, während ich sie nach ein paar Bissen nur auf meinem Teller hin und her schiebe. Mama will nur dafür sorgen, es mir hier so angenehm wie möglich zu machen, und daher zögere ich, ihr erneut mit meinen Wissenslücken auf die Nerven zu gehen. Ich bringe es fast nicht übers Herz, ihr die Frage zu stellen, die mir seit gestern auf der Seele brennt.

Endlich schiebt sie den Teller ein Stück weg und mustert mich. »Wenn du magst – ich habe die Fotos mit.«

Ich atme tief aus und bin froh, dass sie von sich aus damit angefangen hat. Ich muss unbedingt diese Fotos sehen, damit ich hoffentlich endlich wieder die richtigen Erinnerungen in meinen Kopf kriege und die falschen verbannen kann. Ich hoffe es wirklich, obwohl ich ahne, dass der nächste Augenblick diese Hoffnung vermutlich zunichtemachen wird. Gespannt schaue ich meiner Mutter dabei zu, wie sie im Seitenfach ihres Rucksacks kramt und eine Mappe herauszieht, die etwa die Größe einer Postkarte hat. Als sie sie öffnet und die Fotos herausnimmt, stockt mir der Atem. Es sind vier Bilder und alle wirken im ersten Augenblick so, als wären sie nur schwarz-weiß. Erst auf den zweiten Blick erkenne ich, dass das nicht stimmt. Es ist das seltsame Licht, das alle Farben schluckt, und ich glaube, dass es tatsächlich am Wetter liegt, wie meine Mutter gesagt hat.

Das erste Foto zeigt die lachenden Gesichter meiner Eltern, die Arm in Arm in die Kamera grinsen. Das zweite muss mit einem Selbstauslöser gemacht worden sein, denn auch ich bin darauf zu sehen. Wir stehen zu dritt auf einer Ebene, hinter uns ist ein Haus zu sehen. Ein Hotel vielleicht, ich kann nichts Genaues erkennen. Dann greife ich nach dem dritten Foto und muss einen Moment innehalten, weil meine Finger so stark zittern. Ich möchte nicht, dass Mama merkt, wie aufgeregt ich bin. Diesmal ist die Kamera auf das Wasser gerichtet. Am unteren Bildrand kann ich einen schmalen hellen Streifen erkennen, das muss der Felsen sein. Das letzte Bild zeigt einen ähnlichen Ausschnitt, alles wirkt etwas größer, ist aber unscharf und verwackelt. So als wäre derjenige, der die Kamera hielt, geschwankt oder vielleicht sogar ... gefallen?

Diese Fotos sind echt. Ich kann sie in der Hand halten, sie anschauen, könnte sie sogar zerknüllen und an die Wand schmeißen. Weil sie nicht nur die Wahrheit zeigen, sondern auch dass das, was im meinem Kopf vorgeht, nichts anderes ist als ein Hirngespinst. Und egal, wie groß die Angst ist, die der Albtraum in mir auslöst: Sie ist irrational. Und dennoch ist da dieser Junge. Da sind die Bilder in meinem Palast. Selbst wenn er nur in meinem Kopf existiert, so fühlt sich die Klettertour mit Art doch echter an, als es ein Bild mit irgendwelchen Kreidefelsen je könnte.

Kapitel 9

Teile, die fehlen

Sie sagen, es sei eine Woche vergangen, seit ich mit meiner Mutter in der Cafeteria gewesen bin. Sie sagen auch, ich solle mir keine Gedanken machen, es gehe bergauf. Sie sagen viele Dinge, die mir Hoffnung machen sollen, doch für mich fühlt es sich nicht hoffnungsvoll an. Mittlerweile fällt nur noch im Palast das seltsame Gefühl von mir ab, dass nichts zusammenpasst. Obwohl meine Beine gute Fortschritte machen und auch meine Konzentration viel besser geworden ist, kommt es mir so vor, als würde ich mit jedem Tag verwirrter. Nach außen lasse ich mir nichts anmerken, weil ich nicht wie ein psychisches Wrack wirken will. Außerdem freuen sich alle über meine Erfolge und die Ärzte reden schon davon, dass ich vielleicht bald nach Hause gehen kann. Das will ich auf gar keinen Fall aufs Spiel setzen.

Meine Tage sind mittlerweile so vollgestopft mit Therapien, Abschlussuntersuchungen, ärztlichen Gesprächen über die Weiterbehandlung, die ambulant erfolgen soll, dass ich kaum zum Nachdenken komme. Außerdem hat sich nichts daran geändert, dass ich jeden Morgen extrem müde bin. Was kein Wunder ist, denn ich verbringe einen großen Teil der Nächte im Palast. Obwohl nur noch wenige neue Informationen und Erinnerungen dazukommen, sehe ich dort immer wieder die Fotoalben durch und versuche, mir alles so einzuprägen, dass ich auch im echten Leben sofort auf die Bilder zugreifen kann, wenn ich sie brauche.

Einen Nachteil hat die ganze Sache: Sie funktioniert so gut, dass niemand mehr feststellen kann, wie groß mein eigentlicher Gedächtnisverlust tatsächlich ist. Ich habe fremde Erinnerungen zu meinen eigenen gemacht und sauge immer weitere in mich auf. Im Alltag fühlt es sich prächtig an, nicht mehr dumm gucken zu müssen, wenn jemand Anekdoten aus dem letzten Jahr erzählt. Wenn ich sie bereits kenne, kann ich in Gesprächen was dazu beisteuern. Falls doch noch etwas Neues dabei ist, höre ich aufmerksam zu und ziehe mich so bald wie möglich in den Palast zurück, um die Informationen dort abzulegen.

Der Geruch, der mich jetzt empfängt, als ich die Tür zu dem Haus in meinem Kopf aufstoße, ist so vertraut, dass mir die Tränen kommen. Vielleicht bin ich heute besonders wehleidig, vielleicht ist es aber nur das Gefühl, hier die Teile von mir zu finden, die fehlen. Ich glaube, mein Kopf ist porös wie eine löcherige Gießkanne, die ich immer wieder fülle und aus der dennoch ein Großteil des Wassers rausläuft.

Die Tür zum Elefantenzimmer ist nur angelehnt, weil sie immer so entsetzlich quietscht, wenn ich sie vollständig schließe. Wäre dies ein reales Haus, würde ich vermutlich ein Ölkännchen besorgen und die Scharniere damit bearbeiten. Es ist sonderbar, wie wohl ich mich in diesem Zimmer fühle, es tut mir gut, genau so, wie es ist.

Mit jedem Tag verändern sich die Fotos an der Kette etwas. Ich weiß nicht, woran es liegt, und kann es nicht erklären. Aber diese Fotos anzuschauen, ist mein tägliches Highlight, denn stets halten sie eine Überraschung für mich bereit. Mittlerweile weiß ich, dass sie am schärfsten wirken, wenn ich mich ein paar Schritte davor hinstelle. Ich habe mir dazu einen bequemen Schaukelstuhl erschaffen, so einen, wie er auch zu Hause bei mir im Zimmer steht. Ein weiches Schaffell ist darübergebreitet, die Armlehnen haben ein braunes Lederpolster, das schon ziemlich abgenutzt ist.

Ich setze mich hin und schaukle mit geschlossenen Augen hin und her, weil ich mich nicht traue, sofort hinzuschauen. Es ist albern, aber den ganzen Tag lang habe ich gehofft, dass sich mein Lieblingsbild etwas weiterentwickelt. Die Fotos verhalten sich wie frisch geknipste Polaroidbilder. Ich kann mich erinnern, dass mein Vater in meiner Kindheit eines dieser Geräte hatte, obwohl alle Welt schon digital fotografierte und die Filme sündhaft teuer waren. Der Moment, in dem das Foto aus der Kamera kam, war toll. Aber viel besser waren die Minuten, in denen ich darauf starrte und wartete, bis das Bild erschien. Erst waren nur ein paar bunte Schatten zu sehen, dann schärften sich die Umrisse und nach einer gewissen Zeit war das Bild dann fertig.

Als ich die Augen vorsichtig öffne, bin ich erleichtert. Auf dem Foto, das bin wirklich ich, die dort steht. Und jetzt erkenne ich auch den felsigen Untergrund. Außer mir ist niemand da, und obwohl ich mich nicht erinnern kann, wo es aufgenommen wurde, weiß ich, dass Art auf den Auslöser gedrückt hat. Immer wenn ich hier in diesem Raum bin, spüre ich seine Anwesenheit so intensiv, als stünde er direkt neben mir. Ich weiß nichts von ihm, nur dass er dunkle Haare hat, die immer ein wenig so aussehen, als könnten sie mal wieder einen Haarschnitt vertragen. Und er benutzt irgendeinen Duft, der mich an Zitrusfrüchte erinnert. Kein Parfüm, es ist eher etwas Seifiges. Sein Duschgel vielleicht oder sein Shampoo. Auf dem Foto habe ich meine Hand an eine Felswand gestützt und lächle breit. Ich stehe auf einem schmalen Pfad und sehe so aus, als hätte ich gerade eine große Anstrengung hinter mir. Am liebsten würde ich näher an das Bild herantreten, um noch mehr Einzelheiten zu entdecken, aber ich habe es ausprobiert. Es klappt nicht. Also präge ich mir alles ein und mache die Augen wieder zu, um mir die Situation vorstellen zu können. Über mir zwitschern Vögel und in meinen Ohren rauscht das Blut, ich höre mein eigenes Keuchen. Der Weg ist anstrengend, richtig mühsam, aber ich gehe immer weiter, steige immer höher. Ist Art vor mir? Weist er mir den Weg? Oder läuft er hinter mir, um mich auffangen zu können, falls ich einen Fuß auf dem steinigen Weg falsch setze und ins Rutschen komme? Ich weiß es nicht und deshalb stelle ich mir vor, dass er mir ein paar Schritte voraus ist und sich immer wieder zu mir umwendet. Er feuert mich an, verspricht mir Kirschkuchen und eine riesige Tasse Milchkaffee, wenn wir endlich den Gipfel erreicht haben. Dann verschwindet er hinter einer Biegung.

Der Weg, auf dem wir laufen, führt in Serpentinen hinauf. Als ich Art auf einmal nicht mehr sehe, steigt Angst in mir auf. Sie ist irrational, aber ich kann sie nicht runterschlucken. Bebend bleibe ich stehen und presse die Hände in meine Seiten. Die Luft, die Anstrengung, die Hitze, all das scheine ich zu spüren, als würde ich es in diesem Moment erleben. Ich halte nach Art Ausschau, sehe ihn aber nicht. Auf einmal fällt mir das Atmen schwer. Die klare Luft der Berge scheint zäh wie Gallert zu sein.

»Nina, jetzt komm schon. Du schaffst das, geh einfach weiter, ich bin schon fast oben.«

Ich erstarre. Der Klang von Arts Stimme jagt mir eine Gänsehaut über die Arme und ich reiße die Augen auf.

Doch da ist kein fahles Nachtlicht und ich liege nicht im Bett im Krankenzimmer. Stattdessen sitze ich noch immer im Schaukelstuhl im Palast. Vor mir an der Schnur sehe ich ganz links ein weiteres Bild, das mir bisher noch gar nicht aufgefallen war. Darauf sind eindeutig Art und ich, auch wenn ich nichts weiter erkennen kann als die Umrisse unserer Köpfe. Aber ich sehe es an den Haltungen, die wir einnehmen. So kenne ich mich. Halb liegend auf der Seite, auf einen meiner Unterarme gestützt. Art kniet neben mir und hält irgendetwas in der Hand. Der Himmel hängt wie ein blaues Seidentuch über uns. Nur an wenigen Stellen türmen sich weiße Wolkengebirge auf.

Ich kann es mir selbst nicht erklären, aber ich bin sicher, dass dieses Bild lange vor dem entstanden ist, das uns in den Bergen zeigt. Fast automatisch gleitet mein Blick zurück und ich tauche erneut in die Szene in den Bergen ab.

Art ruft nach mir, er lacht und neckt mich. Ich schaue nach unten auf die Steine, die den schmalen Pfad bedecken, sie wirken auf einmal so bröselig wie Geröll. An meinen Füßen trage ich Chucks. Die Gummisohle ist so dünn, dass sich die kleinen Steinchen schmerzhaft hineinbohren. Wie bin ich auf die Schnapsidee gekommen, mit diesen Tretern einen Berg hinaufzuklettern? Kurz wende ich meinen Kopf und schaue zurück. Der Anblick lässt mich erzittern. Mir war nicht klar, wie weit wir bereits gelaufen sind, in welcher Höhe wir uns mittlerweile befinden. Links neben mir ist der Abgrund, in der Tiefe sehe ich das Grün der Bäume.

Manche der Wipfel sind höher als die anderen und heben sich aus der Menge heraus. Ich weiß: Ein falscher Schritt genügt, um inmitten dieser Bäume zu landen. Und auch, dass sie keineswegs ein weiches Bett bilden, auch wenn es von hier aus so aussieht. Ein Schauder lässt mich erzittern und ich weiche zurück. Rechts ist die Felswand. Glatt und kalt und fest. Obwohl sie mir keine Möglichkeit zum Festhalten bietet, lege ich die Hand darauf. Wieder ruft Art mich und endlich fasse ich genug Mut, um weiterzugehen.

Dann habe ich die Biegung erreicht, taste mich langsam weiter vor. Ich achte auf jeden meiner Schritte und vermeide es, erneut in die Tiefe zu sehen. Als sich bei einem meiner Schritte ein Stein löst und lautlos nach unten fällt, kann ich einen Schrei nicht unterdrücken. Er hallt von den Felswänden wider und wird dutzendfach zu mir zurückgeworfen.

»*Merde. Attention!* Jetzt musst du ganz vorsichtig sein, aber dann hast du es geschafft. Keine Sorge, ich helfe dir.«

Ich schaue hoch und werde von der Sonne geblendet. Mit der linken Hand schirme ich meine Augen ab, dann sehe ich Arts dunkle Silhouette. Er steht über mir auf einem Felsvorsprung, beugt sich hinunter und streckt seine Hände aus. Ich sehe die gespreizten Finger wie Schatten auf mich zukommen. In meinem Bauch steigt ein Kribbeln auf, es wirbelt in mir herum, wird schneller, mächtiger und wächst zu einem Tornado an. Es ist das Gefühl, wie mit einer Achterbahn in die Tiefe zu rasen. Ich falle.

Dann höre ich einen Schrei. Meinen Schrei.

Kapitel 10

Wenn Wünsche gegen Wände prallen

Acht Stunden. Acht Stunden sind ein Drittel eines ganzen Tages und so lange bin ich wieder zu Hause. Auf einmal ging alles so schnell, dass ich es gerade schaffte, mich von den Schwestern und den Ärzten auf der Station zu verabschieden. Kühnbach hatte frei, daher konnte ich ihm nicht einmal mehr die Hand schütteln. Auch Laura nicht, obwohl gerade diese beiden die wichtigsten Bezugspersonen dort für mich waren. Sofort nach der Visite haben meine Eltern mich abgeholt, meine Sachen zusammengepackt und mich ins Auto verfrachtet. Erst bei der Rückfahrt wurde mir bewusst, wie lang die Strecke bis zur Klinik ist, die sie immer gefahren sind. So viele Wochen, manchmal sogar zwei Mal an einem Tag.

Als wir zu Hause ankamen, regnete es in Strömen, aber mein Vater hat mich gestützt und mit der anderen Hand den Schirm über mich gehalten. Die Treppe bis zu meinem Zimmer bin ich nur mit Mühe hochgekommen, ich fürchte, es wird noch eine Weile dauern, bis ich sie ohne Schmerzen bewältige.

Oben angekommen, habe ich einen besonderen Moment erwartet. Ich meine, ich war so lange nicht hier, habe diesem Augenblick so entgegengefiebert. Aber dann – war es irgendwie seltsam. Mein Zimmer, das mir viel vertrauter sein müsste als das Elefantenzimmer im Palast, hat nichts in mir ausgelöst. Gar nichts. Da war keine Freude und keine Anspannung ist von mir abgefallen. Ich glaube, nicht einmal mein Herzschlag hat sich auch nur ein winziges bisschen beschleunigt. Es hat mich einfach kaltgelassen. Meinen Eltern zuliebe bin ich ein wenig durch den Raum gewandert wie eine Touristin durch eine Ausstellung, die sie nicht wirklich interessiert. Ich habe mit den Fingerspitzen über meine Schreibtischplatte gestrichen, ein oder zwei Bücher aus dem Bord darüber gezogen, kurz überlegt, ob ich meinen Computer einschalte. Im Grunde aber wollte ich mich nur ins Bett legen, die Decke über den Kopf ziehen und einfach an nichts denken.

Papa hat sich als Erster zurückgezogen, mir einen Kuss auf die Stirn gedrückt und ist hochgegangen in sein Atelier. Meine Mutter hat mir ins Bett geholfen, mich zugedeckt und mir eingeschärft, sie unbedingt zu rufen, wenn ich was brauche.

So liege ich jetzt, Stunden später, noch immer da und fühle mich, als wäre ich irgendwo falsch abgebogen. Ja, das hier ist mein Zimmer, aber es fühlt sich nicht so an. Mein Bett ist frisch bezogen, und wenn ich die Decke bis hoch zu meiner Nase ziehe, riecht sie nach einem Waschmittel, das ich nicht kenne. Vor meinem Unfall haben wir ein anderes benutzt. Der Dielenboden ist frisch poliert, nicht eine einzige Staubfluse tanzt im einfallenden Licht. Sogar die Fenster sind geputzt und irgendwer hat einen Strauß roter Ranunkeln auf das Fensterbrett gestellt, in einer Vase, die ich noch nie gesehen habe. Klar, das ist mein Schaukelstuhl vor dem Fenster, mein alter Schreibtisch, unter dessen hintere Beine ich zusammengefaltete Papierstücke geklemmt habe. Selbst die sind verschwunden, aber ich habe keine

Lust, mich aus dem Bett zu kämpfen und zu prüfen, ob er wieder wackelt.

Für einen Moment schließe ich die Augen und halte die Luft an. Ich bin zu Hause. Das ist das, was ich die ganze Zeit wollte. Auf der anderen Seite fühlt es sich nicht so an, als wäre mein Wunsch tatsächlich in Erfüllung gegangen. Obwohl ich weiß, dass meine Eltern es vermutlich nur gut gemeint haben, kommen mir die Tränen. Sie haben mein Zeug aufgeräumt, sind bestimmt an meine Sachen gegangen, haben das durchwühlt, was mir wichtig ist. Damit meine ich nicht, dass ich irgendwo große Geheimnisse versteckt habe, einfach nur diese Kleinigkeiten, die mein Leben ausmachten. Mein Leben, bevor ...

Und da ist es wieder, dieses Vorher, das abgeschlossen zu sein scheint. Was jetzt ist, worin ich mich jetzt befinde, ist das Nachher. Das Danach, die Folge von irgendwas, der Punkt auf meinem Zeitstrahl, den ich nie wieder verlassen werde. Mit diesem Danach muss ich jetzt klarkommen. Wäsche, die anders riecht als sonst, Eltern, die mich mit Samthandschuhen anfassen, mein Telefon, das nicht klingelt und auch keine Nachrichten anzeigt. Da ist niemand von meinen alten Freunden, der sich meldet. Keiner, den interessiert, dass ich wieder zu Hause bin, der mir Glück wünscht oder mich willkommen heißt. Keiner, der fragt, wann er endlich vorbeikommen kann. Nicht einmal Selma. Ich könnte sie anrufen, fragen, was es Neues gibt seit ihrem letzten Besuch in der Klinik. Aber vermutlich hängt sie gerade mit Patrick irgendwo ab und ich würde sie nur stören. Außerdem: Wenn sie gewollt hätte, hätte sie sich ja bereits melden können. Ich warte auf den Schmerz, den dieser Gedanke auslösen sollte. Als er nicht eintritt, weiß ich, dass eigentlich ich es bin, die im Moment kein Interesse hat. An niemandem.

Wie bin ich nur auf die bescheuerte Idee gekommen, dass sich alles ändern wird, wenn ich nur endlich die Klinik verlassen kann? Warum habe ich mich so danach gesehnt, wenn ich doch hier auch bloß in einem Bett liege und den Geräuschen lausche, die davon zeugen, dass außerhalb meines Zimmers Menschen einem normalen Leben nachgehen? Immer wieder höre ich Schritte die Treppe hochkommen. Sie verharren vor meiner Tür und entfernen sich dann wieder. Vermutlich denken sie, dass ich schlafe, und wollen mich nicht stören.

Ich drehe mich auf die andere Seite und fasse dabei mit den Händen unter mein rechtes Knie, um es über das linke zu heben. Ein heftiger Schmerz durchzuckt mich, als ich das Bein zu abrupt fallen lasse. Die Ärzte haben mir zwar erlaubt, zum Schlafen die Orthesen abzulegen, aber ich bin auf einmal nicht mehr sicher, ob das schon so eine gute Idee war. Im Krankenhaus habe ich mir diesen ersten Tag daheim großartig vorgestellt. *No place like localhost,* habe ich geglaubt und mir vorgestellt, dass wir alle zusammen in der Küche sitzen, dass Mama mich mit einem selbst gekauften Kuchen empfängt. Ich dachte an eine Girlande, auf der so was wie »Welcome home!« steht. Aber wahrscheinlich gibt es das nur in diesen kitschigen amerikanischen Filmen. In meiner Fantasie kamen sogar meine sämtlichen Erinnerungen in dem Moment wieder, in dem ich über die Schwelle schreite. Als hätte mich jemand neu gebootet und mit der aktuellsten Software ausgestattet, war alles wieder da.

Aber nichts dergleichen ist passiert, vielmehr liege ich hier und zerfließe in Selbstmitleid. Ich wollte mich sofort in meinen Palast gleiten lassen, um dort die Erinnerungen aufzufüllen. Nun aber erscheint mir auch das total sinnlos, denn es gibt keine Neuigkeiten, die ich dort ablegen könnte. Außerdem sollte ich aufhören, dort immer wieder Schutz zu suchen. Im Krankenhaus war das okay, jetzt aber muss ich langsam anfangen, mein echtes Leben in Ordnung zu bringen.

Überrascht zucke ich zusammen, als es an der Tür klopft. Noch bevor ich »Herein« sagen kann, schiebt sie sich einen Spalt auf. Mama balanciert ein Tablett in der Hand und sieht mich fragend an.

»Toll, dass du wieder wach bist. Ich war schon dreimal hier, aber du hast so fest geschlafen, dass ich es nicht übers Herz brachte, dich zu wecken.«

Verwirrt schüttle ich den Kopf. »Ich habe nicht geschlafen, ich ...«

Sie lächelt mich an und stellt einen Teller mit Sandwiches auf dem Nachttisch links von mir ab. »Nicht geschlafen? Und wie du geschlafen hast! Ich habe dich sogar an der Schulter gerüttelt. Es ist schon nach fünf und ich wollte dir was zu essen bringen. Das ist schon die dritte Ladung, dein Vater und ich haben die anderen Sandwiches selbst gegessen. Du solltest frische bekommen, aber jetzt sind wir so satt, da habe ich ihm gesagt, dass ich dich jetzt endgültig versuche, wach zu kriegen. Du musst was essen, du bist so dünn geworden.«

Ich schiebe den Oberkörper hoch, bis ich in eine sitzende Position komme, und strecke die Hand nach dem Teller aus. Der Duft der Käsesandwiches wandert in meine Nase und zum ersten Mal an diesem Tag spüre ich so etwas wie ein Glücksgefühl in mir. Herzhaft beiße ich hinein und verbrenne mir fast die Zunge.

»Wow, die sind wirklich noch heiß. Danke.«

Sie nickt strahlend. »Ich weiß doch, wie du sie magst. Papa sitzt unten im Wohnzimmer und hat versprochen, dir runterzuhelfen, wenn du möchtest.«

Ich sehe sie an und frage mich, wovon sie redet, weil ich sicher bin, eben noch seine Schritte im Atelier über mir gehört zu haben. Kann es sein, dass ich wirklich eingeschlafen bin, ohne es zu merken? Und wenn, ist das ein gutes oder ein schlechtes Zeichen?

Mama sieht mir offenbar an, dass ich verunsichert bin. »Worüber machst du dir schon wieder Gedanken, hm?«

Ich zucke mit den Schultern. »Keine Ahnung, ich habe einfach nur gedacht, alles würde sich ändern, wenn ich wieder zu Hause bin. Dass dann auf einmal alles wieder gut wäre, aber ...« Obwohl ich genau das vermeiden wollte, schießen Tränen in meine Augen. Das Zimmer verschwimmt und von Mama sehe ich nur noch einen besorgten Blick, bevor ich hemmungslos zu weinen beginne. Sie nimmt den Teller aus meiner Hand und beginnt, sanft meine Wange zu streicheln.

»Lass dir Zeit, Nina. Du wirst sehen, alles kommt wieder in Ordnung«, flüstert sie.

Ein paar Minuten sitzen wir da, bis meine Tränen versiegt sind und ich mir die Nase mit dem Taschentuch putze, das sie mir hinhält. Mein Blick wandert zu ihrer Hand, die immer noch den Teller hält. Auf einmal muss ich lachen, weil mir einfällt, wie sehr ich mich in der Klinik nach irgendwas zu essen gesehnt habe, das heiß und fettig ist. Als ich die Sandwiches hinuntergeschlungen habe, beiße ich mir auf die Lippe.

»Papa und du haltet vermutlich nicht viel davon, aber

ich möchte so schnell wie möglich wieder in die Schule gehen.«

Sie sieht mich erschrocken an und ich ahne, dass sie sich schon wieder Sorgen um mich macht, daher schiebe ich schnell hinterher: »Mir geht es gut, aber wenn ich jetzt auch nur hier im Zimmer rumhänge, tue ich mir keinen Gefallen. Glaub mir einfach, ich brauche einen geregelten Tagesablauf, Leute um mich herum, die ich kenne, eine Aufgabe, irgendwas, das wenigstens halbwegs normal ist.«

Jemand räuspert sich und ich wende den Blick zur Tür. Mein Vater steht dort und ich sehe ihm an, dass er zumindest meine letzten Sätze gehört hat. Innerlich wappne ich mich und suche nach Argumenten, die das stützen, was ich gerade gesagt habe, aber er kommt mit einem Lächeln auf mich zu und klopft mir sanft, aber bestimmt auf die Schulter.

»Yeah, das ist mein Mädchen. Es ist schön, dass wir dich wiederhaben. Klar kannst du in die Schule gehen, wann immer du möchtest, wir wollen nur nicht, dass du dich überanstrengst.« Er setzt sich neben mich auf die Bettkante und wirft Mama einen Blick zu.

Sie springt vom Schaukelstuhl auf, sodass er auf den Kufen hin und her schwingt. »Nina, du musst noch nicht zur Schule. Ruh dich ruhig noch eine Weile aus, das ist alles viel zu früh. Du hast doch noch Schmerzen und es gibt keinen Grund ...«

Ich unterbreche sie und sehe ihr fest in die Augen. »Doch, es gibt einen Grund. Manchmal muss man gehen, weil man einfach nicht bleiben kann. Ich habe lange genug auf der Stelle getreten. Jetzt ist es an der Zeit, einen Schritt zu machen, egal, ob er wehtut oder nicht.«

Kapitel 11

Unbekanntes

Schon als meine Mutter mich drei Tage später an der Schule aus dem Auto lässt, bin ich nicht mehr sicher, ob es eine gute Idee war. Und ich bereue, dass ich ihr nicht erlaubt habe, mich reinzubringen, und daher jetzt allein über den verlassenen Schulhof bis zum Eingang humpeln muss.

Drinnen im Flur steht Selma und trampelt von einem Bein auf das andere. Sie schaut gerade auf die Uhr, dann hebt sie den Blick und sieht mich.

»Nina, endlich! Wann gewöhnst du dir an, meine Nachrichten zu beantworten?« Ihr Tonfall ist streng, aber sie grinst breit, als sie mir entgegenstürmt und die Tasche von meiner Schulter zieht.

Am liebsten würde ich mich gegen ihre Hilfe wehren, aber es läuft sich tatsächlich so viel besser ohne die schweren Bücher, dass ich sie dankbar anlächle.

»Hast du auf mich gewartet?« Ich sehe mich um und es tut gut, hier zu sein und zu sehen, dass sich trotz meines langen Fehlens nichts, viel verändert hat. Eine Horde Achtklässler will vorbei und ich presse mich an die Wand mit den gerahmten Bildern der Schulausstellung. Süßliche Parfümdämpfe steigen in meine Nase, dann rempelt mich ein Junge an. Als er sich zu mir umwendet und umständlich entschuldigt, schlägt mir eine Knoblauchwolke entgegen.

Selma zuckt mit den Schultern, als sie meinen Blick auffängt, und hakt sich bei mir unter. »Klar hab ich gewartet. Deswegen hatte ich dir ja geschrieben. Lass uns gehen, sonst kommen wir zu spät.« Sie läuft los und zum ersten Mal seit ihrem Besuch im Krankenhaus genieße ich das Gefühl, mit ihr befreundet zu sein.

Selma stößt die Tür zum Klassenraum auf. Von drinnen dringt Gelächter zu mir, das in meinen Ohren fremd und herausfordernd klingt. Am liebsten würde ich einfach umdrehen und gehen, denn es kommt mir so vor, als hätte ich vielleicht doch nicht genug Zeit gehabt, mich auf die neue Situation einzustellen.

»Ich hätte es dir gern ausführlich erklärt, aber ... Auf jeden Fall sitze ich jetzt neben Patrick«, flüstert Selma in mein Ohr, dann schlüpft sie an mir vorbei in die Klasse.

Ich erstarre, als auf einmal Bertram vor mir steht. Offensichtlich ist er genauso überrascht wie ich und weiß auch nicht, wie er reagieren soll.

Langsam geht er um mich herum und weist nach vorn.

»Worauf wartest du? Geh rein. Ich soll noch was aus dem Lehrerzimmer holen.«

Drei Stunden später weiß ich, dass ich lieber so lange wie möglich hätte zu Hause bleiben sollen. Nichts von dem, was ich mir vorgestellt habe, ist eingetroffen. Dabei habe ich gehofft, es würde mir besser gehen, wenn ich nur schnell ins alltägliche Leben zurückkehre. Stattdessen hämmert es in meinem Kopf, ich wische mir zum dritten Mal mit dem Handrücken den Schweiß von der Stirn und starre nach vorn an die Tafel. Eigentlich will ich nur ganz schnell von hier verschwinden. Aber das geht nicht. Ich habe so lange darum gebettelt, endlich wieder zur Schule zu dürfen, dass ich mir jetzt nicht die Blöße geben will.

Die Lehrerin, die vor uns steht und irgendwas über Sprachkrise und moderne Literatur referiert, habe ich vorher noch nie gesehen. Ich glaube, sie heißt Gruber, vielleicht aber auch Schuler. Die anderen aus meiner Klasse haben mir kurz zugenickt, als wäre ich bloß ein paar Tage später als sie aus den Sommerferien zurückgekehrt. Zunächst hat mich ihre verhaltene Reaktion ein wenig irritiert, aber im Moment bin ich sogar froh, dass noch keiner versucht hat, mit mir ein Gespräch anzufangen.

Ich merke, dass sich der Blick der Lehrerin in mich bohrt, und sehe sie unschuldig an. Der braun karierte Faltenrock hängt wie ein Sack an ihren Hüften. Ob sie in letzter Zeit abgenommen hat?

»Du scheinst nicht so richtig bei der Sache zu sein, Nina.«

Ich mustere sie aufmerksam, finde aber nicht mal den Hauch eines tadelnden Ausdrucks auf ihrem Gesicht. Niemand kichert, das wäre früher definitiv anders gewesen. Überhaupt wirken alle hier wie Nebendarsteller, die man in einem Film zwar braucht, die aber nicht wirklich wichtig sind.

»Tut mir leid, aber ich kann mich noch immer nicht so richtig konzentrieren«, erkläre ich und schiebe schnell hinterher: »Aber ich gebe mir Mühe, Sie werden sehen, das klappt schon bald wieder.« Zögernd öffne ich die Fäuste, die ich unwillkürlich geballt hatte. Jetzt rede ich schon wie all die Leute im Krankenhaus und bin nicht mal sicher, ob ich mir selbst glaube. Ich bin sauer auf mich, weil ich mir fest vorgenommen habe, nicht aufzufallen. Und ein wenig trifft es mich, dass mich außer der Lehrerin niemand beachtet. Kurz sehe ich mich zu Selma um und freue mich über den ermutigenden Blick, den sie mir schenkt. Ihre Finger formen ein Victory-Zeichen, und als ich wieder nach vorn schaue, bin ich beruhigt.

Die Lehrerin steht an der Tafel und beginnt, etwas daran zu schreiben. Vor meinen Augen verschwimmen die Sätze zu einer bunten Suppe, was wohl daran liegt, dass sie wie in der Grundschule unterschiedlich farbige Kreide benutzt.

Als nach einer gefühlten Ewigkeit endlich die Pausenklingel ertönt, bin ich froh, dass ich es für heute geschafft habe. Selma winkt mir zu und schnappt sich ihren Rucksack, denn auf die anderen warten noch zwei Stunden Sportunterricht, aber ich habe eine Befreiung.

Ich packe meine Tasche, und als ich den Blick wieder hebe, ist der Klassenraum wie leer gefegt. Früher hätte sich niemand beeilt, in die Turnhalle zu kommen, im Gegenteil. Da man nur schräg über den Hof gehen muss, um sie zu erreichen, haben wir uns immer besonders viel Zeit gelassen. Sehr zum Unmut unserer Sportlehrerin natürlich.

Ich trete hinaus in den Gang und muss kurz die Augen schließen, weil mich das grelle Neonlicht blendet. Wann haben sie die alten Lampen gegen diese kalten Strahler ausgetauscht? Zwischen den halb geschlossenen Lidern erkenne ich, dass auch der Flur menschenleer ist, dabei habe ich gehofft, Selma noch zu treffen oder wenigstens einen meiner alten Lehrer. Obwohl es mich im Krankenhaus genervt hat, von allen umsorgt und bemuttert zu werden, erwische ich mich dabei, dass ich mich nach jemandem sehne, der mich fragt, wie es mir an meinem ersten Schultag ergangen ist. Aber niemand kommt, keiner spricht mich an und eine Welle der Traurigkeit schwappt über mich.

»Und? Wie ist es dir ergangen? Hat alles gut funktioniert?«

Es ist früher Abend, meine Mutter steht am Herd und rührt in einem großen Topf mit Suppe. Es liegt definitiv nicht an meiner Amnesie, dass ich mich nur an wenige Gelegenheiten erinnere, bei denen sie aufwendig gekocht hat. Meine Eltern haben sich nie besonders für Essen interessiert. Ihre Leidenschaft gilt der Kunst, vielleicht auch füreinander und für mich natürlich. Gegessen hingegen wird nur, weil es notwendig ist, um zu überleben.

Zur Feier des heutigen Tages aber hat Mama eine alte Schürze über ihren Malkittel gebunden und winkt mich alle paar Minuten zu sich, damit ich koste. Sie streckt mir einen vollen Löffel hin und schaut mich gespannt an, um mein Urteil zu hören. Ich würde gern sagen, dass ich hin und weg bin. Dass ich nie etwas vergleichbar Gutes gegessen habe. Ein- oder zweimal versuche ich das auch, aber meine Mutter durchschaut die Lüge ziemlich schnell. Sie war einfach noch nie eine besonders begabte Köchin.

»Ganz okay.« Ich ziehe die Schultern hoch und wiege den Kopf. »Ich glaube, es liegt an mir. Im Moment funktionieren wohl meine Geschmacksrezeptoren noch immer nicht so richtig. Schmeckt alles weder gut noch schlecht. Irgendwie ... neutral.«

Ihre Mundwinkel sacken für einen Moment nach unten, dann zuckt sie mit den Schultern. »Hauptsache, wir kriegen was Warmes in den Bauch, nicht wahr? Und zur Not haben wir die gute alte Sojasoße.«

Ich muss lachen, weil ich mich erinnere, dass das schon immer unsere Geheimzutat für Suppen und Eintöpfe ist, die etwas zu fad geraten sind.

»Aber jetzt erzähl doch mal aus der Schule. Geht es dir

gut? Hat es dich nicht zu sehr angestrengt? Du weißt, dass du noch nicht unbedingt hinmusst. Wir könnten dich noch eine Weile befreien lassen.« Sie sieht nun doch wieder angespannt aus und klingt auch so.

Ich winke ab, weil ich unbedingt verhindern will, dass sie schon wieder zu besorgt um mich ist. »Nein, es war wirklich gut. Obwohl ich mir so vorkomme, als könnte ich mir selbst dabei zuschauen, wie ich auf einer Bühne stehe und eine gute Vorstellung darüber abgebe, in der Schule zu sein.«

Mama schaut mich amüsiert von der Seite an. »Klingt doch eigentlich ganz normal: Schule ist, wenn einer an der Tafel steht und alle anderen ihren eigenen Film fahren.«

Ich verdrehe die Augen und muss trotzdem lachen, weil sich Mama manchmal so komisch ausdrückt, wenn sie besonders locker wirken will.

»Nee, es ist eher so ... als wäre ich mittendrin, aber nicht voll dabei. Es fühlt sich alles unecht an. Als hätte jemand eine wahnsinnig aufwendige Kulisse gebaut. Und die Schauspieler wirken alle perfekt besetzt, aber wenn ich so darüber nachdenke, kann ich mich nicht so richtig daran erinnern, was heute überhaupt alles passiert ist.« Erst jetzt, wo ich es ausgesprochen habe, wird mir klar, dass das die Wahrheit ist. Aber vielleicht ist das ja auch völlig normal nach dem, was meinem Kopf passiert ist. Gut möglich, dass ich deshalb auch nicht mehr weiß, wie ich nach der Schule überhaupt nach Hause gekommen bin.

Nachdenklich rührt meine Mutter im Topf. Vielleicht habe ich ihr wieder zu viel erzählt und morgen muss ich zu Hause bleiben? Momentan weiß ich nicht mal, ob mich diese Aussicht erleichtern würde oder kolossal frustrieren.

»Mama?«, frage ich schließlich zögernd und warte, bis sie eine Schöpfkelle vom Regal geangelt hat, dann rede ich weiter: »Bin ich vorhin eigentlich mit dem Bus gekommen?«

Sie schnellt herum und mustert mich mit einem forschenden Blick, bei dem ich mir vorkomme wie ein aufgespießtes Insekt unter dem Mikroskop. Dann scheint sie sich zu besinnen, tritt auf mich zu und streicht mir die Haare aus der Stirn. Ich erinnere mich an diese Geste von früher, wenn ihre Finger kühl auf meinem Gesicht lagen. Wie damals schmiege ich mich in ihre Hand, neige den Kopf in ihre Richtung. Es ist schön, dass sie so fürsorglich ist, und ich wäre an keinem Ort der Welt lieber als hier bei ihr in der Küche, obwohl die stets ein wenig chaotisch ist. Aber ich mag das. Ich bin so stolz auf meine Eltern, gerade weil sie schon immer ein wenig anders gewesen sind als die meiner Klassenkameraden. Weil ich mich mit weniger Verboten rumärgern musste, weil ich mich ausprobieren durfte und es nie darum ging, dass ich später irgendwas studieren muss, bloß weil man als Arzt oder Apotheker ziemlich sicher ziemlich viel Geld verdienen kann.

»Und wie waren deine Leute, alle froh, dich wiederzusehen? Ich meine, Selma und Patrick und …«

Ich nicke. »Alles in Ordnung. Alle waren nett, auch die neue Lehrerin, glaube ich. Ich vermute, sie wird mir nicht lange den Krankenbonus geben. Aber das mag ich. Mit den anderen konnte ich noch gar nicht viel reden, weil die Pausen kürzer sind, als ich sie in Erinnerung hatte. Und nach der vierten Stunde haben sich alle beeilt, zu Sport zu kommen. Da stand ich auf einmal ganz allein im Raum. Das war komisch.«

Mama schöpft die Suppe aus dem Topf und verteilt sie auf drei Teller. »Dein Vater und ich hatten ja ein Vorgespräch mit Frau Krugner. Ich fand sie da auch ziemlich nett.«

Krugner heißt sie also, gut zu wissen. In Gedanken gleite ich in den Palast und schreibe diese Information auf einen der hellblauen Notizzettel, die auf dem Schreibtisch liegen. Sofort fühle ich mich ein wenig besser, weil eine weitere, wenn auch winzig kleine Lücke in meinem Kopf gestopft ist.

Als ich wieder in die Realität zurückkehre, fange ich einen belustigten Blick von Mama ein. »Tut mir leid, hast du was gesagt? Ich war wohl kurz in Gedanken.«

»Kannst du raufgehen ins Atelier und Werner Bescheid sagen, dass das Essen fertig ist?«

Wenig später sitzen wir zusammen am Tisch. Papa trägt seinen Malkittel, der mit vielen Grüntönen bekleckst ist. »Und was, sagst du, soll das für eine Suppe sein?« Er fragt mit einem schelmischen Grinsen im Gesicht und lässt den Löffel sinken, nachdem er runtergeschluckt hat.

Mama haut gespielt empört auf die Tischplatte. »Das ist jetzt nicht dein Ernst, oder? Ich stehe da stundenlang und koche und du fragst mich, was das ist?«

»Sieht aus wie Hühnersuppe, schmeckt wie Hühnersuppe, aber ich kann es kaum glauben. Wir sind seit dreiundzwanzig Jahren verheiratet, aber du hast noch niemals ein Huhn gekocht. Was ist passiert?«

Amüsiert blicke ich von einem zum anderen und ich freue mich, dass sich einige Dinge zu Hause anscheinend auch während meiner Zeit im Krankenhaus nicht geändert haben.

»Also wirklich, noch niemals Hühnersuppe …! Denk mal bitte an unseren Urlaub in Blumbach. Das Huhn, das du vom Bauernhof geklaut hattest. Ich musste es sogar rupfen und ausnehmen.«

Papa beginnt zu lachen und kann sich überhaupt nicht mehr beruhigen. Sein Gesicht ist voller Lachfalten und seine Augen strahlen, je mehr meine Mutter davon erzählt, wie sie das Huhn damals von innen sauber gemacht hat. Spontan lasse ich den Löffel fallen, auch wenn ich lachen muss – der Appetit ist mir ein wenig vergangen.

»Mama! Papa! Hört bitte auf, sonst überlege ich mir, ob ich auf der Stelle Vegetarierin werde. Warum tun Menschen eigentlich so eklige Sachen wie Tiereausnehmen, und das auch noch freiwillig?«

Betretenes Schweigen senkt sich über den Tisch. Bis eben war das noch eine total lustige Situation, die jetzt ins Gegenteil umgeschlagen ist. Meine Mutter schaut erst mich an, dann Papa und nun zieht sie die Stirn in Falten, als hätte ich etwas gesagt, auf das sie niemals von selbst gekommen wäre. Ich fürchte, ich weiß, was jetzt folgen wird. Sie ist für solche Experimente immer so schnell zu haben, dass wir schon einiges an neuen Gewohnheiten ausprobiert haben.

Ich komme ihr zuvor. »Das bringt dich auf eine Idee: Wir sollten ab sofort kein Fleisch mehr essen?«

Papa verdreht die Augen und stopft sich hastig noch ein paar Löffel Suppe in den Mund. Als er Mamas Blick sieht, zuckt er mit den Schultern. »Könnten meine letzten Happen Tier sein, die ich in meinem Leben auf den Teller bekomme«, sagt er mit einem schiefen Grinsen und isst weiter.

Mama klopft dreimal mit den Fingerknöcheln auf die

hölzerne Tischplatte, wie sie es aus Aberglaube immer tut, wenn jemand etwas sagt, das nach ihrer Meinung Pech bringen könnte.

»Wir sollten einfach ausprobieren, ob es uns gefällt. Erst mal nur einen Monat. Ihr wisst ja, wie das mit neuen Gewohnheiten ist. In der ersten Woche finden wir es vermutlich unerträglich, in der zweiten noch ein wenig anstrengend und in der dritten haben wir uns schon fast daran gewöhnt. Ein Mensch ...«

»... braucht drei Wochen, um neue Gewohnheiten zu etablieren.« Papa und ich sprechen Mamas Satz gleichzeitig zuende und müssen schon wieder lachen.

Er wedelt mit dem Löffel vor seinem Gesicht rum und zwinkert mir mit einem Auge zu. »An deiner Stelle würde ich das aber nicht in der Schule erzählen, wenn der Austauschschüler da ist.«

Austauschschüler?

Merde. Attention! Tu viens enfin?

Ein winziger Tropfen Schweiß rinnt über meine Stirn. Mein Blick schnellt nach oben. »Was für ein Austauschschüler?« Habe ich schon wieder was nicht mitgekriegt?

Meine Eltern schauen sich an. Dann sagt Mama langsam: »Neulich hatten wir diese Vorbesprechung mit Frau Krugner. Und in dem Zusammenhang hat sie uns erzählt, dass Anfang Mai ein Austauschschüler aus Frankreich kommt. Du kannst das nicht wissen. Mach dir also keine Gedanken.«

Frankreich? *Merde. Tu viens enfin?* Ein flaues Gefühl breitet sich in meinem Magen aus, aber ich möchte auf gar keinen Fall, dass meine Eltern etwas merken. Mit aller Kraft setze ich mich aufrecht hin und lächle. »Frankreich.

Du meinst, ich soll mich lieber vor dem elendigen Froschschenkel-Esser nicht als Veggie outen?«

Papa schaut mich erst erstaunt an, dann prustet er los und nickt. »Auf keinen Fall. Franzosen finden Vegetarier wahrscheinlich einfach nur unappetitlich!«

Ich lache und es tut gut, dass unser Running Gag immer noch uns gehört. Frösche, Muscheln und Schnecken: Papa und ich sind uns einig, dass das das Absurdeste ist, was Menschen in sich hineinstopfen – und es auch noch Delikatesse nennen. Mama weiß zwar ganz genau, worum es geht, schüttelt aber nur schmunzelnd den Kopf. Sie isst munter weiter und ich sehe genau, dass auch sie gerade darüber nachdenkt, dass sie jetzt das letzte Mal Fleisch essen wird.

Ich schiebe den Löffel in den Mund. »Das hast du dir jetzt selbst eingebrockt.«

Sie zieht die Schultern hoch. »Ihr seid zu zweit. Ihr könntet mich überstimmen.«

Mein Vater schüttelt den Kopf. »Besser nicht.«

Kapitel 12

Das Licht von zehn Millionen Sternen

Am nächsten Tag spüre ich die Aufregung sofort, als ich die Klasse betrete. Meine Mutter hat mich auf dem Weg zur Galerie vor der Schule abgesetzt. Die ganze Fahrt über hat sie davon geredet, dass sie nur hoffen kann, endlich die dortigen Lichtverhältnisse in den Griff zu kriegen. »Denkst du wirklich, dass sich irgendjemand für meine Bilder interessiert? Dieser David Barth hat Gemälde, die sind zum Teil drei Meter breit. Die mussten sie mit einer Hebevorrichtung an die Wand bringen, weil allein die Rahmen so schwer sind, dass zwei Männer sie nicht hochheben können.«

Die Ausstellungseröffnung ist gleich nach Pfingsten und meine Mutter erscheint mir schon jetzt wie ein nervliches Wrack.

Die Stimmung im Klassenraum ist im Moment ähnlich angespannt wie vorhin im Auto neben meiner Mutter, obwohl alles völlig normal gewirkt hat, als ich eingetreten bin. Nun aber scheint ein nervöses Flimmern in der Luft zu liegen. Jeder versucht zwar, die Aufregung zu vertuschen, aber ich fühle mich wie ein Regisseur, der das Können seiner Schauspieler testet und dabei ganz besonders auf die Körpersprache achtet. Da quietscht die Tür und sämtliche Köpfe schnellen nach hinten.

Frau Krugner eilt an mir vorbei. Sie trägt wieder diesen

Faltenrock, der sich um ihren Körper bauscht. Dann höre ich ihre Stimme und brauche ein paar Sekunden, um zu begreifen, dass sie Französisch spricht.

»Guten Morgen, wir freuen uns sehr, dass du gekommen bist. Leg bitte deine Sachen dort auf den freien Platz neben Bertram. Dann wäre es schön, wenn du nach vorn an die Tafel kommen würdest, um dich uns allen vorzustellen. Wir möchten gern wissen, mit wem wir es zu tun haben.«

Derweil lehne ich mich zurück und versuche, das seltsame Gefühl zu unterdrücken, das langsam in mir aufsteigt. Vor meinen Augen blitzen die Felsen auf und ich höre mich schon wieder schreien. Mit einem Ruck richte ich mich auf, aber niemand scheint etwas bemerkt zu haben. *Jetzt nur keine Panikattacke,* rede ich mir gut zu.

Atmen, einfach nur ruhig ein- und ausatmen. Ich hatte einen Unfall, mein Kopf hat gelitten. Ich bin deshalb in Behandlung gewesen. Viele Wochen. Mir geht es gut. Mir kann nichts passieren. Ich bin in der Schule, hier gibt es keine Felsen. Nicht einmal in der Nähe. Was ich in den Nächten erlebt habe, sind nur Träume. Träume bedeuten nichts, gar nichts. Aber wenn das stimmt, warum schwitze ich dann plötzlich? Woher kommt diese entsetzliche Angst, die in mir emporkriecht?

Die Stille in der Klasse macht Platz für ein dumpfes Gemurmel. Selma und Patrick stoßen sich zwei Reihen vor mir gegenseitig in die Rippen. Louise und Phil tuscheln miteinander, andere flüstern sich irgendwelche Dinge zu. Ich wünschte, ich würde den Grund für ihre Aufregung kennen, aber ich kann den Neuankömmling nicht einmal sehen. Und ist es nicht unhöflich, bei seinem Anblick zu flüstern? Während der Austauschschüler nach vorne geht, richte ich meine Stifte exakt an der Tischkante aus. Mir wird etwas schlecht, weil ich an all die Frösche denke, die so ein Franzose jährlich in sich reinstopft. Papa und ich haben nachgeschaut. Weltweit werden pro Jahr zwei Milliarden Froschschenkel verspeist. Das sind eine Milliarde Frösche und ich bin sicher, dass die Franzosen bei diesem Gemetzel voll dabei sind.

Als ich nach vorn schaue ... schwappt eine wahre Welle der Übelkeit über mir zusammen. Dieser Junge. Groß. Schlank. Dunkle Haare.

Merde! Tu viens enfin?

Ja, ich komme. Gleich. Nur einen Moment. Warte.

Attention! Attention!

In meinem Kopf setzt ein Hämmern ein, dann ein Rauschen, das immer lauter wird.

Attention, Nina! Attention!

Ich springe auf, so schnell und abrupt, dass der Stuhl umkippt und mit lautem Knall auf dem Boden landet. Ich kann vor lauter Übelkeit nicht mehr atmen. Nur raus hier! Frische Luft.

Luft, die nach Frühling riecht und nach Regen.

Dunkelheit hüllt mich ein, als ich sanft in die Unendlichkeit gleite.

Nur mit Mühe kann ich meine Lider öffnen. Die Sonne scheint warm auf mein Gesicht, nur langsam schälen sich die Umrisse meiner Finger aus der gleißenden Helligkeit. Ich lege den Stift ab, den meine rechte Hand fest umklammert, richte ihn neben den anderen an der Tischkante aus. Selma und Patrick stoßen sich in die Rippen und kichern. Die anderen tuscheln miteinander, flüstern sich irgendwelche Dinge zu. Ihre Köpfe sind auf die Klassentür gerichtet, die sich in diesem Moment langsam öffnet.

Dann ebbt das Gemurmel langsam ab und ich sehe einen großen dunkelhaarigen Jungen, der zaghaft in den Raum tritt. Entschlossen presse ich die Lider zusammen, öffne meine Augen, schließe sie erneut und hoffe, dass das Déjàvu verschwindet. Als ich die Augen wieder öffne, geht Frau Krugner gerade zur Tafel. Der Junge folgt ihr, ich kann sein Gesicht nicht sehen, erstarre aber, weil alles genauso passiert wie eben schon einmal. Es ist, als würde sich alles vor mir verschieben, als geriete alles durcheinander, was in meinem Kopf so geordnet schien. Jetzt, wo sich die anderen schon wieder langsam beruhigen, fange ich erneut an, innerlich zu zittern. Ich kenne diesen Gang. Diese Haarfarbe, die Silhouette, die sich gerade vor der Tafel aufbaut. Als wären meine Augen eine Kameralinse, die einige Augenblicke braucht, um sich scharf zu stellen, sehe ich sein Gesicht jetzt erst genau. Aber das müsste ich nicht mal, denn ich weiß sicher, dass ich es kenne. Fast genauso gut kenne wie mein eigenes.

»Bonjour, mein Name ist Arthur und ich freue mich, dass ich jetzt für zwei Monate hier bei euch sein kann.«

Arthur. Art.

Das Licht von zehn Millionen Sternen explodiert in meinem Kopf und vertreibt die Dunkelheit, aus der ich bis eben noch bestand. *Art.*

Im nächsten Moment wird mir erneut schlecht vor Aufregung und ich schwöre, wenn ich nicht auf meinem Stuhl sitzen würde, wenn nicht meine Beine fest auf dem Boden stünden, würde ich umkippen. Instinktiv umklammern meine Finger die Tischkante, damit ich nicht aufspringe, nach vorn zur Tafel renne und ihm um den Hals falle.

Denn genau das möchte ich. Ich möchte meine Finger in seinen dunklen Haaren vergraben, die wie üblich so aussehen, als müssten sie dringend mal geschnitten werden. Ich möchte nicht noch mehr sinnlose Zeit vertun, ich möchte …

Sein Blick schweift über die versammelte Klasse und kommt jetzt auch bei mir an. Ich warte auf ein Zwinkern oder ein Lächeln. Eigentlich rechne ich mit einem Strahlen – aber es kommt nichts. Nichts, das erkennen lässt, dass er mich gesehen hat. Der Blick aus seinen kaffeebraunen Augen verharrt nicht eine einzige Sekunde, sondern schaut durch mich hindurch, als wäre ich überhaupt nicht anwesend. Ich bin drauf und dran, meinen Arm zu heben und ihm zuzuwinken, aber ich bremse mich im letzten Augenblick. Was ist los mit ihm? Ich habe ihn gefunden. Er ist mein fehlendes Puzzleteil. Warum aber ignoriert er mich komplett?

»Dann erzähl uns doch ein wenig von dir, Arthur. Wir wissen, dass du aus Frankreich kommst, aber das ist auch schon alles.« Frau Krugner lächelt ihn auffordernd an. In meinen Ohren rauscht es, aber ich zwinge mich zuzuhören, jedes Wort in mich aufzusaugen.

»Ich lebe in Paris, bin aber in einer kleinen Stadt an der Grenze zu Deutschland geboren. Ich besuche ein Lycée und bereite mich auf mein Baccalauréat vor.« In seiner Stimme liegt so viel Gelassenheit, dass ich es kaum glauben kann. Wie kann er so cool sein, während mich die Aufregung fast umbringt?

Als Frau Krugner die Klasse auffordert, Arthur Fragen zu

stellen, reden auf einmal alle durcheinander. Art erzählt, dass sein Vater Fotograf ist, seine Mutter Hausfrau – aber das weiß ich längst. Auch dass er unbedingt ein paar Monate im Ausland verbringen wollte. Und er hätte sich für Deutschland entschieden, weil seine Großmutter mal in einen Deutschen verliebt gewesen sei. Nein, er sei vorher noch nie in Berlin gewesen, lediglich in München war er mal kurz, aber das war, als er noch ein Kind war, und er könne sich nicht mehr so gut daran erinnern.

Noch niemals in Berlin? Als die Stimme, die mir so vertraut vorkommt, diese Worte sagt, lasse ich die Stirn auf die Tischplatte sinken und frage mich, an welcher Stelle ich die falsche Abfahrt genommen habe. Ich bin wie ein Autofahrer, der orientierungslos auf einer Straße herumirrt, von der er nicht weiß, woher sie kommt und wohin sie führt. Wie kann er behaupten, noch nie in Berlin gewesen zu sein?

Langsam hebe ich den Kopf, presse mir die Hand auf den Mund, um ein Stöhnen zu unterdrücken, und beobachte, wie Art mit Frau Krugner spricht und sie schließlich auf einen freien Stuhl links vorn deutet. Jetzt kommen mir Zweifel. Einer von uns spinnt ganz sicher. Bei mir ist eine schwere Kopfverletzung diagnostiziert, die Wahrscheinlichkeit, dass mit meinem Verstand etwas nicht stimmt, scheint also wesentlich höher zu sein. Aber kann ich mir da sicher sein? Was, wenn wir zusammen abgestürzt sind? Was, wenn auch er einen Unfall hatte? Wie lange lag ich im Krankenhaus? Ist »mein« Art auch ein Austauschschüler gewesen? Ich grabe die Hände in meine Haare und massiere den Kopf. Glücklicherweise sitze ich ziemlich weit hinten, sodass kaum jemand meine offensichtliche Verwirrung bemerkt.

Als Arthur sich in Bewegung setzt und langsam zu dem Platz geht, der ihm zugewiesen wurde, schießt Adrenalin durch meine Adern. Ich bin sicher, dass das Art ist. »Mein« Art. Ich kenne seinen Gang ganz genau. Niemand läuft so wie er, lässt so lässig seine Arme an den Seiten hängen und hält sich so aufrecht.

Wenn ich es beeinflussen könnte, würde er sich nicht auf diesen Stuhl setzen, sondern zu mir kommen. Es wäre ihm ganz egal, ob die anderen tuscheln oder kichern, und niemand könnte ihn davon abhalten, mein Gesicht zwischen seine Hände zu nehmen und mir einen langen und intensiven Kuss zu geben. Aber er tut es nicht, er setzt sich hin, wie es ihm aufgetragen wurde, und ich lasse den Kopf zurück auf die Tischplatte sinken. Wie kann jemand eine so unfassbare Zerstörung in mir anrichten? Ich höre das Knacken meiner Kiefer, als ich versuche, trocken zu schlucken.

Für den Rest der Stunde fließen Frau Krugners Worte in einer zähen Masse an mir vorbei, die meinen Kopf zu überschwemmen droht. Ich hoffe, dass sie mich nicht anspricht. Nicht nur, dass ich nichts von dem mitbekomme, was sie sagt. Ich bin sicher, dass ich nicht in der Lage wäre, auch nur einen zusammenhängenden Satz hervorzubringen.

Kapitel 13

Wenn Mauern wachsen

Als es zur Pause klingelt, schmeiße ich mein Zeug in die Tasche und kann es nicht erwarten, Art endlich ansprechen zu können. Wir haben nur zehn Minuten und müssen ins Chemiekabinett in der obersten Etage. Die meisten sind schon weg, aber er steht auf der Treppe und unterhält sich mit Bertram. Wie paralysiert starre ich ihn an und hebe dann lahm die Hand, um ihm zuzuwinken, als er kurz in meine Richtung schaut. Er mustert mich, runzelt die Stirn und ein Lächeln zieht über sein Gesicht. Endlich!

Ohne auch nur die geringste Ahnung zu haben, was jetzt passieren wird, beobachte ich, wie er sich von Bertram löst, ihm zum Abschied leicht auf die Schulter klopft und dann in meine Richtung kommt. Mein Herz schlägt bis zum Hals und ich fürchte, dass sich ein debiles Grinsen auf meinem Gesicht ausbreitet. Ich kann es nicht ändern und eigentlich ist es mir auch egal, denn ich bin einfach nur so froh, dass er mir seine Aufmerksamkeit schenkt, dass alles andere unwichtig wird. Schon stelle ich mich auf die Zehenspitzen, um ihn umarmen zu können, wenn er endlich bei mir ist. Ich weiß, um wie viel er mich überragt. Ich weiß es einfach, denn er hat mich oft genug damit aufgezogen.

»Ist nicht ganz einfach, eine Zwergin zu küssen«, hat er immer gesagt und dabei über beide Ohren gegrinst, wenn ich ihm gespielt empört in die Rippen geknufft habe.

Nein. Das stimmt nicht, er nannte mich *naine*. Jetzt rauschen noch mehr Erinnerungen auf mich ein: dass er mich gern *La petite Hobbit* genannt hat. Und dass ich ihn immer ermahnt habe, bloß nicht das Schicksal herauszufordern, sonst würden mir eines Tages Haare auf den Füßen wachsen.

Als er vor mir steht, lässt sein verwunderter Blick eine Mauer zwischen uns wachsen. Eine Mauer, die verhindert, dass ich mich ihm an den Hals werfe.

»Hey«, sagt er und setzt das Lächeln auf, das meinen Puls immer zum Flattern brachte. »Du hast mir zugewinkt. Das ist … *attachant* … nett. Du gehst auch in dieselbe Klasse wie ich. Oder?«

Meine Gesichtszüge gefrieren. Was ist nur los mit ihm – mit mir, mit uns?

Er streckt mir seine Hand entgegen. »Ich heiße Arthur. Und du?« Mit jedem seiner Worte wird die Mauer zwischen uns dicker und robuster.

»Art«, stammle ich und zucke dann zusammen, als ich merke, wie peinlich ich ihn die ganze Zeit anstarre. »Ich, also … Ich heiße Nina, wollte ich sagen.« Mehr bringe ich nicht heraus.

Gespannt beobachte ich seine Reaktion, aber die, die ich erwartet habe, kommt nicht. Da ist kein Erkennen in seinem Blick. Stattdessen zieht er seine Hand zurück, weil ich sie nicht ergriffen habe, und runzelt die Stirn.

Ich würde ihn gern fragen, warum er so komisch ist. Warum er so tut, als wären wir uns zuvor nie begegnet. Aber wie soll ich das machen, ohne komplett irre zu wirken? Soll ich ihm sagen, dass wir wochenlang jede freie Minute miteinander verbracht haben? Soll ich ihn daran erinnern, wie sehr er es mochte, wenn ich seinen Nacken geküsst habe, während er mir über die Bücher gebeugt versucht hat, Zusammenhänge in der Philosophie zu erklären? Automatisch fährt meine Hand zu der kleinen Kuhle an meinem Schlüsselbein, die er so oft geküsst hat.

»Woher weißt du, dass ich Art genannt werde? Kennen wir uns?«

Ich verziehe das Gesicht, weil es so wehtut, diese Worte zu hören. Er scheint zu stutzen, als wüsste er nicht, was er mit mir anfangen soll. Hält er mich für eine Stalkerin, die seinen Spitznamen herausgefunden hat? Nein, immerhin umspielt ein Lächeln seinen linken Mundwinkel. Sicher glaubt er nur, ich wollte ihn anbaggern. Und wieder einmal wird deutlich, dass ich mir selbst nicht über den Weg trauen kann – besonders nicht in Gegenwart dieses Jungen. Ich war so sicher, dass er mein Freund ist, dass wir ineinander verliebt sind oder waren oder was weiß ich. Und auch, dass wir gemeinsam auf diesen Berg gestiegen sind. Dass er der Art ist, den ich geliebt habe. Der mich geliebt hat.

Aber vielleicht stimmt das gar nicht. Vielleicht spielt mir meine mangelnde Erinnerungsleistung einen Streich. Für einen Moment überlege ich, ob es besser wäre, wenn ich mir alles nur einbilde. Dann stünde in diesem Moment zwar nicht der Junge vor mir, in den ich verliebt bin, aber auch nicht der, der mich gestoßen hat.

Ich straffe meine Schultern und versuche, ruhig zu atmen, wie ich es in der Therapie gelernt habe. Aber diesmal bahnt sich keine Panikattacke an. Das ist keine irrationale Angststörung. Wenn Art derjenige ist, den ich für meinen Freund gehalten habe, dann ist er auch der, der meinen Unfall verschuldet hat. Verdammt, das verwirrt mich alles dermaßen, dass mir ganz übel wird. Muss ich Angst vor ihm haben oder nicht? Sollte ich ihm besser aus dem Weg gehen? Wie stabil muss eine Psyche sein, um so viele Zweifel, so viele Möglichkeiten, die wahr sein können oder auch nicht, aushalten zu können?

Ich bin absolut nicht dazu in der Lage zu entscheiden, was als Nächstes zu tun ist. Das merke ich, denn meine Knie fühlen sich weich und nachgiebig an, bis sie sich komplett zu verflüssigen scheinen und ich mich nicht mehr halten kann. Um nicht nach hinten umzukippen, lasse ich mich nach vorn fallen und lande ausgerechnet in Arts Armen, die er zum Glück im letzten Moment öffnet. Und – das haut mich erneut beinahe um: Er riecht genauso wie er früher. Nach Zitronen und Grapefruit. Spinne ich jetzt?

Nun schaut er mich besorgt an. »Nina, alles in Ordnung mit dir?«

Ich nicke, obwohl sich um mich herum alles dreht wie in einem Kettenkarussell. Mein Gehirn arbeitet auf Hochtouren. Soll ich ihm sagen, was ich wirklich denke? Dass wir uns kennen? Aber das wäre doch die mieseste Anmache überhaupt! Was, wenn er mich dann für verrückt hält? Ich meine, ich halte mich ja selbst für verrückt! Und was, wenn er das auch noch den anderen erzählt? Irgendwie werden dann natürlich auch meine Eltern von meinem Geisteszustand erfahren und die schicken mich garantiert zurück in die Klinik. Sosehr ich mir auch den Kopf zermartere – mir fällt keine andere Möglichkeit ein, als vorläufig sein komisches Wir-kennen-uns-nicht-Spiel mitzuspielen. Vielleicht ist es ein bescheuerter Test. Oder er hat einen anderen Grund, weswegen er nicht möchte, dass einer weiß, dass wir uns kennen.

Womöglich bin ich auch einfach nur kurz davor, vollkommen den Verstand zu verlieren. Wenn er sowieso nicht derjenige ist, für den ich ihn halte, dann hat das auch etwas Gutes. Denn dann ist er nicht derjenige, der mich gestoßen hat und dessen Hände ich immer wieder im Traum auf mich zukommen sehe.

Reiß dich zusammen, Nina, rede ich mir ein. Du brauchst nur Zeit und mehr Informationen, dann kriegst du das alles auf die Reihe. Zeit, bis mein Kopf wieder richtig funktioniert!

Ich stoße die Luft aus und sage möglichst gelassen: »Alles gut, tut mir leid. Mein Kreislauf hat nur gerade schlappgemacht. Ich bin erst vor ein paar Tagen aus der Klinik gekommen. Da war ich ziemlich lange wegen einiger Knochenbrüche. Sorry, ich wollte dir nicht einfach in die Arme fallen.« Unter größter Anstrengung fange ich an, mich von ihm zu lösen, lasse meinen Kopf aber noch für eine Sekunde auf seinem Brustkorb liegen. Leider geht er nicht auf mein Angebot ein, wenigstens in mein Ohr zu flüstern, dass er sich freut, mich endlich wiederzusehen.

Als ich halbwegs stabil vor ihm stehe, muss ich erst mal tief Luft holen. Die Masse an Sauerstoff, die auf einmal meinen Körper flutet, macht mich schon wieder schwindelig. »Wir müssen jetzt langsam los. In die dritte Etage zu Chemie.« Obwohl alles ganz und gar nicht so läuft, wie ich es mir vorgestellt habe, bin ich fast stolz darauf, wie fest meine Stimme schon wieder klingt.

Art mustert mich noch einen Augenblick skeptisch, dann schaut er in Richtung Treppe und hakt mich unter, als hätte er Angst, dass ich nicht alleine laufen könnte. Schritt für Schritt gehen wir nach oben und eine Gewissheit hämmert hinter meiner Stirn: dass ich mir in diesem Augenblick nichts Schlimmeres vorstellen kann, als Arm in Arm mit ihm den Klassenraum zu betreten, ohne dass er dieselben Gefühle für mich hat wie ich für ihn.

Zwar sagt mir mein Bauchgefühl, dass es nur eine Frage der Zeit ist, bis Art mir endlich zu verstehen gibt, warum er sich so seltsam benimmt. Aber er tut es nicht. Nicht in Chemie und auch nicht in den beiden Mathestunden, die folgen. Die ganze Zeit habe ich seinen Hinterkopf im Blick, kann genau beobachten, wie er an seinem Stift kaut, während er über den Aufgaben grübelt. Ich sehe, wie er seine Hand hebt, weil er die Fragestellung nicht richtig verstanden hat. Früher habe ich ihm oft dabei geholfen, die Textaufgaben zu übersetzen. Jetzt tuschelt er mit Bertram, der neben ihm sitzt und ihm bereitwillig Auskunft gibt.

Als es klingelt, schießen alle anderen förmlich aus dem Raum. Eine Einzelstunde Sport folgt und zum ersten Mal bedaure ich, davon befreit zu sein. Kurz überlege ich, trotzdem rüber in die Turnhalle zu gehen und mich einfach an den Rand zu setzen. Aber ich habe keinen Grund dazu. Ich kann ja schlecht sagen, dass ich so froh bin, Art endlich wieder in meiner Nähe zu haben. Mit einem Stöhnen werfe ich mir den Riemen der Tasche über die Schulter und trotte hinaus auf den einsamen Gang.

Zu Hause wartet meine Mutter schon mit dem Essen. Das Kochbuch liegt noch aufgeschlagen auf dem Tisch, sodass ich sehen kann, was sie zubereiten wollte. Das, was sie serviert, sieht allerdings total anders aus. Doch mir ist sowieso der Appetit vergangen.

»Wie war es in der Schule? Gibt es irgendwas Neues?«

Ich schüttle den Kopf und stochere in der Soße herum. Die Kartoffel rutscht immer wieder von der Gabel und irgendwann gebe ich entnervt auf und schiebe den Teller von mir.

Mama schaut mich an. »Ist was mit dem Essen nicht in Ordnung?«

Das schlechte Gewissen meldet sich prompt und ich ziehe den Teller wieder zu mir rüber. »Nein, ist total lecker, auch der Räuchertofu. Wirklich. Ich habe gerade nur etwas Probleme mit meiner Hand.«

Sie reißt die Augen auf. »Das tut mir leid. Vielleicht sollten wir doch noch einen Termin in der Klinik vereinbaren. Das kann doch unmöglich normal sein.«

Als das Wort *normal* fällt, zucke ich unwillkürlich zusammen. Meine Gabel fällt mit einem Klirren auf den Teller und jetzt habe ich endgültig Mamas gesamte, sorgenvolle Aufmerksamkeit. Sie stürzt auf mich zu und geht vor mir in die Knie.

»Nina, ich mache mir Sorgen um dich. Bitte sag mir, wenn es dir nicht gut geht. Ich war die ganze Zeit nicht sicher, ob das alles wirklich so gut für dich ist, wie sie behaupten.«

Ich schaue hoch und sehe die Angst in ihren Augen. »Was meinst du? Was behaupten sie denn?«

Sie mustert mich, dann wirkt es so, als würde sie sich innerlich zur Ordnung rufen. Ihr Blick wandert zur Tür und ich merke ganz genau, dass sie schauen will, ob mein Vater aus dem Atelier nach unten kommt. Will sie mir etwas sagen? Gibt es irgendwas, das ich wissen sollte? »Mama? Was ist los?«

Sie winkt ab und steht auf. »Alles gut, mein Herz. Ich mache mir einfach nur Gedanken, weil ich nicht weiß, ob du zu Hause und erst recht in der Schule gut aufgehoben bist. Ich befürchte, dass du vielleicht doch besser noch unter Beobachtung geblieben wärst.«

Ein kalter Schauer läuft mir über den Rücken. Ich will auf gar keinen Fall zurück in die Klinik. Alles, nur das nicht. Erst recht nicht, seit Art wieder da und mir klar geworden ist, dass ich ihn mir im Elefantenzimmer nicht eingebildet habe. Und genau deshalb werde ich niemals darüber reden, was in mir vorgeht. Mit niemandem. Nicht mit meinen Eltern, nicht mit Selma und natürlich schon gar nicht mit Art! Alles, was in meinem Kopf passiert, werde ich tief in mir verschließen. Irgendwann, da bin ich mir sicher, werde ich wieder normal und alle fraglichen Puzzleteile werden in meinem Kopf an Ort und Stelle sein.

Entschlossen recke ich das Kinn. »Mach dir um mich keine Gedanken. Was ich übrigens erzählen wollte: Heute kam der neue Austauschschüler in die Klasse.« Ich möchte vom Thema ablenken, obwohl es eigentlich das Letzte ist, worüber ich reden will.

»Ah, und wie ist er so? Nett?«

Ihre Frage bohrt sich wie ein Messer in mein Herz, denn all das, was ich über Art weiß, was ich an ihm mag, muss ich für mich behalten. »Keine Ahnung, aber er ist schon ganz okay, glaube ich. Hatte noch keine Gelegenheit, großartig mit ihm zu reden.« Mein Herzschlag hat sich beschleunigt, aber meinen Worten merkt man das offenbar nicht an.

»Hast du nicht gesagt, er sei Franzose?«

Das habe nicht ich gesagt, sondern mein Vater, aber das hat keine Bedeutung. Ich zucke mit den Schultern. »Ja, er kommt aus Paris«, antwortete ich und stopfe ein Stück Blumenkohl in meinen Mund.

»Wie heißt er?« Mama hat sich umgedreht und lässt Wasser in die Spüle laufen.

»Arthur«, nuschle ich so undeutlich wie möglich, aber es ist vergebens, denn sie hält sofort inne und dreht sich zu mir um.

»Das ist ja seltsam. Hast du nicht neulich nach einem Jungen mit diesem Namen gefragt?«

Mir schießen die Tränen in die Augen, weil ich mich genau an die Situation erinnere und auch daran, wie viel Hoffnung ich da noch hatte. Jetzt ist alles anders. Nun geht es nicht mehr um fehlende Erinnerungen, sondern darum, dass ich anscheinend den Verstand verliere. Ziemlich eindeutig sogar. Mit meiner Angst muss ich irgendwie umgehen, aber ich will Mama damit nicht belasten. Unauffällig wische ich mir über das Gesicht und nicke, bevor ich den Blick wieder auf den Teller richte.

Achselzuckend erwidere ich: »Ich weiß. Und ich finde es auch seltsam. Aber dieser Arthur ist definitiv nicht der, an den ich mich erinnert habe. Ich muss da etwas verwechselt haben.« Die Lüge kommt mir so leicht von den Lippen, dass sie sich fast anfühlt, als hätte ich die Wahrheit gesagt.

Mama dreht sich wieder um und taucht beide Hände in das Spülbecken.

In diesem Moment bin ich mir sicher, dass mein Entschluss, niemandem davon zu erzählen, richtig war. Keine zehn Pferde bringen mich wieder ins Krankenhaus zurück.

Den Abend verbringe ich mit meiner Mutter vor dem Fernseher, was in unserer Familie eher selten vorkommt, da mein Vater der Ansicht ist, wir verblöden, wenn wir uns den ganzen Müll anschauen, den die Sender uns vorsetzen. Aber er ist heute nicht aus seinem Atelier nach unten gekommen.

»Verdammter Mist, wie habe ich beim letzten Mal nur dieses Azur zusammengemischt?«, hallt seine Stimme durchs Haus.

Wenn wir Papa oben nicht immer wieder fluchen hören würden, wüssten wir nicht mal, dass er überhaupt da ist.

Wir schauen uns grinsend an. »Ich könnte hochgehen und es ihm verraten.« Meine Mutter wiegt den Kopf und lächelt.

Ich grinse sie an. »So wie beim letzten und beim vorletzten Mal?«

»Exakt so, wie er sein Azur aufgeschrieben hat. Das Buch mit seinen Notizen liegt dort auf dem Tisch. Willst du vielleicht zu ihm gehen und ihn retten?«

Ich zucke mit den Schultern und schaue abwechselnd vom Fernseher zu dem kleinen Beistelltisch, auf dem sich Papas Notizbücher mit bunten Einbänden stapeln. »Lass uns wenigstens noch ein oder zwei Folgen schauen. Wenn er sein Problem gelöst hat, kommt er mit Sicherheit runter. Dann wird er wieder schimpfen, dass wir in die Glotze schauen.«

Sie zwinkert mir zu, bevor sie ihren Blick auf den Bildschirm richtet und Jaime Lennister dabei zuschaut, wie er sich mit Brianne battelt.

Kapitel 14

Ausgeschlossen

Es ist jetzt eine Woche her, seit Art in meiner Klasse aufgekreuzt ist. In dieser Zeit habe ich es täglich gerade so nach Hause geschafft, bevor ich weinend zusammenbrach. Noch immer habe ich keine Ahnung, was passiert. Ich weiß nicht einmal, ob er sich komisch benimmt oder ob es an mir liegt. Es gibt Augenblicke – besonders wenn ich die Fotos in meinem Gedächtnispalast anschaue oder wenn er mich manchmal in der Schule direkt ansieht –, da fühle ich seine Finger, die vorsichtig mein Gesicht umfassen, bevor sie es zu sich ziehen. Ich spüre seine Lippen auf meinen, seinen Atem an meinem Hals, seine Zunge, die Kreise auf meinem Schlüsselbein zieht. Diese Erinnerungen und die Intensität, mit der ich sie spüre, machen mich schier verrückt, immerzu, immer wieder: in meinem Zimmer, wenn mir die Augen vom Weinen brennen, in der Schule, wenn ich mit leerem Blick nach vorn an die Tafel starre und mich zwinge, nicht dauernd zu ihm zu schauen.

Manchmal brennt ein regelrechter Hass in mir, weil er mich allein lässt mit diesen ganzen Gefühlen, weil er sich, aus welchen Gründen auch immer, nicht zu mir bekennen will. Aber das verebbt schnell, denn ich kann ihn nicht hassen. Nicht wirklich. Stattdessen hasse ich eher mich selbst und auch meinen Kopf, mein Gehirn, das mir vielleicht nur etwas vorgaukelt. Ich hasse mich, weil ich mich nicht mehr auf mich, meine Erinnerungen oder Gefühle verlassen kann. Egal, wie viele Informationen ich in meinem Palast ablege, sie werden den Art, der vor mir steht, nicht zu mir zurückbringen.

Ich verabscheue mich aber auch, weil ich beschlossen habe, alles daranzusetzen, dass er sich wieder in mich verliebt. Oder zum ersten Mal – was weiß ich denn. Ich möchte ihm gefallen, möchte interessant wirken, möchte so sein, wie er mich mag – gemocht hat, vielleicht. Kann sein, dass das verwerflich ist, kann sein, dass das vollkommen normal ist. Ich bin die Letzte, die sagen könnte, wie normales Verhalten aussieht. Wenn ich vor die Entscheidung gestellt würde, ob ich spinne oder Art, müsste ich nicht lange überlegen. Was ich vorhabe, ist berechnend und zu verabscheuen. Aber ich kann nicht anders, denn nur das hat mich die letzte Woche durchhalten lassen.

Eine Woche, in der ich alle Höhen und Tiefen durchlebt habe, die ich mir nur vorstellen kann. Sieben Tage, in denen ich mich fühlte, als sei ich im Paradies angekommen, weil endlich Art wieder aufgetaucht ist. Einhundertachtundsechzig Stunden, die mich durch die Hölle gehen ließen, weil nichts so eintraf, wie ich es mir erträumte.

Wie ich es mir noch immer erträume.

In den letzten drei Tagen habe ich mich besser gefühlt. Vermutlich liegt das daran, dass ich mich endlich auf die neue Situation eingelassen habe. Ich glaube, manchmal bringt es nichts, gegen etwas anzukämpfen, auf das man sowieso keinen Einfluss hat. Ich habe diesen verdammten Unfall überlebt, bin aus dem Koma erwacht, meine Beine funktionieren endlich wieder einigermaßen und ich sehne mich nach Bewegung. Früher wäre mir das nicht passiert, da wollte ich nie freiwillig spazieren gehen, jetzt aber denke ich, dass mich das wenigstens ablenken würde. Vielleicht hatte mein Physiotherapeut Pedro doch recht ... Allerdings traue ich mich momentan noch nicht allein auf die Straße. Zur Schule fahre ich jeden Morgen mit dem Bus, wobei das auch schon ein Riesenfortschritt ist, denn Mama muss mich nicht mehr bis vors Tor fahren. Zum Glück sind meine anfänglichen Schmerzen fast verschwunden und nur bei ungelenken, zu schnellen Bewegungen tut es noch weh. Aber Selma ist in der Schule immer da, wenn ich sie brauche. Und vielleicht hat sie ja sogar mal Lust, einen Spaziergang mit mir zu machen.

Da ich es im Bett nicht mehr aushalte, stemme ich mich hoch und gehe runter in die Küche. Im Moment bin ich allein im Haus, obwohl es bereits nach sieben ist und meine Eltern schon lange aus der Galerie zurück sein wollten.

Um überhaupt irgendwas zu tun, decke ich den Tisch für das Abendessen, nehme Besteck aus der Schublade und hole die Sachen aus dem Kühlschrank. Immer wieder huscht mein Blick zu der Uhr, die über der Anrichte an der Wand hängt. Sie geht praktisch immer nach, sieht aber schick designermäßig aus. Ich nehme sie ab und stelle sie, obwohl ich das gestern (oder vorgestern?) erst getan habe. Sanft streiche ich mit dem Zeigefinger über das Gehäuse, bevor ich sie wieder an ihren Platz hänge. Diese Uhr scheint genauso unzuverlässig zu funktionieren wie mein Gehirn. Und genau deshalb sollte zumindest eine von uns zeitweise richtig gestellt sein.

Ich lasse mir ein großes Glas Wasser einlaufen und setze mich an den Tisch, der riesig wirkt, weil ich nur allein dort sitze. Hier im Haus gibt es genug zu tun, ich müsste mich also nicht langweilen. Und eigentlich müsste ich auch was für die Schule machen. Morgen schreiben wir mit Sicherheit einen Test in Mathe, Frau Schneidt hat in der letzten Stunde so eine Andeutung gemacht. Aber ich habe keine Lust. Zu gar nichts. Die nächste Staffel *GoT* würde mich vielleicht interessieren, aber die kommt erst in zwei Monaten raus und außerdem will ich sie mit Selma anschauen, das habe ich ihr versprochen.

Vielleicht sollte ich Papa fragen, ob er mir das Trampolin aus dem Keller holt, das da seit Jahren einstaubt. Zunächst halte ich es für eine gute Idee und meine Laune wird besser, als ich daran denke, wie gern ich darauf herumgesprungen bin. Meiner Fitness würde es auf jeden Fall guttun, aber dann wandert mein Blick runter zu meinen Füßen, die noch immer in diesen hässlichen Orthesen stecken, damit die Gelenke geschützt sind. Trampolin? Ganz schlechte Idee, Nina. Also lege ich diesen Einfall auch zu den Akten wie so viele in der letzten Zeit.

Noch knapp über eine Stunde, dann treffen sich die anderen zum Bowling im Strike Lanes Center im Alexa. Ich stelle mir vor, wie sie lachen, die Kugel über die Bahn rollen lassen und einander für die Strikes beglückwünschen. Sie werden sich unterhalten, Spaß haben und eine engere Beziehung zueinander aufbauen. Noch vor einem Jahr hätte mich nichts zum Bowlen bewegt, aber jetzt fühle ich mich so einsam, weil ich aus all diesen Unternehmungen ausgeschlossen bin. Woran liegt es, dass ich die Welt auf einmal mit komplett anderen Augen sehe? Ich bin ziemlich sicher, dass ich früher nie aus heiterem Himmel in eine so melancholische Stimmung gerutscht bin. Es ist ja auch nicht aus heiterem Himmel passiert, korrigiere ich mich sofort. Vorher gab es so einen klitzekleinen Unfall und einen ziemlich kolossalen Gedächtnisverlust.

Aber das hilft mir jetzt auch nicht weiter, denn schließlich hat es keinen Sinn, immer darüber zu jammern, dass nichts mehr so ist wie früher. Ich muss stark sein, nach vorne schauen – und ich merke, dass ich mir im typischen Krankhaus-Motivationsjargon Mut zuspreche, den ich eigentlich immer so nervig gefunden habe. Ich will ja aber wirklich nach vorne schauen und mich nicht immer nur bedauern, weil ich etwas *nicht* habe. Trotzdem kommt es mir gezwungen vor, positiv zu denken. Als wäre ich auf einem Esoteriktrip, falte ich die Hände vor meiner Brust, stecke die Beine unter meine Schenkel, bis ich fast wie im Schneidersitz auf dem Stuhl hocke, und summe »Oooooohhhhhhmmmm«.

»Was machst du da, Nina? Geht es dir gut?« Meine Mutter rauscht atemlos in die Küche, zieht im Laufen die Jacke aus und eilt mir entgegen.

Ich rapple mich wieder in eine normale Haltung und kann ein Grinsen nicht unterdrücken. »Ich hatte die Hoffnung, dass das meine Stimmung hebt. Die Buddhisten sehen immer alle so glücklich aus.«

Sie gibt mir einen Kuss auf die Stirn und setzt sich neben mich. »Warum bist du in schlechter Stimmung? Ist irgendwas in der Schule passiert?«

Ich winke ab. »Nur das Übliche.«

Sie verengt die Augen. »Aber da ist noch was. Ich merke es dir doch an.«

»Die anderen treffen sich nachher im Alexa zum Bowling und ich ...«

Mama springt auf und greift nach ihrem Rucksack. »Dann zieh dich an. Ich fahre dich hin.«

Ich weiche ihrem Blick aus und male mit meinem Finger unsichtbare Muster auf die Tischplatte. Das ist es ja gerade: Ich will da nicht hin und doch will ich dabei sein. Mir ist klar, dass das klingt wie bei einem störrischen Kind, das nicht weiß, was es will, und deswegen dauernd rumjammert. Aber es kostet mich schon genug Kraft, Art in der Schule zu sehen.

Ich hebe den Kopf. »Nein, lieber nicht. Ich habe keine Lust, mich zu blamieren oder bloß danebenzusitzen.« Es ist zwar nur die halbe Wahrheit, aber keine Lüge.

Meine Mutter öffnet den Mund, aber ich schüttle erneut den Kopf. Sie lächelt mich an. »Das verstehe ich, aber ich finde auch, dass du dringend mal rausmusst. Wenn du immer nur allein in deinem Zimmer rumsitzt, tut dir das nicht gut. Was hältst du davon, wenn wir morgen Abend zusammen in die Galerie fahren? Dann kannst du dir die Bilder anschauen, mich würde deine Meinung interessieren. Ich bin immer noch nicht sicher, ob ich sie nicht doch in einer anderen Reihenfolge hängen soll.«

Ich bin total erleichtert, dass sie mich nicht drängt, doch zum Bowling zu gehen. »Bin dabei.«

Kapitel 15

Eine Spur hinterlassen

Ich wuchte die Bücher hoch und versuche, den Stapel an den passenden Regalplatz zu stellen. Trotzdem ich mich so weit strecke, wie es nur geht, komme ich nicht ran. Ich belaste vorsichtig die Zehenspitzen und hebe die Fersen etwas an. Sofort entpuppt sich das als komplette Schnapsidee, denn ich schwanke und alle Bücher fallen zu Boden. Während ich mich bücke, kann ich ein Stöhnen nicht unterdrücken – das ist einfach gerade zu viel für meine Beine, die noch immer in diesen grässlichen Orthesen stecken.

Ich bin ein komplettes Nervenbündel. Und was wird Art von mir denken? Jetzt, wo es mir endlich gelungen ist, mit ihm allein zu sein. Ich hebe ein Buch nach dem anderen auf und räume sie auf eins der Bretter in Augenhöhe. Dann ziehe ich das letzte wieder raus und spähe durch die entstandene Lücke zu ihm rüber. Im selben Moment schaut er auf und unsere Blicke treffen sich. Ich zucke zurück, so ertappt fühle ich mich. Dass er mich dabei erwischt, wie ich ihn anstarre, passiert heute nicht zum ersten Mal.

Zum Glück grinst er nur und zieht die Augenbrauen hoch. »Hey Nina. Du sollst arbeiten und nicht ausspähen, ob der französische Austauschschüler das Abc beherrscht!« Er lehnt am Regal und hat die Hände vor der Brust verschränkt. Sein Blick jagt mir eine Gänsehaut über den Rücken.

Ich versuche, mich zusammenzureißen, winke ab und schiebe den dicken Schinken zurück, den der Rücken als großes Kompendium der organischen Chemie ausweist (wer leiht sich denn so was aus?). Dann klopfe ich mir den Staub von den Händen und umfasse die Griffe des Bücherwagens. Als ich ihn um die Ecke geschoben habe, wartet Art schon auf mich.

»War das die letzte Ladung?« Er mustert mich und sein Blick bleibt an meinem Gesicht hängen. Mit jedem Schritt, den er langsam auf mich zukommt, beginnt mein Herz, schneller zu schlagen. Ich bin mir so sicher, dass er längst mitbekommen hat, wie heftig ich auf ihn reagiere, aber er lässt sich nichts anmerken.

Ich ziehe die Schultern hoch, lächle verkrampft und deute hinter mich. »Einer steht noch. Aber wenn wir ihn gemeinsam einsortieren, dann dürfte es nicht mehr lange dauern.« Gemeinsam gehen wir zum Ausleihtisch neben der Tür und ich füge hinzu: »Tut mir leid, dass du vermutlich im einzigen Gymnasium Berlins gelandet bist, in der die Schüler mitverantwortlich für das Bücherlager sind. Stand wahrscheinlich nicht mal im Kleingedruckten, als wir uns hier angemeldet haben«, sage ich und hoffe, dass er meinen Witz versteht. Natürlich tut es mir überhaupt nicht leid. Im Gegenteil. Aber ich kann mich gut daran erinnern, wie auch ich im vergangenen Schuljahr darüber gestöhnt habe, dass jeder von uns seine Pflichtstunden im Bücherkeller absolvieren muss. Eine langweiligere und staubigere Tätigkeit gibt's nicht. Und normalerweise könnte ich mir wahrlich Besseres vorstellen, als Bücher einzusortieren. Dann aber stellte sich heraus, dass Art und ich den Dienst gemeinsam übernehmen müssen. Art, weil er überhaupt noch keine Leistungspunkte für gemeinnützige Arbeit gesammelt hat – wie auch, er ist ja gerade erst an die Schule gekommen. Genau wie ich.

Die Aussicht, mit Art hier unten schuften zu dürfen, hat mich in einen Ausnahmezustand versetzt. Für einen Moment war in mir die romantische Vorstellung gewachsen, zwischen Regalen in seinen Armen zu liegen. Praktisch wie ein Wiedersehen nach langer Trennung. Oder wenigstens so etwas in der Richtung. Bisher allerdings bahnt sich nichts an, was mir Hoffnung gibt, dass mein Wunsch in Erfüllung geht. Natürlich nicht. Wie auch? Wir haben bislang noch nicht einmal ein persönliches Wort miteinander gewechselt, und das macht mein Herz genauso hilflos wie meinen Kopf.

Schweigend arbeiten wir nebeneinander weiter, dann sind wir fertig und grinsen uns an. Ich schnappe meine Tasche, während Art das Handy aus seinem Rucksack zieht und darauf herumtippt. Wem er wohl eine Nachricht schreibt? Vielleicht verabredet er sich ja mit ein paar anderen Schülern – und wenn er mich fragt, ob ich mitkommen will?

»*Merde*«, raunt er auf und wirft das Telefon in den geöffneten Rucksack.

Merde! Attention! Tu viens enfin?

Da sind wieder diese Worte in meinem Kopf, woher kommen sie? Bilder vom Berg schießen durch mein Gehirn, Sonne, Gegenlicht, eine Hand ... Ich atme tief ein und aus und versuche, ganz ruhig zu wirken. »Was ist los?«

»Kein Empfang hier unten.« Er streicht sich die Haare aus der Stirn, eine Staubspur zieht sich nun von seiner Braue zum Haaransatz.

Lächelnd trete ich auf ihn zu, nehme ein Taschentuch

heraus und reiche es ihm. Erst guckt er mich verwirrt an, als ich aber auf sein Gesicht deute, begreift er und fährt sich über die Stirn.

»Wir sind jetzt sowieso fertig. Lass uns hochgehen. Dort gibt es auf jeden Fall Netz.«

Art berührt meinen Arm, als ich mich gerade umwende. Wie ein elektrischer Schock durchfährt es mich, doch gleich darauf zieht er seine Hand schon wieder zurück. »Nina? Ich wollte dich fragen ... also, ich bin mit dem Auto meiner Gasteltern hier und habe versprochen, Pizza zum Abendessen mitzubringen. Willst du mich begleiten?«

Bei dem Wort Pizza macht er eine komische Grimasse und mit einem Mal kommt er mir so vertraut vor wie schon seit Tagen nicht. Das alles ist wie ein Déjà-vu und mein Herz springt natürlich prompt aus dem Takt. Er hat mich gefragt, ob ich mit ihm Pizza essen will! Und da kommt erneut eine Erinnerung in mir hoch, plötzlich weiß ich, wie er immer behauptet hat, dass echte Franzosen keine Pizza essen. Unwillkürlich muss ich lachen, weil mir auch einfällt, dass er dann hinterhergeschoben hat, echte Franzosen würden nur in absoluten Ausnahmefällen Pizza essen – und dass ein solcher Ausnahmefall auch als »Hunger« bekannt ist.

»Ein Franzose, der freiwillig Take-away-Pizza isst?« Kaum sind die Worte über meine Lippen, beiße ich mir auf die Zunge. Er darf doch nicht mal ahnen, dass ich mich an seine Pizza-Philosophie erinnern kann! Was soll er nun von mir denken? Schnell schiebe ich hinterher – auch wenn ich gerne, so gerne zusagen würde: »Nein danke, ist nett von dir, aber meine Mutter holt mich ab. Wir wollen gleich noch nach Dahlem. Sie hat da bald eine Ausstellung.«

Innerlich ermahne ich mich mit Worten, die so etwas wie mein Mantra geworden sind: *Reiß dich zusammen, Nina, spiel sein Spiel mit, weil immer wahrscheinlicher wird, dass es kein Spiel ist. Dass du dich an ihn erinnerst, bleibt dein Geheimnis. Schließlich willst du nicht als Verrückte dastehen. Gerade vor ihm nicht, oder?*

»Lass uns trotzdem schon mal rausgehen.« Ich schaue auf die Uhr. Es wird noch eine Stunde dauern, bis Mama hier ist, weil wir viel schneller waren, als ich angenommen habe. Langsam gehe ich zur Tür und überlege, wie ich noch ein unverfängliches Gespräch mit Art anfangen könnte, aber ich traue mir selbst nicht zu, meine Erinnerungen und bereits Gesagtes auseinanderzuhalten. Alles, was ich sagen, alles, was ich fragen könnte, könnte zu viel verraten und so wirken, als würde ich unerklärlicherweise mehr über ihn wissen, als er mir erzählt hat. Und dann käme ich in echte Erklärungsnot.

Ich strecke die Hand nach der Klinke aus und ziehe daran. Weil ich so in Gedanken versunken bin, merke ich zunächst nicht, dass die Tür sich keinen Millimeter bewegt.

Art stutzt, fängt dann an zu lachen und schiebt mich zur Seite. »Kann es sein, dass du ein wenig schwächelst? Ich dachte, deine Beine sind schlapp, nicht deine Arme.« Er zwinkert mir zu.

Früher hätte er mich *naine* genannt und gesagt, dass Hobbits wohl nur runde Hobbittüren öffnen können, denen sie gewachsen sind. Jetzt schaue ich weg, damit er nicht merkt, wie traurig mich die Dinge machen, die er *nicht* sagt.

Als auch er die Tür nicht aufbekommt, durchströmt mich zuerst Erleichterung, weil ich mich nicht einfach nur zu blöd angestellt habe. Dann aber stürze ich nach vorn und rüttle an der Klinke. »Mist! Ich glaube, die haben uns eingeschlossen.«

»Hein? Aber wer? Seid ihr nicht zu alt für solche Scherze?«

Ich runzle die Stirn. »Du meinst, dass das ein dummer Streich ist? Kann ich mir nicht vorstellen«, sage ich. Aber warum sollte das jemand absichtlich gemacht haben? Resigniert ziehe ich die Schultern hoch. »Ich glaube nicht, dass es Absicht war. Wahrscheinlich hat der Hausmeister einfach nicht gewusst, dass wir noch hier unten sind.« Ich angle mein Telefon aus der Tasche und drücke die Kurzwahltaste, um meine Mutter anzurufen.

Art wirft mir einen fragenden Blick zu und ich höre, dass es am anderen Ende der Leitung nicht einmal klingelt. Ich schaue auf das Display. Ach ja, deswegen wollten wir ja nach oben gehen. Hier unten ist kein Netz.

Ich hole weit aus und hätte vor Enttäuschung das Telefon fast auf den Boden geworfen, aber Art ist schneller. Seine Finger umfassen mein Handgelenk. Seine Haut auf meiner Haut – die Berührung trifft mich erneut so unvorbereitet, dass die Knie beinahe wegsacken. Ich schwanke, fasse schnell an die Türklinke, um das Gleichgewicht nicht zu verlieren.

Ich öffne den Mund, will etwas sagen, aber das Einzige, was ich rausbringe, ist ein Schluchzer. Art kneift besorgt die Lippen aufeinander und sieht mich fragend an. Ich schüttle den Kopf, um ihm deutlich zu machen, dass es nicht meine Beinbrüche sind, die mir Probleme machen. Ich bin hier, mit Art – aber wir sind eingeschlossen und die Angst ist da, treibt Adrenalin durch meine Adern und wartet nur darauf, sich einen Weg nach draußen zu bahnen. Ich hatte keine Panikattacke mehr seit ... seit dem Krankenhaus. Bitte nicht ausgerechnet jetzt ...

Noch einmal rüttle ich an der Klinke, hänge mich mit meinem ganzen Körpergewicht daran.

»Nina, *non*. Das hat doch keinen Zweck.«

Beinahe glaube ich, mich verhört zu haben, aber nein, er sagte nicht *naine*, nur *non*. Seine Stimme klingt heiser, er hält noch immer mein Handgelenk fest und ich glaube fast, dass er spüren kann, wie rasant das Blut durch meine Adern rauscht.

Wortlos blinzle die Tränen weg. Wir stehen nebeneinander vor der Tür und lassen die Schultern hängen. Dann lässt er mich los und beginnt dagegenzuhämmern.

»He, hört uns jemand? Wir sind noch hier drin! Macht auf und lasst uns raus!!« Das wiederholt er einmal, zweimal, unzählige Male, bis ich mir die Hände auf die Ohren presse, weil ich es nicht aushalten kann, dass seine Stimme immer hoffnungsloser klingt.

Art hat es wahrscheinlich noch nicht bemerkt, aber die Tür ist aus dickem Eisen, weil die Brandschutzbestimmungen das so vorschreiben. Vermutlich könnte uns nicht einmal jemand hören, wenn derjenige direkt davorstünde. Kraftlos rutsche ich an der Wand herunter, bis ich auf dem nackten Steinboden zum Sitzen komme, und vergrabe den Kopf zwischen meinen Händen.

Plötzlich wird es still. Art hat sich ebenfalls auf den Boden gesetzt, nah. Ich spüre die Wärme seiner Haut neben meinem Arm. Er räuspert sich. Dann merke ich, wie er eine Strähne aus meinem Gesicht streicht.

»Nina, alles okay?«

Langsam hebe ich den Blick und in diesem Moment bekommt das Wort Enge eine neue Bedeutung. Auf allen Seiten sind wir von hohen Regalen umgeben, dazwischen die schmalen Gänge. Die Wände scheinen immer näher zu rücken und auf einmal kommt es mir so vor, als bekäme ich viel schwerer Luft. Warum muss ich ausgerechnet jetzt mit Art allein sein, warum muss er mir jetzt so nah sein, während mir kalter Schweiß auf der Stirn steht? Ich weiche seinem Blick aus, greife mir an den Hals und keuche.

»Was ist mit dir?«, fragt er ernst und in diesem Moment sehne ich mich so sehr nach seinem Lächeln, dass es wehtut.

Ich kann ihm nicht in die Augen sehen und bringe kein Wort hervor, ich schüttle nur den Kopf und weise mit einer vagen Handbewegung um mich. Ich krächze: »Was, wenn dieser Raum nicht nur feuersicher, sondern auch luftdicht ist? Was, wenn wir hier ersticken? Wenn jemand morgen früh ...?«

Er mustert mich und scheint nicht zu begreifen, dass ich das ernst meine, denn seine Lippen kräuseln sich zu einem Lächeln. Eben noch habe ich mich danach gesehnt, jetzt könnte ich zurücklächeln. Aber mein Gesicht ist starr vor Angst. Und endlich erkennt er die Panik, die in mir tobt und immer weiterwächst. Er rückt noch ein Stück näher an mich heran und legt einen Arm um meine Schulter. Jetzt stockt mir endgültig der Atem. Seine Nähe tut mir gut und gleichzeitig macht sie meine Hoffnung, er möge sich in mich verlieben, nur noch verzweifelter. Er ist genauso lieb, wie ich mich erinnere ...

Sachte redet er weiter auf mich ein. »Beruhige dich. Uns wird nichts passieren. Du hast doch gesagt, deine Mutter holt dich ab. Sie wird merken, dass du nicht kommst, und Hilfe rufen.«

Sein Mund ist so dicht neben meinem Ohr, dass ich seinen Atem auf der Haut spüren kann. War es nicht das, wonach ich mich die ganze Zeit gesehnt habe?

Ich versuche, mich auf seine tröstenden Worte einzulassen, aber die Angst ist stärker, sie ist wie eine heranrollende Welle. Ich stehe am Ufer und sehe sie kommen. Weit vor mir baut sie sich auf, und obwohl ich sicher bin, dass sie mich unter sich begraben wird, wenn ich nicht wegrenne, kann ich mich keinen Millimeter bewegen. Mein Körper ist stocksteif, aber innerlich zittere ich so stark, dass ich nicht dagegen ankomme. Schweiß bricht mir aus allen Poren und gleichzeitig befürchte ich, erfrieren zu müssen.

Art zieht mich noch näher an sich heran, drückt mich fest an seine Brust.

Art. Und ich. Zusammen, ganz nah.

Unwillkürlich halte ich den Atem an – und plötzlich löst sich der Krampf in meiner Brust. Art ist mir jetzt so nah, wie ich es mir seit Tagen wünsche. Der Duft seiner Haut ist mir vertraut. Ich atme schwer und bin nicht sicher, ob ich mich dichter an ihn schmiegen oder mich langsam lösen sollte. Was wäre normal in einer solchen Situation? Als er bemerkt, dass das Zittern nachlässt, schließt er die Arme noch fester um meinen Körper. Ich schaue auf, seine warmen braunen Augen sehen mich ernst an. Wie selbstverständlich streichelt er über meinen Kopf, fährt mit den Fingerspitzen die Linien an meinem Kinn nach unten bis zu meinem Schlüsselbein. Ich muss schlucken und meine Haut scheint an den Stellen, wo er sie berührt, in Flammen zu stehen. Schweigend sehen wir uns an.

Finger auf einer rauen Felskante. Andere Finger, eine ganze Hand, zwei Hände, die sich mir entgegenstrecken. Zitternde Oberschenkel. Luft, die nach Regen und Frühling riecht. Die Unendlichkeit unter mir – sie zieht mich an.

Nur langsam tauche ich wieder in das Hier und Jetzt, die Bilder standen eben noch so deutlich vor mir – nun sind da wieder Arts Augen und seine Hände, die mich festhalten. »Nina, uns kann nichts passieren. Du hast Angst, und das kann ich auch verstehen, aber glaub mir: Wir kommen hier raus. Du musst dir keine Sorgen machen. Selbst wenn sie uns erst morgen früh zu Unterrichtsbeginn finden, werden wir bis dahin genug Luft zum Atmen haben. *D'accord?*« Er schaut mich eindringlich an und wiederholt: *»D'accord?«*

Ich brauche einen Augenblick, bis ich die Kraft dazu habe, dann nicke ich. Aber ich bin mir nicht sicher, ob ich stark genug bin. Ich wünsche mir das, aber manchmal fällt es mir so unendlich schwer, die Maske aufrechtzuerhalten.

»Du glaubst, etwas beweisen zu müssen. Aber das stimmt nicht. Lass dich einfach fallen. Ich bin da, um dich aufzufangen. Du bist nicht allein, Nina. Nicht hier in diesem Keller und auch sonst nicht.«

Seine Worte erreichen mich wie durch dicken Nebel und ich weiß nicht, ob er sie wirklich gesagt hat oder ob ich sie mir nur einbilde, weil ich sie mir so sehr wünsche. Schon wieder habe ich solche Angst, dass ich meinen Empfindungen nicht trauen kann. Dass ich nicht unterscheiden kann, was Realität, was Erinnerung und was Wunschdenken ist. Ich seufze und dieser Laut klingt in der menschenleeren Bibliothek nicht einmal entfernt wie etwas, das von mir stammen könnte.

»Wovor genau hast du Angst? Vielleicht hilft es ja, wenn du mir davon erzählst.«

Kann er meine Gedanken lesen?

»Ich weiß es nicht genau, aber sie hat mich fest im Griff.« Eine Träne rollt mir über die Wange, so sehr nimmt mich die Intensität meiner Gefühle mit. Ich bin völlig fertig von seiner Nähe und von meinen widersprüchlichen Empfindungen.

»Alles wird gut.«

Ich atme tief durch und hebe den Kopf. Er lächelt zaghaft, wischt mir mit dem Zeigefinger die Träne vom Gesicht und schaut mich so an, als würde er endlich mich sehen. So richtig. So wie er mich schon einmal angesehen hat, irgendwann, und als wäre es ihm jetzt in diesem Augenblick wieder eingefallen. Alles an ihm wirkt so vertraut und liebevoll. Ein Schauder läuft über meinen Rücken und die Härchen auf meinen Unterarmen stellen sich auf.

Art bemerkt es natürlich. »Ist dir kalt? Ich habe noch einen Pullover im Rucksack.«

Ich schüttle den Kopf. »Nein, im Gegenteil. Die Hitze bringt mich fast um.«

»Lass uns einfach die Warterei verkürzen, indem wir reden. Was hältst du davon?« Noch immer hält er mich im Arm, und wenn ich wollte, könnte ich meinen Kopf an seine Schulter legen. Ich weiß, dass mein Kopf perfekt dorthin passt, weil ich ihn bereits so oft dort abgelegt habe.

Reden. Mit Art. Oh Gott. Ich weiß nicht, worüber. Nicht, was ich ihm sagen soll, und auch nicht, was ich ihn fragen soll.

Ich fange mit etwas Unverfänglichem an. »Wie ist es so, in Paris zu leben? Ich war noch nie dort.« Meine Stimme klingt unsicher und ein bisschen blechern, aber diesmal scheint er es nicht zu bemerken.

»Paris ist toll, aber irgendwie trotzdem eine Großstadt wie so viele andere auch. Geboren bin ich aber in einem winzigen Ort an der Grenze. Er heißt Besançon und ist ein absolutes Kaff. Jedenfalls würde es eine Berlinerin so bezeichnen.«

Besançon. Das bringt bei mir irgendwas zum Klingen, aber ich kann es nicht greifen.

Ich lächle. »Worauf du dich verlassen kannst. Wir bezeichnen alles außer unserer eigenen Stadt als JWD.« Als ich seinen verständnislosen Blick auffange, füge ich hinzu: »Das heißt janz weit draußen. Aber Berliner sagen auch, dass Zehlendorf janz weit draußen ist und eben auch eine Kleinstadt. Genau das mag ich an Berlin: Theoretisch habe ich eine große und eine kleine Stadt genau vor der Haustür. Provinznester. Aber wenn ich ehrlich bin, finde ich so ein Kleinstadtleben schön. Jedenfalls stelle ich es mir so vor. Fährst du da manchmal noch nach Besançon?«

»Klar, öfter sogar, weil meine Großmutter da wohnt. Ich war schon als Kind oft dort und deswegen fahre ich auch heute noch in den Ferien zu ihr. Ich mag die Gegend. Und die Leute. Manchmal habe ich das Gefühl, dass die Uhren dort anders ticken. Keiner hetzt, alle kennen sich mit Namen und grüßen einander, wenn sie sich auf der Straße begegnen. Das ist in Paris nicht so. Und in Berlin auch nicht.«

Unser Gespräch fließt auf einmal so locker dahin, als würden wir uns schon ewig kennen. Er erzählt von sich, von seiner Schule in Paris, von seinem Vater, der als Fotograf bei einer überregionalen Zeitschrift arbeitet und daher ständig unterwegs ist. Von seiner Mutter, die sich jetzt einen Job suchen will, weil sie endlich begriffen hat, dass sie ihren Sohn nicht mehr 24/7 umsorgen muss. Als Art wieder auf seine Großmutter zurückkommt, horche ich auf, denn er erzählt, dass sie Künstlerin ist und den ganzen Tag in ihrem Atelier unter dem Dach verbringt.

Mein Herz hämmert gegen meine Rippen, weil ich die Gemeinsamkeit zwischen uns gar nicht fassen kann. Zwar sind da die Bilder von Art in meinem Kopf, diese Information ist mir jedoch neu. »Meine Eltern sind auch Künstler«, sage ich tonlos und ich kann nicht mehr ignorieren, dass ich einerseits all diese sehnsuchtsvollen Gefühle in mir habe. Für ihn, für das, was zwischen uns gewesen ist. Und andererseits kann ich mich nicht auf das kleinste Detail besinnen. Was in meinem Kopf ist, erinnert mich an einen Text, von dem man ganz sicher weiß, dass man ihn irgendwann mal aufgeschrieben hat. Einzelne Formulierungen, Wörter, Bilder sind noch da. Man hat ihn mal verfasst, findet ihn aber einfach nicht wieder.

Als ich im Krankenhaus war, schien die Sache mit dem Gedächtnispalast ein guter Tipp zu sein, aber gegen den Verlust der Erinnerungen, die mir so wichtig wären, hilft er leider überhaupt nicht.

Art lächelt. »Stimmt, du hast ja eben von der Ausstellung deiner Mutter erzählt. Und hast du ihre Begabung geerbt?«

Für einen Moment weiß ich nicht, wovon er redet. Er schaut mich aufmerksam an – wie lange war ich denn nun schon wieder in meinen Gedanken versunken? Dann fallen mir meine Eltern ein. »Leider nicht. Mein Talent liegt eher in den Naturwissenschaften.« Ohne dass ich es will, rede ich über das Programmieren und den Preis, den ich gewonnen habe.

Art zieht die Augenbrauen nach oben und sieht mich mit Bewunderung an. »Oh, dann sitze ich hier mit einer echten Berühmtheit. Wahnsinn, vielleicht kannst du mir ein Autogramm geben. Und deine Telefonnummer.«

Ich schaue ihn skeptisch an und er wirft mir einen gespielt beschämten Blick zu. »Ja okay, eigentlich wollte ich schon immer eine persönliche Hotline haben. Wenn ich Probleme mit meinem Computer habe oder so.« Er zieht die Schultern hoch und grinst mich an.

Erstaunt sehe ich ihn von der Seite an. Jetzt geht alles so schnell, dass ich mit seiner Direktheit fast nicht Schritt halten kann. Um meine Verwirrung zu überspielen, boxe ich ihm scherzhaft in die Seite und winke ab. »Autogramm und Handynummer? Du hast es ja eilig ... aber klar, mache ich gern, aber nur auf deinen nackten Oberarm.« Am liebsten würde ich mir die Hand vor den Mund schlagen – die plötzliche Vertrautheit hat mich eindeutig zu mutig werden lassen.

Aber Art versteht offenbar meinen Humor ziemlich gut. Er steht auf, geht rüber zu seinem Rucksack und wühlt darin herum, bis er einen schwarzen Edding in der Hand hält. Dann schiebt er den Ärmel seines grauen T-Shirts nach oben und streckt mir seinen Arm entgegen. Seine Haut schimmert golden, selbst im kalten Licht der Neonröhre, und der Bizeps zeichnet sich deutlich darunter ab. Ich schlucke und blinzle ein paar Mal, bis ich endlich wieder klar denken kann.

»Okay, Nina. Deal. Auf meinem nackten Oberarm. Aber vergiss deine Nummer nicht.« Seine Stimme klingt eindringlich und so, als würde er gerade eine tiefe Wahrheit verkünden.

Meine Finger zittern, als ich den Stift nehme und die Spitze auf seine Haut setze. »Aber der ist wasserfest. Das geht nie wieder ab.«

»Das ist doch genau der Plan. Also mach schon.«

Ich atme tief durch, dann schreibe ich meinen Namen und meine Handynummer auf Arts Oberarm. Das ist so bizarr, dass ich beinahe laut auflache, aber ich verkneife es mir, um mit dem Stift nicht abzurutschen. Es sieht ein wenig krakelig aus, aber immerhin lesbar. Als ich fertig bin, drücke ich die Kappe zurück auf den Edding.

Art schaut sich mein Kunstwerk an, wartet ein paar Momente, bis die Tinte getrocknet ist, bevor er seinen Ärmel wieder runterzieht. »Okay, und was dein künstlerisches Talent angeht ... deine Stärken liegen vermutlich wirklich in den Naturwissenschaften.« Erneut knuffe ich ihn in die Seite und er verzieht im Scherz das Gesicht. *»Ouf!«*

Inzwischen habe ich ganz vergessen, wie übel es mir eben noch ging, und will mich gerade bei ihm bedanken, da sagt er völlig unvermittelt: »Weißt du eigentlich, dass du ziemlich süß aussiehst, wenn du dich konzentrierst?«

Sofort werde ich knallrot.

»Ja wirklich. Ist mir schon ein paarmal im Unterricht aufgefallen. Du beißt dann immer auf deinen Lippen herum, als wären sie süße, äh ... *gomme à mâcher.«*

Ich schaue ihn verständnislos an.

»Ah ... comment ce s'appelle ...? Kaugummi? Du beißt auf die Lippen wie auf Kaugummi. Man sieht dir genau an, wie fokussiert du bist.«

»Oh!« Ich schlucke und mein Mund ist plötzlich total trocken. Schnell senke ich den Blick und kann nicht fassen, dass er mich beobachtet haben muss. Aber wann? Warum habe ich das nicht gemerkt, wenn doch immer ich ihn angestarrt habe? Er findet mich süß, was zwar noch lange nicht den Gefühlen entspricht, die ich für ihn habe, aber seine Worte machen mich glücklich. Das ist besser als alles, was ich erwartet habe.

»Übrigens, darf ich mal ... was probieren?« Art streckt beide Hände aus, zögert, und als ich nicke, greift er an meinen Hinterkopf und zieht den Zopfgummi aus meinen Haaren. Dann bekomme ich eine Gänsehaut, denn er fährt mit den Händen hinein, streift dabei über meinen Nacken und schüttelt meine Haare auf, bis sie über meine Schultern fallen. »So. Dachte ich mir es doch. So ist es viel besser. Du solltest die Haare immer offen tragen.«

Ich bin sprachlos und merke, dass mein Mund offen steht. Schnell schließe ich meine Lippen. Hat er das wirklich gerade gemacht? Hat er das tatsächlich gesagt? Warum benimmt er sich so, als würden wir uns schon gut kennen? So vertraut. Und wie kann er so lässig mit der Situation umgehen, während ich das Gefühl habe, mich langsam aufzulösen? Ein Lächeln umspielt seine Lippen und schon wieder ist da dieses heiße Kribbeln in meinem Nacken. Wie gern würde ich ihn bitten, noch einmal seine Finger in meinen Haaren zu vergraben, aber plötzlich will ich nichts forcieren. Was zwischen uns passiert, soll sich von ganz allein entwickeln. Und das wird es, davon bin ich in diesem Moment fest überzeugt. Ohne Strategie, ohne Taktik und ohne Hintergedanken.

»Jetzt habe ich die ganze Zeit von mir geredet. Nun bist du dran.«

Ich weiß: Ich bin geliefert, denn wie soll ich ihm was erzählen und dabei verschweigen, was mich wirklich beschäftigt? »Was willst du denn wissen?« Meine Stimme ist nicht mehr als ein Flüstern.

»Alles, aber nachdem wir deine Talente bereits abgehakt haben, machen wir doch damit weiter, warum du eine ganze Weile nicht zur Schule gegangen bist. Stimmt doch. Oder?«

Woher weiß er das? Von Selma oder Bertram? Ich bin nicht sicher, ob ich mich darüber freuen soll, dass er anscheinend mit anderen über mich redet. Dann aber erzähle ich ihm, dass ich ziemlich lange im Krankenhaus war.

Er zeigt auf die Orthesen an meinen Beinen. »Kommt das auch daher?«

»Ja, meine Beine waren mehrfach gebrochen, aber mein Kopf hat am meisten abgekriegt.« Auf einmal fällt es mir leicht, ihm alles zu erzählen. Auch von dem Koma und davon, dass ich mich weder an den Unfall erinnere noch an die Zeit davor. Natürlich sage ich ihm nicht, dass ich Bilder von uns beiden in meinem Gedächtnispalast gefunden habe. Ich klammere einfach alles komplett aus, was ihn betrifft.

»Dieser Unfall, er hat mich gezwungen loszulassen. Ich wurde einfach auf einen neuen Weg gestoßen, ohne dass ich das hätte beeinflussen können. Jetzt fühle ich mich oft wie eine Fremde und würde mich am liebsten irgendwo hinsetzen und heulen. Einfach so, ohne Grund.«

Er nickt. »Ich bin sicher, jemand würde vorbeikommen und dir helfen. Würdest du diese Hilfe annehmen können?«

Ich will sofort bejahen, aber dann wird mir klar, dass diese Frage berechtigt ist. Würde ich das – habe ich bisher Hilfe angenommen?

»Ja, ich denke schon. Manchmal kommt eine solche Sehnsucht in mir hoch, jemanden nach dem richtigen Weg zu fragen. Oder danach, was gerade mit mir passiert, warum es mir so scheint, als sei mein ganzes Leben zertrümmert.«

Art beobachtet mich, dann sagt er: »Das kann ich gut verstehen. Aber du darfst auch ruhig mal lockerlassen. Selbst hier in diesem Keller wirkst du so entsetzlich konzentriert.« Er blickt auf meinen Mund und sofort schießt mir die Röte in die Wangen.

Ich starre ihn bloß an, aber dann weiß ich, was er meint. Ich kaue schon wieder auf meinen Lippen herum und habe es nicht mal bemerkt. Sofort höre ich auf damit. Wieso scheint er mich plötzlich so gut zu kennen?

»Ich rede halt nicht gern darüber. Vor allem, weil wir uns ja gar nicht richtig kennen.« Ich kann ihm einfach nicht die Wahrheit sagen darüber, dass ich nicht weiß, ob er und meine Gefühle für ihn echte Erinnerungen sind. Wie gerne würde ich ihn einweihen, aber was soll ich tun, wenn Art mich entgeistert anstarrt, aufspringt und mich allein hier unten lässt, weil er Angst hat, mit einer Irren eingesperrt zu sein? Als mir klar wird, dass er ja gar nicht wegkann, muss ich grinsen.

»Worüber lachst du?«

Ich zucke mit den Schultern. »Nichts. Mir ging gerade nur so ein absurder Gedanke durch den Kopf.« Nein, viel mehr als nur einer.

»Möchtest du ihn mit mir teilen?«

Nun schüttle ich heftig den Kopf. »Nein, auf gar keinen Fall«, antworte ich. »Das ist ein Geheimnis.«

Mein Herz pumpt das Blut in einem Höllentempo durch mich hindurch, aber er lächelt.

»Dann sag es nicht. Auf gar keinen Fall.« Nachdenklich legt er einen Finger an seinen Mund. »Nicht dass du glaubst, ich würde es nicht gern wissen wollen ...«

»... aber?«

»... aber ich denke, dass unsere Geheimnisse am meisten über uns aussagen. Wenn du sie jemandem verrätst, gibst du ihm damit auch den Schlüssel für dein wahres Ich in die Hand. Und das musst du dir vorher gut überlegen.«

Ich habe wirklich das Gefühl, dass er tiefer in mich hineinblicken kann, als mir lieb ist. Denn ihm würde ich gern den Schlüssel geben, aber ich darf nicht. Ich lehne den Kopf an seine Schulter (und es stimmt, er passt perfekt dorthin) und schließe die Augen.

Später fällt ein greller Strahl auf meine geschlossenen Lider. Ich reiße die Augen auf und brauche einen Moment, bis ich weiß, wo ich mich befinde. Meine Mutter neben mir hat die Hände am Lenkrad. Ich recke den Hals ein wenig und sehe, dass sie gerade in unsere Einfahrt biegt. Dünne Regenfäden laufen über die Windschutzscheibe, die Laterne vor unserem Haus erhellt die nasse Straße. Mühsam bringe ich mich in eine aufrechte Haltung und starre nach vorn. Erst jetzt wird mir klar, dass ich eingeschlafen sein muss. Ich drehe mich nach links und ziehe die Schultern nach oben.

»Mama? Wollten wir nicht noch in die Galerie?«

Sie löst den Sicherheitsgurt und öffnet die Tür. »Mach dir keine Gedanken, Schatz, wir fahren ein anderes Mal hin. Es muss furchtbar für dich gewesen sein. Dort eingesperrt im dunklen Keller und ganz allein.«

Ich stutze. Es war nicht dunkel und ich war auch nicht allein, denn schließlich war Art bei mir und wir haben uns ziemlich gut unterhalten. Vielleicht sogar mehr als unterhalten ... meine Erinnerung ist verschwommen. Habe ich ihm wirklich etwas auf den Arm geschrieben? Ich erinnere mich aber, dass Art und ich am Ende ganz froh waren, als sich nach einer halben Ewigkeit endlich der Schlüssel im Schloss drehte und meine Mutter, total aufgelöst, mit dem Hausmeister hereinstürmte.

Jetzt kehrt alles zu mir zurück. Ich hätte mich in der Schule gern noch richtig von ihm verabschiedet, aber kaum waren wir aus dem Keller raus, begann sein Handy, ununterbrochen Töne von sich zu geben, und er wurde ziemlich nervös, weil seine Gasteltern wohl schon total aus dem Häuschen waren. Wir haben uns nur kurz umarmt, so wie es Leute vermutlich tun, die gerade gemeinsam ein Abenteuer überstanden haben, und sind dann auf dem Parkplatz in entgegengesetzte Richtungen gelaufen. Er zum Auto seiner Gasteltern, Mama und ich zu unserem.

Nun hebe ich den Kopf und sehe, dass meine Mutter wartet, bis ich endlich aussteige. Ich gebe mir einen Ruck und hake mich bei ihr unter, damit ich nicht ausrutsche.

Als wir ein paar Schritte gegangen sind, bleibt mein Blick an der Hauswand hängen. »Das ist ja seltsam.«

»Was meinst du?«

»Wann habt ihr das Haus gestrichen?« Für einen kurzen Moment kneife ich die Lider zusammen, aber unser Haus ist noch immer gelb. »Es war doch immer in diesem Kackbraun.«

Sie lacht. »Ja eben. Du weißt doch, dass ich das nie leiden konnte. Und als du im Krankenhaus warst und Werner ein paar seiner Bilder verkauft hat, um die Rechnungen zu bezahlen, da hatten wir auf einmal auch noch etwas Geld übrig und haben die Fassade streichen lassen.« Sie breitet die Arme aus und posiert wie eine Schauspielerin. »Und siehe da, aus dem hässlichen Klotz ist ein richtiger Palast geworden.«

Bei dem Wort Palast beginnt eine Saite in mir zu schwingen. Ich war schon seit Tagen nicht mehr in meinem Gedächtnispalast. Irgendwie hatte ich gar nicht das Bedürfnis danach, weil in meinem echten Leben so viel passiert. Es wird also höchste Zeit, dass ich Informationen dort ablege.

Gedankenversunken gehe ich neben meiner Mutter her und halte mich am Geländer fest, während sie die Tür aufschließt. Erst als mein Fuß schon auf der Schwelle ist, fällt mir auf, dass hier irgendwas nicht stimmen kann.

Beim Abendessen erzählt Mama meinem Vater, was mir passiert ist. Er schaut mich besorgt an, aber damit meine Eltern mir wirklich glauben, dass es mir gut geht, erzähle ich von Art und wie gut wir uns unterhalten haben. Abwechselnd halten meine Eltern meine Hand und ich sehe ihnen an, wie froh sie sind, dass ich diesmal keine Panikattacke bekommen habe. Und ein bisschen bin ich auch stolz auf mich, denn da unten in dem Raum eingesperrt zu sein, war eine echte Prüfung.

Nach dem Essen bin ich froh, als ich endlich die Treppe zu meinem Zimmer hochsteige. Heute fühlt es sich so an, als müsste ich einen Achttausender besteigen. Das liegt nicht nur daran, dass meine Beine noch immer nicht ganz in Ordnung sind, sondern an der Müdigkeit, die alle Kraft aus mir zu saugen scheint.

Für einen Moment schaue ich noch im Palast vorbei. Dort möchte ich unbedingt die gemeinsame Zeit mit Art in der

Bücherei archivieren. Weil ich das auf gar keinen Fall vergessen darf. Egal, was passiert. Es ist zu wichtig.

Ich denke, dass unsere Geheimnisse am meisten über uns aussagen. Wenn du sie jemandem verrätst, gibst du ihm damit auch den Schlüssel für dein wahres Ich in die Hand. Arts Worte gehen mir durch den Kopf und ich nicke. Obwohl ich glaube, dass Art derjenige ist, dem ich am ehesten den Schlüssel zu meinem wahren Ich anvertrauen würde, ist jetzt noch nicht der richtige Zeitpunkt. Aber irgendwann wird es hoffentlich der Fall sein. Dem schmalen Tagebuch, in das ich dieses Erlebnis schreibe, gebe ich einen weichen braunen Ledereinband und glaube, dass ich Arts Augenfarbe gut getroffen habe. Mit den Fingerspitzen streiche ich sanft darüber, bevor ich es auf meinen Schreibtisch im Palast lege. Dann öffne ich die Augen und starre in meinem Zimmer an die Decke.

Das komische Gefühl hat sich in mir festgefressen: Warum ist mir die neue Fassade unseres Hauses erst heute aufgefallen, obwohl es vorhin dunkel draußen war und ich bereits seit zehn Tagen das Haus verlasse, um zur Schule zu fahren, und am Nachmittag auch wieder zurückkomme? Ehe ich eine Antwort finde, gleite ich in einen tiefen Schlaf.

Kapitel 16

Sind wir verabredet?

Am nächsten Morgen komme ich kaum aus dem Bett. Ich bin noch immer so müde, dass ich zum ersten Mal darüber nachdenke zu schwänzen. Mir ist nicht danach aufzustehen, ich möchte mich nicht anziehen müssen, nicht die Treppe runtergehen, und schon gar nicht möchte ich im Schulbus sitzen und mich …

Ja, was eigentlich? Endlich bekomme ich den Gedanken zu fassen, der mir gestern kurz vor dem Schlafengehen wieder entwischt war. Warum kann ich mich nicht an meinen Schulweg erinnern? Weder, wie ich hinkomme, noch, wie ich nach Hause zurückfahre? Sucht sich mein Gehirn etwa nur die Dinge heraus, die es sich lohnt, wahrzunehmen und zu verarbeiten? Ich nehme mir vor, heute besonders auf die alltäglichen Routinen zu achten.

Unten wartet meine Mutter mit einem strahlenden Lächeln auf mich. Die ganze Küche duftet süßlich und erinnert mich an meinen Palast. »Mhm, wonach riecht es hier?«

Sie kommt mir entgegen und schließt mich fest in die Arme. »Ich habe dir Pfannkuchen gemacht. Zimtzucker und Ahornsirup stehen auf dem Tisch. Fang schon mal an, ich muss nur noch die letzten fertig backen, dann setze ich mich zu dir.«

Ich nehme mir gleich drei der kleinen runden Pfannkuchen vom Stapel und ertränke sie in einem See aus goldgelbem Sirup.

»Wir sind etwas spät dran. Beeil dich, sonst verpasst du den Bus.«

Ich nicke, obwohl es mich nicht wirklich stören würde, wenn ich heute zu spät käme. Die Vorstellung, Art über den Weg zu laufen, fühlt sich komisch an. Schön – aber auch anders. Obwohl zwischen uns nichts passiert ist, scheint sich doch alles verändert zu haben.

Aber dann rufe ich mich in Gedanken zur Ordnung. Ich hätte es zwar gern, wenn sich etwas geändert hätte. Doch ich weiß genau, dass ich enttäuscht sein werde, wenn es nicht so eintritt, wie ich es mir vorstelle.

»Warum isst du nichts? Schmeckt es dir nicht?«

Ich schrecke hoch. Mama sitzt neben mir und schaut auf meine Gabel, die in der Luft verharrt. Schnell senke ich sie, spieße ein weiteres Stückchen auf und schiebe es mir in den Mund.

»Doch, ist echt lecker«, murmle ich und kaue, obwohl mir gerade der Appetit gründlich vergangen ist. Wie ein Häufchen Elend sitze ich da und fühle mich entsetzlich.

Sie streicht mir über den Kopf. »Ich sehe doch, dass mit dir was ist. Willst du darüber reden?«

Ich schließe die Augen und denke darüber nach, ob ich ihr nicht besser die Wahrheit sagen sollte, aber das würde neue Probleme nach sich ziehen. Wenn ich allerdings immer so tue, als wäre ich mittlerweile wieder völlig klar im Kopf, kann mir auch niemand helfen. Außerdem brauche ich Antworten. Also atme ich tief durch.

»Es ist nichts Schlimmes. Mir kommt es nur seltsam vor, dass ich mich überhaupt nicht an meinen Schulweg erinnern kann. Ich komme und gehe, aber ich habe den Eindruck, dass ich gestern Abend zum ersten Mal die neue Farbe von unserem Haus gesehen habe. Das ist doch komisch, oder?«

Mama rutscht noch ein Stück näher an mich ran, nimmt eine Gabel und spießt sich ein Stück Pfannkuchen auf.

»Finger weg!«, rufe ich scherzhaft.

Schnell stibitzt sie mir noch einen Happen, bevor sie mir die Gabel wieder in die Hand drückt. Es ist gut, dass wenigstens Papa und sie noch genauso sind wie immer. Noch genauso wie vor dem Unfall. Obwohl sich um mich herum die ganze Welt total verändert zu haben scheint, obwohl nichts mehr so ist, wie es einmal war, sind sie meine Anker. An ihnen werde ich mich festhalten.

Sie schaut auf die Uhr. »Weißt du, was? Ich habe heute Vormittag einen Termin in der Stadt. Was hältst du davon, wenn ich dich zur Schule fahre? Dann musst du nicht so hetzen und ich kann vor der Verabredung noch einmal kurz in der Galerie vorbei.«

Ich lächle sie an. »Das ist eine super Idee. Ich muss mich ja auch noch anziehen.«

»Eben, und ich ja auch«, meint sie und schiebt ihren Stuhl zurück. »Dann mal los. Kommst du die Treppe allein hoch oder soll ich dir helfen?«

»Kein Problem.« Ich sage das, weil es wirklich so ist. Das Treppensteigen klappt schon viel besser und das Gehen eigentlich auch. Wenn ich Glück habe, brauche ich vielleicht ab nächster Woche die blöden Orthesen nicht mehr und kann endlich wieder normale Hosen anziehen, nicht immer nur diese weiten Schlabberbuxen. Ich glaube, ich fände es schön, wenn Art meine Beine in der dunklen Röhrenjeans bewundern könnte, die oben im Schrank hängt.

»Okay, iss mal noch auf, die Sachen kannst du einfach stehen lassen.«

Ich sehe ihr nach, wie sie mit schnellen Schritten aus der Küche eilt. Keine Ahnung, warum sie so aufgeregt ist. Sie ist eine gute Künstlerin, auch wenn sie sich selbst nicht dafür hält und immer nur meinen Vater in den Vordergrund stellt. Ich glaube, wenn sie nicht mit ihm verheiratet wäre, und vor allem, wenn sie statt Mutter nur Vollblutkünstlerin wäre, wäre sie schon längst viel bekannter als jetzt. Ich nehme mir fest vor, mal mit meinem Vater darüber zu reden, wie wir sie entlasten können. Mama hat einfach viel zu wenig Zeit für das Malen.

Da das für mich nach einem guten Plan klingt und weil es ein schönes Gefühl ist, sich auch mal um jemand anderen Gedanken zu machen als nur immer um mich selbst und meine Probleme, klettere ich fast beschwingt die Treppe nach oben und wundere mich, wie leicht es mir schon fällt.

In meinem Zimmer stopfe ich schnell noch meine Sachen in die Umhängetasche. Zum Glück brauche ich heute nicht viele Bücher, weil wir drei Doppelstunden haben. Mathe, Deutsch und Englisch.

Nur wenige Minuten später habe ich mich angezogen und trage eine dunkelblaue Yogahose, deren Beine so weit sind, dass die Orthesen darunterpassen. Ich lege mich aufs Bett und starre die dunkle Balkendecke an, um ein paar Minuten auszuruhen.

Es scheinen nur ein paar Sekunden vergangen zu sein, als mich die Stimme meiner Mutter aus den Gedanken reißt.

»Nina, kommst du endlich? Ich habe dich schon drei Mal gerufen. Wir müssen los, sonst schaffen wir es auch mit dem Auto nicht, pünktlich zu sein.« Sie klingt abgehetzt.

»Oh Mist, tut mir leid. Ich muss wohl eingeschlafen sein.«

Das ist auch eines dieser Dinge, die mir früher nie passiert sind. Aber jetzt scheine ich ständig einzunicken, wenn ich nur mal kurz meine Beine hochlege. Ich habe nicht mal gemerkt, dass mir dabei anscheinend die Augen zugefallen sind.

Wir eilen aus dem Haus und steigen ins Auto. Die Feuchtigkeit des vergangenen Abends ist verdunstet und schon jetzt ist der Himmel strahlend blau.

»Die Luft riecht schon richtig nach Frühling, findest du nicht?«

Heute werde ich mir nicht beim Einsteigen helfen lassen. Ich finde, es ist an der Zeit, dass ich es selbst versuche. Auch wenn ich mich ein wenig wackelig fühle und für einen Moment innehalte, als ich mit einem Bein schon im Beifahrerraum bin, mit dem anderen aber noch auf der Straße, schaffe ich es. Dann schließe ich die Tür und hebe die Hand als Zeichen, dass es losgehen kann.

»Toll, ich habe gewusst, dass es jeden Tag ein wenig besser wird. Wenn du dich jetzt noch anschnallst, ist alles perfekt.« Sie befestigt ihren eigenen Gurt, dann dreht sie den Schlüssel im Zündschloss und der Volvo gibt das bekannte Dröhnen von sich, das ich kenne, seit ich klein war.

Auf der Straße herrscht für Berliner Verhältnisse wenig Verkehr, was gut ist, weil ich so tatsächlich noch eine Chance habe, nicht zu spät zu kommen. Die Vorstellung, als Letzte den Klassenraum zu betreten und mich bei Frau Schneidt entschuldigen zu müssen, ist wenig verlockend.

Als wir vor der Schule halten, steige ich aus, werfe Mama eine Kusshand zu und stakse eilig auf den Schulhof. Ich hoffe, dass ich Art vor der Stunde treffen werde. Denn ich habe das Gefühl, dass gestern etwas zwischen uns passiert ist, worüber wir reden sollten. Ein paar jüngere Schüler stehen vor der Schultür und halten die Köpfe über irgendwelchen Heftern gesenkt. Patrick und Selma halten einander im Arm und stehen etwas abseits. Sie knutschen so heftig, dass ich sofort den Blick senke.

Unauffällig versuche ich, an ihnen vorbeizukommen, um sie nicht zu stören, aber Selma bemerkt mich und winkt. »Hey Nina, warte. Wir kommen gleich mit rein.«

Ich bleibe geduldig stehen, bis sie sich von Patrick gelöst hat und auf mich zukommt.

»Ich bin so froh, dass das okay ist mit mir und Patrick.«

Ich winke ab. »Mach dir keine Gedanken. Das mit ihm und mir ist doch schon lange vorbei. Ich freue mich für euch. Wollte ich dir schon längst gesagt haben.«

Mit hochgezogenen Augenbrauen sieht sie mich einen Moment prüfend an, dann kichert sie. »Hast du doch schon.«

Ich wundere mich, dass ich mich gar nicht daran erinnere.

Da redet Selma schon weiter: »Dann ist ja gut. Dass du tatsächlich nichts mehr an ihm findest ...! Er ist so süß.« Verträumt schaut sie zu ihm zurück, als er gerade mit Bertram im Gebäude verschwindet.

Bevor ich etwas erwidern kann, hakt sie mich unter und zieht mich ebenfalls hinein. Ich schaue mich um, kann aber Art nirgends sehen.

»Wen suchst du?«

Sie sieht mich neugierig an, aber ich zucke nur mit den Schultern. Selma muss nicht wissen, dass ich gern noch einen Augenblick mit Art geredet hätte. Vermutlich würde sie mir so viele Fragen stellen, dass ich mich verplappern würde, was ich alles von Art weiß, was ich eigentlich nicht wissen kann. Er hat definitiv recht: Ich bin andauernd auf der Hut und muss mich immerzu konzentrieren, aber es geht nicht anders.

Als es zur Pause klingelt, reißen die Ersten schon die Tür auf und stürzen nach draußen. Auch von Art sehe ich nur noch seinen Rücken. Langsam packe ich mein Zeug in den Rucksack und schaue mich um, ob Selma auf mich gewartet hat. Schließlich verbringen wir die Pausen gemeinsam. Was habe ich eigentlich in den letzten Pausen gemacht? Ich durchforste mein Gedächtnis, komme aber nicht drauf.

Dann atme ich tief durch und trete durch die Tür auf den Gang. Art lehnt an der Wand gegenüber und tippt auf seinem Handy herum. Als er mich sieht, steckt er es sofort in die Hosentasche. Mein Herz macht einen Sprung, aber ich stehe wie erstarrt da und kann meinen Blick nicht abwenden. Er sieht so verdammt gut aus – wie immer. Und er hat ganz offensichtlich auf mich gewartet.

»Hey Nina. Kommst du mit raus auf den Hof? Es ist schönes Wetter, die Sonne scheint.« Er grinst mich breit an und ich werde wie immer von seinen braunen Augen in den Bann gezogen. Strahlend schlendert er auf mich zu.

Ich lächle verlegen zurück, dann greift er nach meiner Hand und wir gehen nebeneinander auf den Schulhof. Ich glaube, jeder, der uns sieht, muss denken, dass wir zusammengehören. Dieses Gefühl verunsichert mich ein wenig, obwohl ich es mir so sehr gewünscht habe.

Wir stehen noch keine fünf Minuten am Zaun und unterhalten uns über den Abend im Bücherkeller, als Selma und Louise auf uns zukommen. Louise stellt sich sofort direkt neben Art und schmachtet ihn regelrecht an. Es ist seltsam und ich weiß nicht, wieso ich das plötzlich denke, aber die beiden wirken so vertraut, dass mir unwohl wird. Selma kramt in ihrer Schultasche und zieht ein Sandwich aus einer Aluminium-Lunchbox. Jetzt bekomme ich doch ein wenig Hunger.

Louise flüstert Art irgendwas ins Ohr und stößt ihm dann lachend den Ellenbogen in die Seite. Ich fühle mich wie ein Fremdkörper und überlege fieberhaft, wie ich am besten von hier verschwinden kann. Aber Art antwortet nur kurz etwas, dann löst er sich von Louise, kommt einen Schritt in meine Richtung und legt den Arm um meine Schulter.

Mein Herz trommelt wie wild in meiner Brust. Er will, dass sie es sieht. Für einen Moment genieße ich dieses Gefühl, aber dann fange ich Louises wütenden Blick auf und will mich instinktiv wieder von Art lösen. Er scheint das zu spüren und zieht mich noch fester an sich heran. Ich schaue zu ihm hoch und bemerke, wie er lächelt. Jetzt sieht er noch viel süßer aus. Wieder bilden sich diese Grübchen in seinen Wangen und wieder kann ich den Blick nicht von ihm lösen. Als ich registriere, dass ich ihn verliebt anstarre, drehe ich den Kopf schnell zu Selma.

»Und? Bist du gestern Abend gut nach Hause gekommen, Nina?« Seine Stimme klingt dunkel und warm. So dunkel, dass sich die Härchen auf meinen Unterarmen aufstellen.

Art streicht mir durch die Haare, die ich heute absichtlich nicht straff zurückgebunden habe. Er beugt sich zu mir. »Ich mag es, wenn deine Haare offen sind. Du siehst damit wunderschön aus«, flüstert er und sein Atem kitzelt an meinem Ohr.

Louise schnaubt und ich sehe ihr genau an, wie sauer sie ist. Sie tut geradezu so, als hätte ich ihr Art ausgespannt, dabei weiß ich ja selbst nicht, was hier gerade passiert. Ich weiß nur, dass ich mir genau das gewünscht habe.

Selma schaut lächelnd von Art zu mir und zieht die Augenbrauen nach oben. »Gestern Abend? Was war denn gestern Abend?«

Ich zögere. Aus irgendeinem Grund will ich gar nicht darüber reden, dass Art und ich im Bücherkeller eingesperrt waren. Vielmehr genieße ich es, dass wir ein Geheimnis haben.

Art antwortet jedoch bereitwillig. »Wir hatten ein paar sehr nette, einsame Stunden in der Bibliothek.«

Ich stoße ihm den Ellenbogen in die Seite und lache. »Vor allem sehr unfreiwillig einsam.« Dann füge ich hinzu: »Wir hatten Bücherdienst und haben irgendwann festgestellt, dass man uns eingeschlossen hat.«

»Echt? Oh Mann. Und dann? Was ist danach passiert?« Selma fasst mitfühlend nach meiner Hand.

Art neben mir richtet sich auf und wirft sich in die Brust. »Du musst dir keine Sorgen machen. Ich war ja da. Ich habe sie beschützt.« Er klingt jetzt fast ein wenig beleidigt und schaut mich bei seinen Worten an, als wollte er meine Bestätigung.

Ich rücke ein wenig dichter an ihn heran. »Genau. Er war mein Held und hat mich beruhigt, weil ich natürlich volle Panik geschoben habe. Bis man uns gerettet hat.«

Louises Mund verzieht sich zu einem dünnen Strich. Deshalb verschweige ich, dass wir beide zunächst verzweifelt um Hilfe gerufen haben. Es fühlt sich viel besser an, wenn sie denkt, wir hätten die Zweisamkeit im Bücherkeller genossen. Und im Nachhinein war das ja auch fast so. Wenn man mal von meiner klitzekleinen Panikattacke absieht.

Selma schüttelt den Kopf. »Puh, in diesem dunklen staubigen Keller eingeschlossen zu sein ... Der Horror! Wenn ich mir überlege, wie ich dort unten ...« Sie schüttelt den Kopf erneut. »Nein, ich glaube, darüber möchte ich gar nicht nachdenken.«

Art räuspert sich. »Nina und ich haben uns gut unterhalten. Da verging die Zeit ganz schnell. Oder?«

Ich pruste los. »Verdammt schnell.«

Louise atmet geräuschvoll ein, dann dreht sie den Kopf zur Seite, als wäre ihr der Blickkontakt mit Art oder mir auf einmal unangenehm. »Selma, jetzt kau schon endlich zu Ende, ich will mir vor der nächsten Stunde noch einen Kaffee ziehen.«

Sie bellt den Satz wie einen Befehl und ich beobachte Selma, die neben mir steht und gerade einen weiteren Bissen von ihrem Brot nehmen wollte. Ihre Hand verharrt in der Luft, sie schaut einen Moment verdutzt zu Louise, dann zu Art, zu mir und wieder zu Louise. »Geh schon mal vor, Lou. Ich komme dann gleich nach.«

Selma wartet, bis Louise weg ist, beißt dann von ihrem Brot ab und ihr ist anzusehen, dass sie noch mehr Einzelheiten wissen will. Ich erzähle ihr, dass wir keinen Handyempfang hatten, aber dass wirklich alles halb so aufregend war, wie es vielleicht klingt. Um zu zeigen, dass das wirklich alles ist, ziehe ich die Schultern nach oben.

Selma nickt. »Da habt ihr wirklich Glück gehabt, sonst hätten wir euch erst heute Morgen dort unten gefunden wie so ein paar frische Moorleichen.« Sie zwinkert uns zu und Art und ich müssen beide lachen. »Okay, ihr zwei. Ich gehe dann mal, bevor Louise noch komplett ausrastet. Sie hat es nicht gern, wenn sie nicht im Mittelpunkt steht.« Nach diesen Worten dreht sie sich um und geht über den Hof in Richtung Cafeteria.

Ich starre ihr hinterher, dann wende ich mich Art zu. »Warum war Louise auf einmal so sauer?«

Er zuckt mit den Schultern und steckt seine Hände in die Taschen. »Sie wollte wissen, was ich am *week-end* mache. Da habe ich gesagt, dass ich schon mit dir ein Rendezvous habe.«

»Ach. Wir haben ein Rendezvous?« Ich schaue ihn amüsiert an und überlege gleichzeitig fieberhaft, ob er gestern irgendwas gesagt hat. Aber nein. Ich bin sicher: Niemals würde ich das vergessen.

Art kann sich ein Grinsen kaum verkneifen. »Nein. Noch nicht«, sagt er. »Aber jetzt. Hast du Lust, am Sonntag was mit mir zu unternehmen?«

Ich tue so, als müsste ich überlegen, und lege unschlüssig den Zeigefinger an den Mund. Dann erwidere ich: »Klar. Sonntag ist gut! Was hast du denn vor für unser ›Rendezvous‹?« Ich platze beinahe vor Glück. Und am liebsten würde ich ihn fragen, ob wir uns nicht schon heute nach der Schule treffen könnten. Und am Samstag *und* am Sonntag.

Aber fürs Erste muss ich mich wohl damit begnügen, es langsam mit Art anzugehen.

»Lass dich überraschen.«

Kapitel 17

Madame Deudeu

Am Sonntag erwache ich mit einem Gefühl der Erleichterung, dass das Warten nun endlich vorbei ist. Die letzten beiden Tage sind so dermaßen zäh vergangen, dass ich dachte, ich werde verrückt. Ich schwinge die Beine aus dem Bett und wäre fast aufgesprungen, erst im letzten Moment fällt mir ein, dass ich vorsichtig auftreten muss. Auf gar keinen Fall will ich das Treffen mit Art absagen müssen, weil ich mir ein Gelenk verstauche!

Meine Eltern schlafen noch, daher decke ich den Frühstückstisch, presse Orangen aus und fülle für jeden von uns ein Glas. Als sich eine Hand auf meine Schulter legt, zucke ich zusammen. Ich habe meinen Vater gar nicht kommen gehört.

»Guten Morgen, meine Schöne. Du bist ja früh wach. Könnte das was mit einem gewissen Jungen zu tun haben?«

Lachend knuffe ich ihn in die Seite, aber ich kann ihm die Neckerei nicht übel nehmen, denn schließlich habe ich meinen Eltern erzählt, wie aufgeregt ich bin. Ich habe keine Ahnung, womit mich Art überraschen will, und ich kann es kaum noch abwarten, bis wir uns sehen.

Zwei Stunden später ist es endlich so weit. Ich stehe vor dem Haus und schaue an der Fassade hoch. Meine Mutter hat mich gefahren und nun winkt sie mir kurz zu, dann legt sie beide Hände auf das Lenkrad und rollt langsam an. Seltsamerweise parken kaum Autos an der kopfsteingepflasterten Straße. Außerdem stehen hier große alte Bäume und das Haus, in dem Arts Gasteltern wohnen, wirkt inmitten von all dem Grün fast wie ein schwedisches Blockhaus. Es ist holzvertäfelt und hat weiße Fensterrahmen.

Bei dem Gedanken, dass ich bei fremden Leuten klingeln soll, wird mir ein wenig mulmig. Seit Freitag in der Schule habe ich nichts mehr von Art gehört. Hoffentlich habe ich ihn nicht falsch verstanden – oder er hat es sich anders überlegt. Und was, wenn er unsere Verabredung vergessen hat?

Ich drücke auf den Messingknopf.

In Gedanken lege ich mir die Worte zurecht, die ich sagen werde. »Hallo, mein Name ist Nina Wagner. Ich bin mit Art verabredet, Ihrem Gastsohn.« Unwillig schüttle ich den Kopf, weil es Blödsinn ist. Kaum vorstellbar, dass hier noch mehr Jungs namens Art wohnen.

Als nichts passiert, werde ich nervös. Er hat es anscheinend doch vergessen und ist wo auch immer, bloß nicht zu Hause. Schon will ich mich umdrehen, als mir einfällt, dass meine Mutter bereits weg ist. Obwohl vor Aufregung mein Mund schon ganz trocken ist, drücke ich erneut auf die Klingel und versuche dahinterzukommen, warum ich mich mit derart normalen Dingen so schwertue. Als wieder nichts passiert, bin ich frustriert und wende mich um. Da höre ich plötzlich Schritte auf dem Kies hinter mir.

»Hey Nina. Habe ich mich doch nicht getäuscht. Ich war mir nicht sicher, dachte aber, ein Klingeln gehört zu haben. Wartest du schon lange? Falls ja, tut es mir leid.«

Art steht in der geöffneten Garageneinfahrt, bei der eben

doch noch das Tor heruntergelassen war. Er trägt eine dunkelblaue Hose aus derbem Stoff, die von oben bis unten mit Flecken übersät ist. Die Ärmel seines grauen Hoodys sind hochgeschoben, gerade wischt er sich eine Strähne aus dem Gesicht. Bei seinem Lächeln beginnt mein Herz, gegen die Rippen zu hämmern. Mein Blick bleibt an seinen Lippen hängen, die so weich und einladend wirken. Es tut weh, ihn nicht zur Begrüßung einfach küssen zu dürfen.

Langsam und vorsichtig steige ich die Treppe runter. Jetzt vor seinen Augen umzuknicken oder auch nur zu schwanken, ist das Letzte, was ich will.

Als ich vor ihm stehe, reicht er mir das Handgelenk, weil seine Hände und Finger schwarz und schmierig sind.

Schwarze ölige Hände. Arts Hände. Wo habe ich die schon einmal gesehen? Verwirrt fahre ich mir mit den Fingern durch die Haare und mein Blick bleibt wieder an seinen Händen hängen.

»Was hast du gemacht? Ist das Öl?«

Er nickt. »Ja, tut mir leid. Ich hatte mir das alles so schön vorgestellt und geplant, dass wir beide einen kleinen Ausflug machen. Aber jetzt springt mein Auto einfach nicht an und das meiner Gasteltern kann ich heute nicht benutzen. Ich schraube schon den ganzen Morgen daran herum. Möchtest du mir zusehen oder willst du lieber schon ins Haus vorgehen und dort auf mich warten?«

Ich stelle mich vorsichtig auf die Zehenspitzen und versuche, in die Garage zu spähen. Art tritt einen Schritt zur Seite und weist auf ein türkisblaues Auto, das so aussieht, als hätte es schon einige Jahre auf dem Buckel.

Und wieder komme ich mir vor, als stünde ich mitten in meinem eigenen Film. Da ist das Gefühl, all dies schon einmal gesehen zu haben. Ich schließe kurz die Lider und in meinem Kopf entsteht das Bild einer blauen Gummiente, die inmitten riesiger Schaumberge schwimmt.

Ich öffne die Augen auf und sehe, wie er die Arme ausbreitet. »Darf ich vorstellen, das ist Madame Deudeu.«

Ich lege den Kopf ein wenig schräg und schaue ihn amüsiert an. »Wieso hat deine Ente denn einen Namen?«

»In Frankreich geben wir unseren Autos gern Spitznamen. Bei euch Deutschen heißt sie Ente, aber das ist kein echtes Kompliment. Wir Franzosen lieben unsere Autos viel zu sehr, um ihnen so profane Namen zu geben. Bei uns heißt dieses Modell Deux Chavaux oder Deudeuche, wenn man es zärtlicher mag. Im Laufe der Zeit wurde bei mir Madame Deudeu daraus.«

Seine Erklärung gefällt mir und ich streiche mit den Fingerspitzen über den Lack. »Und sie gehört wirklich dir? Ich wusste gar nicht, dass du ein Auto hast.«

»Meistens fährt mich meine Gastmutter zur Schule, wenn sie nichts anderes vorhat. Oder mein Gastvater nimmt mich auf dem Weg zur Kanzlei mit. Außerdem macht Madame in letzter Zeit immer wieder Zicken. Sie ist eben eine echte Diva. Aber dass sie mich heute im Stich lässt ...«

Lachend gehe ich an ihm vorbei. Madame ist wunderschön in meinen Augen. Ich glaube, da ist ein Citroën-Zeichen dran, aber ganz sicher bin ich mir nicht. Ich wende mich zu Art um, damit ich ihn fragen kann, aber er kommt mir zuvor.

»Sie ist ein Citroen 2CV, Baujahr 1978. Ich habe sie von meiner Großmutter bekommen, als ich nach Deutschland wollte. Sie fährt Madame schon lange nicht mehr, hat mir aber erlaubt, sie wieder fit zu machen.« Er dreht sich zu mir um, und als ich sein Lächeln sehe, muss ich schnell den Blick abwenden, weil ich merke, dass mir die Röte in die Wangen schießt. »Ich will ja nicht angeben, aber das Auto hat schon zweihundertfünfzigtausend Kilometer runter und schnurrt wie ein Kätzchen«, fügt er stolz hinzu.

»Außer heute«, ergänze ich lachend.

Art winkt mich zu sich und legt eine Hand auf den hinteren Kotflügel. Nun nimmt er meinen Zeigefinger und legt ihn neben seinen. »Merkst du es?«

»Was meinst du?«

Er lacht. »Das klingt jetzt wahrscheinlich ziemlich bescheuert, aber ich finde, man spürt, dass sie eine Seele hat.«

Ich versuche, nicht zu lachen, weil ich das wirklich verrückt finde. Das alte Ding ist voller bunter Aufkleber, jedenfalls hinten neben dem Kofferraum. So wirkt es, als würden die ganzen Sticker der alten Kiste die notwendige Stabilität geben, damit sie nicht komplett auseinanderfällt. Neben meinem kleinen Finger ist einer von einem Hotel in Venedig. Und neben Arts Hand einer aus Spanien.

Ich zeige darauf. »War deine Großmutter mit dem Ding sogar in Barcelona?«

Er lacht. »Ja, aber das ist von uns aus ja nicht so weit. Wie sieht es aus, möchtest du hier warten, bis ich die Zündung neu eingestellt habe, oder lieber ins Haus gehen?« Als er meinen Blick sieht, fügt er hinzu: »Meine Gasteltern sind nicht da. Keine Sorge.«

Erleichterung breitet sich in mir aus, weil er mich versteht, auch ohne, dass ich irgendwas sage. Ich winke ab. »Nein, ich warte gern hier bei dir.«

Art sieht aus, als würde er sich über meine Antwort freuen, nimmt einen fleckigen Lappen von einem Stuhl und bedeutet mir wortlos, dort Platz zu nehmen. Ich setze mich und beobachte, wie sein Oberkörper unter der geöffneten Motorhaube verschwindet. Lange Zeit höre ich nichts außer dem Klappern von Werkzeug, manchmal taucht Arthurs Schopf kurz auf, dann zwinkert er mir zu. Die französischen Flüche, die er alle paar Minuten leise vor sich hin murmelt, lassen darauf schließen, dass er noch immer nicht zufrieden ist. Ich schaue mich in der Garage um, in der außer für Madame Deudeu noch ausreichend Platz für mindestens ein weiteres Auto ist. Hier ist es sauber, der Betonboden scheint frisch gefegt zu sein und es riecht nur ganz leicht nach Motoröl und Benzin. Unsere Garage zu Hause ist so vollgestopft mit allen möglichen Dingen, dass für den Volvo meiner Eltern schon lange kein Platz mehr darin ist.

»Kannst du mir mal bitte kurz helfen? Nina?« Art schaut an der Motorhaube vorbei und lehnt sich weit zu mir herüber. Hat er mich bereits ein paar Mal angesprochen?

»Klar, was soll ich tun?«

»Setz dich mal bitte rein und starte Madame. Ich denke, dass sie jetzt endlich anspringt.«

Ich hoffe, dass ich das hinbekomme – obwohl ich noch keinen Führerschein habe, setze ich mich hinter das Lenkrad und drehe den Schlüssel im Zündschloss. Zuerst rattert es nur ein wenig und ich höre Art unter der Motorhaube stöhnen.

»Mach noch einmal aus!«, ruft Art mir zu und schaut durch die Windschutzscheibe zu mir rein. Inzwischen sind nicht nur seine Hände ölverschmiert, auch sein Shirt ist mit schwarzen Streifen übersät.

Als ich seinen Anweisungen folge, ist sofort wieder Ruhe. Madam Deudeu scheint heute nicht zur Kooperation aufgelegt zu sein. Einerseits finde ich das schade. Auf der anderen Seite ist es schön, wie normal wir miteinander umgehen. Art repariert das Auto, während ich dasitze und es einfach nur genieße, bei ihm zu sein. Zusätzlich entspannt mich, dass wir nicht reden müssen. Nicht einmal reden können. Er ist mit dem Motor beschäftigt, ich grüble zur Abwechslung mal nicht, sondern bin im Hier und Jetzt. Das tut mir gut. Locker liegen meine Hände auf dem Lenkrad, um das ein breites Lederband gewickelt ist. Ich kann nicht genau erkennen, ob es ursprünglich schwarz oder braun war, aber es wirkt abgegriffen und löst sich an manchen Stellen. Unbewusst zupfe ich einen der losen Fäden mit den Fingern nach oben und will ihn abreißen. Aber als es nicht geht, gebe ich auf. Ich finde es schön, dass Arts Großmutter ihm das Auto weitergegeben hat und damit auch sämtliche Erinnerungen, die damit verbunden sind.

Durch die Scheibe sehe ich das türkisfarbene Blech der Motorhaube, auf der ebenfalls unzählige Aufkleber pappen, und kann mir vorstellen, dass die vielen Erinnerungen der Grund sind, warum es für Art genau dieser Wagen sein musste, um nach Deutschland zu kommen. Sicher ist das Auto bei langen Strecken nicht gerade bequem, aber das ist nicht wichtig.

Irgendwie fühle ich mich mit Madame Deudeu verbunden. Weil sie nicht perfekt ist – so wie ich. Weil sie voller Erinnerungen steckt – so wie ich. Auch wenn sie momentan etwas verschollen sind.

Ich bin gar nicht enttäuscht, dass wir immer noch nicht unterwegs zu dem Ausflug sind, den Art mit mir unternehmen wollte. In meiner Fantasie war dieser gemeinsame

Tag mit Art viel spektakulärer. Schließlich geht es ja nicht um weniger als die Erfüllung meiner Wünsche: dass Art und ich uns nach dem heutigen Tag näherkommen. Und dennoch macht es mir nichts aus, dass nicht alles glattgeht. Im Gegenteil, ich bewundere Art dafür, wie gelassen er ist. Wäre ich an seiner Stelle, würde meine Unsicherheit mich wieder einmal fertigmachen. Ständig wäre da diese Stimme in meinem Kopf, die mir sagt, dass das reibungsloser laufen müsste. Perfekter, glatter. Dass ich mich besser hätte vorbereiten müssen, damit genauso etwas nicht passiert.

»Nina, alles in Ordnung?«

Ich schrecke auf, weil Art auf einmal neben dem Fenster steht. Seine Finger liegen auf der Scheibe und ich kann sehen, dass die Motorschmiere tief in die Rillen seiner Fingerkuppen gekrochen ist.

»Sorry. Ich war in Gedanken«, antworte ich.

Er lacht und auf seinen Wangen bilden sich wieder die tiefen Grübchen. »Das habe ich gemerkt. Ich habe dich schon drei Mal angesprochen. War es wenigstens ein schöner Gedanke?«, fragt er mich breit grinsend.

»Ich weiß nicht. Ich habe mich nur gefragt, warum du so entspannt bist. Wenn ich an deiner Stelle wäre und das hier nicht glattlaufen würde, wäre ich ein Häufchen Elend.« Als mir klar wird, dass sich das so anhört, als fände ich es nicht okay, dass er so entspannt ist, füge ich hinzu: »Ich meine, ich finde es toll, wie locker du bleibst.«

Er zieht die Schultern nach oben und schnauft. »Was würde es helfen, wenn ich mich irremache? Klar habe ich mir das anders vorgestellt. Ich wollte Madame noch putzen und die Radkappen polieren, damit sie blitzend auf der Straße steht und auf dich wartet, wenn du kommst.«

Ich winke ab. »Ich finde es toll, genau so, wie es ist.«

»Wir können es ja eh nicht ändern. Unsicherheit oder Genervtheit gehören dazu, weil im Grunde das ganze Leben ein unsicherer Zustand ist. Keiner weiß, was morgen passieren wird. Aber jetzt bist du da und das macht mich froh.«

Ich schlucke trocken, weil seine Worte wie eine sehr schüchterne, niedliche Liebeserklärung klingen und mein Herz flattert. Ich spüre, wie ich rot werde.

Art verbeugt sich galant. »Mademoiselle, könnten Sie jetzt noch einmal die Zündung anlassen? Vielleicht haben wir ja Glück und Madame ist uns gnädig.«

Kapitel 18

Einfach nur Zeit

Eine halbe Stunde später reihen sich auf der Avus Stoßstange an Stoßstange. Wir stehen hinter einem grünen VW-Passat und ich beobachte, wie sich alle paar Meter der Fahrer zur Seite neigt, um seine blonde Beifahrerin zu küssen. Ich weiß nicht, wo ich hinschauen soll, Art dagegen trägt ein Lächeln auf seinem Gesicht. Ihm scheint es nichts auszumachen, das Paar vor uns beim Küssen zu beobachten. Weil es in Madame so eng ist, befindet sich Arts Oberschenkel so dicht neben meinem, dass mir abwechselnd heiß und kalt wird. Als ich sehe, dass die Autos vor uns wieder anrollen, hole ich tief Luft und stoße sie langsam aus.

Art deutet auf die rot-weiße Barke. »... da ist ja auch schon die Baustelle. Jetzt werden wir bestimmt schneller vorankommen.«

Ich nicke. Ja, gleich wird es weitergehen und dann wird er feststellen, was für eine blöde Idee es von mir war, ihm vorzuschlagen, ein Picknick im Viktoriapark zu machen. Das ist ja wohl der Inbegriff der Spießigkeit. Berlin ist eine riesige Stadt mit so vielen spektakulären und besonderen Plätzen. Und wir fahren auf den Kreuzberg, nicht mal an die Spree oder den Kanal oder an den Plötzensee.

»Art, es tut mir leid. Ich glaube, es war eine blöde Idee. Als du mich gefragt hast, was der außergewöhnlichste Ort für ein Picknick wäre, der mir einfällt, habe ich das Erstbeste gesagt. Wenn ich länger darüber nachgedacht hätte, wäre ich bestimmt auf was richtig Abgefahrenes gekommen.«

»Mach dir keine Gedanken. Es wird bestimmt toll sein dort.« Er hält den Blick nach vorn auf den Verkehr gerichtet, der mittlerweile tatsächlich etwas lockerer rollt.

Schmerzlich wird mir bewusst, wie typisch das für Art ist, für den Art, wie ich ihn kenne – oder jedenfalls, wie ich ihn zu kennen glaube. Immer wenn mich mein verdammter Perfektionismus einholt, versucht er, mich zu beruhigen und zu trösten.

Ein romantisches Picknick ist definitiv was anderes, schließlich ist der Park bei schönem Wetter voller Menschen. Aber hatte Art so etwas in der Art überhaupt im Sinn? Schon wieder seufze ich und starre auf meine Hände. Die Angst, dass er nicht die gleichen Gefühle für mich haben könnte, wie ich sie ihm gegenüber empfinde, hat mich so fest im Griff, dass ich ihm nur einsilbig die Richtung ansage und meine Finger knete.

Der Wind fährt durch das geöffnete Faltdach und verwuschelt Arts Haare. Ich bin froh, dass ich meine zu einem festen Zopf zusammengebunden habe, obwohl ich mittlerweile weiß, dass Art sie lieber offen mag.

Sobald die ersten Sonnenstrahlen auch nur zu erahnen sind, treibt es die Berliner in die Parks. Jeder trägt einen dieser mobilen Grills mit sich herum, obwohl das Grillen in den Grünflächen von der Stadtverwaltung bereits vor Jahren verboten wurde. Für uns hat Art einen dieser altmodischen Picknickkörbe aus Weidengeflecht gepackt, aber er will partout nicht verraten, was drin ist.

Bestimmt zum vierten Mal wende ich den Kopf zur Rückbank, wo der Korb steht, weil der Kofferraum viel zu klein dafür ist. »Das Ding ist groß wie ein Schiffskoffer. Willst du mir nicht endlich verraten, was du alles eingepackt hast?«

Ohne mich anzusehen, zuckt er mit den Schultern. »Was man so braucht für ein Picknick. Getränke und natürlich Essen, das du magst.«

Ein Stechen breitet sich in meinem Magen aus. »Woher weißt du denn, was ich gern esse?«, frage ich tonlos. Habe ich etwa die ganze Zeit recht gehabt? Kennen wir uns doch von früher? Woher könnte er sonst wissen ...?

Aber ich sehe sogar von der Seite, wie er grinst. »Jeder mag französisches Essen.«

Obwohl ich fast auf die Enttäuschung warte, die sich bei dieser lapidaren Erklärung in mir ausbreiten muss, passiert nichts. Kurz schlucke ich trocken, dann habe ich mich wieder im Griff und boxe in die Luft. »Ha, jetzt hast du doch etwas verraten. Los! Sag, was es ist!«

Art schlägt die Hand vor den Mund, tut übertrieben erschrocken und setzt den Blinker nach rechts.

»Französisches Essen ... Vermutlich hast du schnell ein paar Schnecken im Garten zusammengesammelt und Froschschenkel gebraten.«

»Wir werden ja sehen«, sagt Art und biegt ab.

In der Katzbachstraße schaue ich mich aufmerksam zwischen den am Straßenrand geparkten Autos um. »Wäre gut, wenn wir hier irgendwo parken könnten.«

Er nickt nur, bleibt aber stumm und scheint sich zu konzentrieren, denn ich sehe, dass er den rechten Straßenrand nicht aus dem Blick verliert. Als die erste Grünfläche vor uns bereits zu sehen ist, setzt er den Blinker und parkt gekonnt in einer Lücke zwischen zwei Kleintransportern ein.

»Tu vois.«

Ich kann nicht fassen, dass er tatsächlich einen Parkplatz gefunden hat. »Scheint dein Glückstag zu sein«, sage ich und füge hinzu: »Mal sehen, ob du mit deinen Picknickzutaten auch den richtigen Riecher hattest!«

Art lacht und öffnet den Kofferraum. *»Unser* Glückstag.« Seine Arme machen eine weite Bewegung, als wolle er die Welt umarmen. »Es ist Sonntag, die Sonne scheint und wir werden speisen wie Götter in Frankreich. Das sagt ihr doch so, oder? Freust du dich überhaupt nicht, Nina?«

»Doch natürlich, wie Götter in Frankreich klingt gut«, gebe ich zu, auch wenn ich mich so gar nicht göttlich fühle und meine Unsicherheit mir mal wieder im Weg steht. Ich kann den Blick nicht von der Großfamilie lösen, die gerade vor uns aus einem weißen Kleinbus steigt. In diesem Moment öffnet ein Mann mit weißem Oberhemd und grauer Hose die Kofferraumklappe und zerrt nacheinander drei riesige Plastiktüten und einen Kugelgrill hervor.

Ich wende mich zu Art um und zeige mit dem Kinn bedeutungsvoll auf die Picknickerfamilie. »Das ist es, was ich meine. Die haben alle dieselbe Idee. Ich glaube, wir sollten es lieber woanders versuchen. Hier werden wir keine Ruhe haben.«

Art winkt ab. »Ach was, du machst dir viel zu viele Gedanken. Wichtig ist doch nur, dass wir Zeit miteinander verbringen.« Er beugt sich nach vorn und hebt mit einem Ruck den Picknickkorb von der Rückbank. Dann greift er in den Kofferraum, zieht eine Kamera hervor und hängt sie sich um den Hals.

»Cool, eine echte Kamera. Die sieht mindestens so alt aus wie Madame Deudeu!« Ohne nachzudenken, mache ich einen Schritt auf Art zu und berühre die silbernen Knöpfe und das schwarze raue Gehäuse.

»Ja, sie ist auch von meiner Grand-mère. Keine macht schönere Fotos ... zumindest wenn das Motiv das richtige ist.« Er schaut mich flüchtig lächelnd an und ich merke plötzlich, wie nah wir beieinanderstehen.

Ich schlucke und bekomme schon wieder rote Wangen. »Aber warum benutzt du denn eine echte Kamera? Was willst du hier überhaupt fotografieren? Ein Handy tut es doch auch.« Ich bin nicht sicher, ob ich wirklich eine Antwort von ihm erwarte oder nur meine Unsicherheit überspielen will.

Nachdem er die Autotür abgeschlossen hat, schlendern wir los in den Park. Er zuckt mit den Schultern. »Ich finde, heute ist ein besonderer Tag. Nein, ich denke, ein Handy würde es nicht tun.«

Ein besonderer Tag. Dies ist einer der Momente, in dem sich auf einmal für mich alles zum Guten wendet. Das hoffe ich zumindest. Eben noch hatte ich das Gefühl, ein schlechtes Gewissen haben zu müssen. Oder vielmehr: versagt zu haben, weil mir nichts Originelleres eingefallen ist für unser ... Date. Aber jetzt fühle ich mich so wohl mit ihm, dass es fast schon wehtut. Endlich kann ich die Anspannung abstreifen, denn mit Art hier zu sein, ist eine dieser kleinen innigen Begegnungen, zu denen es nur mit sehr wenigen Menschen kommt. Jedenfalls passiert es mir wirklich selten, dass ich mich so entspannt fühle, allein deshalb, weil jemand da ist. Und weil dieser Jemand den Moment genießt, nur weil ich dabei bin. Im Augenblick gibt es tatsächlich keinen Ort, an dem ich lieber wäre als hier mit Art am Eingang des Viktoriaparks.

Ich will schon weitergehen, da beugt er sich zu mir runter und zupft an meinen Haaren herum. Als ich ihn fragend ansehe, lächelt er nur sein typisches Art-Lächeln. Er löst den Zopfgummi und meine Locken fallen mir nun auf die Schultern. »Der Fahrtwind. Selbst der steht dir.«

Der intensive Blick, den er mir erneut zuwirft, beschleunigt meinen Puls. Schnell schaue ich geradeaus. Wir gehen durch bis zur Nordseite und erst da fällt mir auf, dass Art mittlerweile schon vor Anstrengung keucht.

»Oh verdammt, tut mir leid. Ich habe gar nicht daran gedacht, wie schwer das Ding ist«, sage ich und weise auf den Korb, den er gerade von der rechten in die linke Hand wechselt.

»Das ist kein Problem. Müssen wir da hoch?« Er zeigt auf den Kreuzberg, legt eine Hand an die Stirn, als würde er zur Spitze des Mount Everest hochschauen, und taumelt theatralisch zurück.

Ich muss laut auflachen. »Na ja, das hatte ich eigentlich vor. Aber wenn du der Expedition nicht gewachsen bist, können wir auch unten bleiben. Von oben hat man allerdings einen gigantischen Blick auf die Stadt.«

»Dann lassen wir uns das auf keinen Fall entgehen.«

Der Aufstieg ist anstrengender, als ich ihn in Erinnerung hatte, aber auf den letzten Metern, die besonders steil sind, tragen wir den Korb gemeinsam. Dann sind wir endlich oben und es ist atemberaubend, denn vor uns liegt der künstlich angelegte Wasserfall mit Felsen, die wie hingewürfelt wirken.

Wir suchen uns einen Platz auf dem Rasen und scheren

uns nicht um die anderen Menschen. Art zieht eine bunt karierte Decke aus dem Korb und breitet sie aus.

Die blauen und gelben Karos verschwimmen vor meinen Augen, ich schwanke und strecke die Arme aus, um mich abstützen zu können. Diese Farben, ich kenne sie. Das Foto aus dem Palast fällt mir ein. Ein Picknick, Art und ich auf dieser Decke. Wieder ein Déjà-vu? Aber etwas ist anders, ich komme nur im Moment nicht drauf. Fieberhaft suche ich nach dem Unterschied, als Art mit den Fingern vor meinem Gesicht rumwedelt und mich damit zurück in die Realität holt.

»Setz dich, ich decke inzwischen den Tisch.«

Ich knie mich hin und schaue ihm dabei zu, wie er eine Köstlichkeit nach der anderen aus dem Korb zieht und vor mir abstellt. Zu guter Letzt legt er Besteck und Servietten hin, dann öffnet er eine Flasche Wasser und schneidet ein Baguette in dicke Scheiben.

»Was ist das alles?« Ich kann mir nicht vorstellen, dass wir auch nur einen Bruchteil davon aufessen können.

»Oh, nichts Besonderes. Ich habe ein wenig Couscous-Salat mit Crevetten gemacht, eine Quiche au saumon, ein wenig Pâté für das Brot und zum Nachtisch eine Crème Caramel, wobei ich nicht sicher bin, ob die den Transport überlebt hat.« Angespannt nimmt er eine weiße Schale in die Hand und späht hinein. »Ich glaube, man kann sie noch essen.«

Kurz schießt mir durch den Kopf, dass ich Vegetarierin bin. Aber meine Mutter schaut uns ja nicht zu. »Und das hast du alles selbst gemacht?« Ich komme aus dem Staunen nicht mehr heraus. Und es riecht köstlich nach Karamell, obwohl wir doch die Schüssel noch gar nicht geöffnet haben.

Er wirft sich in die Brust und schaut mich gespielt empört an. »Natürlich. Denkst du, ich kaufe für unser erstes Picknick im Supermarkt ein?«

Unser erstes Picknick. Ich lächle vor mich hin und habe für einen Moment keine Ahnung, was ich glaube oder nicht. Ich weiß nur, dass ich außer Art keinen Jungen kenne, der sich so offensichtlich freuen würde, ein Mädchen mit selbst gemachtem Essen zu überraschen.

»Das ist unglaublich, Art«, werfe ich lahm ein und meine es wirklich so.

»Na, probier lieber erst mal, ob ich deinen Geschmack getroffen habe. Ich verspreche: keine Froschschenkel oder Schnecken mussten dran glauben. Ich habe alles, was ich kann, von meiner Grand-mère gelernt. Und die hat mir immer gesagt, wie wichtig es ist, Menschen, die man mag, mit gutem Essen zu bewirten.«

Menschen, die man mag – bei jedem anderen hätten diese Worte nach einer blöden Anmache geklungen. Aber Art wirkt so ehrlich und neugierig, dass ich schnell den Blick senke, damit er meine Verwirrung nicht bemerkt. Hungrig lege ich eine Scheibe Brot und ein Stück Pâté auf einen der altmodischen Porzellanteller mit Goldrand und beiße hinein.

»Und?«

Ich muss unwillkürlich lächeln, weil ich mich davon geschmeichelt fühle, wie sehr er will, dass es mir schmeckt. Wenn man jemanden mag, möchte man, dass es ihm gut geht. Aus demselben Grund hatte ich ja auch Angst, es könnte ihm hier nicht gefallen.

»Mhhhmmmm! Es ist der totale Wahnsinn. Ich glaube, so gut habe ich schon seit Langem nicht mehr gegessen.«

Vielleicht sogar noch nie. »Ich finde, du kochst so gut, dass du da unbedingt mehr daraus machen solltest.« Als ich das gesagt habe, verdrehe ich innerlich die Augen. Aber ich habe keinen Witz gemacht und es sollte auch nicht einfach nur ein blöder Spruch sein. »Natürlich habe ich nicht wirklich viel Erfahrung mit guter Küche ... vielleicht kochst du ja auch nur so mittelgut.« Grinsend wackle ich mit der Hand in der Luft hin und her. Empört schnauft Art auf und beißt selbst in ein Stückchen Quiche.

Ich zeige auf das Baguette in meiner Hand und beiße erneut hinein. Mit vollem Mund füge ich hinzu: »Jedenfalls: Ich kann nur sagen, ob mir etwas schmeckt oder nicht. Und das hier schmeckt verdammt gut.«

Als Art lacht und mir meinen Witz überhaupt nicht übel zu nehmen scheint, bin ich erleichtert.

»Aber das ist doch auch das Einzige, worum es geht. Schmeckt es oder eben nicht? Und deshalb danke ich dir für das Kompliment, dass ich mittelgut, aber für dich genau richtig gut koche. Ich würde später sehr gern irgendwas in Richtung Kochen machen. Eigentlich ist das sogar der Grund, warum ich hier bin.«

»Hier?« Ich sehe mich auf dem Kreuzberg um und muss über mich selbst lachen, weil es so lange dauert, bis bei mir der Groschen fällt. »Ah, du meinst in Berlin?«

Art nickt und erzählt mir von einem Sternekoch, bei dem er sich nach den Ferien für ein Praktikum vorstellen wird. Er redet davon, wie lange er bereits davon träumt, eines Tages ein eigenes Restaurant zu haben, und wie wenig seine Eltern von diesem Plan halten. Als ich einwerfe, dass er doch selbst wissen muss, was er einmal werden möchte, winkt er ab.

»Klar, und das weiß ich auch. Aber du kannst dir bestimmt vorstellen, dass es manchmal in der Theorie leichter ist, als es sich dann im wahren Leben herausstellt.«

Natürlich kann ich mir das vorstellen, es geht mir ja nicht anders. Ging – korrigiere ich mich in Gedanken. »Meine Eltern haben auch immer gedacht, ich hätte ihr künstlerisches Talent geerbt. Als sie gemerkt haben, dass das Gegenteil der Fall ist, war ich an ihren überzogenen Erwartungen fast kaputtgegangen.«

»Aber du hast es allen bewiesen und warst mit deinem eigenen Talent erfolgreich. Das ist doch viel besser, als seinen Eltern nachzueifern.«

Ich schließe für einen Moment die Augen und erinnere mich an die Zeit zurück. »Vor allen Dingen habe ich es mir selbst bewiesen. Ich glaube, man kann nur glücklich werden, wenn man das tun darf, wofür man wirklich eine Leidenschaft verspürt. Alles andere ist eigentlich nur Zeitverschwendung.« Ich lache, aber Art bleibt ernst.

»Und deshalb hoffe ich, dass du auch wieder weitermachst mit dem Programmieren. Das hast du doch vor. Oder?« Er sieht mich mit einem Blick an, als fürchte er, ein Nein zu hören. Und als würde es ihm tatsächlich etwas bedeuten, dass ich mich wieder damit beschäftige. Ich finde es seltsam und zugleich versetzt es mich in Aufregung, wie sehr ich mich mit ihm verbunden fühle.

»Natürlich, du kannst dich darauf verlassen. Das sind schließlich die einzigen Fremdsprachen, die ich beherrsche. In den letzten Wochen hatte ich aber so viel mit mir selbst zu tun, dass da für solche Gedanken überhaupt kein Platz war.«

»Du solltest dir die Zeit lassen, die du brauchst.«

Ich nicke nur, erwidere jedoch nichts.

Art hebt die Hand. »Warte, bleib so. Genau so!« Er greift nach dem Fotoapparat, stellt an ein paar Rädchen herum und beginnt dann, ein Bild nach dem anderen zu knipsen. Der Blick, den er mir zuwirft, als er die Kamera nach ein paar Minuten wieder auf die Decke legt, wirkt zufrieden.

Ich strecke die Hand aus. »Zeig mal, ich bin nicht besonders fotogen, ich ... würde gern die Fotos aussuchen, die du behalten kannst, und die anderen löschen.«

Art sieht mich an, als hätte er mich nicht verstanden. Dann überzieht ein Grinsen sein Gesicht. »Tut mir leid, ich kann dir die Bilder jetzt weder zeigen, noch kannst du irgendwelche löschen, die dir nicht gefallen. Das ist keine Digitalkamera. Wirklich gute Bilder kann man nur analog schießen.«

Unsicher starre ich erst ihn und dann die Kamera an. »Das ist jetzt aber blöd, weil ich ...«

Art streicht mir eine Strähne hinter mein Ohr. Er kniet so dicht vor mir (wann ist er so nah an mich herangerückt?), dass er mit Sicherheit merkt, wie hastig ich einatme. Ich schließe die Augen, um mich für einen Moment zu sammeln. Ich mag mich auf Fotos nicht gerne und die Vorstellung, dass er sie sogar zuerst sehen wird ... Da spüre ich seine Finger unter meinem Kinn. Schnell öffne ich die Lider wieder und bemerke, dass sein Gesicht noch viel näher an meinem ist, als ich angenommen habe.

»Mach dir keine Sorgen. Ich glaube nicht, dass es auch nur ein einziges Bild von dir gibt, das ich löschen würde. Wenn ich sie entwickelt habe, wirst du die Erste sein, die sie zu Gesicht bekommt. Und ich verspreche dir, meine Fotos werden dich eines Tages überraschen. Positiv überraschen.«

Schon wieder ist mein Kopf so leer, dass ich mir verzweifelt einen Reset-Button wünsche. Dies ist ein Rendezvous, mit Art, endlich nach so langer Zeit – und ich würde mich so gerne fallen lassen, denn zum ersten Mal fühlt sich dieser Art an wie mein Art, wie ich ihn kenne.

Wir essen und trinken. Danach legen wir uns nebeneinander auf die Decke und starren in den Himmel. Es gibt Menschen, mit denen kann man sich gut unterhalten, kluge Gespräche führen, Meinungen diskutieren, sich streiten und wieder vertragen. Noch unverzichtbarer sind allerdings die, mit denen es sich gut schweigen lässt. Art gehört dazu.

Ich lasse ein paar Minuten verstreichen, bevor ich mich aufrichte. Eine Weile schaue ich mich im Park um, nehme aber kaum etwas wahr – denn ich spüre Arts Blick auf mir. Erst nach ein paar Sekunden wage ich es, mich zu ihm umzuwenden. Er liegt mit hinter dem Kopf verschränkten Händen da und beobachtet mich. Ich glaube, er weiß genau, was in mir vorgeht, er muss es einfach spüren.

Als er endlich den Blick von mir löst und sich aufrichtet, atme ich erleichtert aus. Dieses Kribbeln und die Ungewissheit, was zwischen uns ist, macht mich vollkommen fertig. Aber auch Art scheint abzuwarten, als wolle er nichts überstürzen ... wenn er denn überhaupt irgendetwas Romantisches im Sinn hat.

Während am Himmel über uns die Wolken treiben und immer wieder die Sonne hervorblitzt, reden wir und essen, bis Art und ich wohlig seufzen und uns gegenseitig immer wieder beteuern, dass wir schon lange nicht mehr so viel gegessen haben. All das erlebe ich so intensiv, trotzdem könnte ich gar nicht sagen, wann die Schüsseln sich geleert haben. Und ich glaube, das geht uns beiden so. Die Stunden fliegen nur so dahin und in mir formt sich noch ein anderes Gefühl. Etwas Neues, weil es mir so vorkommt, als würde ich Art jetzt tatsächlich kennenlernen. Zum ersten Mal. Und das, obwohl ich ihn eigentlich kennen müsste, mich an ihn erinnere und doch eben nicht an ihn erinnern kann. Diese Gedanken verursachen schon wieder ein Stechen in meinem Kopf, weil sie so verwirrend sind. Schnell presse ich die Fingerspitzen an meine Schläfen und setze dabei aber ein Lächeln auf, weil Art mich irritiert ansieht. Immer wieder gibt es Kleinigkeiten, die ich an ihm wiedererkenne. Wie er ganz bewusst dem Geschmack des Essens nachspürt, während er kaut. Die Grübchen in seinen Wangen, rechts ein wenig tiefer als links. Die senkrechte Falte in seiner Stirn, wenn er nachdenkt. Das Gestikulieren beim Reden und natürlich sein weicher französischer Akzent, der jedes Wort so klingen lässt, als wäre es eine ganz besondere Formulierung. Ob all das wirklich aus meiner Erinnerung stammt oder von den Bildern aus dem Palast? Ich weiß es nicht und es ist mir auch egal, weil es schön ist. Wir sind zusammen hier, und das allein ist es, was zählt.

»Das war so verdammt lecker«, bekräftige ich schon zum dritten Mal und zum dritten Mal winkt Art verlegen ab.

»Du musst mal mitkommen, wenn ich meine Grand-mère besuche. Glaub mir, sie kann einen fantastischen Kirschkuchen backen. So etwas hast du noch nie gegessen. Der wird dein Leben verändern.«

Wird dein Leben verändern. Ich merke, dass sich plötzlich mein Magen ganz seltsam verkrampft. Aber nicht vom Essen, da bin ich mir ganz sicher. Irgendwas, was er gerade gesagt hat, weckt ein ungutes Gefühl in mir. Grand-mère? Kirschkuchen? Ich versuche, mich umzudrehen und auf die Unterarme zu stützen, ich will, dass diese albernen Gedanken verschwinden. Aber nach dem zweiten Versuch gebe ich auf, so vollgefuttert bin ich. »Ich werde nie wieder etwas essen können.«

Art lächelt. »Dann habe ich alles richtig gemacht.«

»Ich hätte mich gefreut, wenn du mich im Krankenhaus besucht hättest.« Die Worte flattern einfach nur so aus meinem Mund, weil ich gerade an das schlimme Klinikessen gedacht habe und daran, wie sehr ich mich nach etwas Besserem gesehnt habe, als ich dort lag. Aber sie beinhalten so etwas wie eine doppelte Wahrheit. Und alles, was er darauf antworten kann, wird mir nur wieder vor Augen führen, wie sehr ich mich in meinen Erinnerungen an ihn irre.

Art sieht mich offen an. »Wenn ich zu der Zeit schon hier in Deutschland gewesen wäre, dann hätte ich das getan. Und bevor du jetzt irgendwas sagst ...« Er hebt den Zeigefinger und wedelt ihn wie einen Zauberstab durch die Luft. »Ich meine das ernst. Wenn ich dich gekannt hätte, wäre ich gekommen und hätte dich mit Essen vollgestopft.«

Ich muss schlucken, so sehr berühren mich seine Worte – ganz aus dem Nichts werde ich sentimental und täusche einen Hustenanfall vor, damit er nicht die Tränen sieht, die ich hektisch wegzublinzeln versuche. Es wäre so einfach, ihm jetzt von dem Elefantenzimmer im Palast zu erzählen. Von den Bildern, die dort hängen und alle ihn zeigen. Ihn und mich, als gäbe es »uns« schon seit mehreren Wochen. Ich stelle mir vor, es ihm zu sagen, weil Art einer der wenigen Menschen ist, die ich kenne, mit denen ich das Gefühl habe, über alles reden zu können. Ich weiß, dass er mir zuhören würde. Vielleicht würde er auch nicht aufspringen und mich als komplett durchgeknallt abstempeln. Aber dieses Risiko ist mir zu groß, ich habe Angst, dass er mich mit anderen Augen sehen würde, wenn ich ihm all das erzähle, was mir in diesem Moment durch den Kopf geht.

Demonstrativ ziehe ich mein Handy aus der Tasche und schaue auf die Uhr.

»Ach Gott, es ist wirklich schon nach fünf. Kaum zu fassen, wie schnell die Zeit vergangen ist.«

Wir lächeln uns an und ich glaube, wir denken beide das Gleiche. Dass es uns guttut, miteinander Zeit zu verbringen.

»Ja. Lass uns das öfter tun.«

Mein Gesicht brennt auf einmal so heiß, dass ich sicher bin, knallrot wie ein Krebs zu sein, den man gerade in kochendes Wasser geworfen hat. Und genauso fühle ich mich auch, aber in diesem Moment würde ich mich am liebsten an ihn schmiegen und ihn … Wieder ist sein Mund plötzlich so dicht vor mir, dass nur eine winzige Kopfbewegung von mir nötig wäre, um …

Ich wende ihm mein Gesicht zu, bewege meine Lippen noch ein Stückchen nach vorn. Fragend schaue ich ihn an und sein Blick ist jetzt ganz ernst. Ganz langsam verringere ich den Abstand zwischen uns und lege meine Lippen auf seine. Sie sind weich, so wie ich es erwartet habe. Ich schmecke die Süße von Karamell auf seinen Lippen, die er nun zaghaft und zärtlich öffnet. Ich spüre seinen Atem, die Wärme, die von ihm ausgeht. Art legt einen Arm um meine Taille, zieht mich noch näher an sich heran und erwidert meinen Kuss. Zärtlich erst, fast fragend. Ich spüre seine Hände in meinen Haaren, seine Knie vor mir, die leichten

Stoppeln an seinem Kinn. Als wir unsere Lippen gleichzeitig öffnen und er seine Zunge sanft zwischen meine Lippen gleiten lässt, gebe ich mich seinem Kuss vollkommen hin. Art. Ich küsse Art!

Da fällt mir ein, dass ich nichts zwischen uns erzwingen wollte. Widerwillig beende ich unseren Kuss und wir schauen uns ein Moment lang an. Dann umfasst er meinen Hinterkopf und küsst mich erneut. Diesmal ist es anders, fordernder.

Mit einem Seufzen schlinge ich meine Arme um seinen Nacken und erwidere den Kuss, versinke darin. Ich genieße seine Nähe, die Vertrautheit zwischen uns, die sich auf einmal vollkommen natürlich anfühlt.

Als wir uns voneinander lösen, fühle ich mich himmelhoch jauchzend, alles kribbelt in mir und zudem bin ich verwirrt. Und ich weiß, dass es ihm genauso geht, weil er mich breit grinsend anschaut und ich meinen Blick ebenfalls nicht von ihm abwenden kann. Immer wieder beugt er sich zu mir herüber und küsst mich, erst meine Lippen, dann meine Wangen, meine Stirn und nie schaffen wir es, uns länger als wenige Sekunden voneinander zu lösen, bevor wir uns erneut küssen. Erst jetzt fällt mir auf, dass eines seiner Augen von einem viel dunkleren Braun ist als das andere.

»Wie dunkler Kakao mit Bitterschokoladestreuseln«, flüstere ich. Die Worte klingen vertraut, schmecken so, als hätte ich sie schon einmal zu ihm gesagt.

Als ein Lächeln seine Mundwinkel auseinanderzieht, vergesse ich, wie man atmet. Dann knallt etwas Hartes gegen meinen Kehlkopf und für einen winzigen Augenblick tanzen Sterne auf meiner Netzhaut.

Eigentlich will ich vor Schmerz und Schreck laut aufbrüllen, aber aus meiner Kehle dringt nur ein heiseres Röcheln. Ich schnappe nach Luft, habe aber das Gefühl, dass nichts in meiner Lunge ankommt. Kalter Schweiß bricht aus allen meinen Poren, ich kann nicht atmen. Wild rudere ich mit den Händen, um Art zu bitten, dass er mir hochhilft, aber er starrt mich nur erschrocken an. Hektisch greife ich an meine Kehle.

Ich möchte nach Hilfe rufen, schreien, ihm sagen, dass ich ersticke, aber es geht nicht. Dann auf einmal ist es vorbei. Sauerstoff dringt in jede Zelle meines Körpers, füllt sie mit neuem Leben.

Art nimmt mich in den Arm und zieht mich an seine Schulter, sodass mein Kopf auf seinem Schlüsselbein zu liegen kommt. Und wieder nehme ich den leichten Duft nach Zitrusfrüchten wahr und etwas anderes, das ich nicht einordnen kann.

»Nina, alles wieder in Ordnung?«

Ich nicke und registriere, dass sich diese Frage wie ein Mantra durch mein Leben zu ziehen scheint. Mein Hals brennt noch immer und fühlt sich so an, als hätte jemand eine Schlinge um ihn gezogen.

»*Merde,* Nina, sag doch was.«

Ich löse mich von ihm und versuche, ihm zu bedeuten, dass er einen Moment Geduld haben soll, bis ich wieder zu Atem komme.

»Entschuldigung, kann ich bitte meinen Ball zurückhaben?« Vor uns steht ein etwa zehnjähriger Junge in Skaterhosen und knallrotem T-Shirt, der auf die hintere Ecke unserer Picknickdecke deutet. Dort liegt ein brauner Basketball.

Ich lächle Art erschöpft zu, der den Ball mit den Fingerspitzen zu sich heranzieht. Aufmerksam mustert er den Jungen, dessen schlechtes Gewissen so deutlich in sein Gesicht gemeißelt ist, dass ich ein Lächeln nicht unterdrücken kann.

»Du hast einen ziemlich harten Wurf«, keuche ich. »Wäre bloß toll, wenn du deine Kraft beim nächsten Mal nicht an mir testen würdest.«

»Tut mir wirklich leid, das wollte ich nicht«, sagt der Kleine und hält den Blick fest auf den Boden gerichtet.

»Pass das nächste Mal besser auf, ja? Du kannst froh sein, dass meiner Freundin nichts Schlimmeres passiert ist!« Arts Stimme klingt völlig normal, aber ich bin in diesem Augenblick dankbar, weil ich gerade nicht so gut reden kann.

Er hat mich seine *Freundin* genannt. Mein Herz macht einen Freudensprung, weil diese schönen Erlebnisse mit Art endlich alle passieren. Ob Art mit Freundin das Gleiche meint wie ich? Als der Junge abgezogen ist, streicht Art mir ein paar Strähnen aus der Stirn. »Du bist doch *ma petite amie*. Oder?«

Noch immer sitze ich da wie erstarrt und weiß nicht, ob ich lachen oder weinen soll. Wie viele Tage habe ich mir ausgemalt, dass er das zu mir sagen würde? Na ja, vielleicht nicht den exakten Wortlaut, an den erinnere ich mich schließlich nicht. Aber sinngemäß habe ich es mir erträumt. Jetzt räuspere ich mich, weil ich den wunderbaren Augenblick nicht dadurch zerstören möchte, indem ich bei meiner Antwort krächze.

»Ja also, hoffentlich? Der Begriff Freundin ist bei uns doppeldeutig. Freundin ist nur eine normale Freundin. Aber ›meine Freundin‹ ist in der Regel belegt für jemanden, mit dem man ...« Ich stöhne, als mir klar wird, dass ich vor dem Reden die Worte besser im Kopf hätte sortieren sollen. Aber da das alles jetzt nicht mehr zu retten ist, ergebe ich mich und sage: »Ich bin so blöd, ich habe dieses einzigartige Talent, wirklich jeden schönen Augenblick durch sinnloses Geschwätz zu vermasseln.«

Art drückt meine Hand und lächelt. »Immer wenn ich von dir eine Sache wissen will, bekomme ich mindestens zwei Antworten und ein neues Rätsel auf. Oder wie jetzt einen Eintrag aus dem Wörterbuch.«

Ich knuffe ihn empört in die Seite und er lacht laut auf.

Dann wird er plötzlich ganz ernst. »Nina. Du bist definitiv ... wie hast du es ausgedrückt? ... jemand, mit dem ich das hier machen will.« Er nimmt meine Hand in seine und verschränkt unsere Finger. Ein Kribbeln läuft mir durch den ganzen Körper. »Und das hier.« Er küsst mich auf die Nasenspitze. »Und das hier«, flüstert er und legt seine Lippen auf meine und wir küssen uns erneut. Ich merke, dass ich am ganzen Körper zittere vor Aufregung, und ich bin froh, dass ich mich auf die Decke legen kann. Noch immer küssend, beugt er sich über mich und streicht mir die Haare aus dem Gesicht.

Als wir uns voneinander lösen, flüstert er: »Ich würde mich freuen, wenn du *meine* Freundin bist. *Ma petite amie.* Meine kleine Freundin ... Ich mag dich genauso klein und petite, wie du bist, *Nina la naine.«*

Nina la naine.

Er nennt mich *naine,* genau wie ich mich erinnere. Und erst jetzt fällt mir auf, dass das französische Wort für Zwergin klingt wie mein Name. Ich lächle und schüttle wortlos den Kopf. Noch immer kann ich nicht fassen, dass das alles wirklich passiert. Da sitzt dieser fantastische Typ, der kochen kann, witzig ist und romantisch, neben mir auf einer Decke. Über uns ist ein so dermaßen blauer Himmel, wie ihn sonst nur meine Mutter mit einer Auswahl ihrer feinsten Pastellkreiden hinbekommt, hinter uns das Rauschen des Wasserfalls, von dem der sanfte Wind ständig feinen Nebel zu uns weht, und in unseren Gesichtern glitzern die Wassertropfen. Wir haben uns geküsst und dann sagt er noch so was. Als wäre es das Selbstverständlichste auf der ganzen Welt.

»Aber ich bin ... so ... kompliziert. Mein Leben ist kompliziert, seit ich diesen Unfall hatte und ...« Leider kann ich es nicht mehr auf meine Stimme schieben, dass ich nicht in der Lage bin, einen zusammenhängenden Satz zu formulieren. Wenigstens klingt sie mittlerweile fast wieder so wie vorher.

»Für mich bist du perfekt, Nina. Auch wenn wir uns erst so kurz kennen, aber es ist trotzdem die Wahrheit.«

Das wäre der Moment, an dem ich ihm vom Elefantenzimmer erzählen müsste. Aber ich kann es nicht. Genauso wenig kann ich es ihm aber *nicht* erzählen. Wie es aussieht, sind wir gerade dabei, Vertrauen zueinander aufzubauen. Und was auch immer aus uns werden wird, wie auch immer unsere Geschichte ausgeht – es ist auf jeden Fall falsch, sie mit einer Lüge zu beginnen. Dennoch suche ich fieberhaft nach einer Ausflucht.

»Ich bin alles andere als perfekt«, sage ich hastig. Dass er mich vollkommen findet, macht mich regelrecht nervös, es ist mir fast unangenehm. Meine Stimme klingt so schwach, wie ich mich fühle. Diese Situation und Arts Direktheit überfordern mich komplett.

Art zieht mich in die Arme. Ich lasse die Nähe zu, schmiege mich an ihn und kann seinen Atem auf meiner Wange spüren. Zwischen uns sind nur ein paar Zentimeter, als er sich vorbeugt und mich mit einer solchen Intensität küsst, dass mir schwindelig wird. Diesen einen nagenden Gedanken, der sich in mir formt, schiebe ich mit aller Macht beiseite: So beginnt also die Geschichte von Art und Nina. Beginnt sie erneut? Oder beginnt sie von Neuem?

Ich weiß es nicht und in diesem Moment brauche ich es auch nicht wissen.

Kapitel 19

Strategie und Taktik?

»Stopp!«, brülle ich, als vor uns die Rücklichter eines roten Kleinwagens aufleuchten. Mit dem Gefühl, aus einem tiefen Schlaf erwacht zu sein, sehe ich mich um. Ich kann mich überhaupt nicht daran erinnern, in der Katzbachstraße ins Auto gestiegen zu sein. »Wo fährst du überhaupt hin?«

Art trommelt mit den Fingern aufs Armaturenbrett und hält den Blick auf die Fahrzeugkolonne gerichtet, die sich vor uns durch die Dunkelheit wälzt. Als er bremsen muss, schaut er mich von der Seite an und runzelt die Stirn. »Wie meinst du das? Willst du jetzt doch nicht mitkommen?«

»Wohin mitkommen?« Im Moment fühle ich mich schon wieder, als wäre ich im falschen Film gelandet. Auf jeden Fall so, als müsste ich dringend mal meinen Cache löschen.

»Zur Waldbühne, wie wir es besprochen haben. Weißt du das etwa nicht mehr?«

Waldbühne? Und was haben wir besprochen? Ich setze gerade an, um ihn danach zu fragen, dann aber wird mir klar, wie durchgeknallt das auf ihn wirken muss. Also winke ich ab.

»Nein klar. Alles gut. Sorry, war wohl nur einen Moment abwesend.«

Er atmet tief durch und seufzt. »Du kannst es ruhig sagen, wenn dir *Harry Potter* zu blöd ist. Ich meine, wenn du denkst, dass das nichts für …«

»Nein, nein. Alles gut. Wirklich. Ich freue mich drauf.« *Harry Potter* in der Waldbühne. Und ich soll das gewusst haben? Wenn das stimmt – und warum sollte Art mich anlügen? –, dann bin ich noch verwirrter, als ich angenommen habe. Ich umfasse meine Knie mit beiden Händen und atme ein paar Mal tief durch. Dann schaue ich nach vorn und versuche, mich zu orientieren.

»Da vorne.« Ich strecke die Hand aus und weise auf einen freien Platz zwischen den parkenden Autos. »Da kannst du parken.«

Art kapiert sofort, was ich meine, tritt auf die Bremse und setzt den Blinker.

Ein paar Minuten später stehen wir nebeneinander am Straßenrand und warten auf eine Lücke im Verkehr, um über die Straße zu gehen. Hier ist einiges los und unser Parkplatz ein Hauptgewinn.

Art schaut sich nach links und rechts um und macht einen Schritt auf die Straße. Ich folge ihm blind, ohne mich selbst noch einmal zu vergewissern, dass kein Auto kommt. So schnell wir können, eilen wir rüber und wenden uns in Richtung Olympiastadion. Mittlerweile ist es schon fast dunkel, aber der Weg ist von Laternen beleuchtet. Wir brauchen nur dem Menschenstrom folgen, der zur Waldbühne pilgert. Obwohl es um *Harry Potter* geht, handelt es sich bei den meisten Passanten um Erwachsene. Nur wenige Kinder trotten ihren Eltern hinterher.

Als ich über eine Erhebung im Pflaster stolpere, greift Art nach meiner Hand und hilft mir, mein Gleichgewicht wiederzufinden. Im fahlen Licht bemerke ich, dass er mich von der Seite mustert und erneut die Stirn runzelt.

»*Je suis désolé,* tut mir leid, ich habe nicht daran gedacht, dass du Schwierigkeiten beim Laufen hast. Meinst du, du schaffst die Strecke bis dahin? Oder ist es zu weit?«

Seine Besorgnis rührt mich, aber ich schüttle den Kopf. »Ich kriege das hin. Muss nur ein wenig aufpassen, das ist alles.«

In gedrosseltem Tempo laufen wir nebeneinanderher. Art hat wie selbstverständlich meine Hand genommen und einen Arm um meine Taille gelegt.

Vor dem Eingang zur Waldbühne hat sich eine lange Schlange gebildet. Als wir an der Reihe sind, zeigt Art dem Kontrolleur die Tickets.

»Habt ihr Lebensmittel dabei? Getränke in Glasflaschen? Messer? Oder irgendwas anderes, das ihr nicht haben dürft?«

Unsere Köpfe gehen synchron hin und her. Um die Kontrolle kommen wir dennoch nicht herum, dann wedelt der Mann in der dunklen Uniform mit den Händen und winkt uns durch, ohne uns eines weiteren Blickes zu würdigen.

Das Blitzlicht blendet mich, als Art ein schnelles Foto vom übervollen Eingangsbereich macht, dann reihen wir uns in den Strom der Besucher ein, die zu den Sitzplätzen gehen. Als ich die Bühne mit der charakteristischen weißen Zeltkuppel sehe, fühle ich mich in meine Kindheit zurückversetzt. Ich war schon öfter hier, zwei Mal allein im Jahr 2006. Ich muss lächeln, weil es so witzig war, dass meine Eltern sich gegenseitig zu ihren Geburtstagen überraschen wollten. Meine Mutter schenkte Papa Karten für die Übertragung der Fußballweltmeisterschaft. Er dagegen lud sie ein zu einem Konzert mit Placido Domingo, Anna Netrebko und ... Da war noch ein dritter Sänger, aber mir fällt gerade sein Name nicht ein.

Ganz in meinen Erinnerungen versunken, stolpere ich hinter Art her, der auf die Zuschauerreihen zugeht und auf zwei freie Plätze weit vorn zeigt. Ich setze mich neben ihn auf die Bank und bedauere, dass wir keine Kissen und Decken dabeihaben, weil mir bereits jetzt ein wenig kalt ist. Ich hätte mir was Wärmeres anziehen sollen, aber als ich am Morgen von zu Hause losging, ahnte ich ja nicht, dass wir vom Picknick aus direkt hierherfahren würden.

Ich blicke auf die rechte der beiden riesengroßen Leinwände, die neben der Bühne hängen. Gerade läuft noch Werbung und die interessiert weder mich noch Art. Zaghaft wende ich den Kopf, aber ganz wenig nur – sodass es nicht auffällt –, und da bemerke ich, dass mich Art anscheinend schon die ganze Zeit von der Seite anschaut. Als sich unsere Blicke treffen, huscht ein Lächeln über seine Lippen und ich lächle ebenso breit zurück. Unsere Umgebung nehme ich kaum wahr, denn sein Oberschenkel ist jetzt so dicht neben meinem, dass wir uns fast berühren. Aber eben nur fast. Dennoch kommt es mir so vor, als würden kleine Stromschläge von ihm auf mich übergehen. Er räuspert sich, verlagert sein Gewicht ein wenig und ich beuge mich ebenfalls vor. Immer noch schauen wir uns an und millimeterweise bewegen wir unsere Köpfe aufeinander zu. Art zieht mich an sich und legt seine Stirn gegen meine. So verharren wir ein paar Sekunden, dann merke ich, dass seine Hand meinen Rücken herabwandert. Mein Herz schlägt schneller. Und ich schwöre, wenn ich nicht bereits sitzen würde, müsste ich mich jetzt setzen, so weich sind meine Knie in diesem Augenblick.

Ich hebe den Kopf und sehe, dass er mich anlächelt. Seine Augen sind dunkel, das eine wie immer mehr als das andere. Dann streichle ich mit den Fingerspitzen über seinen Wangenknochen und ziehe sein Gesicht zu mir.

Es fühlt sich gut an, ihm so nah zu sein. Und ich möchte mehr davon. Zaghaft küsse ich seine Lippen. Arts Hände fahren durch meine Haare. Er presst mich noch näher an sich und ich möchte nicht, dass dieser Kuss jemals endet. Ich bin so auf die Gefühle konzentriert, die er in mir auslöst, dass ich die Melodie der Eiswerbung erst spät erkenne. Dann erscheinen die Mädchen, die in Bikinis am Strand liegen, in meinem Kopf und ich stöhne innerlich auf.

Art löst sich von mir, atmet leise an meinem Ohr aus und grinst mich an. Sanft greift er nach meiner Hand. »Ich habe ganz vergessen, dich zu fragen, ob du ein Eis willst.«

Ich zucke kurz zusammen, als ich seine Stimme höre, dann schüttle ich den Kopf. Erst jetzt bemerke ich, dass sich die Plätze neben uns gefüllt haben. Alle Bänke sind voll. Die Leute tuscheln leise miteinander. Und obwohl es nur um *Harry Potter* geht, knistert die Luft vor Spannung und Vorfreude.

»Irgendwas anderes Süßes? Oder vielleicht ein paar Nachos?«

Wieder schüttle ich den Kopf, auch wenn ich normalerweise niemals eine Tüte süßes Kinopopcorn ablehnen würde. Aber ich will nicht eine Minute von ihm getrennt sein. Schließlich würde er sich erst ewig anstellen müssen und verpasst dann womöglich meinetwegen den Anfang des Films. Außerdem weiß ich nicht, ob Art zu der Sorte Mensch gehört, die es nicht mögen, wenn im Kino neben ihnen jemand raschelt. Mir fällt ein, dass ich noch nie mit ihm im Kino gewesen bin. Ich meine, nicht einmal in meiner Vorstellung. Obwohl ich mich so plastisch an viele Einzelheiten erinnere, die ihn ausmachen, muss ich mich langsam daran gewöhnen, dass der Art in meinem Gedächtnispalast und die Erinnerungen, die seine Fotos in mir heraufbeschwören, Produkte meiner Fantasie sind. Der »echte« Art, der neben mir sitzt, entspricht meinen Wünschen sehr genau ... Aber ich muss aufpassen, dass ich nicht zu viel von ihm erwarte und nicht enttäuscht bin, wenn er sich nicht genauso verhält wie der Junge in meinem Kopf. Ich seufze schwer, weil das alles schon wieder ziemlich kompliziert ist und mich gehörig durcheinanderbringt. Zum Glück sind meine Gefühle klar und bei diesem Gedanken lehne ich mich an Arts Schulter und wieder steigt der gewohnte Zitrusduft in meine Nase. In meinem Bauch kribbelt es und ich kuschle mich noch ein wenig enger an ihn. Art legt einen Arm um mich und alles fühlt sich richtig an, so vertraut und aufregend zugleich.

Als die Leinwand vor uns dunkel wird, geht ein Raunen durch die Menge. Obwohl ich sämtliche *Harry-Potter*-Filme bereits gesehen habe, wallt auch in mir ein Gefühl der Vorfreude auf.

Dann gehen die Scheinwerfer aus. Die Bühne versinkt in der Dunkelheit und aus den Boxen, die überall neben den Besucherreihen angebracht sind, erklingen auf einmal die leisen Eröffnungstöne der Filmmusik, die mir jedes Mal einen Schauer über den Rücken jagen. Neben uns verstummen die Gespräche, alle setzen sich aufrecht hin. Art sieht mich an und zieht mich noch ein Stück näher an sich heran.

»Es ist schön, mit dir hier zu sein, *naine.*« Sein Mund ist so dicht an meinem Ohr, dass ich die geflüsterten Worte nicht nur hören, sondern auch als warmen Hauch spüren kann. Vielleicht tanzen sie deshalb auch Augenblicke, nachdem er sie ausgesprochen hat, noch in meinem Kopf herum. *Es ist schön, mit dir hier zu sein, naine*. Während auf der Leinwand der Film beginnt, ist es mir unmöglich, meinen Blick darauf zu richten. Zum Glück geht es ihm genauso. Im bläulichen Licht wirkt sein Gesicht ganz anders und sein Blick scheint noch tiefer in mich zu dringen als vorhin. Er streichelt erst meine Wange, haucht Küsse auf meine Stirn, meine Nase und schließlich meine Lippen. Erneut läuft ein Schauder über den Rücken und dieser hat nichts mit irgendeiner Filmmusik zu tun. Dann legen sich seine Lippen auf meine und unser Kuss lässt alles um mich herum verschwinden.

Kapitel 20

Schattierungen von Grün

An diesem Abend liege ich lange wach, obwohl es ein Leichtes gewesen wäre einzuschlafen. Seit ich Art kenne, ist alles leichter. Das Einschlafen, das Erwachen am Morgen und die Tage in der Schule. Wir haben uns zwar noch nicht fest verabredet, aber irgendwie bin ich sicher, dass wir in Zukunft viel Zeit miteinander verbringen werden. Die Stimme in meinem Kopf, die mir immer wieder zugerufen hat, ich solle es langsamer angehen, habe ich erfolgreich zum Schweigen gebracht. Jedenfalls für den Augenblick. Aber ich weiß nicht, warum ich taktieren sollte. Ich habe Art ganz bewusst nicht mit meinen bereits vorhandenen Gefühlen überhäuft, sondern ihm die Initiative überlassen und mir keine Gedanken gemacht über irgendwelche Strategien und darüber, was man im Allgemeinen tut, um einen Jungen für sich einzunehmen ...

Wobei ich zugeben muss, dass ich gar nicht weiß, wie ich das anstellen würde, selbst wenn ich es darauf anlegen wollte.

Ich weiß nur: Noch niemals ist es mir mit jemandem so ergangen wie mit ihm. Gestern Abend im Freiluftkino war es traumhaft: Wir lachten an denselben Stellen, senkten gleichzeitig die Köpfe, weil es so spannend war. Als Harrys Patronus, der Hirsch, erschien, haben wir uns ganz fest an den Händen gehalten.

Obwohl ich finde, dass mein Gedächtnis schon wieder recht gut funktioniert, gehe ich in den Palast, um alles, was ich erlebt habe, dort zu konservieren. Heute ist es mir besonders wichtig, weil ich um nichts in der Welt diesen tollen Tag mit Art vergessen möchte. Während ich meine Erinnerungen dort ablege, denke ich an den Vormittag in der Garage zurück, an unser Picknick auf dem Kreuzberg, an die Waldbühne. Manchmal wünsche ich mir, ich hätte eine Freundin, der ich das alles erzählen könnte. Die sich meine Schwärmereien über Art anhören würde und mir bestätigen könnte, dass er wirklich der tolle Junge ist, für den ich ihn halte. Selma ist zwar eine Freundin, doch eben nicht meine Vertraute – dazu war ich immer zu eigenbrötlerisch und Selma und ich haben zu unterschiedliche Interessen. Aber vielleicht macht das auch nichts, dass ich keine beste Freundin habe. Ich habe hier im Palast einen Ort für meine schönsten und wichtigsten Erinnerungen gefunden, zu dem ich immer wieder zurückkehren kann, der mir jedes Mal aufs Neue das gute Gefühl wiederbringt, das ich gespürt habe, wenn ich mit ihm zusammen war. Obwohl wir nie darüber gesprochen haben, wie es weitergehen soll, kann ich mir nicht vorstellen, dass es einfach so zu Ende ist, wenn er nach Frankreich zurückmuss. Wir werden fast gleichzeitig Abitur machen, vielleicht könnten wir gemeinsam …

Mein Gedankenfluss reißt ab, als ich auf die Schnur mit den Fotos schaue, die heute seltsam aussehen. Ich trete einen Schritt nach vorn, dann noch einen. Die Bilder wirken auf einmal sehr viel unschärfer. Nicht so, wie sie am Anfang waren, sondern eher vergilbt, als wären die Farbe und damit auch das Leben aus ihnen gewichen. Wehmut kommt in mir auf, weil es sich anfühlt, als hätte ich etwas sehr Wertvolles verloren. Ich betrachte das Foto, von dem ich weiß, dass Madame Deudeu darauf abgebildet ist, aber jetzt sehe ich nur noch einen türkisfarbenen Fleck, als hätte ein Maler seinen Pinsel darauf ausgestrichen. Trotzdem sind meine Gefühle noch da, die ich spürte, als Art und ich nebeneinander im Stau auf der Avus saßen.

Natürlich mache ich mir sofort Gedanken, was das bedeuten könnte, aber als ich den Kopf ein wenig zur Seite drehe, werde ich von einem Bild abgelenkt, das ganz außen rechts hängt. Wie die anderen auch ist es mit einer hölzernen Wäscheklammer befestigt – ich könnte jedoch schwören, dass es vorher nicht da gewesen ist. Das Foto ist stark unterbelichtet, fast schwarz. Als ich ein Stück zurücktrete, sehe ich jedoch, dass es nicht einfach nur dunkel ist. Diese Finsternis hat unterschiedliche Schattierungen von Grün. Ich glaube, es sind Bäume oder Büsche. Für einen Moment lasse ich das Bild auf mich wirken und hoffe, dass ich dann mehr erkennen kann. Ich fixiere es so intensiv, dass es vor meinen Augen verschwimmt. Gedanken kommen in mir hoch. Schreckliche Gedanken. Furchtbare sogar. Da sind Angst, Enttäuschung, Panik. Jemand streckt seine Hand nach mir aus, eine Stimme ruft meinen Namen. Auch in ihr liegt Besorgnis. Jemand schreit, ich solle aufpassen. Und dann ist da etwas, das gegen meinen Brustkorb prallt.

Todesangst flutet meinen Körper, nimmt mir den Atem. Ich kann nicht glauben, was da gerade passiert. Aber bevor ich in der Lage bin, darüber nachzudenken, falle ich. Der Wind pfeift in meinen Ohren, Blut pumpt in atemberaubendem Tempo durch meine Adern.

Ich falle.

Und unter mir ist – nichts. Nur endlose leere Schwärze.

Kapitel 21

Sorry not sorry

Ich sitze in der Mädchenumkleide und lehne den Kopf an die Wand. Meine Jacke habe ich zusammengefaltet und dann noch ein wenig geknautscht, bis sie ein ganz passables Kissen abgibt, schließlich werde ich die nächsten neunzig Minuten hier verbringen. Aus der Sporthalle nebenan dringen die Schreie meiner Mitschüler, die sich irgendwelche Kommandos für Spielzüge zubrüllen, schrill ertönt eine Trillerpfeife. Wahrscheinlich ist das unser Sportlehrer, der sich darüber ärgert, dass die Hälfte der Leute nicht mitmacht. Zufrieden schließe ich die Augen. Wenn ich irgendwas nicht vermisse, dann ist es die Schinderei beim Sportunterricht. Auch jetzt warte ich nur bei der Sporthalle, um Art sofort nach Schulschluss abzupassen. Als er mich in der Pause gefragt hat, ob wir nach dem Unterricht noch was zusammen unternehmen wollen, kam mir der absurde Gedanke, er könnte so was wie Eis essen meinen. Oder eine Shoppingtour. Für Kino ist es ja noch zu früh, außerdem haben wir erst gestern gemeinsam einen Film geschaut.

»Hast du jetzt eine Kippe für mich, Alter?«

Ich zucke hoch, als ich Stimmen vor der Tür höre.

Jemand lacht, klatscht in die Hände. Eine andere Stimme sagt: »Bist du so bescheuert oder tust du nur so? Meinst du echt, ich täusche vor, dass mir schlecht ist, nur um mich dann von ihm dabei erwischen zu lassen, dass ich in der Umkleide rauche?«

Der andere murmelt etwas, das ich nicht verstehen kann, dann höre ich Schritte. Eine Tür schlägt zu und ich atme einmal kräftig durch. Gut, dass es Jungs waren und dass sie vermutlich nie auf die Idee kämen, die Tür der Mädchenumkleide zu öffnen. Dennoch sehne ich mich danach, das Licht ausschalten zu können, weil ich hier sitze wie auf dem Präsentierteller. Was soll ich antworten, wenn jemand reinkommt und mich fragt, was ich hier will? Dass ich auf Art warte, muss niemand von denen wissen.

Seit Art mir angekündigt hat, was wir heute Nachmittag vorhaben, ist mir ein wenig mulmig zumute, obwohl ich ihm ja dankbar sein sollte, dass er mit mir trainieren will. Er findet, dass ich meine Beine ein wenig kräftigen soll, und hat angeboten, einen Spaziergang durch den Tiergarten zu unternehmen. Erst wollte er ja sogar in den Zoo, aber das habe ich sofort abgelehnt, weil ich schon vor Jahren beschlossen habe, nie wieder Tiere zu begaffen, die in Gefangenschaft leben müssen. Ich habe eigentlich damit gerechnet, dass er ein Problem mit dieser Einstellung hat, aber er hat mich nur kurz gemustert, seinen Blick gesenkt und entschuldigend gemurmelt, dass er sich das eigentlich hätte denken können. Dann ertönte die Schulklingel, bevor ich ihn fragen konnte, was er damit genau meint.

Als er ging, habe ich kurz darüber nachgedacht, ob ich einen Fehler gemacht habe, aber das glaube ich nicht. Art ist jemand, der mich so nimmt, wie ich bin. Und genau das gefällt mir ja so gut an ihm. Ich muss mich nicht verstellen, muss keine Rolle spielen. Daher kommt wohl auch die Leichtigkeit, die ich immer verspüre, wenn ich mit ihm zusammen bin.

Unsanft werde ich geweckt, als jemand die Tür zuschlägt. Erst weiß ich nicht, wo ich mich befinde, aber dann kommt ein Mädchen nach dem anderen in die Umkleide und ich versuche hektisch, meine Haare wieder halbwegs in Ordnung zu bringen. Hoffentlich sieht mir keiner an, dass ich hier gerade geschlafen habe. Obwohl ich mich am liebsten verkriechen oder irgendwo verstecken würde, scheint sich niemand über meine Anwesenheit zu wundern. Keine irritierten Blicke, keine Fragen, auf die ich nicht antworten möchte. Ich rücke ein wenig zur Seite, als sich links neben mir Selma und Louise setzen und keuchend ihre Sachen zusammensuchen.

»Hey Nina. Machen wir mal wieder was zusammen?«, fragt Selma und beugt sich hinunter, um ihre Socken anzuziehen.

»Geht heute nicht, ich bin verabredet, aber ...« Gerade setze ich an, um ihr zu sagen, dass ich große Lust hätte, ein anderes Mal was mit ihr zu unternehmen, da schnellt sie mit einem Ruck nach oben.

»Verabredet? Mit wem?«

Ich kann ein Grinsen nicht unterdrücken und fange Louises neugierigen Blick auf. Damit sie nicht mithört, was ich zu sagen habe, drücke ich Selma wieder nach unten und beuge mich ebenfalls herab, bevor ich flüstere: »Mit Art. Wir trainieren zusammen.«

»Art«, haucht sie andächtig und lächelt mich an. »Nina, Nina! Ich will *alles* wissen. Jede Einzelheit. Das ist klar. Oder?«

Ich nicke und genieße den flüchtigen Moment des Gefühls, das Freundinnen wohl ununterbrochen haben. Dann strecke ich ihr den erhobenen Daumen entgegen und richte mich auf. Louise schaut immer noch so, als ahnte sie, mit wem ich mich gleich treffen werde, aber ich ignoriere es und schnappe meine Tasche.

»Mist!« Als ich aufstehen will, merke ich, dass meine Beine eingeschlafen sind. Tausend kleine Nadeln stechen in meine Fußsohlen und es tut bei jeder Bewegung so weh, dass ich unwillkürlich aufstöhne. Erst kurz darauf bin ich wieder sicher auf beiden Beinen und humple zur Tür.

Im Gang vor der Umkleide steht Art, als hätte er schon seit Ewigkeiten auf mich gewartet. »Hey Nina. Alles in Ordnung?«

Ich winke ab und laufe wie auf Stelzen zum Ausgang. Leider geht das so gründlich schief, dass ich schon wieder auf ihn angewiesen bin.

»Meine Beine sind nur eingeschlafen. Alles gut, wirklich. Danke. Aber lass uns bitte hier verschwinden. Ich brauche dringend frische Luft.«

Er greift nach meinem Ellbogen und hilft mir, bis zur Tür zu kommen. Als wir fast da sind, zieht er die Schultern hoch. »Ich fürchte, aus unserem Spaziergang wird nichts. Es regnet und da ist der Park wahrscheinlich eine ziemliche Herausforderung für jemanden wie dich.«

Obwohl ich weiß, dass er es wieder einmal nur gut meint, steigt Wut in mir auf. Jemand wie ich – das bin ich also für ihn. Jemand, der nicht so gut laufen kann. Jemand, der Hilfe braucht. Jemand, um den man sich kümmern muss. Das ist es, was er über mich denkt. Was sie alle denken. Ich wüsste zu gern, wie man meine Rückkehr angekündigt hat, bevor ich in die Klasse kam. Dann rufe ich mich in Gedanken zurück, ich muss dringend dieses Selbstmitleid abstellen. Und im Grunde kann es mir doch egal sein, was andere über mich reden. Ich werde hier meine Zeit absitzen, und wenn die Abiprüfungen erst losgehen, muss ich sowieso nur noch sporadisch in die Schule. Klingt nach einem Plan, wenn da nicht die Tatsache wäre, dass ... Ich stöhne schon wieder und Art reißt die Augen auf.

»Jetzt sag schon: Was ist los?«

Ich winke ab, weiß aber schon jetzt, dass er keine Ruhe geben wird, weil er eben so ist, wie er ist, und sich Sorgen macht. »Ach, nicht so wichtig. Mir fiel nur gerade ein, dass du nicht mehr so lange hier sein wirst. Jedenfalls bist du weg, wenn die Prüfungen beginnen.«

Er lacht und ich sehe ihm die Erleichterung an. Mit einem Lächeln beugt er sich zu mir und küsst mich sanft auf den Mund. »Du machst dir eindeutig zu viele Sorgen. Außerdem klingt das für mich ziemlich perfekt, weil ich um die deutschen Prüfungen herumkomme.« Dann wendet er sich nach vorn. »Also, was machen wir jetzt?« Er zieht die Tür auf und wir schauen beide auf die Regenfäden, die auf den Schulhof prasseln.

Auf dem holprigen Pflaster haben sich bereits tiefe Pfützen gebildet. Das Wasser spritzt auf, wenn neue Tropfen daraufprallen. Ich hebe das Kinn, aber der Himmel verspricht keine schnelle Änderung. Eine dunkelgraue Wolkenfront steht wie ein Brett über uns und mir wird allein von diesem Anblick so kühl, dass ich den Reißverschluss meiner Kapuzenjacke zuziehe.

»Eine Regenjacke oder was Ähnliches hast du nicht dabei, nehme ich an?« Art mustert mich von oben bis unten und ich sehe ihm an, dass er sich gerade überlegt, was er mit einem Mädchen unternehmen soll, das in schwarzen Stoffchucks und einem Shirt mit der Aufschrift »Sorry not sorry« vor ihm steht und vor Kälte zittert.

»Lass uns einfach nach Hause gehen. Das Training verschieben wir auf morgen«, sage ich, obwohl ich genau das nicht will. Ich habe jetzt über eine Stunde auf ihn gewartet, habe mich darauf gefreut, Zeit mit ihm zu verbringen. Ich will nicht nach Hause, schon gar nicht allein. Dort werde ich doch nur oben in meinem Zimmer sitzen und den Geräuschen lauschen, die meine Eltern ein Stockwerk über mir in ihren Ateliers machen. Ich muss endlich wieder anfangen, ein Hobby für mich zu finden. Etwas, das mir Spaß macht und das mich ausfüllt. Vielleicht sollte ich meinen Vater bitten, mir diesen Online-Kurs in Swift zu buchen, den ich vor meinem Unfall rausgesucht hatte. Bisher hatte ich Hemmungen, meine Eltern danach zu fragen, weil das Seminar vierhundert Euro kostet. Aber wenn ich nach der Schule tatsächlich so was wie Informatik studieren oder wenigstens Programmiererin werden will, dann wäre das ja eine Investition in meine Zukunft.

»Ein Königreich für deine Gedanken, Nina.« Arts Stimme reißt mich in die Gegenwart zurück und ich frage mich, warum mein Name aus seinem Mund so anders klingt. Irgendwie schön, irgendwie besonders. Am liebsten würde ich ihn bitten, ihn ständig auszusprechen, weil mir der Klang so gut gefällt.

Ich zucke mit den Schultern und ziehe eine Augenbraue hoch. »Königreiche würde ich für meine Gedanken nicht gerade verscherbeln.« Dann füge ich hinzu: »Ich würde gern wieder mehr mit dem Computer machen. So wie vor dem Unfall. Ich habe an einen Kurs gedacht, und ...«

»Kannst du gern alles tun, aber diesen Nachmittag hast du mir versprochen und wir wollten was für deine Fitness machen. Und davon lasse ich mich auch nicht abbringen.«

»Tut mir leid, dass ich nicht so gut ...«

»Und mir tut leid, dass es mir nicht leidtut, dass wir heute was für deine Beine tun«, sagt er und weist grinsend auf mein Shirt. Noch während er redet, lässt er seinen Rucksack von der Schulter rutschen, öffnet ihn und beginnt, etwas darin zu suchen. Dass er dieses Etwas nicht auf Anhieb findet, scheint ihn nervös zu machen. Jedenfalls vertiefen sich mit jedem Augenblick die Falten auf seiner Stirn. Endlich zieht er ein blaues Plastikkärtchen hervor.

»Bingo!« Sein Lächeln ist wieder so strahlend wie vorher.

»Was ist das?«, frage ich und zeige auf das Ding, das aussieht wie eine Kreditkarte.

»Das, *chère* Nina«, er macht eine theatralische Verbeugung, »ist unsere Eintrittskarte für das Fitnessstudio, das wir gleich besuchen werden.«

Ich schüttle vehement den Kopf. »Auf gar keinen Fall. Ich gehe in kein Fitnessstudio. Ich mag nicht zwischen Frauen rumturnen, die alle eine super Figur haben und pinkfarbene Oberteile zu engen Stringleggings tragen.«

Art steht da, als würde er auf etwas warten. Als von mir nichts mehr kommt, zieht ein breites Grinsen seine Mundwinkel auseinander. »Wir gehen trotzdem hin. Vielleicht kriege ich dich ja irgendwann dazu, einen neongrünen Stringbody anzuziehen. Wer weiß.«

»Neongrün? Niemals!« Ich schiebe ihn gespielt empört

mit beiden Händen zur Seite und stolziere so würdig wie möglich an ihm vorbei durch die Tür. Als die ersten Regentropfen mich treffen, bleibe ich unschlüssig stehen.

»Wenn du mir versprichst, dass du mitkommst, hole ich meine Regenjacke aus dem Auto und bringe sie dir. Außerdem darfst du bestimmen, was wir nach deinem Training machen.«

Ich drehe mich langsam zu ihm um und tue so, als müsste ich sein Angebot genau abwägen. Dann nicke ich hoheitsvoll und sehe ihm nach, wie er in einem rasanten Hindernislauf eine Pfütze nach der anderen überspringt.

Kapitel 22

Lebendig

Mama: *Kommst du zum Abendbrot nach Hause?*

Ich: *Wann essen wir?*

Mama: *Wie immer. Um sieben. Wo bist du gerade?*

Ich: *Mit Art in einem Fitnessstudio. Aber ich versuche, pünktlich zu sein.*

Mama: *Fein. Bis nachher :)*

Mama: *Wenn du möchtest, kannst du ihn auch mitbringen.*

Ich schicke meiner Mutter ein Smiley und bin mir aber nicht sicher, ob ich das wirklich will. Art meinen Eltern vorstellen ... das wirkt so ... steif und erwachsen. Lieber habe ich Art für mich.

Während ich versuche, das Telefon wieder zurück in die Tasche zu stopfen, merke ich, dass Art langsam unruhig wird. Ich lasse ihn nicht lange warten, obwohl ich mich am liebsten unter die Dusche stellen und nach Hause fahren würde. Oder vielleicht besser nicht nach Hause, sondern irgendwohin, wo ich einfach nur ein wenig mit ihm plaudern könnte – und mich nicht auf dem Laufband abhecheln müsste.

Durch die bodentiefen Fenster kann ich sehen, dass der Regen noch immer nicht nachgelassen hat. Noch irgendwas im Freien zu unternehmen, fällt daher für heute definitiv aus. Ich lege die Hände auf die Griffe, richte den

Blick nach vorn und beuge meinen Oberkörper ein wenig, um ihm das Zeichen zu geben, dass er das Ding wieder einschalten kann. Noch immer bin ich nur bei Stufe zwei von möglichen zehn angelangt, aber mein Trainer scheint dennoch zufrieden zu sein.

»Es kommt nicht auf die Geschwindigkeit an, sondern darauf, dass du deine Kondition und deine Muskelkraft wieder verbesserst. Das geht nicht von heute auf morgen, du musst Geduld haben.« Obwohl Art mir dieselben Worte schon vor einer halben Stunde gesagt hat, versuche ich, ihm diesmal zu glauben und mir einzureden, dass er recht hat.

Meine Befürchtungen, hier zwischen aufgedonnerten Tussis in bunten Fitnessklamotten trainieren zu müssen, haben sich nicht bestätigt. Im Gegenteil, ich war ziemlich erstaunt, als ich beim Eintreten feststellte, dass außer uns niemand hier ist. Ein wenig seltsam ist das schon, diesen ganzen hypermodernen Gerätepark mit Ergometern, Rudergeräten und anderen Ungetümen aus Metall und Kunststoff zu sehen, ohne jemanden, der das Zeug benutzt.

Als ich sehe, dass Art die Hand ausstreckt, um den Einschaltknopf zu drücken, hebe ich kurz den Arm. Jetzt verzieht er seine Mundwinkel und schaut mich strafend an. Obwohl ich unbedingt vermeiden will, dass er sich über mich ärgert, und ich irgendwie das Bedürfnis habe, ihm alles recht zu machen, kann ich ein Grinsen nicht unterdrücken. Er kann also doch ungeduldig sein – und nicht dauernd nur perfekt. Das macht ihn nur noch liebenswerter.

»Ich lege gleich los, versprochen. Warum ist außer uns niemand hier? Und woher hast du eigentlich die Mitgliedskarte?«, frage ich.

»Hat mir jemand gegeben«, sagt er achselzuckend und streckt schon wieder die Hand nach dem roten Knopf aus.

Seine Antwort ist irgendwie unbefriedigend, weil sie praktisch so gut wie nichts erklärt. Nicht, wer ihm die Karte gegeben hat. Nicht, warum hier nichts los ist. Nicht, warum er die Karte dabeihat ... als ob er gewusst hätte, dass unser Spaziergang im Tiergarten ins Wasser fallen wird. Und das, obwohl es den ganzen Vormittag herrliches sonniges Wetter war.

Ich schüttle den Kopf, um die Stimme in mir zum Schweigen zu bringen, die mir zuraunt, dass er nur *geahnt* haben muss, dass es regnen *könnte*. Gut möglich, dass überhaupt nichts Seltsames an der Sache ist.

Das Laufband startet mit einem Ruck und ich merke sofort, dass Art die Geschwindigkeit nach oben geregelt hat. Fluchend setze ich mich in Bewegung, obwohl ich mich dabei so fühle wie schon seit Wochen. Ich scheine zu rennen, so schnell ich kann, und komme doch keinen Meter vom Fleck.

Eine Stunde später stehe ich endlich in einer der sieben Duschkabinen in der Damenumkleide und lasse das heiße Wasser über meinen Körper laufen. Meine Beine fühlen sich wie Gummi an und auch ein wenig taub und prickelnd gleichzeitig, falls das überhaupt möglich ist. Im Grunde scheint mein ganzer Körper auf einmal viel lebendiger zu sein als noch vor zwei Stunden. Obwohl ich das Gefühl habe, mich kaum noch aufrecht halten zu können, weil ich so erschöpft bin, geht es mir fantastisch. Ich wollte es nicht einmal vor mir selbst zugeben, habe es keinem der Therapeuten in der Klinik erzählt und auch mit niemandem sonst darüber geredet, dass meine Beine sich nach dem Unfall angefühlt haben wie ein Fremdkörper. Wie etwas, das gar nicht zu mir gehört. Das hat sich auf einmal geändert. Nun ist es ein schönes Gefühl, meine Füße, die Waden und die Oberschenkel mit Duschgel einzuschäumen. Ich bin mir sicher, dass ich bald wieder voll leistungsfähig sein werde.

Fast widerwillig drehe ich das Wasser ab und rubble meine Haut mit dem Handtuch trocken, das Art im Auto hatte. Da es ziemlich klein ist, kann ich mich nicht darin einhüllen, sondern laufe nackt zu der Holzbank vor der Duschkabine, auf die ich meine Sachen gelegt habe. Da ich noch immer große Angst habe, aus Unachtsamkeit auszurutschen, und der Boden hier ziemlich feucht ist, setze ich vorsichtig einen Schritt vor den anderen, dann ziehe ich mich hastig an, weil ich weiß, dass Art draußen auf mich wartet. Als ich in die Umkleide trete und meine Schultasche aus dem Spind hole, ist noch immer kein anderer da. Jedenfalls hier nicht und ich kann mir nicht vorstellen, dass es nebenan bei den Männern anders ist.

Draußen im grellen Licht des Korridors hält Art sein Handy ans Ohr, beendet das Gespräch aber sofort, als er mich sieht.

Er hakt mich unter und wir gehen gemeinsam in Richtung Ausgang, vorbei an mehreren großen Räumen mit glänzenden Parkettböden, auf denen Yogamatten in einem leuchtenden Violett ausgebreitet liegen und auf all die Leute zu warten scheinen, die normalerweise hier Kurse besuchen. Außer heute.

»Hast du dir schon überlegt, was wir noch unternehmen wollen? Oder musst du nach Hause?«

Natürlich habe ich die ganze Zeit darüber nachgedacht, als ich unter der Dusche stand. Und beim Anziehen. Und auch, als ich meine Haare trocken geföhnt habe. Aber ich bin mir nicht sicher. Weil ich sehe, dass er auf eine Antwort wartet, ziehe ich die Schultern hoch, dann sage ich: »Meine Mutter hat gefragt, ob ich zum Abendessen zu Hause bin.«

»Und, willst du lieber nach Hause?«

Ich habe mich gerade durchgerungen, ihn doch zu fragen, ob er nicht Lust hätte mitzukommen, als mein Blick durch eine halb geöffnete Tür in eine Kletterhalle fällt. Ich kann mich nicht daran erinnern, jemals in einer gewesen zu sein. Aber irgendetwas in mir weiß ganz genau, welchem Zweck diese seltsam geformten Griffe in unterschiedlichen Farben dienen, die an drei Wänden des Saals angebracht sind. Wie verlassen hängen vier Seile mit Klettergurten daran. Und als würde sich in diesem Moment eine Sehnsucht erfüllen, von der ich nicht wusste, dass sie da ist, fangen meine Beine an zu beben, als wollten sie jetzt doch endgültig den Dienst für heute quittieren.

Ohne Art anzusehen, schwenke ich nach rechts und trete ein. In der Luft liegt ein seltsamer Geruch, den ich nicht zuordnen kann. Vielleicht riecht es wie auf einer Baustelle oder wie in einem Raum, der schon lange nicht mehr gelüftet wurde. Oder wie Kreidestaub in der Schule? Ich hebe meinen Kopf und atme so tief ein, dass Art es bemerkt. Ein Lächeln legt sich auf sein Gesicht.

»Was ist das?«, will ich wissen.

»*Magnésie*. Man benutzt es zum Klettern.«

Magnésie. Magnesia, natürlich. Ich bin versucht, mir die Hand vor die Stirn zu schlagen, als würde es mir jetzt auch einfallen. Aber das tut es nicht. Klar, ich habe das Wort schon mal gehört. Auf jeden Fall Magnesium im Chemieunterricht. Ob das dasselbe ist?

Bis zu diesem Moment hatte ich noch immer Zweifel, ob meine Eltern mir im Krankenhaus nicht doch die Wahrheit gesagt haben. *Du bist nie in deinem Leben geklettert, Nina* – ihre Worte erklingen auch jetzt wieder in meinem Kopf, weil ich sie nie wirklich geglaubt habe.

Ich trete an eine der drei Wände heran. Meine linke Hand umfasst einen blauen Griff mit seltsam amorpher Form, den ich mit ausgestrecktem Arm leicht erreichen kann. Die Fingerspitzen meiner Rechten umklammern ein ähnliches Teil, nur ist es viel flacher und wirkt eher wie eine handtellergroße Plattform. Ich spanne meinen Körper an, versuche, mich hochzuziehen, und halte dann inne. Nicht weil ich es nicht schaffen könnte, mich hochzuziehen. Sondern weil mir auffällt, dass ich nichts spüre. Da ist kein vertrautes Gefühl, kein Instinkt in mir, wie viel Kraft ich aufwenden müsste, um mich hochzuziehen. Weder in meinen Armen noch in meinen Fingern. Der Geruch, die Griffe, die ich umfasst halte ... all das scheint alles andere als vertraut, dabei müsste sich doch wenigstens mein Körper an die Bewegungsabläufe erinnern, wenn mein Kopf es schon nicht tut. *Körpergedächtnis* nennt man das.

Aber es scheint nicht zu funktionieren.

Ich lasse die Hände wieder sinken und gehe langsam zur Tür. Art steht dort und tritt einen Schritt zur Seite, als ich auf ihn zukomme. »Alles in Ordnung?«

Ich nicke nur. In meinem Bauch formt sich ein harter Ball aus Enttäuschung und Begreifen. »Lass uns gehen.«

Kapitel 23

So typisch französisch

Du hast meine Frage noch nicht beantwortet«, sagt Art fünf Minuten später, als wir auf dem Parkplatz nebeneinander im Auto sitzen. Er hat den Arm um mich gelegt und ich lehne über der Konsole an seiner Schulter.

Hilflos zucke ich mit den Achseln, weil ich nicht weiß, worauf er hinauswill. Ich bin immer noch ganz durcheinander von der Kletterhalle. Welche Frage meint er? Meine Finger gleiten über den schwarzen Kunststoff des Armaturenbretts und ich fange an, Madame Deudeu immer mehr zu mögen. Sie ist so viel schöner als diese ganzen modernen Autos. Man spürt sofort die Liebe zum Detail und es kommt mir so vor, als wäre das typisch französisch, obwohl ich eigentlich keine wirkliche Ahnung habe, was für Arts Heimatland typisch ist.

»Ich hatte dich gefragt, ob du lieber nach Hause willst oder ob du noch etwas unternehmen möchtest.«

Ich will gerade antworten, aber er fügt hinzu: »Wenn du Lust hast, kannst du auch mit zu mir kommen und ich koche uns was. Meine Gasteltern kehren erst spät von einer Veranstaltung zurück.«

Ich nicke, weil es das ist, was ich mir gewünscht habe. »Total gern.«

Als ich wenig später sehe, wie gekonnt Art sich in der riesigen Küche die Zutaten zurechtlegt, die er braucht, komme ich aus dem Staunen nicht mehr heraus. Obwohl ich seit unserem Picknick weiß, dass Kochen seine Leidenschaft ist, ist es etwas ganz anderes, ihm dabei zuzuschauen. Ich bin fasziniert von der Routine, die er ausstrahlt. Jeder Handgriff sitzt und er scheint nicht den geringsten Zweifel zu haben, dass die Quiche ihm gelingen wird.

»Brauchst du überhaupt kein Rezept?«

»Meinst du wirklich, wenn ich das erste Mal für ein Mädchen koche, würde ich was zubereiten, was ich nicht im Schlaf könnte?« Er lacht und schon wieder bilden sich diese tiefen Grübchen in seinen Wangen und seine Augen strahlen. Ich bin sicher, er freut sich schon jetzt darauf, was ich sagen werde, wenn ich das Essen probiere.

»Kann ich irgendwas tun?«, frage ich und füge schnell hinzu: »Ich bin eine echte Null beim Kochen. Aber vielleicht kann ich was schnippeln oder rühren oder andere Hilfsarbeiten machen?«

»Als Erstes kannst du uns mal was zu trinken besorgen.« Er weist auf den riesigen Kühlschrank, der doppelt so groß ist wie der, den wir zu Hause haben.

Ich gehe rüber und ziehe die Tür auf. »Was möchtest du haben? Es gibt Cola, Wasser und Apfelsaft.« Wahrscheinlich haben sie auch noch haufenweise andere Getränke, jedenfalls ist das unterste Fach voller Flaschen, die aber alle übereinanderliegen, sodass ich die Auswahl nicht sofort überblicken kann.

»Für mich bitte nur ein stilles Wasser mit Eis.«

Sofort nehme ich die Hand von der Coladose, die ich für mich schon gegriffen hatte.

Art lacht. »Nimm ruhig. Ich weiß, was du jetzt denkst.«

»Ihr Franzosen würdet vermutlich niemals Cola zu einem guten Essen trinken.«

»Doch, natürlich würden wir das. Jedenfalls die jüngeren Leute. Meine Großmutter dagegen hat immer gesagt, zu einem guten Essen passe nur ein guter Wein, und wenn man den nicht trinken wolle, dann wäre Wasser eine perfekte Alternative.«

Während er Zwiebeln würfelt, Eier verquirlt und Käse reibt, bemühe ich mich, dem Außenfach des Kühlschranks Eiswürfel zu entlocken. Die Digitalanzeige leuchtet blau, aber irgendwie bekomme ich es nicht hin. Art bemerkt meine Unsicherheit, kommt rüber, drückt auf ein paar Tasten und schon füllt sich der Behälter mit einem lauten Klimpern.

»Wie wäre es, wenn du schon mal den Tisch deckst?« Er wartet nicht auf meine Antwort, sondern zieht die Kühlschranktür wieder auf und entnimmt ein Päckchen, das in durchsichtige Folie gehüllt ist. »Den Teig habe ich gestern schon vorbereitet. Er wird mürber, wenn er eine Nacht ruhen kann.«

Ich ziehe eine Hochglanztür nach der anderen auf, um Teller, Gläser und Besteck zu finden.

Als die Quiche im Ofen ist, sitzen wir einander an einem Holztisch gegenüber. Art stützt seinen Kopf in die Hände und schaut mir tief in die Augen, sodass mir sofort Hitze ins Gesicht steigt. »Danke, dass du mitgekommen bist. Es ist schön, mit dir hier zu sein.«

Ich kenne keinen Jungen außer ihm, der das einfach so sagen würde. So ohne einen lockeren Spruch hinterherzuschieben. Kurz warte ich, aber es kommt nichts. Er scheint das wirklich ernst zu meinen. Trotzdem weiß ich nicht, was ich antworten soll. Daher sage ich nur: »Und es ist schön, mit *dir* hier zu sein.« Dann fällt mein Blick auf die Uhr und ich sehe, dass es schon halb sieben ist. Verdammt. Ich stehe so hastig auf, dass der Stuhl gefährlich zu wackeln beginnt. »Sorry, ich muss meiner Mutter nur kurz eine Nachricht schreiben, dass ich nicht komme.«

Im Flur krame ich das Telefon aus meiner Tasche und tippe eine WhatsApp.

Ein paar Minuten später sieht Art gedankenverloren an mir vorbei, während ich am letzten Stück meiner Quiche kaue. Ich warte darauf, dass auch er weiterisst, aber er sieht durch mich hindurch und scheint vollkommen versunken zu sein. Für einen Moment überlege ich, ob ich etwas falsch gemacht haben könnte, bis eben war noch alles in Ordnung. Ich habe sein Essen gelobt, mehrmals sogar, weil es wirklich köstlich ist. Wir haben ein lockeres Gespräch geführt, über das Training am Nachmittag, über ein paar Leute aus der Schule und über die Ferien, die in zwei Wochen beginnen werden.

Ich habe ihm erzählt, dass ich einen Online-Kurs in Swift belegen will, der während der Ferien stattfindet. Eigentlich habe ich damit gerechnet, dass er nachfragt, was das ist. Aber stattdessen holt er tief Luft, als müsste er sich zu dem überwinden, was gleich folgt. »Ich habe dir schon von meiner Großmutter erzählt.« Er macht eine Pause und schaut mich an, als wollte er sich vergewissern, dass ich mich daran erinnere. Ich mustere ihn aufmerksam an und bedeute ihm weiterzuerzählen. Er fährt fort: »Sie bedeutet mir sehr viel und ich weiß, dass sie mich ziemlich vermisst, seit ich hier in Berlin bin. Ich habe darüber nachgedacht, sie in den Pfingstferien zu besuchen.«

Es rührt mich, dass er so mit seiner Oma verbunden ist. Aber dann wird mir klar, dass es bedeutet, zwei ganze Wochen ohne ihn zu sein. Ich wundere mich, wie schmerzhaft dieser Gedanke ist. Dabei habe ich die ganze Zeit gewusst, dass er irgendwann sogar wieder ganz nach Frankreich zurückkehren wird. Da ist die kurze Zeit über Pfingsten eigentlich nichts. Als ich den Blick senke, damit er nicht sehen kann, was mir durch den Kopf geht, bemerke ich, dass seine Finger auf der Tischplatte ein Stück nach vorn rutschen, um meine Hand in seine zu nehmen. Sie verschränken sich und er schaut mich aus großen braunen Augen an.

»Ich überlege die ganze Zeit, wie ich dich am besten fragen könnte, *naine.*« In seiner Stimme liegt eine Ernsthaftigkeit, die meinen Puls in die Höhe treibt.

»Was möchtest du fragen?« Aus meinem Mund kommt nicht viel mehr als ein Flüstern.

»Hättest du Lust, mit mir nach Frankreich zu kommen?« Art schaut mich lächelnd an, aber da liegt auch Unsicherheit in seinem Blick, als habe er Angst, ich könnte Nein sagen. Aber ich kann nicht reagieren, wie sollte ich, wo ich doch kaum begreifen kann, was gerade geschehen ist. Mir gegenüber sitzt dieser Junge, der mehr Fragen in mir hervorruft, als er beantwortet. Erst war da nur so ein Gefühl, dass es einen Jungen gegeben haben muss, der irgendetwas mit meinem Unfall zu tun hat. Dann ist da das Elefantenzimmer im Palast, die Fotos, die ihn zeigen. Die uns gemeinsam zeigen.

Lange habe ich das alles weit von mir geschoben. Auch die Tatsache, dass sich offenbar niemand außer mir an einen Jungen namens Arthur erinnerte. Aus Verwirrung und Enttäuschung wurde kribbelnde Freude, als er endlich vor mir stand. Wenn ich jetzt darüber nachdenke, waren diese Tage und Wochen von einem ständigen Wechsel der Gefühle bestimmt. Als würde jemand die Dusche ständig zwischen heiß und kalt hin- und herschalten, hatte ich nie genug Zeit, mich an die eine Emotion zu gewöhnen, dann war bereits wieder die andere angesagt. Besser wurde es erst, als ich mich damit abgefunden habe, dass unsere gemeinsame Vergangenheit nur in meiner Fantasie existiert. Aber jetzt ist der Moment gekommen, den ich sehnsüchtig erwartet habe, ohne es zu wissen. Vielleicht haben wir keine gemeinsame Vergangenheit. Ganz bestimmt sogar ist nichts von dem je geschehen, was ich im Gedankenpalast in die Bilder hineininterpretiert habe. Aber es scheint, als hätten wir vielleicht eine gemeinsame Zukunft. Und vor allem, als wäre nicht nur mir, sondern auch Art daran gelegen.

Seine Worte hängen noch immer zwischen uns in der Luft und ich bin ihm weiterhin eine Antwort schuldig. »Ich würde unglaublich gern mitkommen.«

Als er lächelt, bilden sich kleine Fältchen um seine Augen. Ich stelle mir vor, wie wir uns gemeinsam mit Madame Deudeu auf die Reise machen, und wünschte nur, es wäre endlich so weit.

Kapitel 24

Momente, die alles verändern

Meine Eltern erwarten mich schon, als ich aus dem Haus von Arts Gastfamilie trete. Art breitet die Arme aus und ich kann nicht anders, als mich für einen Moment an ihn zu schmiegen, obwohl es seltsam ist, dabei beobachtet zu werden.

Ihm scheint das völlig egal zu sein, denn als ich mich von ihm löse, hält er mich noch einen Augenblick fest und lässt seine Stirn gegen meine sinken.

»Ich glaube, im Leben gibt es nur wenige Momente, die alles verändern. Die das Leben in ein Vorher und ein Nachher teilen. Als ich dich in diesem Klassenraum gesehen habe ... Das war einer davon«, flüstert er.

Im Schein der Laterne sieht er auf einmal ungeheuer verletzlich aus und ich weiß nicht, was ich erwidern soll, um diesen Augenblick nicht zu zerstören. Daher küsse ich ihn nur und will ihm damit sagen, dass ich genau weiß, was er meint.

Langsam lösen wir uns voneinander und Art strafft die Schultern, er nickt kurz meinen Eltern im Auto zu. Dann gibt er mir einen Kuss auf die Wange und geht die drei Stufen zur Tür wieder nach oben.

Er hat eine Hand in der Hosentasche, mit der anderen winkt er uns zu, als wir losfahren.

Im Auto kann ich noch immer nicht fassen, dass Art mich gefragt hat. Und dass meine Eltern vermutlich sogar zustimmen werden. Auf jeden Fall haben sie noch nicht komplett Nein gesagt. Allerdings belehren sie mich seit fünfzehn Minuten, dass ich gut auf mich aufpassen soll und das ganze andere Zeug, das Eltern einfach sagen müssen. Es ist schließlich ihr Job, vorsichtiger, umsichtiger und vernünftiger zu sein als eine Siebzehnjährige.

»Ich weiß, dass du uns für albern hältst, und ich würde an deiner Stelle ganz genauso denken.« Mein Vater dreht sich kurz um und schmunzelt mich an. Dann richtet er den Blick zurück auf die Straße. »Aber es ist nun mal mein Job, dich jeden Tag deines Lebens zu beschützen und auf dich zu achten. Und deine Mutter auch.«

Mama schnieft vor sich hin und ich ahne, dass ihr bei seinen Worten die Tränen gekommen sind. Nun kann ich das Schluchzen, das langsam meine Kehle hochgekrochen ist, auch nicht mehr unterdrücken. Am liebsten würde ich sie beide auf einmal in den Arm nehmen und fest an mich pressen. Da das nicht geht, lege ich ihnen nur meine Hände auf die Schultern. Ich glaube, sie wissen genau, was in mir vorgeht, und freuen sich für mich.

Als Papa in die Einfahrt vor unserem Haus einbiegt, steht fest, dass ich in den Pfingstferien mit Art nach Frankreich fahren werde.

Obwohl ich später im Bett ahne, dass es die pure Hölle sein wird, mich morgen früh aus dem Bett kämpfen zu müssen, kann ich nicht einschlafen. Vielleicht will ich auch einfach nicht. Der Tag war zu schön, um ihn jetzt einfach ausklingen zu lassen. Noch einmal spüre ich den Worten nach, die Art zu mir gesagt hat. Ich glaube, außer meinen Eltern kennt niemand mich so genau wie er. Obwohl wir noch gar nicht viel Zeit miteinander verbracht haben, scheint er mich so zu sehen, wie ich bin.

Als er bei unserem Abschied vorhin von dem Vorher und dem Nachher sprach, habe ich daran gedacht, dass der Unfall ein solcher Moment für mich war. *Momente, die alles verändern.* Und ich bin für ihn einer dieser Momente. Dann atme ich einige Male tief durch und lasse mich in den Palast gleiten.

Mit schnellen Schritten eile ich die Treppe rauf, weil ich es kaum erwarten kann, die Erinnerungen dieses wunderbaren Tages abzulegen. Ich stürze den langen Gang entlang, vorbei an den geschlossenen Türen der Räume, in die ich bisher überhaupt nicht vorgedrungen bin. Als ich die vorletzte aufreiße, tastet meine Hand automatisch nach dem Lichtschalter, den ich extra dicht neben der Tür angebracht habe. Sie fährt an der glatten Wand nach oben und nach unten, aber da ist – nichts. Irritiert schüttle ich den Kopf, strecke den Hals nach vorn, kneife die Lider zusammen und öffne sie wieder. Aber es bleibt so dunkel, dass ich nichts erkennen kann. Als mir einfällt, dass alles hier sowieso nur in meiner Gedankenwelt existiert und ich praktisch Gott spielen kann, erschaffe ich eine winzige Taschenlampe, so ähnlich wie die, die an meinem Schlüsselbund hängt, und schalte sie ein.

Unwillkürlich schnappe ich nach Luft, weil das Zimmer leer ist. Keine Kommode mit Elefanten, kein Lichtschalter neben mir an der Wand und vor allen Dingen keine Fotos.

Das ist unmöglich. Habe ich mich in der Tür geirrt?

Ich laufe in wenigen Schritten zur nächsten Tür, reiße sie auf und stehe an der Schwelle meines Schlafzimmers. Das Bett, der Himmel darüber – alles noch da. Auch mein

Arbeitszimmer ist unverändert. Ich laufe zurück in das Elefantenzimmer, weil ich noch immer die Hoffnung habe, dass ich mich irre, aber die Leere, die es ausstrahlt, kann ich fast körperlich fühlen. Als ich die Taschenlampe ausschalte, legt sich die Abwesenheit von allem so schwer auf mich, dass ich mich auf den nackten Boden sinken lasse und den Rücken an die Wand lehne. Von Anfang an war mir klar, dass dieser Raum nicht mir gehört. Dass er hier war, grenzte eigentlich an ein Wunder und hat mir sogar ein wenig Angst gemacht. Aber ich war schnell bereit, dieses Geschenk einfach anzunehmen, ohne es zu hinterfragen. Jetzt da es fort ist, fühle ich mich, als hätte mir jemand etwas sehr Wertvolles genommen. Ob das Zimmer fort ist, weil es jetzt Art in meinem Leben gibt? Weil wir uns immer näherkommen? Aber selbst, wenn das der Grund sein sollte, tut der Verlust weh. Ich schließe die Augen und versuche, mir die Leine mit den Fotos ins Gedächtnis zu rufen. Bild für Bild gehe ich sie nacheinander durch.

Da ist das blaue Auto, in dem Art und ich sitzen. Wir beide Hand in Hand auf einer karierten Picknickdecke, die auf einem der Bilder in saftigem Gras liegt, auf einem anderen jedoch im Staub auf irgendeinem festen Untergrund. Art, lachend im Regen mit einem gelben Shirt, auf dem das Wort *MERDE* steht. Ich sehe die Grübchen vor mir, die sich auf seinen Wangen bilden. Dann das Foto, auf dem er mit einem winzigen Messer Brot schneidet. Ein Sonnenstrahl trifft auf die Klinge und lässt sie aufblitzen. Wir beide im Wald und danach auf dem Berg. Auch jetzt erinnere ich mich daran, wie schlecht ich mich jedes Mal gefühlt habe, wenn ich es betrachtet habe. Nun ist es fort – und doch geschieht vor meinem inneren Auge gerade etwas Unglaubliches. Ich kann mir die Bilder nicht nur ins Gedächtnis rufen, ich kann die Situationen vor mir sehen, kann sie spüren, weiß, was ich dabei gefühlt habe. Ich rieche das Gras, auf dem wir sitzen, das Motoröl an Arts Händen, ich spüre den warmen Wind auf meiner Haut, als ich auf dem Felsvorsprung stehe, bevor ich den letzten Zug an der Felswand mache, um mich nach oben zu stemmen. Jetzt, da alles aus diesem Raum verschwunden ist und ich mich nur auf das zurückbesinnen kann, woran ich mich erinnere, wirkt alles viel klarer und realistischer als zuvor auf den Bildern. Der Wald unter mir ist nicht länger nur dunkel. Ich nehme die Bäume nun in all ihren grünen Schattierungen wahr. Höre das Rauschen des Windes in den Wipfeln, aber das Rauschen meines Blutes in den Ohren ist lauter. Etwas macht mir Angst, etwas, das ich stärker spüre, je länger ich in dieser unbequemen Kletterhaltung verharre. Ich weiß, dass ich mich bewegen muss, dass ich weiter nach oben muss, bevor mich die Kraft verlässt. Noch fehlt mir der Mut, aber eine Stimme ruft, ich solle mich endlich überwinden.

Dann plötzlich ein anderes Geräusch. Ein leiser Hauch nur, aber ich fühle die Musik mehr, als dass ich sie höre. Ein Klavierstück und ich kenne es, obwohl mir in diesem Augenblick der Name nicht einfällt. Die Baumwipfel unter mir, neben mir der Abgrund. Ich ahne, dass er bis tief in die Unendlichkeit hinabreicht. Wieder diese Stimme, die mich zu sich ruft. Ich erwidere etwas, presse mich noch enger an den Felsen, sammle alle Kräfte und strecke die Arme aus. Ziehe mich hoch, aber meine Fingerspitzen gehorchen mir nicht. Winzige spitze Steine bohren sich tief in meine Fingerkuppen. Der Schatten einer Hand, er wird immer größer.

Dann falle ich.

Kapitel 25

Vorfreude

Art: *Ich komme gleich. Muss nur noch Madame Deudeu ein wenig streicheln, damit sie uns morgen nicht im Stich lässt.*

Als ich seine Nachricht lese, kribbelt es in meinem Bauch vor Zuneigung. Streicheln – ich weiß, dass er in Wahrheit an seinem Auto schraubt, irgendwelche Dinge einstellt, Teile wechselt oder was immer man tut, wenn irgendwas daran kaputt ist. Klar will Art auf Nummer sicher gehen, aber mir wäre es lieber, wenn man dieser Ente nicht immer erst gut zureden müsste, damit sie einen von A nach B bringt. Auch wenn die alte Madame hübsch und charmant ist, sie muss es schließlich morgen früh bis nach Besançon schaffen.

Um Zeit zu gewinnen, verstaue ich umständlich das Handy in meiner Umhängetasche und straffe die Schultern, bevor ich den Kopf hebe. »Art hat gerade geschrieben. Er kommt etwas später.« Die Sache mit dem Auto verschweige ich gegenüber meinen Eltern, damit sie sich keine Sorgen machen.

Seit zwei Wochen habe ich jetzt jeden Nachmittag mit Art trainiert. Bei gutem Wetter irgendwo im Freien. Ein paar Mal hat es geregnet, da sind wir wieder ins Fitnessstudio ausgewichen und ich habe meine Kilometer auf dem Laufband runtergerissen.

Einmal hat meine Mutter gerade den Müll rausgebracht, als er mich zu Hause abgesetzt hat. Sie haben sich ein paar Minuten unterhalten, aber dann musste sie in die Galerie. Mein Vater hat Art noch immer nicht kennengelernt, weil er ständig unterwegs war und erst abends nach Hause gekommen ist. Auf gar keinen Fall jedoch will er mich mit einem Jungen in den Urlaub fahren lassen, den er überhaupt nicht kennt. Deshalb haben wir uns darauf geeinigt, uns heute mit ihm bei unserem Lieblingsitaliener zu treffen.

Ich war so in Gedanken versunken, dass mir erst jetzt auffällt, dass niemand etwas sagt. Papa sieht ein wenig verkniffen aus, dann aber stößt er die Luft aus, als hätte er sie in den letzten Minuten angehalten. Auf einmal wirkt er viel entspannter. Mama greift nach der Speisekarte vor sich und schlägt sie auf. Ein paar Minuten diskutieren wir darüber, was uns bei den letzten Malen geschmeckt hat, treffen Entscheidungen und verwerfen sie immer wieder. Zweimal schickt mein Vater den Kellner wieder weg, der die Bestellung aufnehmen will.

Als wir endlich sicher sind, höre ich das leise Klingeln der Glocke, die über der Eingangstür angebracht ist, und drehe mich um. Stolz steigt in mir auf, als ich Art sehe. Er trägt eine dunkle Jeans, die ich besonders an ihm mag, und den grauen Hoody, den er mir schon mehrfach auf unseren ausgedehnten Spaziergängen geliehen hat, wenn mir kalt war. Ich glaube ihm anzusehen, dass er aufgeregt ist, aber ich kenne meine Eltern. Mein Vater wird ihn ein paar Minuten zappeln lassen, um zu schauen, wie Art reagiert, ob er sich davon beeindrucken lässt. Wenn nicht, wird er sich von seiner besten Seite zeigen. Mama sowieso, sie kann Art ja bereits gut leiden.

Ich stehe auf und schaue Art entgegen. Meiner Meinung nach sagt der Gang viel über Menschen aus und Art bewegt sich weder hektisch noch zu langsam, einfach so wie jemand, der auf ein Ziel zusteuert. Dass dieses Ziel im Moment ich bin, macht mich glücklich.

Als er vor mir steht, fasst er an meine Schultern und küsst mich auf den Mund. Dann beugt er sich zu Mama und reicht ihr die Hand. »Frau Wagner, Herr Wagner. Bitte entschuldigen Sie. Es tut mir sehr leid, dass ich zu spät bin.«

Mama schaut zu ihm hoch und lächelt ihn an. Papa hat den Oberkörper über den Tisch gebeugt und wartet darauf, dass er an die Reihe kommt.

Art schüttelt auch ihm die Hand. »Herr Wagner, vielen Dank für die Einladung. Ich freue mich sehr.«

Art bringt selbst diese Worte mit einer solchen Würde rüber, dass ich noch stolzer auf ihn bin.

»Kein Problem, bitte setzen Sie sich.« Papa weist auf den Stuhl neben sich und ich bin ein wenig enttäuscht, als Art darauf zusteuert. An der Stirnseite des Tischs neben mir wäre auch noch frei gewesen.

Art wirft nur einen flüchtigen Blick in die Karte und entscheidet sich schnell für Spaghetti Carbonara. Als der Kellner an unseren Tisch tritt, geben wir unsere Bestellungen auf und ich bin jetzt ziemlich froh, dass Art mir gegenübersitzt, weil ich die ganze Zeit nichts anderes tun möchte, als ihn anzuschauen.

»Hast du eigentlich deine Sachen schon gepackt?« Die Stimme meiner Mutter reißt mich aus den Gedanken.

Widerwillig drehe ich den Kopf zu ihr und nicke. »Glaube schon, dass ich alles habe.«

»Und wann wollt ihr morgen früh los?«

Ich zucke mit den Achseln und schaue Art an, aber der unterhält sich gerade angeregt mit Papa. »Eigentlich wollten wir gegen fünf Uhr am Morgen los, weil es so eine weite Strecke ist. Ich weiß nicht, ob es dabei bleibt.«

Obwohl Art nicht so aussieht, als gäbe es mit Madame Probleme, die er nicht lösen konnte, sollten wir das noch genau absprechen.

Meine Mutter streckt den Kopf ein wenig nach vorn, um an dem Gespräch, das gegenüber läuft, teilnehmen zu können. Auch ich rutsche auf dem Stuhl etwas weiter an die Tischkante. Ein wenig seltsam ist es schon, wie vertraut Papa und Art miteinander umgehen. Auf jeden Fall benimmt sich mein Vater viel weniger zurückhaltend als noch vorhin. Ich frage mich, ob das ein gutes oder ein schlechtes Zeichen ist, beschließe aber, ab heute alles viel positiver zu sehen.

»Wie weit müsst ihr eigentlich fahren?« Papa klingt ehrlich interessiert und auch ich warte gespannt, was Art antwortet. In diesem Moment bringt der Kellner die Getränke. Cola für Art und mich, Mineralwasser für Mama und für meinen Vater ein Bier.

Wir prosten uns zu und Art antwortet meinem Vater: »Es sind fast tausend Kilometer. Beim letzten Mal habe ich mit Pausen etwas mehr als zwölf Stunden gebraucht.«

»Oh, da müsst ihr aber wirklich früh los.« Mama greift nach meiner Hand und tätschelt sie, als würden wir für eine lange Zeit Abschied voneinander nehmen. Ich beuge mich zur Seite und küsse ihre Wange.

»Ja, also um fünf. Wenn das in Ordnung ist?« Art wirft einen schüchternen Blick zu meinen Eltern.

»Klar, unbedingt. Damit sich die lange Fahrt auch lohnt für die kurzen Ferien. Und falls ihr in einen Stau kommt, seid ihr nicht im Dunkeln unterwegs. Wie heißt der Ort eigentlich?«

»Besançon. Er liegt kurz hinter der Grenze auf der Höhe von Zürich, von Berlin aus ist das ein ganz schönes Stück. Deshalb war mir ja wichtig, dass alles schon fertig ist, damit ich morgen früh nur noch Nina abholen muss und wir loskönnen.«

Papa sieht bei Arts Worten zufrieden aus und ich finde es auch schön, wie umsichtig er ist.

Als unser Essen serviert wird, pausiert das Gespräch erst einmal. Die Pizza vor mir ist groß wie ein Wagenrad, auch meine Mutter schaut zufrieden auf ihren Salat mit geröstetem Gemüse und Papa ist wie immer erfreut darüber, dass seine Piccata milanese hauchdünn sind. Seit Jahren bestellt er immer wieder dasselbe Gericht, weil es ihn noch nie enttäuscht hat. Er ignoriert Mamas strafenden Blick und betrachtet hingebungsvoll seinen ganz und gar unvegetarischen Teller.

Ich schneide meine Spinatpizza in ungleichmäßige Stücke und lege das Messer dann weg. Mit den Händen isst es sich viel besser. Dieses Mal habe ich jedoch ein wenig Skrupel, schließlich ist Art Franzose und die sind für mich irgendwie der Inbegriff des guten Benehmens bei Tisch. Ich möchte auf keinen Fall, dass er mich für einen Banausen hält. Langsam hebe ich den Kopf und checke seine Reaktion ab. Er lächelt mich an und hat dieses Blitzen in den Augen. Seine Hand schnellt über den Tisch und er klaut einfach ein Stück von meinem Teller und beißt ab.

»Ich darf doch?«

Seine Stimme ist wie immer der reine Wahnsinn. Jetzt sowieso, aber auch sonst fühle ich mich sofort sicher bei dem, was ich tue, wenn ich sie höre.

Glücklich nicke ich und wir essen schweigend, bis mein Vater sein Besteck ablegt und einen tiefen Schluck Bier nimmt. Dann wischt er sich mit dem Handrücken über den Mund, was ihm einen weiteren mahnenden Blick von Mama einträgt.

»Bist du eigentlich dort geboren? In Besançon?«

Ich kaue weiter an meiner Pizza, bis mir plötzlich klar wird, dass Papa Art geduzt hat. Wie ist das möglich, wo er doch sonst so distanziert ist? Hat er ihn eben nicht noch gesiezt? Vielleicht habe ich den Teil des Gesprächs verpasst, bei dem sich die beiden auf diese Anrede geeinigt haben?

Art ist dabei, die nächste Portion Spaghetti auf seine Gabel zu wickeln, hält aber inne. »Ja, meine Eltern kommen beide aus diesem Ort, aber mein Vater musste wegen seiner Arbeit nach Paris umziehen. Er ist Fotograf, da hat es sich angeboten. Meine Mutter ist natürlich mitgegangen. Ich war damals vielleicht sechs oder sieben. Genau kann ich mich nicht mehr erinnern. Aber meine Großmutter wohnt noch immer dort und ich habe immer meine Ferien bei ihr verbracht, weil meine Eltern nur wenig Zeit hatten.«

Meine Mutter lächelt verständnisvoll. »Dann hängst du bestimmt sehr an ihr.«

Oh, meine Mutter duzt Art auch? Wann ist das passiert? Sie hat sich doch eben noch mit mir unterhalten, sodass ich es mitbekommen haben müsste, wenn Art und sie sich das Du angeboten hätten. Einen Moment grüble ich noch, dann beschließe ich aber, mich darüber zu freuen, dass sich Art so gut mit meinen Eltern versteht.

Als ich aufschaue, streicht Art sich eine Strähne aus dem Gesicht und lächelt mich an. Mein Herz schlägt schneller und irgendetwas Schweres fällt von mir ab.

Weil er da ist. Und weil wir ab morgen eine ganze Woche miteinander verbringen werden.

Kapitel 26

On the road

Ich liebe es, *on the road* zu sein, obwohl ich mich nicht so richtig daran erinnern kann, wann ich das letzte Mal auf Reisen gewesen bin. Als Kind waren meine Eltern oft mit mir in Italien. Oder im Schwarzwald in den Jahren, in denen das Geld nicht so üppig war. Patrick und ich sind in den Sommerferien der Zehnten mit dem Zug nach Spanien gefahren, aber das ist nicht dasselbe. Diese Fahrt mit Art werde ich nie vergessen, das habe ich mir geschworen.

Daher halte ich Arts altmodischen Fotoapparat in der Hand. Noch ist es zu dunkel, um Bilder zu machen, weil um diese Uhrzeit gerade erst der Morgen graut. Zum Frühstück wollte ich nur ein wenig Müsli essen, um nicht mit leerem Magen losfahren zu müssen, aber als ich runterkam, standen schon Rühreier auf meinem Platz. Obwohl sie sich große Mühe gegeben haben, sich nichts anmerken zu lassen, konnte ich sehen, wie müde Mama und Papa waren. Meine Mutter ist immer wieder aufgestanden und hat irgendwelche Dinge aus dem Kühlschrank geholt, die ich mitnehmen soll, falls wir unterwegs Hunger kriegen. Mein Vater konnte nicht verhindern, dass sein Kopf alle paar Minuten auf die Brust gesunken ist. Einmal hat er sogar angefangen, ganz leise zu schnarchen. Als Art dann an der Tür geklingelt hat, haben wir uns eilig voneinander verabschiedet und ich bin rausgegangen und habe erst den neuen Tag begrüßt und dann Art. Die Sonne geht gerade auf, aber bereits jetzt ist zu sehen, dass ein verregneter Tag auf uns wartet. Warten würde – korrigiere ich in Gedanken. Denn wir fahren ja nach Frankreich und da wird das Wetter hoffentlich besser sein.

Nun wartet er, und nachdem ich mich angeschnallt habe, fährt er los. Außer ein paar Worten des Abschieds zu meinen Eltern und drei Versprechen, dass er vorsichtig fahren und natürlich gut auf mich aufpassen wird, hat er heute noch nicht viel gesagt. Ich mache mir in Gedanken eine Notiz, dass er anscheinend kein Morgenmensch ist. Damit er nicht das Gefühl hat, sich mit mir unterhalten zu müssen, stecke ich mir meine Kopfhörer in die Ohren und versinke sofort in der Musik von Johnossi. Mit halb geschlossenen Lidern sehe ich die Häuser, die an mir vorbeiziehen, als wir in Richtung Autobahn fahren. Art schaut konzentriert auf die Straße, weil es angefangen hat zu nieseln und die Feuchtigkeit in Schwaden vom Boden aufsteigt.

Im Gegenlicht der Scheinwerfer wirkt sein Gesicht so vertraut, dass ein Ziehen durch meinen Magen geht. Er muss sich sehr beeilt haben, pünktlich zu sein, denn ein leichter Bartschatten bedeckt sein Kinn und die Wangen. Mir gefällt das. Vielleicht bitte ich ihn, sich nicht mehr so häufig zu rasieren. Art wirft mir einen kurzen Seitenblick zu und lächelt. Noch bevor ich es erwidern kann, richtet er den Blick wieder auf die Straße, schaut kurz auf die Uhr. Er fährt immer langsamer und ich begreife, dass er wohl nach einer Parklücke sucht.

Verwundert blicke ich ihn an. »Alles in Ordnung? Hat Madame etwa wieder ihre Allüren?« Dabei sind wir noch nicht einmal aus Berlin raus.

»Nein, alles gut, ich wollte dich nur kurz richtig begrüßen und war nicht sicher, ob es dir vor deinen Eltern recht gewesen wäre.« Er grinst mich von der Seite an, setzt den Blinker und fährt an den Straßenrand. Dann beugt er sich vor und küsst mich, als hätten wir uns eine Ewigkeit nicht gesehen. Ich lehne mich zu ihm rüber, lege die Arme um seinen Hals und vergrabe meine Finger in seinen Haaren. Sein Kinn fühlt sich stoppelig an, seine Lippen sind warm – und ich bin einfach nur glücklich, dass Art hier bei mir ist. Und dass wir in unser erstes gemeinsames Abenteuer aufbrechen.

Als wir uns voneinander lösen, schaut er mich an und ich sehe so etwas wie Stolz in seinem Blick. »Ich hatte solche Sehnsucht, das kannst du dir nicht vorstellen. Findest du es nicht auch das Größte, dass wir jetzt eine ganze Woche miteinander verbringen können?« Seine Augen leuchten, als er das sagt, und ich merke, dass auch ich mit dem Grinsen nicht mehr aufhören kann. Eine ganze Woche mit Art, ich kann es kaum fassen!

Ich nicke heftig und will gerade schwören, dass es mir genauso geht, als er die Hand an die Tür legt und sie öffnet.

»Ich habe noch was vergessen. Warte mal kurz.« Er gibt mir einen Kuss auf die Wange und steigt aus.

Ich beobachte, wie er die Straße überquert und die Tür einer Bäckerei öffnet. Durch das Schaufenster sehe ich, wie sich die Verkäuferin umdreht und Brot und Brötchen einpackt. Das ist gut, weil mir in diesem Augenblick einfällt, dass ich das Lunchpaket zu Hause in der Küche stehen lassen habe.

Ein paar Minuten später öffnet er die Tür und beugt sich ins Auto, um die Backwaren auf den Rücksitz zu legen. Sofort duftet es köstlich.

»Hast du Hunger, Nina? Ich hatte heute schon Kaffee, aber falls du möchtest, gehe ich noch mal rüber und hole dir einen Becher.«

Ich schüttle den Kopf. »Danke, ich habe schon gefrühstückt. Aber du kannst ruhig erst essen, bevor wir weiterfahren. Auf ein paar Minuten kommt es doch nicht an.«

Er schaut verwirrt, dann grinst er. »Nein, ich habe schon gegessen. Ich bin kein Mensch, wenn ich nicht frühstücke.«

In dieser Hinsicht tickt er genauso wie ich. »Wozu dann der Großeinkauf?«

»Meine Grand-mère hatte mich gebeten, ihr dunkles deutsches Brot mitzubringen. Seit sie vor einigen Jahren in Köln gewesen ist, ist sie praktisch süchtig danach. Du weißt ja, in Frankreich gibt es fast nur Baguettes.«

Also doch kein Lunchpaket für uns. Egal. Wir werden schon nicht verhungern. Als Art losfährt, schließe ich die Augen.

Jetzt sind wir erst eine halbe Stunde unterwegs und bereits auf der Autobahn, was fast ein Wunder ist bei dem Verkehr, der normalerweise in Berlin herrscht. Aber erstens ist es von Zehlendorf nicht weit bis zum Stadtrand und zweitens ist es noch ziemlich früh. Berlin ist nicht New York und schläft deshalb offensichtlich manchmal doch. Mir ist es recht, weil ich es kaum erwarten kann, endlich nach Frankreich zu kommen. Dass ich mal durch das Land gefahren bin, als ich mit Patrick nach Spanien unterwegs war, zählt nicht.

Der Asphalt der Autobahn glitzert im leichten Nieselregen golden und rot von den Scheinwerfern und Rücklichtern der Autos. Trotzdem das Wetter schon seit Wochen miserabel ist, wird es immer wärmer und selbst mein Vater, der alte Pessimist, kann nicht leugnen, dass der Frühling endlich kommt. Noch besser ist, dass Art auf seinem Handy den Wetterbericht nachgeschaut hat. In Besançon soll heute wirklich schönes Wetter werden. Zwanzig Grad und Sonnenschein. Allein der Gedanke daran, dass wir praktisch in den Frühling fahren, macht mich ganz kribbelig. Und noch viel besser als das ist die Tatsache, dass Art neben mir sitzt. Noch vor einer Dreiviertelstunde habe ich oben in meinem Zimmer gesessen und die Minuten gezählt, bis ich ihn endlich wiedersehe, aber auch diese Zeit ist vergangen und jetzt habe ich ihn erst mal für die vielen Stunden, die wir fahren werden, für mich ganz allein.

»Ich bin so was von aufgeregt.« Die Worte kommen einfach so aus meinem Mund. Seit Stunden sitzen wir schon nebeneinander im Auto. Als die Sonne aufging, habe ich ein paar Fotos gemacht. Aber weil es die ganze Zeit nieselt, ist der Fotoapparat mittlerweile auch schon wieder in meiner Tasche. »Ich meine, ich war noch nie in Frankreich«, schiebe ich hinterher, als er sich zu mir wendet.

»Ich bin sicher, dir wird es da gut gefallen. Vor allem wird dir meine Großmutter gefallen.«

Seine Worte lösen etwas in mir aus. Unsicherheit vielleicht oder auch ein wenig Angst. Panik? Es ist nicht so, dass mich dieses Gefühl total aus der Bahn wirft, aber wenn ich daran denke, dass ich eine Woche bei seiner Oma verbringen werde, die ihm so wichtig ist und die ich noch nie gesehen habe, wird mir doch ein wenig mulmig. Wird sie mich mögen? Selbst Art kenne ich nicht lange genug und bin auch ein wenig unsicher, wie gut wir beide uns verstehen und ob uns miteinander vielleicht sogar langweilig werden könnte. Ich ziehe die Stirn in Falten und beginne, meine Hände zu kneten. Wieder einmal mache ich mir viel zu viele Gedanken, aber ich möchte einfach, dass unser Urlaub perfekt wird.

»Du kannst mir vertrauen. Wirklich.« Seine Stimme ist weich und fest und liebevoll.

Ich lasse meine verkrampften Schultern wieder fallen und will erwidern, dass das schwer ist, weil wir einander ja noch gar nicht richtig kennen. Wir wissen so wenig voneinander – da sind nur diese starken Gefühle, die ich schon viel länger für ihn empfinde als er für mich ... und ich spüre, dass daher auch so viel auf dem Spiel steht bei dieser Reise.

Dass zwischen Art und mir alles noch recht neu ist, ist einerseits schön, weil es so viel zu entdecken gibt. Aber andererseits: Jede neue Seite an ihm könnte ja gut oder schlecht sein. Alles ist möglich. Noch während ich diesen Gedanken in meinem Kopf hin und her wende und über eine Antwort nachdenke, die ihn nicht traurig macht oder enttäuscht, weiß ich, dass ich mich in all meinen Sorgen irre. Ich sollte mich endlich fallen lassen.

»Du hast recht. Ich weiß, dass deine Oma großartig sein muss, wenn du sie so magst. Und dass mir nichts passieren kann, solange du nur bei mir bist.« Für einen Moment überlege ich, ob das jetzt zu dick aufgetragen war, aber ich sehe sogar von der Seite, wie seine Augen zu strahlen beginnen.

Kapitel 27

Merde

Ich erwache, als jemand sanft an meinem Arm ruckelt.

»Nina, wach auf. Wir sind an einer Tankstelle.«

Mühsam öffne ich die Augen und schon wieder brauche ich einen Moment, bis mir klar wird, dass ich mit Art im Auto sitze. Wir sind noch immer auf dem Weg nach Frankreich. Es ist seltsam, wie fest ich geschlafen haben muss.

Ich stemme mich hoch und reibe mir die Augen. »Habe ich lange geschlafen?«

Er schüttelt den Kopf, lächelt und streicht mir eine Strähne aus der Stirn. »Etwa eine Stunde. Ich dachte schon, vor der Grenze käme überhaupt keine Tankstelle mehr. Aber jetzt los, lass uns aussteigen. Ich tanke und du kannst uns drin einen Kaffee besorgen.«

»Kaffee!«, rufe ich, aber Art ist schon ausgestiegen und um Madame herumgegangen. Nun öffnet er die Tür auf meiner Seite und macht eine theatralische Verbeugung.

»Wenn du mir bitte folgen würdest?« Schon wieder lächelt er dieses Lächeln, bei dem mir ganz warm wird und bei dem seine Augen lebendig aufblitzen.

Wenigstens hat es aufgehört zu regnen, obwohl das noch nicht lange so sein kann, denn der Parkplatz ist nass, ebenso wie die parkenden Autos. Aber egal, in Frankreich wird es auf jeden Fall besser sein.

Art rennt auf dem Parkplatz vor mir her und schießt ein

paar Fotos von mir, dann läuft er zurück zur Zapfsäule und ich gehe rüber zu dem Verkaufsraum. Durch die Glasfront kann ich bereits von draußen erkennen, dass es zwar Kaffee, aber außer Süßigkeiten und Chips nichts zu essen gibt.

Weil an der Kasse gerade zwei Männer in Schlips und Anzügen und ein älteres Ehepaar stehen, wende ich mich kurz zu den Regalen und lasse meinen Blick drüber schweifen. Tatsächlich nur die üblichen Schokoriegel und Chipstüten. Da mein Magen sich bereits mit einem Knurren bemerkbar macht, greife ich eine Packung Kekse und bewege mich langsam in Richtung Kasse. Neben mir steht eine Säule, an der irgendwelche Plüschtiere in grellen Neonfarben hängen, dahinter ein Regal mit Hörbüchern und Musik-CDs.

Durch die Fensterscheibe beobachte ich, dass Art den Zapfhahn an die Säule zurückhängt und den Tankdeckel verschließt. Dann blickt er auf, winkt mir zu und kommt rübergeschlendert. Die Hände hat er in den Hosentaschen vergraben und er scheint etwas zu suchen.

Als er die Tür öffnet, dringt feuchtkalte Luft herein und jagt mir einen Schauer über den Rücken. Art schiebt sich an mir vorbei und stellt sich vor mir in die Schlange. Ich presse mich an seinen Rücken, lege mein Kinn auf seine Schulter und sauge seinen Geruch nach Zitronen und Menthol tief in mich ein. So könnte ich ewig dastehen. Irgendwann hebe ich dann doch den Kopf und beobachte das Ehepaar, das gerade an der Reihe ist und sich nicht mehr an die Nummer seiner Zapfsäule erinnern kann. Es ist schön, mit Art so etwas herrlich Normales zu tun, wie eine Tankfüllung zu bezahlen, aber ich würde gern endlich in Frankreich sein.

Als wir an der Reihe sind und ich nach zwei Kaffee verlange, legt er mir einen Arm um die Schultern. Diese kleine Geste macht mir bewusst, dass wir jetzt wohl tatsächlich ein Paar sind.

Als unser Kaffee fertig ist, reicht Art dem Mann hinter dem Tresen einen Geldschein, ich nehme die beiden Pappbecher in die Hand.

»Brauchst du irgendwas für deinen Kaffee?«, frage ich, als Art neben mir steht, und weise auf die Zuckertüten und Milchpäckchen vor mir.

Er schüttelt den Kopf. »Ich mag Milchschaum, aber da sie den hier offensichtlich nicht haben, trinke ich meinen lieber schwarz.«

Ich finde es schön, dass es noch eine weitere Gemeinsamkeit gibt.

»Hattest du nicht eben noch Kekse in der Hand?«

Ich zucke mit den Schultern. »Ja, aber dann habe ich überlegt, dass deine Großmutter mit Sicherheit etwas Besseres zu bieten hat als dieses unappetitliche Zeug. Und so furchtbar lange dauert es ja nicht mehr.«

Er grinst so verschmitzt, wie er es immer tut, und nimmt einen Schluck aus dem Becher. Auf einmal scheint ein Schatten über uns zu fallen, wir drehen uns gleichzeitig zum Fenster und bemerken, dass der Himmel sich komplett verdunkelt hat. Zwischen den Zapfsäulen fliegen Plastiktüten umher, Staub wirbelt empor und nur Sekunden später geht ein Unwetter los, das mich allein beim Anblick zittern lässt. Der Regen trommelt auf das flache Dach über uns, klatscht gegen die Scheiben und schlägt draußen auf dem grauen Asphalt Blasen.

Mit einem Zug trinke ich meinen Kaffee aus und sehe, dass Art dasselbe tut. »Sollen wir rennen?«

»Wir kommen niemals trocken zum Auto«, sage ich.

»Eher nicht, aber vielleicht schaffen wir es, einen Moment abzupassen, wenn der Regen nachlässt.«

Wir schlendern Arm in Arm bis zur Tür. Art zieht sie auf, geht vor und zuckt zurück.

»Mist, das ist ja noch schlimmer, als es von drinnen aussah.«

»Das ist Deutschland«, sage ich lachend und setze die Kapuze meiner Sweatjacke auf.

Wir stellen uns eng nebeneinander unter das schmale Vordach und beobachten die Tropfen, die vor unseren Füßen auf den Boden treffen. Einen Moment lang stehen wir so da, ich schmiege mich enger an ihn und dann fange ich seinen Blick auf, der zu meinen Lippen wandert. Ich beuge mich noch weiter zu ihm hin und lege meinen Mund auf seinen. Seine Zunge gleitet zwischen meine Lippen, spielt mit meiner. Er küsst mich, hier vor allen Leuten, als wäre es das Normalste auf der Welt. Eine seiner Hände liegt um meine Taille und zieht mich noch näher zu ihm heran, mit der anderen streicht er über meine Wange, ohne unseren Kuss zu unterbrechen. Sein Kuss schmeckt nach Kaffee, aromatisch, würzig und warm. Als mir bewusst wird, dass es genau dieser Kuss ist, der sich so absolut richtig anfühlt, der genauso ist wie in meiner Erinnerung, taumle ich ein wenig zurück, aber er hält mich eng an sich gepresst.

»Alles in Ordnung, *naine?*« Seine Stimme ist heiser, der Kuss scheint ihn genauso aufzuwühlen wie mich.

Verwirrt nicke ich. »Dieser Kuss ... Du schmeckst nach Kaffee.« Mehr bringe ich in diesem Moment nicht heraus.

»Ist das gut oder schlecht?«, fragt Art lachend und will mich wieder an sich ziehen.

»Besser als gut. Ich glaube, in meiner Erinnerung haben deine Küsse immer nach Kaffee geschmeckt.«

»In deiner Erinnerung? Wie meinst du das?«

Hastig greife ich nach seiner Hand. »Lass uns gehen.«

Er schaut nach oben zum Himmel. »Aber es regnet noch immer in Strömen.«

Dann blickt er mich entschlossen an und zieht den Kopf zwischen die Schultern, als ob das irgendwas nutzen würde, wir werfen uns noch einen Blick zu und laufen dann zum Auto. Die Tropfen treffen wie Nadelstiche auf mein Gesicht, aber ich kann nicht schneller rennen und meine Haare sind in wenigen Sekunden komplett nass.

Mit jedem Schritt kommt die Erinnerung an den Unfall wieder hoch. Meine Knie schmerzen und ich habe Angst, auf dem glatten Asphalt auszurutschen. Als ich ins Taumeln komme, stoppt Art neben mir, hakt mich unter und wir gehen nebeneinander bis zu Madame. Er schließt erst meine Tür auf, läuft dann zu seiner und wir sitzen fast gleichzeitig wieder im Trockenen. Für einen Moment lauschen wir stumm den Tropfen, die auf das Autodach prasseln, und schauen nach draußen auf den Regen, der einen dichten Schleier über den Parkplatz legt.

Wahrscheinlich ist meine Wimperntusche verschmiert und aus meinem Dutt haben sich Strähnen gelöst, die mir nun ins Gesicht hängen. Sie sind so nass, dass die Tropfen auf meine Jeans fallen und die Stellen an meinen Oberschenkeln dunkel färben, die bisher halbwegs trocken geblieben sind. Alles an mir ist nass und klamm und ich will so auf gar keinen Fall weiterfahren.

»Warte kurz«, sage ich zu Art und ziehe den Reißverschluss meiner Jacke auf. Dann schäle ich meine Arme heraus, löse den Zopfgummi und trockne mir mit dem weichen Stoff so gut wie möglich die Haare.

Ich spüre, dass Art mich die ganze Zeit beobachtet, und genieße seine Blicke, die von meinen Oberarmen über mein Dekolleté bis hoch zum Gesicht gleiten, als ich schließlich wieder halbwegs vorzeigbar in meinem roten Trägertop neben ihm sitze. Ob ihm gefällt, was er sieht?

»Willst du so bleiben?« Ich weise auf seinen nassen Pullover, der auch von Wasser getränkt sein muss.

Art wirkt, als hätte ich ihn aus einer Trance gerissen, fängt dann an, sich den Pullover über den Kopf zu ziehen. Damit es nicht so aussieht, als würde ich ihn dabei anstarren, beuge ich mich runter und tue so, als müsste ich meine Chucks neu zubinden. Als ich wieder aufschaue, sitzt er in einem gelben T-Shirt da und ist gerade dabei, den Zündschlüssel ins Schloss zu stecken.

»Und du bist sicher, dass du keinen Hunger hast? Wir könnten etwas von dem Brot, das ich ...«

Heftig schüttle ich den Kopf. »Auf gar keinen Fall. Das hast du für deine Großmutter gekauft und wir werden es bei ihr abliefern.«

Er wendet sich zu mir und gibt mir einen Kuss auf die Stirn. Meine Finger umfassen seine Schultern und ich spüre, dass ein ganz leichtes Zittern durch seinen Körper geht. Ich möchte mich noch näher an ihn drängen, aber der Schaltknüppel ist im Weg. Kurz löst sich Art von mir und da rutscht mein Blick tiefer. Er trägt nun ein leuchtend gelbes Shirt und die Aufschrift darauf brennt sich in meine Netzhaut.

MERDE.

Auf seinem T-Shirt steht *MERDE.* Es ist, als wäre erneut

eine meiner Erinnerungen wahr geworden. Ich keuche und ringe nach Luft, aber alles, was ich sehe, ist diese Aufschrift. In meinem Kopf explodiert das Bild aus meinem Palast. Art, der auf dem Foto und der echte neben mir … Sie tragen ein gelbes Shirt mit der Aufschrift *MERDE*. Ich habe keine Ahnung, was hier gerade passiert, aber mir ist plötzlich übel. Ich reiße die Tür auf und stürze aus dem Auto. Der Regen prasselt in meinen Nacken, als ich den Kopf nach vorn beuge und die Hände auf den Oberschenkeln abstütze. Mir ist so schlecht, dass ich mich übergeben will. Tränen laufen mir über die Wangen. Vor Entsetzen, vor Verwirrung und wegen des Schmerzes, der in meiner Kehle brennt, als ich zu würgen beginne.

Im nächsten Moment steht Art neben mir, hält meine Schultern umfangen und stützt mit der anderen Hand meinen Kopf. Ich zittere, habe das Gefühl, mich nicht auf den Beinen halten zu können.

Als er beginnt, mir sanft den Rücken zu streicheln, verkrampft sich mein Magen. Dann richte ich mich wieder auf und atme tief durch, um die Last abzuschütteln, die sich auf meinen Brustkorb gelegt hat.

Schwach grinse ich ihn an, schaue an mir herunter und stelle fest, dass dank des unablässigen Regens nun auch mein Top wie ein nasser Lappen an mir herunterhängt. Art öffnet die Tür und hilft mir hinein. Ich beobachte im Rückspiegel, wie er um das Auto herumgeht und den Kofferraum öffnet.

Nur wenige Augenblicke später wirft er sich auf den Fahrersitz. Dann hält er mir ein trockenes Sweatshirt hin, zieht das gelbe T-Shirt mit einer Bewegung über den Kopf und schlüpft selbst in ein frisches, trockenes. Ich kann den

Blick nicht von seinem Oberkörper lösen und fange erneut an zu zittern.

Er wendet sich zu mir um. »Willst du mir sagen, was passiert ist?«

Im ersten Moment möchte ich den Kopf schütteln, aber mir ist klar, dass ich mein Verhalten irgendwie erklären muss. »Es tut mir leid, mir ist auf einmal schlecht geworden. Ich weiß auch nicht, was passiert ist. Aber mir war auf einmal so ... als hätte ich dein T-Shirt schon einmal gesehen.« Art reißt die Augen auf und lacht. Da mir klar ist, wie seltsam ich in diesem Moment auf ihn wirken muss, winke ich ab und füge die Erklärung hinzu, die ich mir selbst schon so oft zurechtgelegt habe: »Vielleicht so was wie ein Déjà-vu oder irgendwas Ähnliches.«

Nun wird sein Blick ernst. Er mustert mich aufmerksam. »Ja, so was soll es geben. Daran ist nichts Seltsames. Aber bei meinem Shirt kannst du sogar recht haben.« Er weist auf das nasse Stück Stoff zwischen seinen Fingern und wirft es nach hinten auf den Rücksitz. »Letztes Jahr hat eine Zeitschrift einen Urban-Photography-Wettbewerb ausgelobt. Der Hauptgewinn war eine Hightech-Kamera mit allem Schnickschnack, den du dir nur vorstellen kannst. Die Plätze zwanzig bis hundert bekamen dieses Shirt. Jetzt weißt du, dass ich nicht besonders erfolgreich abgeschlossen habe.« Er senkt den Blick, als würde er sich schämen, aber ich kann die Erleichterung, die mich überkommt, fast körperlich spüren. Das Hemd gibt es also ganz schön oft und es ist nicht einmal gesagt, dass es nicht auch so in den Läden hängt. Ich atme tief durch und komme mir jetzt ziemlich albern vor, bei der Show, die ich abgezogen habe.

Art legt die Hände aufs Lenkrad. »Ich wollte nicht einfach an deine Tasche gehen, daher habe ich dir etwas von mir mitgebracht. Möchtest du es schnell noch anziehen, bevor wir weiterfahren?«

Erst jetzt fällt mein Blick auf den dunkelgrünen Pullover in meinen Händen. Ich nicke und denke aber sofort fieberhaft darüber nach, dass ich nur einen einfachen Baumwoll-BH trage und ihm den nicht unbedingt präsentieren möchte. Kurz entschlossen ziehe ich den Pullover über mein nasses Top und fühle sofort die kuschelige Wärme. Außerdem werde ich jetzt die ganze Zeit Arts Geruch in der Nase haben.

Er dreht den Zündschlüssel um und startet Madame.

Wir sind noch gar nicht weit hinter der Grenze, als ein heller Sonnenstrahl in meine Augen fällt und mich blendet. Ich klappe erst die Blende runter und suche dann in der Tasche nach meiner Sonnenbrille. Endlich sind wir in Frankreich und wie auf Kommando reißt der Himmel auf. Ich schiebe mir die Brille auf die Nase und setze sie aber sofort wieder ab, weil ich für einen Moment das schöne Wetter, in dem sich Arts Heimatland uns präsentiert, ohne Filter genießen möchte. Lieber kneife ich die Lider ein wenig zusammen, um nichts von der Gegend zu verpassen, die an uns vorbeizieht. Es scheint, als wären die Autos hier schlagartig kleiner und vielleicht auch ein wenig älter als in Deutschland, aber das bilde ich mir wahrscheinlich nur ein.

»Wie weit ist es noch?« Ich kann mir die Frage nicht verkneifen, hoffe aber, dass Art mich nicht falsch versteht. Ich bin nicht ungeduldig, nur ein bisschen hungrig und durstig, schließlich habe ich seit heute Morgen nichts mehr gegessen und es ist immerhin schon fast drei.

»Noch etwa zwei Stunden, dann sind wir in Besançon. Das Haus meiner Großmutter ist etwas außerhalb, sodass wir erst durch den Ort müssen. Dann brauchen wir noch eine Viertelstunde.«

Ich setze die Brille jetzt doch auf, um mir die Gegend näher anzuschauen. Der Fotoapparat liegt auf meinem Schoß, aber ich glaube, da wird er erst mal auch bleiben. Was ich sehe, desillusioniert mich mächtig, denn Frankreich habe ich mir anders vorgestellt. Romantischer vielleicht, mit blauen Lavendelfeldern, die sich entlang der Straße ziehen. Okay, ich weiß, dass es die eher in der Provence gibt, aber dennoch habe ich keine endlosen Fabrikgelände erwartet, vor denen immer wieder Parkplätze mit unzähligen Autos auftauchen.

»Was ist das hier?«

»Das sind die Autohersteller und die Neuwagen, die darauf warten, abgeholt zu werden.«

Das ergibt Sinn, sieht aber trotzdem einfach nur tot und industriell aus. Könnte jeder Ort überall auf der Welt sein. Ich hoffe, dass ich meine Vorstellung von dem kleinen, malerischen Besançon nicht auch revidieren muss.

»Es wird besser. Keine Sorge. Wenn du müde bist, mach einfach noch ein paar Minuten die Augen zu. Du wirst sehen, wenn du aufwachst, gefällt dir die Gegend bestimmt schon besser.« Art schaut mich von der Seite an und ich weiß, dass er merkt, wie enttäuscht ich bin. Ich winke ab und lasse mich tiefer in den Sitz rutschen.

Nach ein paar Minuten reißt mich seine Stimme bereits wieder aus dem Dämmerschlaf. Ich mache die Augen auf und sehe noch, wie ein blau-silberner TGV-Zug neben der Autobahn an uns vorbeifährt.

Art weist nach vorn in die Ferne. »Siehst du das? Das ist der Ballon d'Alsace. Es ist ein ziemlich bekanntes Bergmassiv. Und das heißt, dass es nur noch zwei Stunden dauert, bis wir da sind.«

Ich kneife die Lider zusammen und sehe einen Gipfel unter den paar Schäfchenwolken, die über den blauen Himmel wandern.

Mir knurrt jetzt richtig der Magen. Zum Glück ist Besançon jetzt bereits ausgeschildert. Nicht mehr lange, dann haben wir es endlich geschafft.

Kapitel 28

Das Land der Liebe

Als wir den Ortseingang von Besançon passieren, bin ich erleichtert. Ich glaube, Art hat sich das auch alles ganz anders vorgestellt. Vielleicht hat er gehofft, dass ich »Ah« und »Oh« sage und in Begeisterungsstürme ausbreche. Aber das kann ich nicht, denn sosehr ich mir auch Mühe gebe, mein Magen rebelliert mittlerweile so laut gegen das Hungergefühl, dass es ein Wunder wäre, wenn Art es nicht auch hört. Als ich wieder ein knurrendes Geräusch von mir gebe und beide Hände fest auf meinen Bauch presse, macht er eine vage Handbewegung.

»Brich dir doch einfach was von dem Brot ab, das ich in Berlin gekauft habe. Meine Grand-mère würde es sicher nicht gut finden, wenn du bis zu ihr nach Hause verhungerst.«

Ich schüttle den Kopf. »Es ist ja nicht mehr weit, bis dahin halte ich noch durch.«

Er setzt den Blinker und biegt rechts in eine schmale Straße ab, in der sich die Autos stauen. Ich recke den Hals und sehe, dass vor uns ein kleiner weißer Lieferwagen hält. Der Fahrer trägt Pappkartons in eines der Geschäfte am Straßenrand.

»Könnte länger dauern. Die laden da was aus.« Art stellt den Motor ab und lehnt sich entspannt zurück. Nur seine Finger trommeln einen gleichmäßigen Takt auf das Lenkrad und zeigen, dass er langsam ungeduldig wird. Mit der rechten Hand hält er meine umfasst, die auf seinem Knie liegt. Verwundert blicke ich auf unsere verschränkten Finger. Wann hat er nach meiner Hand gegriffen? Vor uns stehen zwei Taxen, deren Türen sich jetzt öffnen. Die Fahrer steigen aus und zünden sich Zigaretten an. Beide schauen nur kurz auf das Hindernis, dann gehen sie sich ein paar Schritte entgegen und beginnen eine Unterhaltung.

In Berlin würde spätestens jetzt ein Hupkonzert einsetzen, alle würden sich total aufregen, obwohl jeder weiß, dass er die Situation nicht ändern kann. Obwohl Art die ganze Strecke gefahren ist, wirkt er noch ziemlich fit. Ich dagegen bin müde, hungrig und merke, wie meine Laune immer weiter sinkt, obwohl ich die halbe Fahrt geschlafen habe. Ich sollte mich zusammenreißen und von der Gelassenheit der Franzosen anstecken lassen. Aber ganz so einfach funktioniert das nicht.

Unvermittelt wendet sich Art zu mir um. »Wusstest du schon, dass es in Frankreich verboten ist, ein Schwein Napoleon zu nennen?«

Ich lache, weil ich es nett finde, dass er die Situation mit einem Witz auflockern will. Als ich mich lachend zu ihm drehe, bin ich mir nicht mehr so ganz sicher. »Das ist nicht dein Ernst. Oder?«

Er nickt. »Doch, natürlich ist es das. Es gibt ein Gesetz dagegen, das noch aus Napoleons Zeiten stammt. Damals nannte ein Bauer sein Schwein nach dem General. Und der erließ sofort ein Gesetz, das dies verbot.«

Darüber kann ich nur den Kopf schütteln und stöhne übertrieben auf. »Da habe ich mich ja auf was eingelassen.

Eine Woche unter irren Franzosen. Hoffentlich überlebe ich das.« Theatralisch verdrehe ich die Augen.

Endlich schlägt der Fahrer des Kleinlasters die Hecktüren zu, setzt sich ans Steuer und der Verkehr rollt wieder. Wir fahren bis ans Ende der Straße, halten uns links und biegen sofort hinter dem Ortsausgang auf eine schmale, unbefestigte Landstraße ab, die steil bergan führt.

»Das ist das letzte Stück. Nur noch zehn Kilometer, dann haben wir es geschafft.« Art atmet hörbar aus und ich merke ihm an, dass er auch endlich ankommen will. Vielleicht bilde ich es mir nur ein, aber ich glaube, Madame findet es anstrengend, die Steigung zu nehmen. Der Motor röhrt mittlerweile ziemlich laut und der Geruch nach Abgasen zieht in meine Nase. Art scheint es auch bemerkt zu haben, denn wir greifen fast gleichzeitig nach den Kurbeln und drehen die Seitenscheiben nach oben.

»Das ist echt das blödeste Stück. Bisher hat es Madame Deudeu immer ganz gut geschafft, aber heute scheint sie es schwer zu haben.« Er tätschelt die Seitenverkleidung an seiner Tür und gibt behutsam weiter Gas.

Wegen des Anstiegs werde ich in meinen Sitz gepresst, nun stemme ich aber auch meine Beine in den Fußraum, als könnte ich auf diese Weise mithelfen, diesen Berg hochzukommen. Ich schaue zur Seite. Auf Arts Stirn haben sich unzählige feine Schweißtröpfchen gebildet, er wirkt konzentriert, scheint auf etwas zu lauschen. Dann höre ich das Röcheln auch, es klingt nicht gut, eher so, als würde Madame nun echten Protest anmelden.

»*Merde,* ich muss gleich mal anhalten.«

Ich schaue nach links und nach rechts. Die Straße ist so schmal, dass wir den Verkehr blockieren, wenn wir hier halten. Vor uns fährt kein Auto, und ohne dass ich den Kopf drehen muss, weiß ich, dass auch hinter uns kein Auto kommt. Ich weiß es mit einer solchen Sicherheit, dass ich das Gefühl habe, ich hätte das alles haargenau so schon einmal erlebt.

Angst kriecht meinen Nacken empor, die ganze Gegend wirkt verlassen. Was, wenn wir jetzt eine Panne haben und nicht weiterkommen? Ich hefte meinen Blick auf Art und hoffe, die übliche Gelassenheit in seinem Gesicht zu lesen, aber er starrt auf das Armaturenbrett und stößt einen Fluch nach dem anderen aus.

Vor uns verengt sich die Straße noch ein wenig mehr, macht eine weite Rechtskurve, in der die arme Madame so sehr anfängt zu knattern, dass unter meinen Füßen das Bodenblech vibriert. Etwa zwanzig Meter weiter vorn sehe ich nun eine Bushaltestelle, die sich in einer Parkbucht befindet. Art hat sie auch schon bemerkt und dreht das Lenkrad sanft nach rechts. Im letzten Moment offenbar, denn nun setzt der Motor aus und wir rollen das letzte Stück, bis wir abrupt stehen bleiben. Art lässt den Kopf auf die Ablage sinken und hat die Fäuste so fest geballt, dass seine Hände fast weiß sind. Auf einmal habe ich das Bedürfnis, ihn trösten zu wollen, und lege meinen Arm um seine Schulter. Er hebt den Kopf und lässt ihn gegen mein Schlüsselbein sinken.

»Es tut mir so leid, Nina. Ich habe mir das anders vorgestellt. Ich wollte, dass wir würdevoll vor das Haus meiner Grand-mère rollen. Und jetzt stranden wir ausgerechnet auf den letzten Metern ...«

Ich streiche über seine dunklen Haare und möchte ihn am liebsten umarmen. Aber es riecht auf einmal, als würde unter der Motorhaube etwas vor sich hin schmurgeln. Ich seufze, löse mich von ihm und setze mich wieder aufrecht hin.

»Es ist nur eine Panne, Art. Und wir sind ja hier auch immer noch in der Zivilisation, sodass bestimmt bald jemand vorbeikommt, der uns helfen kann.« Als ich mich erneut umwende und die Umgebung betrachte, bin ich mir aber selbst nicht mehr so ganz sicher. Hier gibt es Wiesen, Hecken, ein paar Kühe weiden in einiger Entfernung. Ansonsten ist hier nichts.

»Ich steige mal aus und schaue auf den Plan, wann der nächste Bus vorbeikommt.«

Art öffnet seine Tür ebenfalls. Ich folge ihm nach draußen und beobachte, wie er die Motorhaube öffnet. Er zuckt zurück, als ein Schwall weißen Rauchs sein Gesicht trifft. Dann tritt er einen Schritt nach hinten und hebt den Kopf. Er schaut mich an und zieht die Schultern hoch. Nun kramt er sein Telefon aus der Hosentasche, dreht sich um und läuft die paar Schritte bis zum Ende der Haltebucht. Ob er seine Großmutter anruft? Helfen kann sie uns wohl auch nicht, aber vielleicht will er ihr Bescheid geben, dass wir später kommen.

Der Busfahrplan ist nur ein weißes Blatt Papier, das bis auf eine einsame Zeile leer ist. Ich schaue auf die Uhr – der einzige Bus ist seit zwei Stunden weg. Vielleicht wäre es gut, meine Eltern über die Panne zu informieren, aber ich verwerfe den Gedanken schnell wieder. Warum sollen sie sich unnötig Sorgen machen? Hätten wir so oft Rast gemacht, wie mein Vater uns geraten hat, wären wir noch lange nicht hier. Was bedeutet, dass sie überhaupt noch nicht damit rechnen, dass wir jetzt bald ankommen.

Als Art eilig auf mich zukommt, sieht er schon wieder viel zuversichtlicher aus und ich seufze erleichtert auf.

»Ich habe in einer Werkstatt angerufen, der Mechaniker kommt, so schnell er kann.«

Wir holen die karierte Picknickdecke aus dem Kofferraum und setzen uns an den Straßenrand.

»Musst du nicht bei deiner Großmutter anrufen? Vielleicht macht sie sich schon Sorgen, dass wir noch nicht da sind.«

Art wirft mir einen amüsierten Blick zu. »Nein, ganz und gar nicht. Élise ist ein Mensch, der nie irgendetwas erwartet. Das macht es ja so angenehm mit ihr.«

»Du nennst deine Großmutter beim Vornamen?« Meine eigenen Großmütter leben zwar nicht mehr, aber ich hätte sie nie und nimmer mit Else und Annemarie angesprochen.

Er lacht schon wieder. »Sie hat sogar selbst darauf bestanden. Vermutlich fand sie es schöner so.«

»Élise ist ein schöner Name. Erinnert mich an ein Klavierstück.«

Art grinst. »Klar, das spielt sie auch am allerliebsten. *Für Elise* von Beethoven. Weißt du, sie spielt wunderbar. Ich glaube, ihr gelingt alles, was sie sich vornimmt. Ich habe sie schon als Kind sehr bewundert, weil sie gegen den Willen ihrer Eltern Malerin geworden ist. Und obwohl sie auch meinem Vater alle Möglichkeiten und alle Freiheiten offengelassen hat, ist er so anders als sie. Sie wollte nie, dass er Fotojournalist wird. Aber natürlich würde sie ihm das niemals sagen.«

»Aber wenn es ihm doch Spaß macht ...«, werfe ich ein, doch Art schüttelt vehement den Kopf.

»Das tut es ja nicht. Hätte er Freude daran, würde sie

ihn unterstützen. So aber ...« Er verstummt und ich weiß auch nicht genau, was ich darauf erwidern soll. Ich glaube, alle Eltern haben bestimmte Erwartungen an ihre Kinder. Und es ist wahrscheinlich vollkommen normal, wenn sie enttäuscht sind, falls es anders kommt, als sie es sich erträumt haben. Mit meinen Eltern habe ich Glück. Vielleicht sind sie ein wenig so wie Arts Großmutter. Ich glaube, sie wollten immer, dass ich Künstlerin werde, und brauchten eine Weile, bis sie sich damit abfanden, dass es genau das Gegenteil ist, was mich interessiert.

»Wie findet sie es, dass du Koch werden willst?«

Seine Augen beginnen zu strahlen. »Sie ist stolz auf mich. Und ich denke, es ist ihr egal, was ich später mal machen will. Hauptsache, ich tue es mit Leidenschaft. Sie sagt immer: ›Menschen, die mit allem, was sie haben, an eine Sache herangehen, sind automatisch gut in dem, was sie tun.‹«

Ich nicke, weil ich mir vorstellen kann, dass Art ein wirklich begnadeter Koch sein wird. Er brennt dafür und hat diese fürsorgliche Aufmerksamkeit, die einen guten Gastgeber ausmacht. Und ich bin mir sicher, dass er es mal als Koch weit bringen wird.

Wir reden noch eine Weile über unsere Eltern und über die Pläne, die Art für diese Woche gemacht hat, bis mein Blick auf die Uhr an meinem Handgelenk fällt. Es ist schon eine Stunde vergangen und der Monteur ist noch immer nicht gekommen.

Art beobachtet mich dabei, wie ich mir schon wieder die Hände fest auf den Magen presse. »Die Uhren ticken hier ein wenig anders. Aber jetzt ist Schluss. Warte mal, ich besorge dir was zu essen.«

Er stemmt sich mit Schwung auf beide Beine, läuft um das Auto und öffnet die Tür. Als er mir eine der Bäckertüten hinhält, bin ich erleichtert. Im selben Moment richtet er schon wieder den Fotoapparat auf mich.

Art zieht ein kleines dunkles Brot heraus. »Es tut mir leid, dass ich dir im Augenblick nichts Besseres anbieten kann, aber meine hochverehrte Madame Deudeu ist im Augenblick etwas indisponiert. Während wir auf den Arzt warten, gönnen wir uns ein kleines romantisches Picknick. Was meinst du?«

Ich entreiße ihm grinsend das Brot und will gerade ein Stück vom Ende abreißen, als er sein Schlüsselbund zückt, an dem ein winziges Schweizer Taschenmesser hängt.

Dieses Messer. Die Sonne, die auf der Klinge aufblitzt. Hände, die sich mir entgegenstrecken. Ein Berg, felsiges Gestein. Der Sturz.

»Mon dieu, wir sind doch keine Banausen«, näselt er mit übertriebenem französischem Akzent, klappt das Messer auf und säbelt umständlich eine dicke Scheibe für mich ab.

Mich fröstelt, als er sie mir reicht, noch eine weitere für sich abschneidet und sich wieder neben mich setzt.

Was passiert hier – was passiert nur mit mir?

Kapitel 29

Die Würfel fallen

Manchmal ist es seltsam, an welche Dinge wir uns erinnern und an welche nicht. Es kann nichts damit zu tun haben, dass etwas bedeutend oder unbedeutend ist, denn an diesen Moment erinnere ich mich, obwohl er gar nichts Besonderes zu sein scheint. Wir beide auf dieser Decke mit den gelben und grünen Karos. Das hatten wir schon einmal – oben auf dem Kreuzberg. Doch jetzt ist es anders, denn jetzt hält Art dieses winzige Messer in der Hand, während er eine Scheibe Brot abschneidet. Über uns der azurblaue Himmel, die Sonne fällt durch das frische Grün der Eichen, die den Straßenrand säumen. Die Klinge blitzt auf, als ein Sonnenstrahl sie trifft. Dann klappt Art das Messer zusammen und steckt das Schlüsselbund zurück in die Tasche.

Ich kenne diese Szene, denn ich habe sie im Palast auf einem der Fotos gesehen. Erst das T-Shirt, jetzt die Picknickdecke und Art mit dem Messer. Häufen sich die Déjà-vus oder habe ich das schon einmal erlebt? Gibt es so etwas überhaupt, dass identische Dinge zwei Mal geschehen?

»Mal ehrlich, wenn er nicht bald kommt, verdurste ich.« Art holt sein Telefon hervor und drückt darauf herum.

Schweigend sehe ich zu, wie er die Brotscheibe auf die Decke legt, aufsteht und ein paar Schritte die Straße raufgeht. Ich höre ihn reden, seine Stimme klingt ungeduldig.

Er dreht sich um und kommt mit einem Gesichtsausdruck auf mich zu, den ich nicht entschlüsseln kann.

»Er ist unterwegs und wird in spätestens zwei Minuten hier sein.«

Ich atme aus und schließe die Augen. Alles wird gut, wenn endlich der Mechaniker da ist. Diesen Satz sage ich mir wie ein Mantra immer wieder, bis mich tatsächlich ein Motorengeräusch aus der Trance reißt. Nur wenige Augenblicke später hält ein schwarzer Kleinwagen mit weißer Schrift neben uns. Der Mann in der dunkelblauen Arbeitsmontur, der aussteigt, erfüllt sämtliche Klischees, die ich mit einem echten Franzosen verbinde. Er scheint nicht die Spur eines schlechten Gewissens zu haben, dass er so lange gebraucht hat. Er ist groß und hager, streicht sich nachdenklich über einen dünnen Schnurrbart, lediglich die Baskenmütze fehlt. Stattdessen trägt er eine dünne Strickmütze in einem ausgebleichten Grün, die beinahe ganz aufgerollt ist, sodass sie nur das obere Drittel seines Kopfes bedeckt.

Art springt auf ihn zu und die beiden begrüßen sich mit Handschlag, als würden sie sich schon ewig kennen. Weil ich praktisch kein Wort Französisch kann, versuche ich erst gar nicht, dem Gespräch zu folgen, stehe aber auf und schlendere zu den beiden rüber.

»Mademoiselle.« Der Mann von der Werkstatt nickt mir nur zu, reicht mir aber nicht die Hand, sondern wendet sich sofort wieder Art zu, der mit dem Oberkörper halb im Motorraum verschwunden ist. Schon wieder fühle ich mich entsetzlich überflüssig, obwohl mir keiner der beiden das Gefühl gibt, irgendwas von mir zu erwarten. Ich strecke den Hals, um genau beobachten zu können, was die beiden machen und welche Mienen sie aufsetzen, damit ich daraus schließen kann, wie und wann es weitergehen wird. Jetzt tritt Art einen Schritt zur Seite, während der Mechaniker zurück zu seinem Auto geht. Er lässt eine Tür zur Seite gleiten und kehrt dann mit einem riesigen Werkzeugkoffer zu Madame zurück.

Art winkt mir zu und macht ein Victory-Zeichen in meine Richtung. Ich hebe erleichtert den rechten Daumen. Meine Zunge ist trocken wie Schmirgelpapier, aber noch schlimmer ist dieses elende Magenknurren. Ich beiße von der Scheibe Brot ab und zwinge mich zum Kauen. Der Teig scheint sich in meinem Mund zu verdoppeln, aber es gelingt mir, den Bissen zu schlucken.

Ich stelle mir Arts Großmutter als eine zierliche Frau mit weißgrauen Haaren vor, die uns vor einem strohgedeckten Haus lächelnd begrüßt und sich die Hand an einer himmelblauen Schürze abwischt, bevor sie sie mir reicht. Sie bittet uns ins Haus und wir gehen über einen Flur mit abgetretenem, aber blank poliertem Dielenboden in eine riesige Küche, in der der Tisch bereits gedeckt ist. Art hat mir Kaffee und den besten Kirschkuchen der Welt versprochen. Einen, der sogar mein Leben verändern wird, wie er sagte.

Ich atme tief durch und bemerke, dass ich in der prallen Sonne sitze. Unwillig streife ich Arts Pullover über den Kopf und betaste das rote Top. Zum Glück ist es mittlerweile getrocknet. Vermutlich werden sich auf meinen Schultern sofort die üblichen Sommersprossen bilden, aber das ist mir egal. Hauptsache, wir kommen endlich weiter und ich kriege etwas zu trinken.

»Nina! Kannst du mal bitte kommen?«

Als ich Arts Stimme höre, springe ich auf und gehe eilig in seine Richtung. Je näher ich komme, umso klarer wird mir, dass er keine guten Nachrichten hat. Ich schlucke trocken und warte auf das, was er mir gleich sagen wird.

Als ich vor ihm stehe, knallt der Mechaniker die Motorhaube so heftig zu, dass Art und ich zusammenzucken. Art zieht die Schultern nach oben und die Augenbrauen zusammen. »Scheint, als wäre der Kühler kaputt. Ich hätte es mir denken können bei dem Dampf, der aufstieg, aber ich habe gehofft, dass ...«

»Und was jetzt?« Ich kann es nicht ändern, diese Nachricht ist wie ein Schlag in meine Magengrube, sodass die Worte schrill aus meinem Mund kommen.

Nun wendet sich der Monteur zu uns um und die Sätze, die er auf mich loslässt, klingen wie Pistolenschüsse, und wenn er mich dabei nicht unentwegt aufmunternd anlächeln würde, hätte ich das Gefühl, er schimpft mit mir. Nun streckt er seine Hand nach mir aus, die bis zum Unterarm mit dunklem glänzendem Motoröl beschmiert ist.

Wieder dieses Öl auf seinen Händen. Wieder seine ausgestreckte Hand. Die Welt beginnt, vor meinen Augen zu zerfließen, aber da sind seine Augen, die mich so offen und freundlich anschauen, dass ich gar nicht anders kann, als seine ausgestreckte Hand zu ergreifen.

»Er sagt, dass er in seiner Werkstatt noch die passenden Ersatzteile haben müsste.«

»Und wie kommen wir dahin?«

Art zuckt mit den Achseln. »Erst einmal gar nicht. Er ruft jetzt einen Abschleppwagen aus der Stadt. Keine Ahnung, wie lange das dauern wird. Es gibt nur einen Abschleppdienst, der am Samstag Bereitschaft hat. Aber er fragt auch nach, ob wir mitfahren dürfen. Wenn alles gut geht, dauert die eigentliche Reparatur nicht lange. Wir könnten ...«

Ich sehe, wie sehr Art das schlechte Gewissen quält, und strecke meine Arme aus. Er schüttelt den Kopf, will weitersprechen, und als ihm eine seiner dunklen Strähnen in die Stirn fällt, wische ich sie mit einer Handbewegung fort, in die ich so viel Zärtlichkeit lege, wie mir möglich ist.

»Mach dir keine Gedanken. Dann kommen wir eben später an und ab dann werden wir eine wunderbare Woche miteinander verbringen.«

Als er nickt, fällt mein Blick erst auf die Grübchen, die sich in seinen Wangen bilden, dann auf seine Stirn, über die sich nun ein glänzend schwarzer Schmierstreifen zieht. Ich mustere meine Hand und möchte lachen, weil auch die total schmutzig ist, aber ich kann nicht.

Der dunkle Strich in seinem Gesicht, der Blick, den Art mir zuwirft.

Diese Déjà-vus machen mich fertig. Erst die Decke, dann das Öl auf den Händen des Monteurs, jetzt auf Arts Gesicht. Ich komme mir vor, als würde ich auf einer Bühne stehen und hätte den Text vergessen.

Der Monteur beobachtet uns beide stumm und dreht seine Handflächen vor dem Bauch auf und ab. Dann beginnt er erneut, in einem rasenden Tempo auf Art einzureden, der immer wieder rechts von uns hinauf in die Berge schaut und dann auf mich. Mit einer Geste wischt er die Worte beiseite, die der Mechaniker von sich gibt.

In diesem Moment scheinen die winzigen Schweißperlen, die sich auf meiner Stirn gebildet haben, zu gefrieren. Jedes einzelne Detail läuft genauso ab wie in meiner Erinnerung. Aber nein, das stimmt nicht, korrigiere ich mich sofort. Das waren Fotos, die im Palast hingen. Ich habe sie angeschaut und in meiner Fantasie mit den fehlenden Einzelheiten ergänzt. Aber wie kann etwas, das ich mir nur in meinem Kopf vorgestellt habe, auf einmal wirklich passieren?

Ganz offensichtlich spiegelt sich mein Entsetzen auf meinem Gesicht, denn Art schaut mich stirnrunzelnd an und wirkt verunsichert. Er legt beide Hände auf meine Schultern, und als ich merke, dass er mich an sich ziehen will, versteife ich mich unwillkürlich. Ich will ihm sagen, dass hier irgendwas ganz und gar nicht stimmt, aber er hat sich schon abgewandt und redet mit dem Mann von der Werkstatt, der sein Telefon noch in der Hand hält.

Wieder gestikuliert er und weist in Richtung des Waldes, der neben uns die Straße säumt. Mein Blick folgt seinem Zeigefinger und jetzt fällt mir ein schmaler Pfad auf, der sich vom Rand der Landstraße in den Wald und den Berg hinaufschlängelt.

Art drückt dem Mann den Autoschlüssel in die Hand. Der Mechaniker zwinkert mir kurz zu, bevor er ins Auto steigt und die Tür zuschlägt. Auf der schmalen Straße braucht er zum Wenden drei Anläufe, dann drehe ich mich wieder zu Art um. »Und was machen wir jetzt?«

Art stützt die Hände auf Madames Dach. »Wir können hier entweder auf den Abschleppwagen warten oder wir gehen zu Fuß.«

»Zu Fuß?« Ich neige meinen Kopf ein wenig zur Seite und schaue demonstrativ die lange Straße runter, die sich schier endlos durch eine bewaldete Einöde zu schlängeln scheint.

Er beugt sich zu mir und streicht mit zwei Fingern zart

über meine Wange. »Ich habe mich selbst gar nicht mehr daran erinnert, aber Monsieur Bernard hat mich darauf hingewiesen, dass das Haus meiner Großmutter keine drei Kilometer Luftlinie entfernt liegt, wenn wir den Weg den Berg hinauf nehmen.«

Ich wundere mich über mich selbst, als ich sofort heftig nicke, aber alles, woran ich denken kann, ist, dass ich ganz dringend was zu trinken brauche.

»Alles klar, dann lass uns das so machen.«

Ganz offensichtlich freut sich Art darüber, dass wir hier wegkommen – genau wie ich.

Ich fasse nach dem Griff, um die Tür zu öffnen, aber sie ist verschlossen. »Mist, wir können unsere Sachen jetzt gar nicht mehr rausholen. Der Typ hat deinen Schlüssel mitgenommen.«

Art zuckt mit den Schultern. »Wir holen das Gepäck später aus der Werkstatt ab.« Dann scheint er für einen Moment zu überlegen und fügt hinzu: »Der Pfad nach oben ist sowieso viel zu steil, um die Reisetaschen mitzuschleppen.«

Ich werfe einen Blick auf den Wald und folge in Gedanken dem schmalen Weg, der von hier aus ziemlich unscheinbar aussieht. Denkt er etwa, ich wäre überfordert? Dann erst fallen mir meine Beine ein und ich weiß auf einmal selbst nicht mehr ganz genau, ob ich mir nicht zu viel zutraue. Vielleicht wäre es doch besser, wenn wir hier warten würden, bis uns jemand mitnimmt.

Art scheint die Zweifel in meinem Blick zu lesen. »Wenn wir bei meiner Großmutter sind, essen und trinken wir erst mal ganz in Ruhe was, danach bitten wir einen Nachbarn, uns in die Stadt zu fahren. Wenn wir Glück haben, hat

Bernard das Auto sogar schon repariert, wenn wir ankommen. Dann können wir es gleich mitnehmen.«

Ich finde, das ist ein guter Vorschlag, und nicke. »Alles ist besser, als hier in der Hitze zu warten und immer nur an diesen dämlichen Durst zu denken.«

Art nimmt meine ausgestreckte Hand und wir laufen los.

Kapitel 30

Nicht denken, nur fühlen

Der Pfad wirkt zunächst, als würde er häufig von Spaziergängern benutzt. Die Erde ist festgetreten und führt geradewegs in den Wald hinein. Von einem Moment auf den anderen spüre ich nichts mehr von der Hitze, die Luft ist angenehm kühl und so rein, dass ich das Gefühl habe, noch nie in meinem Leben derart saubere Luft geatmet zu haben. Ganz sicher ist das Blödsinn, aber mit Art hier unter den dichten Baumkronen entlangzulaufen, erinnert mich an ein Märchen. Ein leichter Wind fährt durch die Bäume und bringt sie zum Wispern. Erst denke ich, dass es die Stille ist, die mich so in ihren Bann zieht, weil ich das aus Berlin nicht gewohnt bin. Aber das ist es nicht allein, denn als ich genauer hinhöre, bemerke ich die unzähligen Geräusche. Über uns in den Ästen sitzen Vögel, die leise zwitschern, immer wieder knackt es im Gehölz und da ist auch das Summen von Zikaden.

»Es ist wunderschön hier.« Obwohl ich nur geflüstert habe, fühle ich mich wie ein Störfaktor in dieser Idylle. Ich halte kurz inne und warte, aber ich habe kein Tier aufgescheucht und nicht den Frieden derer gestört, die hier zu Hause sind.

Art legt eine Hand um meine Schulter und zieht mich zu sich heran. Ich denke, dass er mich küssen wird, und bereite mich auf das kribbelnde Gefühl vor, das seine Lippen gleich auf meinen hinterlassen werden. Aber er streicht mir nur sanft ein paar Strähnen aus der Stirn und mein Puls beruhigt sich schlagartig wieder. Als er weiterlaufen will, greife ich nach seinem Arm und halte ihn zurück. Dann umschlinge ich seinen Körper und ziehe ihn fest an mich. Ich spüre, wie Art sich entspannt, hebe den Kopf und gebe ihm einen Kuss auf den Mund.

Der Weg ist gerade breit genug, dass wir nebeneinander laufen können. Hand in Hand stapfen wir zwischen Tannen, Farnen und Laubbäumen hindurch und müssen uns immer öfter unter tief hängenden Ästen und Zweigen bücken, um überhaupt voranzukommen. Je tiefer wir in den Wald vordringen, umso öfter versinken meine Chucks im weichen Boden. Die Sohlen sind von Schlamm überzogen, weil der Regen der letzten Tage hier noch nicht weggetrocknet ist. Ununterbrochen habe ich das Summen winziger Insekten in den Ohren und nach ein paar Minuten schlage ich zum ersten Mal hart auf meinen Oberarm, auf dem sich eine Mücke niedergelassen hat.

»Verdammt.« Ich starre auf meinen Arm und sehe, dass sich die leichte Rötung in eine fette Quaddel verwandelt.

Art grinst. »Du bist ein echtes Stadtkind, weißt du das? Man soll sie zu Ende stechen lassen, dann juckt es hinterher nicht so schlimm, weil sie so was wie ...«

Ich warte nicht ab, bis er fertig geredet hat, sondern laufe einfach weiter. Gute Ratschläge zum Umgang mit diesen widerlichen Miniviechern sind echt das Letzte, was ich jetzt gebrauchen kann. Schon wieder hängt ein Ast so tief, dass ich mich mit der einen Hand an einem moosbewachsenen Baumstamm abstütze und mit der anderen ein Schlingengewächs zur Seite schiebe. Art hat gemeint, es wäre nicht weit, aber wenn ich gewusst hätte, dass wir uns quasi erst einen Weg durch den Dschungel bahnen müssen, wäre ich beim Auto geblieben. Um mich herum ist alles grün. Die Bäume, das brusthohe Unkraut, auch wenn ich hochschaue, sehe ich nur Blattwerk und keinen Himmel. Das habe ich mir anders vorgestellt, so wie es jetzt ist, hat das ganze Unterfangen nichts, aber auch gar nichts mit einem romantischen Waldspaziergang zu tun. Ich stöhne und bücke mich, dann verharre ich und halte den Ast fest, bis Art zu mir aufgeschlossen hat.

Nach ein paar weiteren Schritten hält irgendwas mich zurück und ich beginne schon wieder zu fluchen.

»Warte mal«, sagt Art und geht neben mir in die Hocke. Als ich nach unten schaue, sehe ich, dass sich mein rechter Knöchel in einem Dornengestrüpp verfangen hat. Das alles kommt mir so bescheuert vor, dass mir schon wieder die Tränen in die Augen steigen.

Art richtet sich auf und sieht mir fest ins Gesicht. »Tut mir leid, ich bin diesen Weg als Kind zum letzten Mal gegangen und für mich war das damals wie ein großes Abenteuer.«

Ich atme tief durch. »Wirkt so, als würden nicht viele Leute hier langlaufen.«

Er blickt sich um. »Da hast du recht. Früher war das hier ein Schmugglerpfad. Jedenfalls hat mein Großvater mir das erzählt. Ob es stimmt, weiß ich nicht. Gut möglich, dass er mich nur bei Laune halten wollte, weil ich genauso mürrisch war wie du.«

Jetzt muss ich lachen, weil es mir nicht schwerfällt, mir Art als Kind vorzustellen. Er ist witzig und locker und wirkt nicht so schrecklich erwachsen. Gerade will ich ihn fragen, ob es bei seiner Großmutter vielleicht noch Fotos von ihm gibt, da knackt etwas ganz dicht neben uns im Gebüsch. Ich zucke zusammen und dränge mich dichter an Art. Ganz deutlich spüre ich, dass die Schlagader an meinem Hals pulsiert. Dann wieder ein Knacken, ein Rascheln – irgendwas schleicht da durchs Unterholz. Ich sehe Art an, dass er es auch gehört hat, und lege meine Hand in seine. Er drückt sie fest und lauscht. Auf einmal scheint es vollkommen still zu sein, aber es ist eine Stille, die mir Angst einjagt, weil sie auf die Abwesenheit von etwas hindeutet. Weil sie etwas ankündigt, das gleich passieren wird.

Wir stehen einige Momente schweigend da, bis ich das Gefühl habe, es nicht mehr aushalten zu können. »Meinst du, dass es hier wilde Tiere gibt?« Obwohl ich nur flüstere, kommt meine Stimme mir vor wie ein Donnerschlag.

Er schüttelt den Kopf. »Nein, glaube ich nicht. Auf jeden Fall keine Bären oder Wölfe oder sonst irgendwas, das uns gefährlich werden könnte.«

Ich nicke, weil ich ihm das gern glauben möchte, aber ich habe nicht vergessen, dass er den Weg das letzte Mal als kleiner Junge gegangen ist.

Vorsichtig tasten wir uns weiter und halten die Köpfe gesenkt, weil der Boden an dieser Stelle von dicken Wurzeln durchzogen ist, sodass ich Angst habe zu stolpern – besonders auf meinen wackeligen Beinen ist diese Route eine echte Herausforderung. Die Stämme der umliegenden Bäume sind von Efeu überzogen und ich versuche, mich an das Wort zu erinnern, dass uns im Biounterricht für dieses Phänomen beigebracht wurde. Berlin, die Schule, meine Eltern, selbst die Klinik – alles scheint so weit weg zu sein, als gehörte es nicht zu meinem Leben.

Mir fällt ein, dass sich meine Mutter vermutlich langsam Sorgen macht, und ich werfe einen Blick auf die Uhr. »Es ist gleich halb sieben, was meinst du, wann geht die Sonne unter?«

Art zuckt mit den Achseln. »Noch lange nicht. In ein paar Stunden vielleicht.«

Mir ist klar, dass er seiner Stimme ganz bewusst einen festen Klang gibt, dennoch hört es sich für mich so an, als kämen auch ihm langsam Zweifel, dass es eine gute Idee war, uns zu Fuß auf den Weg zu machen. Was sollen wir tun, wenn wir es nicht vor Sonnenuntergang bis zu seiner Großmutter schaffen? Bei dem Gedanken daran, im Dunkeln durch den Wald zu laufen, schnürt sich mir die Kehle zu.

Schon wieder müssen wir um dichtes Gestrüpp herumlaufen, aber ich halte meinen Blick fest auf den Weg gerichtet, weil der sich immer mehr aufzulösen scheint und ich Angst habe, ihn zu verlieren.

»Wir werden es schaffen«, meint Art.

Als wir über einen umgestürzten Bauchstamm klettern müssen, halte ich kurz inne, weil mir langsam die Luft ausgeht. Bisher habe ich es kaum bemerkt, aber ein Blick zurück zeigt mir, dass sich der Weg inzwischen steil bergauf schlängelt. Ich werte das einfach als gutes Zeichen, weil wir ja sowieso nach oben zu Élises Haus müssen. Und je früher wir mit dem Aufstieg beginnen, umso eher sind wir da. Außerdem habe ich die Hoffnung, dass es weiter oben weniger Bäume gibt und damit weniger Hindernisse, die uns den Weg versperren. Ich hebe vorsichtig das rechte Bein, weil es schmerzt und ich es nicht so belasten will. Dann schwinge ich es über den Stamm und stütze mich mit der Hand ab, bevor ich das andere rüberziehe. Unter meinen Fingerspitzen fühle ich die raue knorrige Rinde und mich durchzuckt der Gedanke, dass dieser Baum um so vieles älter gewesen sein muss als ich. Und dennoch ist er aus irgendeinem Grund gestürzt, liegt jetzt hier und wird langsam verrotten. Er wird wieder zu der Erde werden, aus der er hervorgegangen ist, und den Kreislauf des Lebens vervollständigen.

»Nina, kommst du? Oder sollen wir für ein paar Minuten ausruhen?«

Ich winke ab und will Art so schnell wie möglich hinterher, dabei komme ich ins Straucheln. Als hätte er damit gerechnet, ist er plötzlich neben mir, springt mir zu Hilfe und fasst unter meine Achsel, um mich zu stützen. Dann lässt er mich los, aber schon im nächsten Moment stolpere ich über die Ecke eines Findlings, die aus dem Boden ragt. Der Schreck fährt wie ein Blitz in mich und ich strecke die Hände aus, um meinen Fall abzufangen. Erst im letzten Augenblick gewinne ich mein Gleichgewicht zurück und atme tief durch.

»Ich stelle mich so dämlich an. Sorry, ich bin total ungeschickt.«

Art lächelt und zieht mich in seine Arme. Ich rechne damit, dass er wieder behauptet, das wäre alles halb so schlimm. Aber das tut er nicht, hält mich nur fest, sodass ich seinen Atem dicht an meinem Ohr spüre und das Gefühl der Geborgenheit genieße. Ich bin sicher, solange er hier bei mir ist, kann mir nichts passieren. Mein Herzschlag beruhigt sich langsam, wird aber sofort wieder schneller, als er über meinen Kopf streicht.

Als es unweit von uns wieder knackt, zucke ich zurück

und stoße mit dem Rücken gegen einen Ast. Ein wilder Schmerz lässt mich aufschreien. Jetzt kann ich die Tränen nicht mehr zurückhalten. Sie laufen ohne mein Zutun über meine Wangen und ich kann nichts mehr sehen.

Wieder zieht Art mich an sich. »Beruhige dich bitte. Hat es so wehgetan?«

Unwillig schüttle ich den Kopf und taste an meiner Wirbelsäule entlang. Mein Top ist unterhalb meines Schulterblatts gerissen, aber es scheint nicht zu bluten, obwohl ich fühlen kann, dass sich eine lange Schramme auf meiner Haut entlangzieht. *Eine Schramme nur, nichts Schlimmeres,* rede ich mir ein.

»Nein, ich habe nur einen Schreck bekommen. Und außerdem sind meine Nerven ziemlich runter. Lass uns machen, dass wir hier wegkommen.« Vor jedem anderen würde ich mich für meine Reaktion schämen, aber bei Art weiß ich, dass er Geduld mit mir hat. Widerwillig löse ich mich aus seiner Umarmung. Wenn ich könnte, würde ich Ewigkeiten so stehen bleiben und seine Nähe genießen, aber wir müssen weiter.

»Wenn dir das lieber ist, gehen wir zurück zur Straße.«

»Nein, auf gar keinen Fall. Womöglich haben sie dein Auto schon abgeholt und dann stehen wir da und müssen warten, bis uns jemand mitnimmt.«

Unschlüssig verharrt er und hält den Kopf schräg. »Aber gleich geht es den Berg hoch. Vielleicht war es doch keine so gute Idee, das mit deinen Beinen zu versuchen.«

Meine Beine. Ich mache einen Schritt zur Seite und versuche, der Bewegung nachzuspüren, indem ich meine Gedanken und Empfindungen gezielt auf meine Schenkel, Waden und Füße lenke. Da ist kein Schmerz mehr, jedenfalls nicht, wie ich ihn erwarte. Kein Stechen in den Unterschenkeln, kein Ziehen in den Knien und auch meine Knöchel protestieren nicht wütend, als ich versuchsweise ein Stück nach oben hüpfe und auf dem morastigen Boden wieder aufkomme. Alles fühlt sich so normal an, wie es wahrscheinlich vor meinem Unfall der Fall war. Seltsam. Gerade eben waren die Schmerzen doch noch zu spüren? Genau kann ich mich nicht daran erinnern, aber es ist doch so, dass man Dinge oft erst dann wahrnimmt, wenn irgendwas mit ihnen nicht stimmt. Wenn sie nicht so funktionieren, wie sie sollten. Ganz langsam drehe ich mich um meine eigene Achse, werde immer schneller, bis das Grün mit den Lichtblitzen verschmilzt, die die Sonne durch das Blätterdach schickt.

»Nina?«

Mir ist klar, dass ich eine seltsame Figur abgebe, wie ich hier im Wald zu einer lautlosen Musik tanze. Ich strecke die Hand nach Art aus, möchte, dass er sich mit mir zusammen dreht.

Er greift nach meinen Fingern und umschlingt mit dem anderen Arm meine Hüfte. Für einen Augenblick stehen wir einander gegenüber wie zwei Tänzer, kurz bevor die Musik einsetzt. Er macht einen Schritt nach vorn, führt mich zur Seite und dann drehen wir uns gemeinsam. Wieder spüre ich die Wärme seines Atems in meinem Ohr und auf einmal ist es mir, als hörte ich die sanften Klänge eines Klaviers.

Ohne den Tanz zu unterbrechen, halten wir beide den Atem an und lauschen.

Kapitel 31

Zögern, Angst, Todesangst

Der Weg macht eine Biegung, wir laufen sie entlang oder besser: Wir tänzeln noch immer, lachen über uns selbst, schauen hoch in die Sonne, die langsam tiefer sinkt. Ich bin selbst verwundert, wie schnell meine Stimmung von einem Extrem ins andere umschwingt. Ich vergesse die lange Fahrt, die Tatsache, dass Madame Deudeu uns im Stich gelassen hat. Ich vergesse die Warterei auf den Mechaniker und vor allem vergesse ich den Durst.

Da sind nur noch Art und ich und dieser Wald, der für einen Moment ganz uns gehört. Nur diese unerträgliche Leichtigkeit, die mich erfüllt, die mich so sehr ausfüllt, dass ich das Gefühl habe, bei jedem Atemzug ein Stück von ihr auszustoßen und trotzdem für immer genug zu haben. Ich schaue Art an, seine Hand, die meine festhält, und weiß, dass es ihm ähnlich geht. Ich sehe es an dem Blick, mit dem er meinen erwidert, und an dem Lächeln, das diesmal nicht strahlend ist, nicht breit, sondern so zärtlich, dass es fast schon wehtut. Und ich wünschte, die Zeit würde sich in diesem Moment ins Unendliche dehnen, weil das, was ich gerade habe, alles ist, was ich brauche.

Als sich vor uns eine weite Lichtung auftut, die dicht mit Gras bewachsen ist, bleibt Art stehen und streckt seine Hand aus. Ich folge mit meinem Blick der Richtung, in die sein Finger zeigt, und in diesem Moment lässt ein Sonnenstrahl die Fenster eines Hauses aufblitzen, dessen Umrisse sich vor meinen Augen von der grauen Silhouette des Berges abheben.

Art geht weiter, Schritt für Schritt über die Wiese, vorbei an gelben Blumen, die wie eine wilde Armee dort stehen. Ich will ihm nach, aber mein Blick haftet auf der Reflexion in den Scheiben. Ich recke das Kinn, hebe den Kopf, soweit es geht, und kneife die Augen zusammen. Ein Bild brennt sich in meine Netzhaut und hinterlässt dort ein Negativ. Ich schirme mit der Hand die Augen ab, aber es bleibt dort haften.

Ein Haus aus Glas, ganz oben auf einem hohen Berg. Dicht an eine Klippe gebaut. Die Sonne, die ihre Strahlen gegen seine Fenster prallen lässt.

»Nina, los, es ist nicht mehr weit.«

Ich will ihm antworten, öffne den Mund, aber ich bringe keinen Ton heraus. Ich will zu ihm gehen, aber meine Füße sind wie einbetoniert. Etwas in mir will nicht, dass ich auch nur einen einzigen Schritt in diese Richtung gehe. Eine Warnung gellt wie ein Schrei in meinem Kopf. Da ist dieses Gefühl in meiner Magengegend, ein Brennen, das zunächst kleine Flammen wirft, bis es sich schließlich zu einer lodernden Furcht entwickelt. Wie passt das alles zusammen? Arts T-Shirt. Das Picknick am Straßenrand. Das Messer, der Mechaniker. Der Schmutzstreifen, der sich über Arts Stirn zieht. Und jetzt dieses Haus!

Art hat sich umgedreht, sieht mich an. Er winkt mir zu, ruft etwas, das ich nicht verstehen kann, obwohl er keine zehn Schritte von mir entfernt steht. Ich gerate ins Taumeln, suche Halt, klammere mich an einen dünnen Zweig.

Er ist fester, als ich gedacht habe, und hält mich vom Fallen ab. Für einen Moment stehe ich sicher, aber dann bricht mir der Schweiß aus allen Poren. Er läuft meinen Rücken herab, die Schramme auf meiner Wirbelsäule brennt. Ich reiße den Mund auf, stoße einen lächerlich dünnen Schrei aus. Zögern. Angst. Todesangst. Art stürzt auf mich zu, ich sehe ihn kommen. Und in diesem Moment weiß ich es. Ich weiß alles – schon immer. Ich kenne die Wahrheit und schlage die Hände vor mein Gesicht.

»Nina, was ist los? Geht es dir nicht gut? Tun deine Beine weh?«

Der Schmerz aus dem Magen ist in meinen Kopf gewandert und hämmert gegen meine Schläfen. Dieser Schrei. Ich habe ihn schon einmal gehört. Nein, nicht nur einmal. Ich höre ihn immer wieder, in jeder verdammten Nacht.

»Bitte lass uns zurückgehen.« Mein Herz klopft und ich beobachte Art ganz genau.

In seiner Miene spiegelt sich das Erstaunen, schlägt um in Verwunderung, in Ungläubigkeit. *»Naine,* es ist nicht mehr weit. Wenn wir jetzt zurückgehen, schaffen wir es vielleicht nicht einmal bis zur Straße, bevor es dunkel wird. Bitte, lass uns weitergehen. Élises Haus ist schon zu sehen. Zur Not machen wir eine Pause. Ich kann mich erinnern, dass da ein paar Felsvorsprünge sind, auf denen du verschnaufen kannst.«

Beim Wort Felsvorsprung läuft es mir kalt den Rücken herunter.

Ich zittere inzwischen am ganzen Körper. »Bitte, lass uns umkehren. Ich will da nicht hoch. Ich kann da nicht hoch.« Mehr bringe ich nicht raus und ich hoffe, dass es ausreicht, um ihn zu überzeugen. Die ganze Zeit hat er immer im

Voraus geahnt, was ich wollte, was ich brauchte, was gut für mich war. Warum nicht jetzt? Warum gerade in diesem Augenblick nicht?

»Wenn du zwischendurch zu erschöpft bist, um weiterzuklettern, ruhst du dich aus.« Er sieht mich verständnisvoll an, aber er begreift rein gar nichts.

Ich schüttle den Kopf und wende mich um. »Dann geh du allein. Ich mache mich auf den Rückweg. Keine zehn Pferde bringen mich diesen Berg hinauf.«

Art starrt mich an, seine Lippen sind nur noch ein blasser Strich. »Jetzt hör endlich mit deiner Jammerei auf, Nina. Das geht schon den ganzen Tag so. Erst hattest du Hunger, dann Durst, dann war es dir zu heiß, dann gefällt dir der Weg nicht. Es tut mir leid, verdammt noch mal. Ja, ich habe alles vermasselt. Ich wollte mit dir nach Frankreich fahren – ja. Leider besitze ich nur ein Auto, das nicht ganz so gut in Schuss war, wie ich gehofft habe – ja. Und ich habe dir auch noch einen Weg durch den Wald zugemutet, obwohl du wahrscheinlich lieber einen roten Teppich gehabt hättest. Alles richtig. Aber verdammt noch mal: So ist das eben im Leben. Man malt sich etwas aus und es kommt doch ganz anders. Wann lernst du endlich, damit umzugehen?«

Er sagt all diese Dinge, streckt aber gleichzeitig die Hände nach mir aus.

Wütend schlage ich sie weg. »Du wagst es, das zu mir zu sagen? Zu mir?«, fauche ich. »Ich habe einen Unfall gehabt, bin ins Koma gefallen und wieder aufgewacht. Ich habe so viele Wochen in diesem beschissenen Krankenhaus rumgelegen. Und du wagst es, mir zu sagen, ich würde nur jammern? Willst du mir sagen, ich würde immer gleich aufgeben? Willst du allen Ernstes behaupten, ich würde nicht kämpfen? Du hast ja keine Ahnung!«

Sein Blick wandert über mein Gesicht und ich sehe, wie tief ich ihn getroffen habe. Ich würde ihm gern sagen, dass ich ihn nicht verletzen wollte, aber er hat den Kopf schon gesenkt, sich umgedreht und geht davon. Ein Schritt, ein zweiter. Wenn ich noch länger warte, wird er weg sein. Schon hat er einen Fuß auf den Pfad gesetzt, der sich steil am Berg entlangschlängelt.

Seine Schritte dröhnen wie Donnerschläge in meinen Ohren, aber ich weiß, dass sie das nur in meinem Kopf tun. Der Wald hört nichts davon, die Vögel bleiben auf ihren Ästen sitzen, als sei nichts geschehen. Die Baumwipfel biegen sich weiter im sanften Wind, als sei alles nur Einbildung, nur Trug, nur ein Fehler in meinem Gehirn, dass meine Welt gerade vollends aus den Fugen gerät. Und vielleicht ist das ja auch nur ein Irrtum, vielleicht sind all meine Gefühle, Gedanken und Erinnerungen nur ein Witz.

Ja, ich habe mich bei Art zum ersten Mal seit Langem wieder lebendig gefühlt. Und ja, bei ihm war nichts von der Unsicherheit zu spüren, die mich seit dem Unfall in ihren Besitz genommen hatte. Wenn ich mit ihm zusammen war, habe ich mir irgendwann nicht mehr ständig die Frage gestellt, ob ich mir überhaupt selbst über den Weg trauen kann. Denn das ist doch das eigentliche Problem, oder? Der Mensch, dem man im Normalfall am meisten vertraut, ist man selbst. Weil man sich kennt, weil man seine eigenen Beweggründe kennt. Man ist sogar mit der dunkelsten Seite des eigenen Ich vertrauter als mit jedem anderen Menschen.

Ich aber nicht. Nicht mehr. Ich habe all das, was heute passiert ist, schon einmal erlebt. Ich habe mich an das gelbe Shirt erinnert, an die Aufschrift *MERDE*. Ich wusste vorher, dass Art ein Messer in der Hand halten würde, dass er mir eine Scheibe Brot damit abschneiden würde. Unsere Rast am Rande dieser Landstraße. Ich habe den Monteur gesehen, der unter der Motorhaube hervorschielt. Die Ölschliere in Arts Gesicht. Ich erinnere mich an dieses Haus auf den Klippen mit den riesigen Fenstern.

Art ist nun schon mindestens zwanzig Meter weitergelaufen. Ich muss den Kopf heben, um seine immer kleiner werdende Gestalt auszumachen. Kurz schließe ich die Augen und sehe das Bild, das ich am meisten fürchte.

Die Hand, die mich gestoßen hat. Oder die mich stoßen wird? Oh Gott, ich weiß nicht mehr, was ich denken soll. Und da ist niemand, der mir hilft. Art, der einzige Mensch, von dem ich sicher bin, dass er nur mein Bestes will, entfernt sich gerade immer weiter von mir. Geht mir mit jeder Sekunde, die ich hier unten stehe, ein Stück mehr verloren. Da ist diese Hand, die in meinem Traum und in meinen Ängsten immer näher kommt und mich stoßen wird. Aber hier ist niemand außer mir und Art.

Ich laufe los, rufe ihm nach, er solle auf mich warten. Gerade verschwindet er hinter einer Biegung, sodass ich ihn nicht mehr sehen kann. Das Gefühl des Verlassenseins ist stärker als meine Angst. Ich muss ihm vertrauen, verdammt, ich *will* ihm vertrauen, alles andere wäre der totale Irrsinn.

Sie würden richtig handeln, wenn sie mich sofort wieder in die Klinik einweisen würden. Es ist mein Art, verdammt noch mal. Derselbe Art, mit dem ich eben noch im Wald getanzt habe. Niemals würde er mir etwas tun.

Ich stürze hinter ihm her und mache mich daran, auf dem

Pfad nach oben zu steigen, mein Atem pfeift, als ich den ersten Schritt mache. Nach wenigen Metern schon brennen meine Oberschenkel und mein Rücken schmerzt von der ungewohnt gebückten Haltung, weil ich mich nicht traue, mich aufzurichten, sondern jeden Moment damit rechne, dass ich auf dem glatten Stein ausrutsche. Wenn das passiert, muss ich den Sturz abfangen können. Ich will stehen bleiben, will Art nachrufen, aber mein Atem reicht nur für eines von beiden. Entweder gehe ich ihm so schnell wie möglich hinterher oder ich halte an und schreie. Das Risiko, dass er mich nicht hört, ist zu groß. Die Entfernung ist mittlerweile groß, obwohl ich sie nicht richtig einschätzen kann, denn ich sehe ihn nicht mehr. Schon seit Minuten nicht. Und die Tatsache, dass er nicht da ist, dehnt die Zeit bis ins Unendliche. Ist das nicht das, was ich mir noch vorhin gewünscht habe? Dass der Augenblick nie vergehen möge? Hüte dich vor deinen eigenen Wünschen, denn sie könnten in Erfüllung gehen.

Ich bin so in meinen Selbsthass versunken, dass ich erst merke, wie hoch ich schon gestiegen bin, als sich spitze Steine in die Sohlen meiner Chucks bohren. Ich zucke zusammen und kann nicht weitergehen. Alles, was mir durch den Kopf schoss, gilt noch immer. Aber irgendwo vor mir ist Art und der einzige Weg, von dem ich im Leben jemals wusste, dass er der richtige ist, führt ihm hinterher nach oben. Die Gewissheit trifft mich wie ein Boxhieb in der Magengrube. Ich setze einen Fuß vor den anderen und habe das Gefühl, mich durch zähen Treibsand zu bewegen. Nur mit Mühe ziehe ich den zweiten Fuß nach und gehe weiter. Mein Gehirn ist es nicht, das mich steuert. Es ist nur mein Bauch, nur mein Gefühl. Meinen Kopf habe ich schon lange ausgeschaltet, es ist sicherer so, da mich sonst die Angst einholen könnte.

Ein Schritt, ein weiterer.

Ich will da nicht hoch, aber ich gehe.

Ich will wieder umdrehen, aber ich gehe weiter.

Jeder Schritt kostet Überwindung. Die Übelkeit, die in mir aufsteigt, will mich zur Umkehr zwingen. Auch die Schwäche in meinen Beinen kann ich kaum noch ignorieren. Erst als meine Sinne beginnen, mir Streiche zu spielen, werde ich wieder wacher. Es ist, als hätte sich ein Schleier über den grauen Felsen gelegt, als würde alles um mich herum im Nebel seine Konturen verlieren. Ich schnappe nach Luft, keuche, versuche, mich auf den Weg zu konzentrieren, der vor mir liegt.

Obwohl ich außer den kleinen Steinchen auf dem Boden kaum etwas erkennen kann, mache ich vorsichtig einen Schritt nach vorn, doch in der Bewegung verschwimmt alles noch mehr, wird dunkler, bis es fast schwarz ist. Ein Blinzeln bringt mich wieder zurück. Auf meine Augen kann ich im Moment nicht zählen, aber meine Ohren scheinen besser zu funktionieren als zuvor. Da ist Vogelgesang, das Rauschen der Blätter und ich nehme sogar das Geräusch wahr, mit dem die Äste aneinanderreiben, obwohl der Wald mittlerweile weit unter mir liegt. Links von mir befindet sich der Abgrund, rechts die raue Felswand, in deren Rissen sich grünes und graues Moos ausgebreitet hat. Mein Herzschlag dröhnt in meinem Kopf und selbst mein Blut scheint schneller durch meine Adern zu pumpen. Wieder setze ich einen Fuß vor den anderen, den Tritt der Gummisohlen nehme ich mit Widerhall wahr, so sehr ist mein Gehör geschärft.

Noch vor wenigen Minuten war ich sicher zu wissen, was gleich passieren wird. Aber wenn ich es wüsste, wenn es wirklich wahr sein könnte, dann würde ich nicht weiterlaufen. Das würde nur jemand tun, der den Verstand verloren hat. Aber ich bin nicht verrückt. Ich will nicht verrückt sein.

Noch ein Schritt – und wieder beginnt sich alles zu drehen. Die Sehnsucht nach einem Geländer, nach einem doppelten Boden, einem Sicherheitsnetz wächst ins Unermessliche. Aber hier ist nichts, woran ich mich festhalten könnte. Als ich weiter vorwärtsstolpere, klingt mein Keuchen so laut in meinen Ohren, dass ich zusammenzucke. Ich wünschte, Art wäre bei mir. Im meinem Kopf höre ich sein Lachen, ich denke an die Grübchen, die sich in seinen Wangen bilden, an das Blitzen in seinen Augen.

»Art?« Das Wort scheint einen Augenblick vor mir in der Luft zu stehen, dann sinkt mein Ruf neben mir in den Abgrund und wird von ihm verschluckt. »Art!«

Ich lausche, aber da ist nichts, noch nicht einmal ein Echo meines Schreis. Mühsam schleppe ich mich weiter, stemme mich gegen die Steigung. Ein Schluchzen rollt in meiner Kehle heran, aber selbst zum Weinen fehlt mir die Energie. *Richte deinen Blick fest auf das Ziel,* schießt es durch meinen Kopf. Aber ich traue mich nicht, meine Augen nach oben zu richten. Viel zu groß ist meine Angst, auf diesem schmalen Felsweg zu stolpern und zu fallen. In einer Biegung verengt sich der Pfad und ich presse mich dicht an die Felswand neben mir. Da vorn liegt ein Brocken, zu groß, um ihn umrunden zu können. Ich presse meine Handflächen darauf und wundere mich, wie kühl der Stein ist. Konzentriert steige ich darüber hinweg, ohne die Hand von der Wand zu lösen. Hinter der Kurve baut sich graues Gestein vor mir auf. Bin ich in einer Sackgasse gelandet? Was soll ich jetzt tun?

»Nina?«

Mein Blick schnellt nach oben. Die Stimme kam von rechts und sie gehört eindeutig Art.

»Art? Wo bist du? Hier geht es nicht weiter!«

»Hier oben. Halt dich an dem Baum fest und dann komm hoch, ich warte auf dich.«

Baum? Welcher Baum? Hektisch wende ich mich nach rechts und nach links, bis mein Blick auf einen schmalen Streifen sandiger Erde fällt, der sich rechts von mir steil nach oben zieht und mir bisher entgangen ist. Dort soll ich hoch? Das hat nicht die geringste Ähnlichkeit mit einem Weg. Da passen nicht einmal meine beiden Füße nebeneinander drauf. Etwa zehn Meter über dem Einstieg steht eine einzelne Buche, dahinter wird der Bewuchs dichter.

»Du meinst, ich soll da hochklettern? Das kann ich nicht. Das ist viel zu steil!« Ich schüttle den Kopf wie zur Bestätigung, dass er Unmögliches von mir verlangt.

Über mir raschelt etwas, dann ertönt wieder Arts Stimme. Diesmal klingt sie, als wäre sie etwas näher gekommen, aber vielleicht bilde ich mir das nur ein, weil ich es mir so sehr wünsche. »Doch, das sieht schlimmer aus, als es ist. Glaub mir. Ich würde ja zu dir runterkommen und dir helfen, aber der Abstieg ist echt gefährlicher.«

Jetzt tut es mir leid, dass ich mich mit ihm gestritten habe. Und nicht nur, weil er sonst hier wäre und mir helfen könnte. Auf einmal erscheint mir dieser ganze Streit so sinnlos. Hätte ich nicht diesen bescheuerten Traum gehabt und mir nicht eingebildet, auch auf den Fotos im Palast genau diese Situation zu sehen, wäre das alles nicht passiert. Wenn er vorgegangen wäre, hätte ich den Aufstieg mit seiner Hilfe und moralischen Unterstützung vermutlich leicht geschafft. Dass ich jetzt auf mich gestellt bin, ist ausschließlich meine Schuld. Ich senke den Blick und schäme mich für mein Gejammer und meinen Ausraster vorhin, aber ich habe das Gefühl, dass ich langsam wieder zu mir komme. Diese elende Angst fühlt sich nicht mehr ganz so brennend an wie vorhin, wenn ich es nur schaffe, mich auf Art zu konzentrieren.

Kapitel 32

Schemen im Gegenlicht

Entschlossen kämpfe ich mich den Berg weiter nach oben und setze keuchend einen Fuß vor den anderen. Jeder Schritt nötigt mir Kraft ab. Ich traue mich nicht, den Blick von dem mit kleinen Steinen übersäten Weg zu lösen, und halte die Arme ausgestreckt vor meinem Körper, um mich abfangen zu können, wenn ich stürze.

»Nina, endlich!« Im selben Augenblick, in dem ich den Baum erreiche und mich mit beiden Händen an ihm festklammere, höre ich Arts Stimme. Erleichtert schaue ich auf und sehe ihn.

Art umfasst den dürren Stamm einer jungen Birke, die oberhalb der Klippe ihre Äste nach unten hängen lässt. Er steht etwa zehn Meter über mir, streckt mir die linke Hand entgegen, obwohl ich noch viel zu weit entfernt bin, um sie greifen zu können. Aber sein Anblick gibt mir neuen Mut und ich stürze voran, den Hang hinauf.

»Es sind nur noch wenige Meter, dann hast du es geschafft.«

Ich schaue nach oben. Art steht jetzt genau über mir und blickt zu mir runter. Die Hand hält er noch immer ausgestreckt, aber er hat seine sichere Stellung neben dem Baum verlassen und kniet mit einem Bein auf dem Boden, um sich weiter zu mir herunterbeugen zu können. Das letzte Stück bis zu ihm geht fast senkrecht hoch. Der Weg zieht sich in einer holprigen, schmalen Furche in der Felswand entlang bis fast nach oben. Nur das allerletzte Stück sieht tricky aus, da ist ein kleiner Überhang, bei dem ich mich vermutlich ein Stück nach hinten beugen muss, um die Kante zu fassen zu kriegen. Gerade frage ich mich, wie ich das schaffen soll, mich daran hochzuziehen, als Art mit beruhigendem Tonfall sagt: »Das sieht echt schlimmer aus, als es ist. Ich werde dir helfen, du kannst das schaffen.«

Ich zögere und schlucke trocken. »Ein Schmugglerpfad ist das, hast du gesagt?« Ich schaue nach oben und kann im Gegenlicht der untergehenden Sonne nur seine Silhouette erkennen. Aber ich sehe, dass er nickt.

»Ja, und bevor du fragst: Ich habe noch nie gehört, dass irgendwer hier abgestürzt ist. Du wirst definitiv nicht die Erste sein, das verspreche ich dir.«

Ich wünschte, seine Worte würden mich trösten, aber das tun sie nicht. Im Gegenteil, ein eiskalter Schauer läuft langsam an meiner Wirbelsäule herunter und lässt mich frösteln.

»Das Haus ist gleich vorn auf der Wiese über mir. Halt dich an dem Baum neben dir fest und schau hoch, damit du es siehst.«

Nun schaue ich mich erneut um und sehe, dass neben mir tatsächlich ein Baum mit grober grauer Rinde steht. Ganz vorsichtig trete ich einen Schritt zur Seite, breiter ist die Rinne in der Felswand sowieso nicht. An einer Stelle muss ich aufpassen, denn hier ist der Stein wie glatt geschliffen, als wäre über Jahrhunderte Wasser darüber hinweggeflossen. Mit einer Hand am Stamm und der anderen über meinen Augen, um sie gegen das Licht abzuschirmen, strecke ich den Hals und hebe den Blick.

Ich blinzle zweimal, um meine trockenen Augen zu benetzen, dann nehme ich das Haus wahr, es ist jetzt wirklich deutlich zu erkennen. Mit strahlend weißen Mauern und riesigen Fenstern, in denen sich das letzte Licht dieses Tages spiegelt, steht es über mir. Ich kann den kleinen Teil der Wiese sehen, darüber wandern Wattewolken über den Himmel. In diesem Moment öffnet im zweiten Stock jemand ein Fenster. Ich sehe die Bewegung der Scheiben an der sich ändernden Reflexion.

Als auf einmal eine zarte Musik erklingt, schließe ich die Augen. Gleich werde ich weiterlaufen, aber die Klänge sind so klar und hell, dass sie etwas in mir zum Schwingen bringen. Ich stelle mir eine zierliche alte Dame vor, die bei geöffneter Terrassentür an ihrem Klavier Platz genommen hat, um die Zeit zu überbrücken, bis endlich ihr Enkel eintrifft. Fast automatisch trommeln meine Finger den Takt auf dem Stamm mit. Die Rinde unter meinen Fingerkuppen ist rau und ich frage mich, wie oft dieser Baum in den Genuss kommt, Élises Klavierspiel zu lauschen. Es ist ein schönes Leben, das der Baum hier haben muss, praktisch zwischen zwei Welten. Oben diejenige, die von Menschen bewohnt wird, wogegen hier quasi unberührte Natur herrscht.

Die Melodie vor mich hin summend mache ich einen Schritt nach oben. Dann trete ich mit der Gummisohle gegen das Gestein und greife mit der Hand so hoch auf den Felsen, wie mein Arm reicht. Ich ertaste eine schmale Kerbe, um die ich meine Finger krümme. Sie ist ein wenig scharfkantig, aber sie gibt mir die Sicherheit, die ich brauche, um mein linkes Bein nachzuziehen. Jetzt stehe ich so dicht an die vor mir aufragende Wand gepresst, dass meine Nase den kühlen

Stein berühren könnte, wenn ich den Kopf ein paar Zentimeter nach vorn sinken ließe. Auf meiner Stirn steht Schweiß, meine Beine zittern, mein Gehirn reagiert verzögert und nimmt die Angst erst wahr, als mir klar wird, dass ich noch immer summe, obwohl das Klavier längst verstummt ist. Ich kenne diese Melodie. Mit geschlossenen Augen rufe ich mir das Haus in Erinnerung. Noch ist mir sein Anblick frisch im Gedächtnis. Ich kann das Haus ohne Anstrengung vor meinem inneren Auge heraufbeschwören. Es kommt mir immer noch unheimlich bekannt vor. Ein Haus. Auf einer Wiese. Riesige Fensterfronten, in deren Scheiben sich das Sonnenlicht spiegelt. Eines der Fenster ist geöffnet, Klaviermusik dringt ins Freie. Chopin. *Der Minutenwalzer* von Chopin.

Dann fährt mir der Schreck in die Beine und mein rechter Fuß verliert kurz seinen Halt. Ich weiß, woher ich dieses Haus kenne! So viele Stunden habe ich dort verbracht, es hat mir die Ruhe und Kraft gegeben, die ich in der Klinik gebraucht habe. Und Erinnerungen. Falsche Erinnerungen! Mein Gedächtnispalast.

Die Bodenfenster, die drei Stockwerke, die verglaste Vorderseite, als könne man von außen in sämtliche Zimmer schauen. Mein Gedächtnispalast steht hier vor mir, auf diesem Berg in Frankreich, es ist das Haus, in dem Arts Großmutter wohnt.

Dieses Haus, dieser Berg – wie kann es sein, dass beide schon lange in meinem Kopf existieren? Ich bin doch noch nie hier gewesen. Oder?

»Merde. Attention! Tu viens enfin?« Arts warnender Ruf gellt in meinen Ohren.

Mein Herz hämmert, mein Brustkorb ist zu eng. Ich fühle mich, als wäre ich in ein Korsett geschnürt und als hätte es keinen Zweck, Luft zu holen. Ich halte den Atem an und realisiere, dass ich diesem Schicksal nicht entrinnen werde. Die Melodie, der Berg, das Haus und jetzt auch noch Arts Worte – ich habe all das schon einmal gesehen und gehört. Schon oft gesehen, in meinen Träumen und im Palast. Das ist kein Zufall, das ist die Realität. Und jetzt holt sie mich endgültig ein.

Langsam wende ich den Kopf und spähe unter mich in den Abgrund. Ich kenne dieses Bild mit den Grünschattierungen. Wie oft habe ich es betrachtet? Wie unschuldig wirkte es im Palast auf mich? Auch jetzt sieht es so aus, als würde ich in einem weichen Blätterdach landen, wenn ich falle. Als müssten die Bäume nur ihre Zweige nach mir ausstrecken, um mich zu fangen. Wie Finger. Wie die Finger in meinem Traum, die mich stoßen. Mir ist eiskalt und Tränen laufen über mein Gesicht. Aber ich weiß, dass ich nicht mehr umkehren kann. Der Abstieg würde meinen sicheren Tod bedeuten. Mit diesen Schuhen und meiner schlechten Kondition habe ich keine Chance, unversehrt wieder festen Boden unter den Füßen zu erreichen. Ich seufze und gebe mich dem Schicksal hin. Wenn es wirklich stimmt, was ich in meinem Kopf, in meinem Traum gesehen habe, dann kann ich ihm sowieso nicht mehr entrinnen. Eine Flucht ist unmöglich.

Die Finger meiner rechten Hand umkrampfen die Felskante. Gerade will ich die linke vom Baumstamm lösen und ebenfalls auf den Stein legen – da merke ich, dass ich zu viel Schwung genommen habe. Ich weiß, dass das alles nur pure Physik ist. Hätte ich ausreichend Zeit, um darüber nachzudenken, würde mir vielleicht auch die Formel einfallen, aber ...

Ich gerate ins Taumeln. Auf einmal wird mir die Leere in meinem Rücken so bewusst, als würde ich geradewegs ins dunkelgrüne Nichts starren. Übelkeit steigt in mir auf. Wenn ich falle, wird mein Leben vorbei sein. Einfach so. Von einer Minute auf die andere – wird es mich nicht mehr geben.

Die Vögel scheinen nun viel lauter zu zwitschern, unnatürlich laut. Und dann ist da dieses Rauschen in meinen Ohren, das alles übertönt. Ich sehe hoch, will Art zurufen, welche Angst ich habe. Will ihn um Hilfe bitten, aber ich sehe nur ein Gesicht, das nicht ihm gehören kann. Die braunen Haare ähneln seinen, auch die Kopfform erkenne ich wieder, aber sein Gesicht ist nur eine verzerrte Grimasse.

Dann kommt ein Schatten auf mich zu, aus dem sich fünf Schlangen lösen. Sie greifen nach mir. Es sind keine Schlangen, sondern Finger, es ist eine Hand. Ich zucke zurück, einen Schritt, dann noch einen. Muss meine Hände von der sicheren Felswand lösen. Es ist fast ein Tänzeln, das ich da ausführe. Ein Tanz ohne Sicherheitsnetz, ohne doppelten Boden. Die Hand schnellt nach unten, kommt auf mich zu und die Angst füllt jedes Molekül meines Körpers aus. Jede Zelle, jeder Zwischenraum wird von ihr in Besitz genommen. Ich schreie, weiche noch einen Schritt zurück. Panik schlägt wie eine Welle über mir zusammen, drückt mich an sich, presst die Luft aus meiner Lunge.

Ich hatte mich vor Minuten meinem Schicksal ergeben, weil ich dachte, da sei irgendein Sinn, den ich vielleicht nur nicht erkenne. Aber ich will nicht sterben. Ich bin noch so jung. Mir bleiben nur wenige Momente. Das weiß ich. Ich werde sterben. Ich bin diesen Berg hinaufgestiegen, um zu sterben. Obwohl ich wusste, dass es so enden würde, habe ich mich darauf eingelassen. Habe nichts dagegen unternommen, bin wie ein Schaf zur Schlachtbank gewandert und warte jetzt darauf, dass ich an die Reihe komme.

Ich sehe die Hand auf mich zukommen. Ein dunkler Schatten. Es ist Arts Hand, die sich mir in unglaublicher Geschwindigkeit nähert, und gleichzeitig scheint die Zeit zu gefrieren.

Wie paralysiert stehe, nein, schwebe ich fast über allem und beobachte die beiden. Art und Nina. Nichts von dem, was gerade passiert, betrifft mich. Sie sind Marionetten in einem Theaterstück. Sie geben sich Mühe, authentisch zu wirken, aber das tun sie nicht. Ich weiß, dass sie für ihre Rollen nicht genug geübt haben. Sein Mund ist grotesk verzogen. Er ist bemüht, jemanden darzustellen, der einer Katastrophe direkt ins Auge sieht. Und Nina? Ihre Todesangst ist so übertrieben, dass ich lachen würde, wenn ich könnte. Jetzt wirft er sich wie in Zeitlupe auf den Bauch, robbt an der Kante nach vorne. Immer noch weiter, Zentimeter für Zentimeter, so wie man jemanden zu retten versucht, der auf einem zugefrorenen See eingebrochen ist. Jetzt greift er nach Ninas Arm, krampft seine Finger um ihr Handgelenk. Sie sieht zu ihm nach oben, atmet erleichtert aus, als sie seinen sicheren Griff spürt. Sicherheit – alles nur relativ. Für einen Moment mag es so aussehen, als wäre alles gut, als hielten sie einander fest. Ein Trugschluss, wie ich weiß. Es dauert nur einen Augenblick, als es auch ihnen bewusst wird. Sie schauen sich an. Ich wünsche ihnen, dass der Moment eine Unendlichkeit währt, obwohl ich gleichzeitig weiß, dass er mit nicht mal einem Atemzug vorbei sein wird.

Nina umklammert seine Hand, mit flehendem Blick, dass er sie nicht loslassen soll. Sie hält sich an ihm fest, er an ihr. Ich wünschte, ich wüsste, was er aus diesen weit aufgerissenen Augen sieht, was in seinem Kopf vorgeht. Ich würde gerne seine Gedanken lesen in dem Moment, in dem er über das lose Geröll bis zur Kante gleitet. Mit einem Stöhnen rutscht er über den Abhang und hängt nur noch an ihren Händen.

Hängt an meinen Händen.

Der Schmerz durchzuckt mich. Meine Handgelenke beginnen zu brennen von Arts Fingern, die sich daran festklammern. Reibung erzeugt Wärme. Wärme ist das, was in diesem Moment mein Herz erfüllt, als ich ihn ansehe. Seine Beine baumeln über dem Nichts. Sein Atem geht schnell, ich höre ihn keuchen. Höre mich keuchen, obwohl es mir keine Anstrengung bereitet, ihn zu halten. Etwas ist falsch, ich müsste stöhnen, müsste spüren, wie meine Kräfte nachlassen. Probehalber ziehe ich die rechte Hand zu mir. Nur ein Stück, nur ein paar Zentimeter. Es ist viel zu einfach, meine Sinne spielen mir schon wieder Streiche. Wieso kann ich ihn so einfach festhalten? Er muss mindestens fünfzehn Kilo schwerer sein als ich. Warum gelingt es mir, ihn so weit hochzuziehen, dass er neben mir auf dem schmalen Vorsprung zum Stehen kommt? Ihn, einen Jungen, der zwanzig Zentimeter größer ist als ich?

Keuchend stehen wir einander gegenüber und starren uns an. Unser schwerer Atem geht im Gleichtakt. Ich kann nicht glauben, was gerade passiert ist, und weiß sicher, dass es ihm genauso geht. Vorsichtig trete ich näher zu ihm und wir fallen uns in die Arme.

Kapitel 33

Wahr geworden

Angestrengt atmen wir ein und aus. Dann hebt er seinen Blick und ich sehe das Entsetzen in seinen Augen. Es versetzt mir einen Stich.

»Das war knapp.«

So wie Art das sagt, klingt es fast nebensächlich, aber seine Augen sprechen eine andere Sprache. Sie sehen mich an, als wäre ich etwas, vor dem man Angst haben müsste.

Ich schmiege mich wortlos an ihn, halte ihn fest. Sein Herz klopft so stark, dass ich es durch das T-Shirt spüren kann. *MERDE,* die Aufschrift – jetzt ist sie wirklich wahr geworden, denn das, was hier passiert, ist wirklich der größte, abgefahrenste Mist, den ich je erlebt habe.

»Ist alles in Ordnung mit dir?«

Wie es scheint, kann er schon wieder in ganzen Sätzen reden, während in meinem Kopf alles noch durcheinandergeht. Ich zucke mit den Schultern, zu mehr bin ich nicht in der Lage.

»Danke, dass du mich festgehalten hast, sonst wäre ich …«

Ich hebe die Hand, weil ich nicht möchte, dass er es ausspricht, was hier gerade passiert ist. Wenn er es sagen würde, bestünde die Gefahr, dass ich vor meinem inneren Auge sehe, wie er dort unten liegt, mit … aus meinem Mund kommt ein Keuchen.

Art zuckt zusammen. »Was?«

Ich wende den Kopf und sehe mich um. Da sind wir beide, hier auf diesem schmalen Felsvorsprung, den ich eben noch umklammert hielt, dann losließ, nur um festzustellen, dass nicht ich, sondern Art beinahe abgestürzt wäre ... Wir sind knapp unterhalb der Wiese, auf der das Haus seiner Großmutter steht. Da war seine Hand und sie kam auf mich zu – cxakt so wie in meinem Traum.

Art blickt mich mit großen Augen an. »Wie kann es sein, dass du so schnell reagiert hast? Ich meine ...«

Ich senke den Blick, weil ich mich irgendwie für das schäme, was ich jetzt sagen muss. Aber wenn ich es nicht ausspreche, wenn ich es nach so vielen Wochen nicht endlich ausspreche, mache ich entweder alles noch schlimmer oder werde verrückt.

»Ich habe es gewusst.«

Er mustert mich fragend und ich bin gerade nicht mehr ganz so sicher, ob es klug war, das zu sagen. Dann räuspere ich mich und sehe ihm fest ihn die Augen.

»Ich habe gewusst, was passieren würde. Nicht ganz genau, aber so ungefähr eben.«

Art zuckt zusammen, als hätte ich etwas ganz Schlimmes gesagt. »Was hast du gewusst?«, fragt er vorsichtig.

Ich weise auf den Abgrund neben uns. »Ich habe alles gewusst, alles, was heute passieren wird. Unsere Fahrt. Dass du dieses Shirt tragen wirst. Dass wir eine Panne haben. Dass du mit einem Messer eine Scheibe Brot für mich abschneiden würdest. Einfach alles.« Noch während ich rede, merke ich, dass ich die Ölspur auf seinem Gesicht vergessen habe, aber das erscheint mir jetzt zu unwichtig. »Ich habe gedacht, ich sei diejenige, die abstürzen würde. Die ganze Zeit über hatte mich diese Angst fest im Griff. Nur deshalb wollte ich dir nicht hinterhergehen. Ich habe davon geträumt, dass ich den Aufstieg nicht überlebe. Ich habe es so oft in meinem Traum gesehen.«

Ich rechne damit, dass er jetzt laut auflacht. Vielleicht vor Erleichterung darüber, dass ich trotz meiner offensichtlichen Verwirrung so schnell reagiert und ihn gerettet habe. Was sollte er auch sonst von mir denken, außer dass er ziemlich blöd war, mit einer komplett durchgeknallten Person wie mir nach Frankreich zu fahren? Aber er legt eine Hand auf meine Schulter, die andere unter mein Kinn und zwingt mich, ihm in die Augen sehen.

Sein Blick ist sanft. Ungläubig fragt er: »Was meinst du damit, du hättest es gesehen?«

Das ist jetzt nicht der richtige Ort, um ihm von meinem Gedächtnispalast zu berichten, aber er verdient eine ehrliche Antwort. »Im Krankenhaus hat man mir gesagt, mit einem Gedächtnispalast würde es mir vielleicht gelingen, meine Erinnerungen zu sortieren und so abzulegen, dass ich jederzeit auf sie zugreifen kann. Dort habe ich Fotos gesehen. Bilder von Dingen, die eigentlich keine Erinnerungen von mir sein können. Auf diesen Bildern war auch dieser Berg. Und wir beide gemeinsam. Verstehst du? Ich habe Fotos von uns gesehen, noch bevor wir uns begegnet sind. Und ich habe von einer Hand geträumt, die auf mich zukommt. Dann stürze ich ab.«

Er steht dicht neben mir und schaut mich stirnrunzelnd an. »Du willst damit sagen, du hättest die Zukunft vorhergesehen?«

Als er das ausspricht, was ich nie wahrhaben wollte, hört es sich noch verrückter an, als ich gedacht habe. Die Zukunft vorhersehen – das kann einfach nicht sein. Und doch ist alles so passiert, wie ich es in meinem Kopf und in meinem Traum gesehen habe.

»Ich weiß, wie das klingt, aber es ist die Wahrheit. Ich habe all diese Details vor mir gesehen, und als du auf dem Parkplatz deinen Pullover ausgezogen hast und dieses T-Shirt zum Vorschein kam, hatte ich endgültig das Gefühl, langsam verrückt zu werden.« Ich tippe ihm mit dem Finger auf die Brust und schüttle ungläubig den Kopf.

»Nina«, sagt er eindringlich. »Wie wahrscheinlich ist es, dass du die Zukunft sehen kannst? Wie groß ist die Wahrscheinlichkeit, dass du wissen konntest, was passieren würde?«

Bei seinen Worten läuft mir ein heißer Schauer über den Rücken. Ich habe keine Ahnung, ob er mich gerade davon überzeugen will, dass ich den Verstand verloren habe, oder was er mit seiner Frage sonst bezwecken möchte. Natürlich weiß ich, dass das total unwahrscheinlich ist – und dennoch: Ich habe es doch gewusst! Ich habe es doch gesehen! Ich habe gehofft, dass alles anders kommen würde. Dass ich mich irre. Nie im Leben hätte ich sonst einen einzigen Schritt auf diesen Berg gemacht.

»Nina?«

Nichts wäre mir jetzt lieber, als zu Hause in meinem Zimmer zu sein und meine Ruhe zu haben. Ich möchte das alles nicht, will mich nicht damit auseinandersetzen müssen. »Ich weiß nicht, was gerade mit mir passiert. Ich weiß nicht, was das alles ist, aber es macht mir solche Angst, das kannst du dir nicht vorstellen.«

Art legt jetzt beide Hände auf meine Schultern und zieht mich in eine Umarmung, in die ich mich nur zu gern hineinfallen lasse. Sanft streicht er über meinen Kopf. Sein

Mund ist dicht an meinem Ohr, ich sehne mich nach seinen Lippen, nach seinem Atem, der auf meiner Haut kitzelt.

»Wolltest du mir deshalb nicht nachkommen, als ich einfach weitergelaufen bin?«

Ich schlucke schwer, als er ausspricht, was mich die ganze Zeit bewegt. Auf einmal laufen Tränen über meine Wangen und ich presse meine Augen gegen seine Schulter. Er zieht mich noch näher zu sich heran und gibt mir Zeit, bis ich die Kraft gesammelt habe, um weiterzusprechen.

»Ich hatte Angst, dass du mich ... stoßen würdest.« Meine Stimme ist so dünn, dass ich selbst nicht sicher bin, ob ich das wirklich gesagt oder nur gedacht habe.

»Schau mich an, Nina.« Er nimmt mein Gesicht in beide Hände. »Du hast befürchtet, dass ich dich stoßen würde? Aber warum? Du musst doch wissen, dass ich dir nie etwas Böses antun würde. Niemals!«

Ich schließe die Augen und kann mein Herz nicht daran hindern, gegen meine Rippen zu hämmern. Ich kann mein Gehirn nicht daran hindern, all diese Sachen zu denken, die ich so gern vergessen würde. Sosehr ich mich nach meinen Erinnerungen gesehnt habe, ich würde einiges dafür geben, wenn ich sie einfach nur vergessen könnte. Wenn ich löschen könnte, dass ich seine Hand gesehen habe, die mich stößt. Als wäre sie nie da gewesen.

»Ich habe eine Hand gesehen, deine Hand, glaube ich. Sie hat mich gestoßen, Art. Ich habe eine Zukunft gesehen, in der du mich in die Tiefe gestoßen hast.« Ich ahne, wie sehr ihn meine Worte verletzen müssen. Aber sie sind die Wahrheit, und wenn ich sie nicht gesagt hätte, würden sie für immer zwischen uns stehen wie eine Mauer, die keiner von uns beiden je überwinden könnte. Ich erwarte seinen Protest, vermute, dass er erneut beteuern wird, dass er so etwas niemals tun würde. Als ob ich das nicht selbst wüsste.

»Und du bist dennoch mitgekommen?« ist alles, was er sagt.

Ich lehne meine Stirn gegen seine Schulter. »Ich habe einfach gehofft, dass ich mich irre. Ich wollte dir vertrauen.«

Art löst langsam seine Umarmung. Wir schauen uns an und mit dem Finger weist er nach oben zu dem Haus. Die Klaviermusik liegt jetzt wieder in der Luft, obwohl ich nicht sicher bin, ob sie nur in mir selbst widerhallt oder wirklich jemand spielt.

»Lass uns reingehen.«

Kapitel 34

Élise

Als ich eintrete, spüre ich noch immer die Vibration der Klavierklänge in der Luft. Kein Laut ist zu hören und doch sind ihre Schwingungen so präsent, dass ich sie mit jeder Faser meines Körpers fühlen kann. Das Haus umfängt mich mit dem Gefühl, dass ich an einen Ort zurückkehre, dass ich einen Weg gefunden habe. Es ist, als würde ich nach Hause kommen, obwohl ich sicher bin, noch nie einen Fuß über diese Schwelle aus abgelaufenem Holz gesetzt zu haben.

Das Erste, das mir auffällt, sind die Farben. Unzählige Bilder hängen an den Wänden der Eingangshalle, denn als Diele kann man den weitläufigen Raum, der sich vor mir auftut, nicht bezeichnen. Er ist so groß, dass er eher in einen Palast passen würde als in das Haus, das von außen bis auf die riesigen Glasfronten eher unscheinbar aussah. Ich kenne diesen Raum. Bis auf die Gemälde entspricht er exakt dem Eingangsbereich in meinem Gedächtnispalast. Die Erkenntnis verwirrt mich und ich habe in diesem Moment den Drang, umzukehren und zu gehen. Obwohl ich aufgewühlt von dem Aufstieg und Arts Beinahe-Absturz bin, kann ich es kaum abwarten, dieses Haus genauer zu betrachten.

Ich wende mich nach links zu der Tür, neben der ein schmiedeeiserner Schirmständer steht. Kurz fahre ich mit den Fingerspitzen über das unlackierte Holz, dann drücke ich die Klinke herunter. Ich muss nicht eintreten, um zu wissen, dass ich recht hatte. Auf der Arbeitsplatte über dem geöffneten Backofen steht ein Backblech mit Kuchen und schickt den Duft von Gebäck und karamellisiertem Zucker zu mir. Ein langer Holztisch ist mit geblümtem Porzellan für drei Personen gedeckt, Kristallgläser und polierte Silberbestecke glitzern im einfallenden Abendlicht.

Hinter mir spüre ich die Wärme eines Körpers, der sich an mich drängt. Art. Seine Hand legt sich um meine Hüfte und dreht mich sanft zu ihm herum.

»Wollen wir erst mal meine Großmutter suchen? Sie hat Klavier gespielt. Wahrscheinlich ist sie noch oben, sie wird nicht gehört haben, dass wir angekommen sind. Vermutlich wartet sie darauf, dass das Auto vorfährt.«

Ich blicke Art direkt in die Augen. »Was ist hier los?«

Er blickt mich verwundert an. Ist es möglich, dass er keine Ahnung hat?

Ich presse die Hand vor den Mund, weil ich Angst habe, vor Entsetzen laut aufzuschreien. »Art, verstehst du nicht? Ich kenne dieses Haus. Ich kenne diese Küche!«

Er neigt den Kopf und mustert mich fragend. »Wie soll das gehen?«

»Das frage ich dich! Woher kann ich sonst wissen, dass sich hinter dieser Tür die Küche befindet? Du hast doch genau gesehen, dass ich nicht eine Sekunde gezögert habe. Ich wusste, dass sie hier ist. Ich habe dieses Haus schon einmal gesehen«, ich winke ab, »habe Dutzende Mal darin gestanden. Bitte sag mir endlich, was hier passiert. Was mit mir passiert.«

Art schüttelt den Kopf. Er löst seine Umarmung und geht

aus der Küche. Ich folge ihm, denn ohne seine Hilfe werde ich kaum Antworten auf die unzähligen Fragen finden, die in mir sind.

»Grand-mère, wir sind da!«, ruft Art die geschwungene Treppe hinauf.

Als ich in die Halle trete, steht Art auf der breiten Treppe, die in den ersten Stock führt. Er schaut nach oben, wartet offenbar auf eine Reaktion. Auf einmal ist mir mein Auftreten in der Küche peinlich, denn es gibt ganz sicher eine einfache Erklärung für das alles.

Die Einrichtung hier ist ganz anders. Auch die Ähnlichkeit mit meinem Gedächtnispalast ist bis auf wenige Einzelheiten nicht wirklich vorhanden. Wie konnte ich mich eben nur so täuschen? Die Bilder an den Wänden habe ich noch nie gesehen, aber sie haben so eine Anziehungskraft auf mich, dass ich nicht anders kann, als neben der Küchentür an die rohe Betonwand zu treten und langsam weiterzulaufen, um mir ein Bild nach dem anderen anzuschauen. Keines der Gemälde hat etwas Gegenständliches, sie sind alle abstrakt, nur bunte Tupfer und Flächen. Élise scheint eine Vorliebe für Rot- und Orangetöne in allen Schattierungen zu haben. Die Farben wurden wohl zum größten Teil direkt mit dem Spachtel aufgetragen, manche Stellen sind so erhaben, dass sie fast wie Reliefs wirken und mich dennoch an unfertige Polaroids erinnern.

Ich gehe weiter, habe die Augen fest auf die Malereien geheftet. An der Treppe vorbei laufe ich zur rechten Seite, die komplett von einem Bild eingenommen wird, das mindestens drei Meter breit ist. Auch stilistisch fällt es vollkommen aus dem Rahmen, denn ich erkenne eine Spirale in Blau, um die sich gelbe Pinselstriche reihen. Intuitiv trete ich ein paar Schritte zurück, wie ich es im Elefantenzimmer im Palast immer getan habe, um das sehen zu können, was auf den Fotos war. Es funktioniert auch hier, denn auf einmal erkenne ich die Goldfische, die in Kreisen um ein Zentrum herumschwimmen. Sie erinnern mich an die konzentrischen Kreise, die ein Stein hinterlässt, der ins Wasser geworfen wird.

»Du musst Nina sein. Wie schön, dass dir mein Bild gefällt, ich habe es *Der Teich* genannt.«

Ich schnelle herum, als ich die Stimme mit dem unverkennbaren französischen Akzent höre, und sehe mich einer dunkelhaarigen zierlichen Frau gegenüber, die von Art am Ellenbogen gestützt wird. Mit einem Nicken versuche ich, die Überraschung zu überspielen, dass sie so schnell die Treppe heruntergekommen ist. Wie haben sie es geschafft, sich mir lautlos zu nähern?

»Guten Abend, Madame. Ich freue mich sehr, Sie kennenzulernen. Es tut mir leid, dass wir so spät sind, aber Madame Deudeu ...«

In ihren Augenwinkeln bilden sich unzählige Fältchen, als sie abwinkt und lacht. Ich kann mich nicht erinnern, ob Art mir erzählt hat, wie alt Élise ist, aber ihre Augen sind definitiv die einer jungen Frau. Sie sind voller Leben und doch auch voller Erfahrung, Weisheit und Güte. Fast kommt sie mir vor wie jemand aus einem Märchen, das mir meine Mutter abends vorgelesen hat, als ich ein Kind war. Sie tritt zaghaft und sehr vorsichtig einen Schritt näher, als wäre sie unsicher, ob ihre Beine sie tragen werden. In ihrer Miene jedoch spiegelt sich nichts als Freude, mich zu sehen. Mehr noch, sie gibt mir das Gefühl, als würde ein sehnlicher Wunsch in Erfüllung gehen, allein deswegen, weil wir endlich gekommen sind. Jetzt kann ich noch besser verstehen, warum Art so an ihr hängt.

Wir folgen Élise in die Küche und ich stürze ein Glas mit Wasser herunter, bevor ich mich den beiden gegenüber an den Tisch setze.

Der Kirschkuchen ist noch viel leckerer, als Art es mir versprochen hat. *Er wird dein Leben verändern.* Zarter Teig schmilzt förmlich in meinem Mund, die sauren Kirschen sind herrlich erfrischend. Dennoch merke ich, dass ich nicht in der Lage bin, das alles zu genießen, obwohl genau die Situation eingetroffen ist, die ich mir vorgestellt habe. Der Aufstieg ist geschafft, wir sitzen hier gemeinsam und könnten den Rest des Tages genießen. Aber irgendetwas steht zwischen Art und mir und seine Großmutter wirkt so, als würde sie genau wissen, dass sie ein Fremdkörper ist.

Als sie den Stuhl zurückschiebt, merke ich, dass die Dramatik steigt. Élise verlässt die Küche und wenig später höre ich sie im Flur telefonieren. Arts Finger trommeln einen schnellen Rhythmus auf der Tischplatte, er scheint noch immer aufgewühlt von dem zu sein, was vorhin passiert ist. Ich schaue auf die Tischplatte und versuche, an nichts zu denken. Es gelingt mir nicht. Ich hebe den Kopf wieder, meide seinen Blick, weil mir auf einmal alles zu viel wird. Erneut wünsche ich mich in mein Zimmer zurück. Oder irgendwohin, wo ich allein dadurch sicher bin, dass mich keiner kennt.

Élise stößt die Tür auf. »Madame Deudeu ist fertig, es war nur ein Schlauch gerissen, die Reparatur ging schnell. Wenn ihr wollt, können wir nachher ein Taxi rufen, das euch zur Werkstatt fährt. Falls ihr heute zu erschöpft seid, dann genügt es auch, wenn ihr das Auto morgen Vormittag abholt.«

Ich erwarte, dass Art sich freut, weil er sich bestimmt Sorgen gemacht hat, dass die Werkstatt eine hohe Rechnung stellt, aber er nickt nur und isst weiter.

Élise sieht mich prüfend an und ich zucke mit den Schultern, weil ich nicht möchte, dass sie denkt, ich sei schuld an der schlechten Stimmung. Ich weiß ja selbst nicht, warum Art plötzlich so mies drauf ist. Habe ich irgendwas zwischen uns kaputtgemacht, weil wir uns unten am Berg gestritten haben? Wir kennen uns erst seit so kurzer Zeit und die Harmonie, die zwischen uns herrschte, war fast zu schön, um wahr zu sein. Ich dachte, das läge an irgendwas, das man vielleicht eine Seelenverwandtschaft nennen könnte, obwohl ich normalerweise nie an solchen esoterischen Krempel glauben würde. Vielleicht hätte ich ihm nicht sagen sollen, dass ich vorhergesehen habe, dass einer von uns abstürzen würde. Ich überlege, was ich von jemandem halten würde, der so etwas behauptet. Die Antwort ist klar, ich würde ihn für verrückt halten. Seine Worte fallen mir wieder ein: *Wie wahrscheinlich ist es, dass du die Zukunft sehen kannst?*

Ich kann mich nicht mehr genau erinnern, aber ich glaube, ich habe ihm nicht darauf geantwortet. Weil ich, wenn ich ihm antworten würde, zugeben müsste, dass ich mich selbst für verrückt halte. Es gibt niemanden außer ihm, dem ich zutraue, mich trotzdem zu mögen. Meine Eltern würden mich gleich wieder in die Klinik schleppen, aber Art hat mich bisher immer verstanden oder es wenigstens versucht.

»Es ist nicht sehr wahrscheinlich. Oder?« Meine Stimme

klingt sogar in meinen Ohren unsicher. Als ich die Worte ausgesprochen habe, will ich sie am liebsten sofort wieder zurücknehmen. Schließlich hat er nicht darauf bestanden, dass ich die Frage beantworte, und zudem ist es bestimmt schon fast eine Stunde her, seit er sie gestellt hat. Wahrscheinlich erinnert er sich überhaupt nicht mehr daran, ich hätte …

»Vielleicht wäre es gut, wenn du Nina jetzt die obere Etage zeigen würdest. Meinst du nicht?«, reißt mich Élises Stimme aus meinen Gedanken. Sie klingt fordernd, als wollte sie ihn drängen, endlich das zu tun, was notwendig ist. Aber vermutlich merkt sie nur, dass wir müde sind und vielleicht unsere Zimmer beziehen wollen.

Ich hebe die Hand, um abzuwinken, weil ich sehe, dass Art noch nichts von seinem Stück Kuchen gegessen hat, aber er schiebt bereits mit einem lauten Scharren seinen Stuhl zurück und steht auf. Auch ich erhebe mich. Art geht um den Tisch herum, greift nach meiner Hand und zieht mich hinter sich her aus der Küche.

Als wir die Treppe hinaufsteigen, liegt meine Hand noch immer in Arts und noch immer bin ich nicht sicher, was mich oben erwartet. Auf der letzten Stufe verharrt er einen Augenblick, weil er merkt, wie versteinert ich bin. Ein holzgetäfelter langer Flur liegt vor mir, an den Decken gläserne Lampen, die alles in einen warmen Schein hüllen. Links und rechts gehen Türen ab, es sind nicht so viele wie in meinem Palast, aber die geschwungenen Messingklinken sehen absolut gleich aus.

Ich wende meinen Kopf erst nach links und zähle fünf Türen, die zweite scheint nur angelehnt zu sein. Ein schmaler heller Lichtschein fällt auf den Boden. Dann drehe ich mich nach rechts und sehe, dass es auf der anderen Flurseite genauso viele Türen gibt. Zehn Zimmer in einem Haus, das von außen viel kleiner aussah und von einer einzelnen Person bewohnt wird. Auf meinen Unterarmen stellen sich die Härchen auf und ich kann dem Drang, aus diesem Haus zu fliehen, nur schwer widerstehen.

Art hält meine Hand fest und nun drückt er sie. »Bist du bereit?«

Ich zucke zusammen, weil sich die Worte aus seinem Mund plötzlich so dramatisch anhören. »Wozu bereit?«

Er lächelt und wischt sich mit der freien Hand über die Stirn. »Sorry, ich meine, ob du Lust hast, dir mein Zimmer anzuschauen. Wenn du lieber sofort ins Gästezimmer willst, ist das natürlich in Ordnung.«

Ich schüttle den Kopf und lächle ihm stumm zu. Wir gehen nach links, den Gang entlang, bis Art vor der geöffneten Tür stehen bleibt. Ich strecke den Kopf hinein und bekomme keine Luft mehr. Eine Stimme in meinem Kopf brüllt, dass ich von hier verschwinden soll. Ich versuche, ihr zu widersprechen, aber mir fällt kein Grund ein, um hierzubleiben.

Art greift nach meiner Schulter und schiebt mich langsam vorwärts. Ich will das nicht sehen, schließe meine Augen und schnappe nach Luft.

»Schau hin, Nina. Bitte tu es für mich.« Seine Stimme klingt nicht im Geringsten fordernd, eher so, als würde er einen sehnlichen Wunsch aussprechen. Den kann ich ihm nicht abschlagen und öffne vorsichtig die Lider.

Ich weiß nicht, ob ich das, was ich sehe, erwartet, befürchtet oder gar mit meiner Fantasie heraufbeschworen habe, aber vor mir öffnet sich das Elefantenzimmer, das ich aus meinem Palast kenne. Alles ist da: die glänzend polierte Kommode mit der Reihe von Elefanten, die dicht beieinander darauf stehen. Aus Holz, Metall, Keramik und Stein. Und der kleinste aus Jade. Da ist der dicke Teppich, auf dem ich gesessen habe. In dem Zimmer in meinem Kopf stand darauf der Schaukelstuhl, aber den habe ich selbst geschaffen. Hier, in Arts Zimmer, fehlt er.

Ich wende mich langsam zur anderen Wand um. Dort hängt die Schnur, an der mit hölzernen Wäscheklammern Fotos befestigt sind, aber hier sind sie gelblich und so verblichen, dass darauf nichts weiter als schemenhafte Umrisse zu erkennen sind.

Mein Blick wandert zu Art, der die Augenbrauen zusammengezogen hat und mich beobachtet. Ich erwidere stumm seinen Blick. Schaue mir seine Gesichtszüge ganz genau an. Die dunklen Haare, die genauso zerzaust wirken wie immer, und wie üblich hängt eine Strähne rechts über seine Stirn. Seine gerade Nase, die Sommersprossen darauf. Er beißt die Zähne so fest aufeinander, dass die Kiefermuskeln an den Seiten hervortreten. Unsicher lasse ich meinen Blick zum Fenster wandern und sehe die karierten Vorhänge, die vom Wind hin und her bewegt werden.

Dann straffe ich die Schultern. »Ich kenne dieses Zimmer.« Ich kann das alles nicht erklären, aber vielleicht gibt es manchmal Dinge zwischen Himmel und Erde, die sich dem gesunden Menschenverstand einfach entziehen. Und vielleicht gehört das, was ich gerade in Élises Haus erlebe, einfach dazu.

Art tut etwas vollkommen Unerwartetes. Er nickt. »Natürlich kennst du dieses Zimmer. Du warst hier. Wir beide waren hier, haben im letzten Mai eine Woche bei meiner Großmutter verbracht. Wir waren verliebt. Bis es dann ... passiert ist.«

Ich kenne ... dieses Zimmer tatsächlich? Bin hier gewesen mit Art? Im letzten Mai? Dann sind die Erinnerungen an ihn wirklich echt gewesen? Wir kennen uns?

Meine Knie werden weich und ich kann nichts dagegen tun, als sie unter mir nachgeben. Ich sacke auf dem weichen Teppich zusammen und stöhne auf. Das ist zu viel.

Da sind so viele Fragen in mir, die ich am liebsten alle auf einmal stellen möchte. Warum behauptet er, ich sei schon einmal hier gewesen? Falls das wirklich stimmt, warum hat Élise mich dann so begrüßt, als hätte sie mich zuvor nie gesehen? Warum hat Art in Berlin so getan, als wären wir uns zum ersten Mal über den Weg gelaufen? So viele Fragen, auf die ich eine Antwort brauche, aber ich stelle nur die eine. Die Wichtigste von allen.

»Was ist mit mir passiert?«

»Komm«, sagt er und zieht mich hoch, hinaus in den Korridor und dann ein paar Schritte weiter, bis zu der Tür, hinter der im Palast mein Schlafzimmer liegt.

Sobald er die Klinke heruntergedrückt hat, weht mir ein eigenartig chemischer Geruch entgegen, der in mir ungute Erinnerungen weckt. Dieser Raum ist nahezu dunkel, die Vorhänge sind zugezogen, lediglich ein grünes Licht blinkt in regelmäßigen Abständen auf, zeitgleich ertönt ein hoher Piepton.

Obwohl sich jede Faser meines Körpers dagegen wehrt, obwohl mein Verstand nicht begreift, trete ich einen Schritt vor. Dann noch einen. Ich laufe, bis ich ein Bett erkennen kann und dahinter eine Wand voller Monitore, auf denen grüne Kurven und Punkte pulsieren. Das Piepen setzt sich in meinem Kopf fest und sendet im selben Rhythmus Schmerzimpulse in meine Schläfen, in meinen Magen, überall hin, bis hinunter zu meinen Füßen.

Seit wir dieses Haus betreten haben, ist in mir das Gefühl gewachsen, dass etwas passieren wird. Ich habe versucht, mich an der Tatsache festzuklammern, dass es nur die Ähnlichkeit mit meinem Palast ist, die mich irritiert. Jetzt weiß ich, dass das ein Irrtum war.

Ich schaue angestrengt nach vorn in die Dunkelheit und erkenne eine schmale Gestalt, die unter einer weißen Bettdecke liegt. Plötzlich ist Art neben mir, er schiebt seinen Arm unter meine Achsel, als wollte er mich stützen. Kurz wende ich den Blick, aber er schaut mich nicht an. Noch immer sind seine Kiefer fest aufeinandergepresst.

Fragend deute ich auf die blasse Gestalt, die regungslos daliegt. Ihre Augen sind von handtellergroßen Mullplatten bedeckt, Kabel laufen von ihrem Körper in graue Metallkästen, die neben dem Kopfende stehen.

Es dauert eine Weile, bis meine Beine den Befehl ausführen, noch einen weiteren Schritt zu machen. Das Mädchen, das dort vor mir liegt, muss etwa in meinem Alter sein, ich kann sie nicht genau erkennen, denn das monotone Aufleuchten der Geräte taucht die Szene immer nur kurz in schummriges grünes Licht und lässt sie dann wieder im Dämmerlicht verschwinden. Am Zeigefinger ihrer rechten Hand steckt einer dieser Sensoren, die ich aus dem Krankenhaus kenne. Er soll wohl ihren Puls und die Vitalwerte messen. Aus einem durchsichtigen Kunststoffbeutel, der an einem Infusionsständer neben ihr hängt, werden Tropfen durch einen transparenten Schlauch in ihren Körper geschickt.

»Wer ist das? Was ist mit ihr passiert?« Ich sehe zu dem Mädchen, dann zu Art.

Nun stützt er sich schwer auf mich, sein Blick ist voller Mitgefühl. »Sie ist abgestürzt. Aus dreißig Meter Höhe in eine Schlucht gefallen. Hat sich einige Knochenbrüche zugezogen und eine schwere Kopfverletzung. Aber wie durch ein Wunder hat sie überlebt.« Seine Worte klingen nüchtern, professionell, als würde ein Rettungssanitäter bei einer Übergabe berichten. Aber sein Tonfall verunsichert mich. Warum zittert seine Stimme so? Aber das ist nicht die richtige Frage. Ich spüre, dass ich eine andere stellen muss.

Tief hole ich Luft und streiche über seinen Unterarm. Auf einmal fröstelt es mich. »Kopfverletzung? Aber was tut sie dann hier im Haus deiner Großmutter? Sollte sie nicht besser in einem Krankenhaus betreut werden?« Schon als ich fertig geredet habe, überkommt mich die Furcht vor seiner Antwort. Wenn sie hier liegt, kann das nur bedeuten, dass man nichts mehr für sie tun kann. Wieder schaue ich zu dem Mädchen und das Mitgefühl, das in mir hochsteigt, schnürt meine Kehle zu.

»Aber das tut sie doch«, antwortet Art und legt nun den Arm um meine Schulter, zieht mich an sich, bis ich den Blick vom Bett abwenden muss und wir uns direkt in die Augen schauen. »Sie liegt in Berlin in einem Krankenhaus.«

»Aber ...« Hier ist nicht Berlin. Und schon gar nicht sind wir in einer Klinik.

»Es ist an der Zeit, dass du sie aufweckst, Nina. Es ist an der Zeit, dass du aufwachst.« Er zieht mich an seine Brust und der frische Zitrusduft, der ihn stets umgibt, wird immer intensiver.

»Dass ich aufwache?« Unsicher löse ich mich von ihm und schaue ihm in die Augen. »Dass ich aufwache?«

Als er nickt, gleitet mein Blick zurück zu dem Mädchen. Ich höre das Piepen, das Rauschen, das die vielen Geräte aussenden. Der Geruch der Desinfektionsmittel verdrängt Arts frischen Duft und legt sich wie ein Film über meine Zunge und meinen Mund. Meine Augen brennen von dem schlechten Licht der Monitore.

Das Dröhnen der Stille legt sich über uns. Bisher herrschte Traurigkeit in diesem Zimmer, aber ich weiß nun, was ich zu tun habe. Noch einmal blicke ich zu Art auf, aber seine Miene zeigt nicht, was in ihm vorgeht. Er gibt mir einen Kuss auf die Stirn. Ich wünschte, er würde meinen Mund küssen, seine Lippen fest auf meine drücken. Gerade jetzt in diesem Moment würde ich sie so gern spüren. Ich brauche seine Kraft, seine Sicherheit und weiß, er würde sie auf mich übertragen, wenn er mich jetzt nur küssen würde. Wenn er mir jetzt nur sagen würde, was hier los ist.

Es ist an der Zeit, dass du aufwachst.

Dass ich aufwache?

Ich warte auf seine Antwort und der Moment dehnt sich in die Unendlichkeit.

»Los, weck sie auf. Wir sehen uns später.« Seine Stimme ist heiser und klingt, als würde er sich von mir verabschieden. Als er mich dann auch noch von sich weg in Richtung Bett schiebt, kommt es mir vor, als bliebe ein Teil von mir bei ihm.

Ich setze mechanisch einen Fuß vor den anderen. Als ich mich auf die Bettkante setze, spüre ich den harten Stahl, der sich in meine Oberschenkel drückt. Ich rücke ein Stück weiter und greife nach der bleichen Hand, die mit einem

Verband umwickelt ist. Eine Flexüle steckt darin und ich registriere, dass der Anschluss aus grünem Plastik ist – genau so, wie es bei mir immer war.

Sanft streiche ich über ihre kühlen Fingerspitzen, dann über die Wangenknochen, ihre Stirn, ihre Lippen. Sie liegt einfach nur so da, leblos und ohne ein Anzeichen, dass sie meine Berührungen spürt.

Ich senke den Kopf so weit, bis mein Mund an ihrer Wange ist. Der Atem, der mich trifft, ist sanft wie der Flügelschlag eines winzigen Schmetterlings. Flüchtig küsse ich ihre Wange. Meine Wange. Immer schneller werden die Töne, die ich höre. Immer lauter, vehementer, fordernder. Ich ignoriere sie und wende mich zu Art, der noch immer abwartend in der Mitte des Zimmers steht, wo ich ihn zurückgelassen habe.

»Wirst du da sein, wenn ich aufwache?«

Er seufzt. »Ich werde immer da sein, wo du bist, *naine*. Werde immer da sein, wenn du mich brauchst.«

Kapitel 35

Erwachen

Das Piepen ist noch immer da.

Ich versuche, die Augen zu öffnen, aber irgendwas liegt zentnerschwer auf meinen Lidern. Ein Stöhnen, mein eigenes, schallt durch den Raum. Jetzt höre ich Menschen, spüre ihre Anwesenheit. Ich will etwas sagen, aber meine Lippen sind so trocken, dass ich Angst habe, sie könnten bei der kleinsten Bewegung reißen.

»Sie wacht auf.« Eine Männerstimme, die mir bekannt vorkommt.

Jemand greift nach meiner linken Hand. Rechts gibt die Matratze etwas nach, als hätte sich jemand auf die Bettkante gesetzt.

Auf einmal schmerzt mein Handrücken, beginnt zu brennen, wird heiß und im nächsten Augenblick kriecht Eiseskälte meinen Arm hinauf.

»Nina, kannst du mich hören?«

Ich zucke zusammen, als die Stimme meiner Mutter ertönt. Ich würde gern rufen, würde ihr so gern mitteilen, dass ich sie hören kann. Aber das Einzige, was aus meiner Kehle dringt, ist ein neuerliches Stöhnen.

»Warte, bis die Spritze wirkt. Dann wird es dir gleich besser gehen.« Wieder die Männerstimme, voller Zuversicht.

Warten. Warten ist etwas, das ich kenne. Ich beherrsche

es gut, habe es perfektioniert, denn mir ist, als hätte ich ewige Zeiten nichts anderes getan, als zu warten.

Mir kommt es vor, als würde ich jeden Zentimeter spüren, den das Mittel, das sie mir gespritzt haben, in meinem Körper zurücklegt. Ich warte.

Finger drücken meine Hand. Sie sind warm und vertraut. Meinen Kopf zu drehen, kostet mich unsagbare Anstrengung. Ich öffne kaum den Mund und bringe mein erstes Wort über die Lippen. »Art?«

Ein Schluchzen. Die Finger drücken meine Hand fester.

»Ich bin da. Ich habe es dir doch versprochen.«

Behutsam streicht eine Hand über meine Augen und nimmt irgendwas weg. Ich versuche zu blinzeln, erkenne Licht, das sich in meine Netzhaut brennt. Unwillig stöhne ich, kneife die Lider zusammen, versuche dann aber, die Augen ganz langsam zu öffnen. Die Leichtigkeit, mit der das auf einmal funktioniert, trifft mich fast wie ein Schlag.

Zuerst sind da nur Umrisse und der Einzige, den ich sofort erkenne, weil ich weiß, dass er es ist, ist Art neben mir auf dem Bett. Wieder drückt er meine Hand und ich lasse den Umriss seines Kopfes nicht aus den Augen, bis sich langsam ein Lächeln aus der gleißenden Helligkeit schält.

Ich starre ihn an, will den Blick nicht von ihm lösen und fühle mich sicher, nur weil er da ist. Jetzt legt er lächelnd eine Hand auf mein Gesicht, streicht sanft über meine Wange und wischt etwas Feuchtes aus meinen Augenwinkeln.

Ich lächle, weil ich mich daran erinnere, wie es war. Wie es die ganze Zeit war, bis er mich in Élises Haus gebeten hat, endlich aufzuwachen. Ich möchte ihn küssen, mich an ihm festklammern, möchte, dass er mich nie wieder loslässt, aber ich ahne, dass noch mehr Menschen im Raum sind, die wissen wollen, wie es mir geht.

Ich werfe Art einen Blick zu und er versteht sofort. Mit seiner Hilfe gelingt es mir, den Oberkörper ein Stück aufzurichten. Jemand drückt mir ein zusätzliches Kissen in den Rücken, damit ich es leichter habe. Es ist eine Schwester in einem blauen Kittel und an ihrem strahlenden Lächeln erkenne ich Laura. Sie wirft mir einen aufmunternden Blick zu, den ich kenne, da er mir über so viele schwere Tage geholfen hat.

Rechts neben mir steht Doktor Kühnbach und nestelt an seinem Halstuch, das heute rot ist. Die Farbe passt perfekt zu seiner sonnengebräunten Haut und ich frage mich, ob er schon wieder im Urlaub gewesen ist. Schon wieder?

»Wie lange war ich weg?« Ich schmecke die Tränen, die von meinen Wangen in meinen Mund laufen.

Zwei Silhouetten lösen sich ganz hinten an der Wand aus der Zimmerecke und kommen auf mich zu. Das Gesicht meiner Mutter ist nass von Tränen, aber sie lächelt glücklich. Mein Vater presst die Hand auf seinen Mund und auch in seinen Augen glitzert es.

Als Mama sich zu mir beugt, strecke ich die Hände nach ihr aus. Sie gibt mir einen Kuss auf die Stirn. Ein Schluchzen schüttelt meinen Körper, aber ich weiß, dass jetzt alles gut werden wird.

»Ich liebe dich, Nina. Und ich bin so froh, dass du endlich wieder bei uns bist.« Obwohl ihre Worte optimistisch klingen, ist ihre Stimme voller Angst und bei der Vorstellung, was sie durchgemacht hat, krampft sich mein Magen zusammen.

»Wie lange war ich weg?«, wiederhole ich meine Frage.

»Nicht lange«, antwortet Papa, der hinter meiner Mutter steht. »Zum Glück nicht lange, seit sie dich erneut ins Koma versetzt haben. Aber obwohl es nur eine Woche war, kam es uns vor wie eine Ewigkeit.«

Erneut. Eine Woche. Seine Worte hallen in meinem Kopf nach, aber ich bin nicht sicher, ob ich alles richtig verstehe.

Bevor ich nachfragen kann, öffnet sich die Zimmertür und etwa ein Dutzend Männer und Frauen in weißen Kitteln strömen herein. Kühnbach tritt ihnen mit erhobenen Händen entgegen.

»Meine Damen und Herren, ich bitte um einen Augenblick Geduld. Der Aufwachprozess der Patientin ist gerade erst erfolgreich zum Abschluss gekommen.«

Zu mir gewandt sagt er: »Einige Kollegen würden dich gern kurz anschauen. Hast du jetzt Zeit?«

Zeit? Er fragt mich wirklich, ob ich Zeit habe? Ich wünschte, ich müsste in Gedanken meinen Kalender durchforsten, um einen freien Termin für ihn rauszusuchen. So aber winke ich nur matt mit der Hand und beobachte, wie er die Leute in den Raum lässt.

»Wie ich Ihnen im Vorfeld bereits berichtet habe, erlitt die Patientin eine schwere Kopfverletzung infolge eines Sturzes aus großer Höhe. Die exakten Diagnosedaten entnehmen Sie bitte den Unterlagen, die Sie erhalten haben.«

Bisher war es immer so, dass ich bei einer Visite wie gebannt auf die Ärzte gestarrt habe. Ich bildete mir ein, wenn ich nur jede ihrer Regungen richtig deuten würde, wüsste ich, wie es wirklich um mich steht. Jetzt ist es genau umgekehrt. Die Blicke der Anwesenden sind auf Kühnbach gerichtet, wandern zwischen ihm und mir hin und her. Einige der Ärzte haben Zettel in den Händen und machen sich

Notizen. Warum sind sie so an mir interessiert? Kühnbachs Stimme reißt mich aus meinen Gedanken und ich versuche, genug Konzentration aufzubringen, um ihm zu folgen.

»Die Kopfverletzung machte es notwendig, die Patientin in ein künstliches Koma zu versetzen, aus dem wir sie jedoch bald wieder aufwecken konnten.«

Ich seufze, denn ich kann mich noch gut an die Zeit in der Klinik erinnern. An meine Unsicherheit, an die Gedächtnislücken, an die entsetzlichen Träume und die Panikattacken.

»Leider bekam Nina Wagner wiederholt Panikattacken, die so gravierend waren, dass Blutdruck und Puls unkontrolliert in die Höhe schossen. Was das auf Dauer für Auswirkungen auf ihren Organismus hätte haben können, ist Ihnen vermutlich klar.«

Art streicht mit den Fingerspitzen über meinen Unterarm und ich beobachte, wie sich die kleinen Härchen aufstellen, weil ich von seiner Berührung Gänsehaut bekomme. Er grinst und streichelt weiter, noch zarter und sanfter als zuvor, es kitzelt so sehr, bis ich es kaum mehr aushalten kann und meinen Arm mit einem Ruck wegziehe. Bei jeder seiner Berührungen ist es so, als würde ich endlich wieder lernen zu fühlen.

Art drückt meine Hand fest, als Kühnbach weiterspricht: »Wir haben daher zu ihrer eigenen Sicherheit entschieden, bei der Patientin medikamentös eine Bewusstseinsminderung einzuleiten.«

Ich atme tief ein, weil ich nicht verstehe, was er damit meint. Die anderen Ärzte hängen förmlich an seinen Lippen, meine Eltern schauen unentwegt mich an, als könnten sie nicht fassen, dass sie mich wiederhaben. Ich kann es ja selbst kaum glauben – mein Bewusstsein wurde »gemindert«? Was bedeutet das?

»Was meint er damit?«, flüstere ich in Arts Ohr.

»Sie haben dich in ein künstliches Koma versetzt, weil du so schlimme Panikattacken hattest.«

Ich rücke noch näher zu ihm. »Das heißt, ich war im Koma, bin aufgewacht, hatte Angstzustände und sie haben mich gleich wieder ins Koma gelegt?«

Art lächelt angespannt, als würde ihm die Erinnerung daran Schmerzen bereiten. »Doktor Kühnbach würde es wohl anders ausdrücken, aber ja. So ist es gewesen.«

Ich habe im Koma gelegen. Die ganze Zeit, aber es fühlte sich so echt an. »Und dann?«

»Hör einfach weiter zu.«

Ich schüttle den Kopf, so heftig ich kann. »Nein, ich verstehe nur die Hälfte von dem, was er sagt. Erklär du es mir bitte.«

Art wischt über seine Stirn und zieht die Augenbrauen hoch. Dann schaut er mich nachdenklich an und ich halte es fast nicht aus, dass er nicht sofort antwortet. Alle scheinen genau darüber Bescheid zu wissen, was mit mir passiert ist, nur ich habe keine Ahnung.

»Es macht mich fertig, nichts zu wissen«, flüstere ich.

Sein Blick wird weich. »Sie haben dich immer wieder aufgeweckt, aber es ist nicht besser geworden. Bis dann die letzte Attacke so heftig wurde, dass sie sich einig darüber waren, etwas anderes ausprobieren zu müssen.« Er holt Luft, schaut mir kurz in die Augen, als wollte er prüfen, ob ich stark genug bin, das auszuhalten, was jetzt kommen wird.

Dann spricht Art weiter. »Sie haben dich noch einmal ins

Koma gelegt. Und sich für eine andere Form der Konfrontationstherapie entschieden.«

Ich ziehe scharf die Luft ein. »Konfrontationstherapie? Was ist das?« Es klingt bedrohlich in meinen Ohren.

»Du hast doch bestimmt schon davon gehört, dass man Leute, die Angst vor Spinnen haben, dazu bringt, sich Spinnen auf die Hand zu setzen?«

Ich schaue ihn fragend an. Spinnen? Ich hatte Panikattacken und niemand wusste, warum. Womit haben sie mich konfrontiert – haben sie doch noch herausgefunden, was meine Panikattacken auslöst?

»In dir war immer diese Angst vor dem Sturz. Du hattest diese Träume und ständig Panikattacken. Aber du konntest dich nicht genau erinnern. Vielleicht wenn ich dir die Fotos gezeigt hätte ...«

Mein Kopf ruckt nach oben. »Welche Fotos?«

»Die Fotos von uns. Von unserer Fahrt nach Frankreich. Wie wir am Straßenrand auf den Monteur gewartet haben, als Madame Deudeu nicht mehr weiterfuhr. Aber nach deinem Sturz ging alles zu schnell. Du hast im Koma gelegen und konntest sie nicht mehr anschauen.«

Ich schließe meine Augen und denke darüber nach, ob ich das alles überhaupt hören will. Ich bin aufgewacht, das sollte mir reichen.

Art drückt meine Hand fester. So fest, dass ich die Augen wieder öffne. Sein Blick ist unergründlich und er sagt: »Du bist der erste Komapatient, an dem das Verfahren in dieser Klinik getestet wurde. Sie haben dir Kontaktlinsen eingesetzt, um dir die Fotos zeigen zu können. Bilder, an die du dich vielleicht erinnerst. Die vielleicht Gefühle in dir auslösen und mit denen du deine Angst überwinden kannst. Der

Sturz war schwer und die Panik in dir saß so tief, dass sie dich deine Angst immer wieder erleben ließ.«

Kontaktlinsen? Ich blinzle ein paar Mal, fühle aber nichts. Alles scheint so zu sein wie immer.

Arts Hand fährt höher, bis sie an meinem Nacken verharrt. Dann beugt er sich vor und streichelt mich liebevoll. »Die haben sie schon entfernt.«

Mir fallen die Mullabdeckungen ein, die in Élises Haus auf den Augen des Mädchens lagen.

»Sie haben gehofft, dass sie deine Panikattacken bekämpfen können, wenn sie dich den Reizen kontrolliert aussetzen, die solche Angst bei dir hervorrufen.«

»Und diese Ängste sollte ich dadurch überwinden?«

Mit dem Daumen streicht Art sanft über meinen Handrücken. »Genau.«

Erst jetzt bemerke ich, dass alle im Raum verstummt sind und die Ärzte mich anstarren.

Meine Ängste überwinden, kontrollierte Reize, Kontaktlinsen. Das alles klingt so abgefahren, dass ich mich in diesem Moment frage, ob ich nicht gerade jetzt träume, während ich die ganze Zeit vorher wach gewesen bin.

Art räuspert sich. »Die Methode hat allerdings auch einige Nebenwirkungen.«

»Die Übelkeit und die Orientierungslosigkeit?«

Nun schaltet sich Doktor Kühnbach ein. »Ja, und noch ein paar andere Dinge, die aber eher medizinisch von Bedeutung sind und dich nicht weiter beunruhigen müssen.«

Noch immer habe ich Schwierigkeiten, das alles zu verstehen. Ich schaue zwischen ihm und Art hin und her, dann wende ich mich wieder an Art. Wenn ich ihn anschaue, verspüre ich Sicherheit, Vertrautheit. Ich bin so froh, dass er hier ist. Aber ich verstehe immer noch nicht ganz. »Heißt das, dass die Dinge, die ich in den letzten Wochen erlebt habe, gar nicht wirklich stattgefunden haben? Dass ich das alles nur geträumt habe?« Ich rücke ein Stück von Art weg. Das würde bedeuten, dass auch unsere gemeinsamen Erlebnisse nicht real waren. Dass seine Küsse und Zärtlichkeiten und ... Ich spüre, wie heiße Tränen an meinen Wangen herunterrollen.

Arts Augen weiten sich, als ihm klar wird, was mir gerade durch den Kopf geht. »Nein, Nina, so ist das nicht. Das ist alles schon einmal passiert. Dein Gehirn hat aus den vielen Bildern, die ihm zur Verfügung standen, Situationen zusammengesetzt und Erinnerungen erzeugt. Jeder Mensch tut das täglich, wir alle funktionieren so. Der Unterschied ist nur, dass die Ärzte dich zielgerichtet bestimmten Eindrücken ausgesetzt haben. Du warst dabei, als die Bilder gemacht wurden. Wir waren wirklich ineinander verliebt. Wir *sind* wirklich verliebt!« Ich sehe, wie seine Lippen zu zittern beginnen und er tief Luft holt. »Ich habe so gehofft, dass es funktioniert, aber manchmal dachte ich ...«

Ich nehme seine Hand und drücke sie sanft. »Was?«

Er zuckt mit den Schultern. »Ich hatte solche Angst, als ich gehört habe, was sie vorhaben, wenn du noch eine Panikattacke bekommst. Deine Mutter hat es mir erzählt und ich bin sofort in die Klinik gefahren. Habe eine Riesenszene gemacht und getobt, damit sie mich zu dir lassen. Aber da war es schon zu spät.«

Ganz vage taucht in meinem Kopf eine Erinnerung auf. Da war dieser Albtraum und dann diese Stimme auf dem Flur. Arts Stimme, die irgendetwas brüllte. Das nächste, das in meinem Gedächtnis auftaucht, ist Doktor Kühnbach, der nach meiner Vene tastet, um mir eine Spritze zu geben.

»Ein anderes Mal war ich gerade hier in der Klinik und habe mitbekommen, dass sie dich neu intubieren mussten, weil du solche Atemschwierigkeiten hattest. Als sie dir den Schlauch eingeführt haben, hat sich dein ganzer Körper aufgebäumt. Ich konnte das kaum mit ansehen.« Arts Stimme wird bei den letzten Worten ganz leise. Er schenkt mir einen verzweifelten Blick. Dann schluckt er und spricht weiter: »Ich dachte wirklich, du würdest ersticken.«

Verwirrt lehne ich mich zurück und erinnere mich an den Kreuzberg. Mein Picknick mit Art. An den Ball, der meine Kehle traf. Kann es sein ...?

Die Ärzte murmeln durcheinander. Kühnbach kommt näher, wahrscheinlich hat er begriffen, dass vor allem ich diejenige bin, die Erklärungen braucht. Er tritt an mein Bett, aber ich hebe die Hand und bitte ihn zu warten.

Dann wende ich mich zu Art, denn es gibt nur eine Sache, die mich interessiert. Nur eine einzige Sache, die entscheidend ist. »Trotzdem war das, was ich bis eben erlebt habe, nicht real? Deine Küsse sind so nie passiert? Wir waren nicht zusammen in der Waldbühne, sind nicht nach Frankreich gefahren, sind nicht diesen Pfad zum Haus deiner Großmutter hinaufgestiegen?« Ich stocke, weil in mir eine Ahnung aufsteigt. Kurz halte ich die Luft an, dann merke ich, wie still es im Raum geworden ist. »Aber wir sind früher mal diesen Pfad gegangen und ich bin von dort abgestürzt?«

Als er nickt, scheint sämtliche Energie aus mir zu weichen und ich sinke gegen das Kissen. »Dann war alles genauso wie in meinen Albträumen?«

Art schüttelt mit aufgerissenen Augen den Kopf. »Nein, natürlich nicht! Dr. Kühnbach hat mir erzählt, dass du denkst, ausgerechnet ich hätte dich gestoßen. Aber das stimmt nicht. Ich habe die Hand nach dir ausgestreckt, um dich zu halten, aber du bist getaumelt und dann gefallen.« Seine Worte sind von Tränen erstickt, aber es scheint ihm nichts auszumachen. Als spräche er zu sich selbst, sagt er: »Dich fallen zu sehen, war der schlimmste Augenblick in meinem Leben. Dein Schrei, als ich nach unten auf den Felsabsatz gesprungen bin, auf dem du wenige Sekunden zuvor ...« Er schluckt trocken, lässt meine Hand los und rauft sich mit beiden Händen die Haare. Die Worte kommen nun stoßweise aus seinem Mund. »Dann ... habe ich gesehen ... ein Busch ... hat deinen Sturz gebremst. Ich rief ›Hilfe!‹ ... aber ich konnte nicht verhindern, dass ...«

Mama tritt hinter Art und nimmt ihn in die Arme. Kühnbach bedeutet den Ärzten, dass sie den Raum verlassen sollen. Auch meine Eltern und er gehen, sodass Art und ich kurz darauf allein sind.

Er sieht zerknirscht aus. Und es tut mir leid, dass er anscheinend das Gefühl hat, etwas falsch gemacht zu haben. »Du darfst niemals denken, dass ich dir irgendetwas vorwerfe. Niemals, Art. Ich bin sicher, du hast dort in Frankreich alles getan, um mir zu helfen. Aber viel wichtiger ist, was du danach für mich gemacht hast. Du hast mich gerettet, denn du hast mich zurückgeholt.«

Mit traurigen Augen sieht er mich an. »Es wusste niemand, ob es funktioniert, ob du jemals wieder aufwachen würdest. Deine Eltern und ich waren völlig fertig, wir wussten nicht mal, ob wir uns Hoffnung machen durften, während du hier lagst ...«

»Aber ihr habt alle an mich geglaubt, ihr habt alles für mich getan, was möglich war. Und ich bin aufgewacht. Ohne dich hätte ich das nie geschafft.«

Art zuckt mit den Schultern und betrachtet mich unsicher. »Ich weiß nicht, was dein Gehirn aus den Bildern gemacht hat, die wir dir eingespielt haben. Keine Ahnung, ob es schön war oder furchtbar. Darauf hatte niemand Einfluss, ich habe einfach nur gehofft, dass es funktioniert.« Mit einem erschöpften Gesichtsausdruck greift er wieder nach meiner Hand und verschränkt unsere Finger. »Ich kann mir kaum vorstellen, wie verwirrend es für dich ist.« Er lächelt traurig.

Ich schließe die Augen und bin gerade selbst nicht sicher, was ich davon halten soll. »Das ist es. Und auch irgendwie total unangenehm. Ich meine, ich weiß ja, dass ich manchmal ein wenig seltsam bin. Aber wie kann es sein, dass ich dir wirklich zugetraut habe, mich gestoßen zu haben?«

Art zieht die Augenbrauen nach oben. »Die Ärzte finden das gar nicht ungewöhnlich. Es ist schließlich ein traumatisierendes Erlebnis für dich gewesen. Da hast du einfach deine letzte Erinnerung genommen und automatisch mit dem Sturz verknüpft. Pech, dass das wohl meine Hände waren, die ich nach dir ausgestreckt habe.«

Pech ist gut, denke ich und will ihn gerade danach fragen, warum ich mich auch nicht an meine Schulwege erinnern konnte und warum es in meiner Wahrnehmung immer wieder diese Zeitsprünge gab. Dann fällt mir ein, dass er meine Fragen vermutlich nicht beantworten kann. Schließlich weiß er nicht, was ich mir im Koma zusammengeträumt habe. Von der ganzen Nachdenkerei beginnt mein Kopf schon wieder zu schmerzen und ich presse die Finger gegen die Schläfen. Ich atme tief durch.

»Nina? Soll ich einen Arzt rufen?«

Ich winke ab. »Auf gar keinen Fall. Ich bin so froh, jetzt mit dir hier zu sein. Da sind nur so viele Fragen in mir, die ich nicht beantworten kann. Und ich fürchte, das kann niemand so richtig.« Noch während ich es ausspreche, meine ich zu erahnen, warum ich mich falsch an Frühling und Sommer erinnere. Oder eben gar nicht falsch.

Art streicht mir mit dem Finger über die Wange. »Lässt du mich trotzdem an deinen Gedanken teilhaben? Ich würde gern wissen, ob ich in deiner Fantasie gut weggekommen bin. Falls nicht, will ich wenigstens darauf gefasst sein, wenn du mal scheinbar ohne Grund sauer auf mich bist.«

Ich lache laut los. Sofort fährt ein Schmerz durch meinen Brustkorb, der mich verkrampfen lässt. »Alles gut, wirklich«, sage ich schnell, als ich Arts besorgten Blick sehe. »Als ich im Koma lag, habe ich mir ziemlich viel vorgestellt. Und alles fühlte sich total realistisch an. Aber manchmal ...« Ich halte inne und suche nach den richtigen Worten. »Manchmal passten Dinge nicht zusammen. Die Jahreszeiten zum Beispiel. Erst war es Sommer, dann auf einmal Frühling. Aber ich glaube, das liegt daran, dass ich ja tatsächlich im Sommer aufgewacht bin. In meiner Erinnerung blieb ich aber im Frühling hängen. Eben zu der Zeit, als wir uns kennengelernt haben. Hört sich das logisch an?«

Art lässt sich auf der Bettkante nach hinten sinken und verschränkt die Hände vor der Brust. »Willst du eine ehrliche Antwort?«

Ich nicke.

»Logisch nicht, eher völlig durchgeknallt. Aber die Hauptsache ist, dass du jetzt wieder einigermaßen normal bist. Natürlich auch nicht wirklich normaler als vorher.«

Scherzhaft boxe ich ihm in die Seite. »Was willst du damit sagen?«

Er hebt die Hände und streckt mir die Handflächen entgegen. »Nichts. Gar nichts.«

Obwohl ich so froh bin, dass ich jetzt vermutlich wieder gesund werde, finde ich es schade, dass ich auf manche Fragen wohl nie eine Antwort bekommen werde. Zum Beispiel darauf, wieso ich Élises Haus als Vorbild für meinen Gedächtnispalast ausgesucht habe, warum die Fotos dort im Elefantenzimmer irgendwann zu verblassen begannen oder warum meine Eltern in meiner Vorstellung erst so taten, als würden sie Art nicht kennen. Sagt das irgendetwas über meine Psyche aus? Oder ist es einfach nur unwichtig? Vielleicht komme ich eines Tages dahinter oder ich erfinde irgendwelche Erklärungen, die sich für mich logisch anhören. Oder wer weiß – vielleicht werde ich das Ganze irgendwann ganz weit hinten in meinem Gehirn lagern und nie wieder darüber nachdenken? Bei diesem Gedanken schüttle ich heftig den Kopf. Nein, das glaube ich nicht. Es ist wichtig, weil es mich ins Leben zurückgebracht hat. Und zu Art.

»Darf ich dich was fragen?« Arts Stimme reißt mich zurück in die Gegenwart.

Ich schmiege mich an ihn. »Natürlich. Alles, was du möchtest.«

Sein Brustkorb hebt und senkt sich schwer. Ich merke ihm an, dass er nicht weiß, wie er es sagen soll. »Wie war das eigentlich für dich? Ich meine, du hattest solche Angst, dass ich dich gestoßen habe, dass du Panikattacken hattest.

Wie hast du dich gefühlt, als du dann auch noch die Fotos von mir gesehen hast?«

Ich spüre, wie sich auf meinen Lippen ein Lächeln ausbreitet. »Das war es, was mich gerettet hat. Die Fotos von uns beiden. Weil die Gefühle, die ich beim Anschauen hatte, nämlich echt waren. Verstehst du? Ich wusste immer, dass ich sie mir nicht nur einbilde, sondern dass sie wirklich da sind. Tief in mir.« Ich tippe mit dem Zeigefinger auf die Stelle, an der mein Herz sitzt. »Und deswegen konnte ich es auch kaum ertragen, als du auf einmal in unsere Klasse kamst und so getan hast, als ob du mich nicht kennen würdest.«

Art schnellt nach oben. »Das würde ich niemals tun!«

»Doch, hast du aber. Ich war dabei.«

Er streicht meine Haare aus der Stirn, beugt sich zu mir und legt zärtlich seine Lippen auf meine. »Und? Was hast du gemacht?«

»Ich habe beschlossen, dass ich dich so nicht davonkommen lasse. Deshalb habe ich alles darangesetzt, dass du dich in mich verliebst. Und glaub mir, ich war richtig, richtig gut.« Ich grinse ihn breit an und er schüttelt amüsiert den Kopf.

»Das glaube ich dir aufs Wort«, murmelt er. »Und du wolltest, dass wir zusammenkommen, obwohl du Angst hattest, dass ich dich stoßen würde?«

Ich sehe ihn an und erschrecke, als ich seinen starren Gesichtsausdruck sehe. »Ich wollte es, weil ich wusste, dass ich dir vertrauen kann.«

Art zuckt mit den Schultern. »Und dafür danke ich dir. Trotzdem: Alles, was du in letzter Zeit in der Konfrontationstherapie erlebt hast, war nicht die Wirklichkeit. Wie sollen wir eine Zukunft haben, wenn die Basis für dich scheinbar auf einer Illusion beruht?«

In meinen Schläfen dröhnen Schmerzen und in meinen Ohren rauscht es. Ich ahne, dass ich eine ganze Weile brauchen werde, bevor ich wieder alleine laufen, essen, mich anziehen und viele andere Dinge tun kann, die früher für mich selbstverständlich waren. Aber das ist momentan eher nebensächlich. Wichtiger ist, dass ich wieder meinen Erinnerungen vertrauen lerne. Dass ich lerne zu unterscheiden, was echte Erinnerungen sind und was nur in meiner Fantasie passiert ist. Aber ich werde das schaffen. Ich bin am Leben und ich bin wach und ich bin bei Verstand. Und einen Großteil davon habe ich Art zu verdanken. Seinem Vertrauen darauf, dass ich es schaffen kann und seinem Glauben, dass ich es wert bin, so für mich zu kämpfen.

»An den Gedanken muss ich mich erst gewöhnen. Es wird sicher dauern, bis ich sortieren kann, was Realität war und was ich mir im Kopf zusammengedichtet habe. Aber weißt du, was?« Ich warte, bis er den Blick zu mir hebt, dann sehe ich ihm fest in die Augen. »Vielleicht muss man damit anfangen, die Wirklichkeit neu zu definieren. Vielleicht ist all das wirklich, was eine Wirkung hat. Und die hattest du auf mich – vor meinem Koma und auch währenddessen. Nur deswegen bin ich hier.«

Er erwidert mein Lächeln und ich weiß, dass er den Mut hat, alles so zu akzeptieren, wie es ist. Es hat keinen Sinn, der Vergangenheit nachzutrauern, und auch keinen, Angst vor der Zukunft zu haben. Entscheidend ist nur, dass wir jetzt zusammen sind.

»Wirklich ist, was eine Wirkung hat«, wiederholt er meine Worte. *»Naine.* Du ahnst nicht, was für eine Wirkung du auf mich hast. Du haust mich jedes Mal aufs Neue um, das hast du immer. Egal, ob in diesem Zimmer oder bei Élise oder auf der Reise durch eine Realität, die vielleicht nicht ganz so echt ist wie diese hier. Ich wäre zu gern dabei gewesen.«

Ich kann nicht anders, als ihn anzulächeln. Wenn er wüsste ... »Das warst du, glaub mir. Du warst die ganze Zeit bei mir.«

Seine Hände streichen über meine Stirn, über meine Wangen. Und ich weiß: Gleich wird er mich küssen. Jede Zelle meines Körpers strebt ihm entgegen, denn das einzige Gefühl, das ich in diesem Augenblick empfinde, ist unbändige Freude.

Art und ich schauen uns tief in die Augen und ich spüre seine Hände, mit denen er mich unglaublich langsam zu sich heranzieht. In diesem Moment wird mir klar, dass es nicht Gedanken sind, die unsere Realität erschaffen. Nein, dies vermögen allein Gefühle. Sie haben die Macht, ganze Welten zu erschaffen, neue, ungeahnte Realitäten. Sie machen Veränderungen in uns selbst und um uns herum überhaupt erst möglich. Ich schließe die Augen und gebe mich unseren Gefühlen hin.

Danksagung

Zuallererst möchte ich meiner Familie danken, die mir wie immer die Möglichkeit gegeben hat, ganz tief in meinem Manuskript versinken zu dürfen. Ich bin unendlich dankbar dafür, dass ich mich unermüdlich unterstützt und alles dafür tut, dass ich meinen Traum leben kann.

Ich danke dir, Kathrin, für die Gespräche, deine Stärke und dein Verständnis, wenn ich mal wieder nichts anderes im Kopf habe als meine Geschichte.

Wie immer geht ein besonderer Dank auch an dich, Rainer. Weil du derjenige bist, der immer an mich geglaubt hat. Ohne dich wäre ich nie Schriftstellerin geworden.

Danke auch an das Team im Arena Verlag, die alles tun, damit aus meinen Manuskripten Bücher werden. Ganz besonders danke ich natürlich meiner Lektorin. Antonia, du hast dich mindestens genauso in Ninas Geschichte vertieft wie ich. Danke für deinen klaren Blick.

Danke euch allen, die ihr meine Bücher lest. Ohne euch Leser wäre das Schreiben ein einsames Geschäft.

Claudia Pietschmann

Good Dreams

Leah will nicht mehr träumen. Zu sehr treibt sie die Angst um, nicht in die Realität zurückkehren zu können. Ihr Zwillingsbruder Mika versteht Leah nicht. Er ist Profiträumer und verdiente lange mit seinen Träumen Geld. Geld, das die Geschwister dringend für ihren kranken Vater brauchen. Eines Tages erhält Mika eine anonyme E-Mail und damit die Chance auf 250.000 Dollar: Er soll bei einem geheimen Spiel mitmachen und gegen drei andere Jugendliche antreten. In einem Traum, der zum Albtraum wird ...

Cloud

Emma ist verliebt: Paul versteht sie wie kein anderer, seit ihr kleiner Bruder verstorben ist. Die beiden haben sich zwar noch nie getroffen, aber online teilen sie alles miteinander. Paul will alles über sie wissen und Emma schneidet bereitwillig ihr ganzes Leben für ihn mit. Immer wieder fallen ihm Überraschungen ein, die er ihr über das Internet per Knopfdruck schickt. Aber die netten kleinen Gefallen, die Paul ihr tut und ihr Leben schöner machen, bekommen bald einen bitteren Beigeschmack. Denn für Paul scheint Emma das einzige Fenster zur Welt zu sein. Ihrem Wunsch, sich endlich zu treffen, weicht er aus. Was ist los mit Paul – und gibt es ihn überhaupt?

Arena

360 Seiten • Arena Taschenbuch
ISBN 978-3-401-51037-8
Beide Bände auch als E-Book erhältlich

368 Seiten • Gebunden
ISBN 978-3-401-60349-0
www.arena-verlag.de